Dear Korean readers—

Thank you so much for reading my new book The Anthropocene Reviewed. It is my attempt to understand how my little life in the US intersects with the big forces of our time. It is my first book of nonfiction, and my most personal book by far. I hope you enjoy it!

Best Wishes,

2022

한국의 독자들에게 —

새로 출간된 책 '인류세 리뷰'를 읽어주셔서 대단히 감사드립니다.
이 책은 우리 속에 있는 보잘것없는 내 삶이
어떻게 우리 시대의 커다란 힘과 교차하는지를
이해하고자 하는 시도입니다.
그리고 이 책은 제가 쓴 첫 번째 논픽션 책이며,
지금껏 쓴 책들 가운데 가장 개인적인 책이기도 합니다.
재미있게 읽어주시기를 바랍니다!

행운을 빌며,
존 그린 2022년

인간 중심의 행성에서
살기 위하여

인류세 리뷰 ° ————————

°   이 판면은 출판인과 제본사들에게는 '표제지'로 알려져 있다. 왜냐하면 저자의 이름이나 부제는 없고 제목만 달랑 있기 때문이다. 표제지는 예전 인쇄나 제본 작업에서 실제 기능이 있었겠지만 최근에는 대부분 장식적인 역할만 한다. 나는 한 번도 표제지에 감동을 받는 열성 팬이었던 적이 없었다. 책을 펼치는 순간부터 독자인 나는 이미 책의 제목을 알고 있으며, 다시 떠올릴 필요가 있다면 앞표지를 언제든 슬쩍 보는 것만으로 충분하기 때문이다. 이렇게 말하고 보니 영상 매체가 압도하는 시대에 어쩌면 책을 만드는 일 자체가 시대착오적일지도 모르겠다. 그래도 나는 종이의 느낌, 인쇄된 책자를 정말 사랑한다. 그래서 나는 표제지에 별점 두 개 반을 준다.

인간 중심의 행성에서
살기 위하여

인 류 세 리 뷰 ————————

존 그린 에세이 ◆ 이진경 옮김

The Anthropocene Reviewed:
Essays on a Human-Centered Planet

친구이자, 동료이며, 함께하는 여행자인
로시아나 할스 로하스와 스탠 뮬러에게

소설 『거북이는 언제나 거기에 있어』가 2017년 10월에 출간
되었다. 나는 책의 홍보를 위한 일정으로 한 달 남짓 보낸 후 인디애나폴
리스의 집으로 돌아왔다. 그리고 보는 사람에 따라 사무실 같기도 헛간
같기도 한, 아내와 내가 종종 일을 하는 작은 방에서부터 아이들의 나무
집까지 새로 길을 냈다.

그저 비유적으로 일컫는 말이 아니라 정말 숲속에 길을 냈다. 나는 이
길을 만들기 위해 인디애나 중부지역 대부분을 뒤덮고 있는, 번식력이
왕성하고 공격적이기도 한 인동덩굴 나무를 수십 그루 잘라냈고, 이미
그곳을 점령하고 있던 영국 담쟁이들을 파헤쳤다. 그리고 그 길을 무수
히 많은 작은 나무 조각으로 덮었고, 길 가장자리를 따라 줄지어 벽돌을
깔았다. 그렇게 길을 만들기 위해 하루에 10시간 내지 12시간을, 일주일
에 5, 6일을, 한 달 꼬박 일해야 했다. 마침내 완성한 다음 사무실에서 나
무집까지 그 길을 따라 걸으며 시간을 재어봤다. 58초가 걸렸다. 58초 만
에 숲으로 가기 위한 길을 만드느라 한 달이 걸린 셈이었다.

길을 완성하고 일주일 남짓 지난 뒤였다. 서랍에서 입술 보호 크림을 찾던 중 갑작스럽게, 어떤 전조도 없이 균형을 잃고 쓰러졌다. 세상이 빙글빙글 돌고 구르기 시작했다. 집채만 한 파도가 넘실거리는 바다 위에서 조각배를 타고 있는 듯한 느낌이 엄습했다. 눈이 심하게 떨리고, 구토가 나기 시작했다. 급히 병원으로 이송되었고, 그 뒤 몇 주 동안 세상은 계속 빙글빙글 돌고 있었다. 결국 내이염이란 진단을 받았다. 내이염은 귀 안쪽에 생기는 질병으로 놀라울 정도로 딱 들어맞는 이름(내이염을 가리키는 labyrinthitis는 미로를 뜻하는 labyrinth에서 나온 말이기에 증상에 딱 맞는 이름이라는 것이다 – 옮긴이)이긴 하지만, 재차 생각할 것도 없이 별점을 하나밖에 줄 수 없는 경험이었다.

내이염 치료를 시작했다는 것은 침대에 누워 있어야 함을 의미했다. 몇 주 동안 책을 읽거나 TV를 보거나 아이들과 놀 수 없었다. 그저 잡다한 생각만 할 수 있었다. 생각이 때로는 나른한 하늘을 떠다니고 때로는 집요하게 한 가지 일만 계속 떠올라 나는 두려웠다. 이 모든 길고 고요한 나날 동안 내 마음은 온갖 곳을 떠돌아다녔고, 지난 과거를 헤매기도 했다.

작가 알레그라 굿맨A.Goodman은 "당신의 인생을 이야기로 쓴다면 누구에게 그 일을 맡기고 싶은가요?"라는 질문을 받은 적이 있다. 그녀는 "제가 직접 쓰려고 합니다. 그런데 제가 소설가이기에 모든 것을 나만 알 수 있는 암호로 표현할 거예요"라고 대답했다. 나는 언제부터인가 어떤 독자들에게서 자신들이 작가의 암호를 안다고 생각하는 것이 아닌가 하는 느낌을 받았다. 그들은 작품 속 주인공의 세계관이 곧 나의 세계관이라 추측하거나, 마치 내가 주인공이거나 한 듯이 질문을 하고는 했다. 어느 유명한 인터뷰 진행자는 『거북이는 언제나 거기에 있어』의 서술자처

럼 키스를 하는 동안 공황 발작을 일으켰던 적이 있느냐고 내게 묻기도
했다.

정신질환자이면서 공적인 삶을 살고 있기에 받는 질문들이기는 했다.
그래도 여전히 소설이란 맥락 안에서조차 스스로에 대해 너무 많은 말을
하는 것은 여전히 나를 지치게 했고, 조금 불안하게 만들기도 했다. 나는
인터뷰 진행자에게 그런 적이 없다고, 키스를 하면서 불안감을 느꼈던
적은 없었다고 말했다. 그러나 공황 발작을 경험한 적은 있다고, 그 경험
은 정말 말로 표현하기 힘들 만큼 두려운 일이라고 말했다. 그 말을 하면
서도 나는 나 자신과 거리를 두고 있다고 느꼈다. 나 자신이 진짜 내가 아
니라 내가 팔고 싶어 하는 그 무엇이거나 혹은 최소한 좋은 기삿거리와
교환하려고 빌려온 그 무엇인 듯이 느꼈다.

내이염을 회복한 후, 더 이상 암호로 글을 쓰고 싶지가 않았다.

*   *   *

2000년에 나는 어린이병원에서 견습 목사로 몇 달 일했다. 나는 신학
교에 입학했고 성공회 목사가 될 계획이었지만, 그 병원에서 보낸 시간
은 오히려 그 계획을 포기하게 만들었다. 나는 그곳에서 보았던 참상을
감당할 수가 없었다. 지금도 감당할 수 없기는 마찬가지다. 그래서 나는
신학교에 가는 대신 시카고로 옮겨, 격주로 발행되는 서평지인 『북리스
트Booklist』의 자료 입력 업무를 맡게 될 때까지 임시 대행사에서 타이피
스트로 일하게 되었다.

몇 달 후 한 편집자가 로맨스 소설을 좋아하느냐고 물었다. 나는 그런
소설들을 정말 좋아한다고 대답했다. 그러자 편집자는 내게 17세기 런던

을 배경으로 한 소설을 한 권 건네주었다. 처음으로 책의 서평을 쓸 기회를 얻게 된 것이다. 그 후 5년 넘게 『북리스트』에 수백 권의 책 — 부처佛陀에 관한 그림책에서부터 시선집에 이르기까지 — 의 서평을 썼으며, 그 과정에서 서평이란 형식에 매력을 느꼈다. 『북리스트』의 서평은 단어 수가 175개로 제한되어 있었으며, 이는 하나하나의 문장이 여러 기능을 충족시켜야 함을 뜻했다. 모든 서평은 책을 소개해야 함과 동시에 분석도 해야 했다. 칭찬과 우려가 정확히 공존해야만 했다.

『북리스트』의 서평에는 별 다섯 개까지 주는 별점 평점이 없다. 왜 그럴까? 175개의 낱말로는 단 하나의 점수 통계가 할 수 있는 것보다 잠재적인 독자들과 훨씬 더 많은 것을 소통할 수 있기 때문이다. 별 다섯 개의 평점이 비판적인 평가를 위해 사용된 것은 고작해야 몇십 년밖에 되지 않았다. 1950년대 초반 영화 비평에 종종 사용되었으며, 호텔 평가에 사용된 것도 1979년이 처음이었다. 아마존이 사용자 리뷰를 도입하기 전까지는 책을 평가하기 위해 널리 사용되지도 않았다.

별 다섯 개의 평점은 사실 사람을 위해 존재하는 것도 아니다. 그것은 데이터의 집적 시스템을 위해 존재하며, 이것이 인터넷 시대가 되기 전까지 별점이 평가의 표준이 되지 못한 까닭이기도 하다. 175개의 낱말로 책의 질에 관해 최종적인 결론을 내리는 것이 인공지능에게는 힘겨운 작업인 반면 별 다섯 개의 평점은 인공지능에 딱 맞춤한 이상적인 평가 틀이다.

* * *

내이염을 삶의 은유로 표현해보는 것은 매혹적이다. 예컨대 내 삶은 균형이 부족했고, 그래서 균형 장애로 극심한 고통을 겪었다는 식이다. 나는 고작 오솔길에 일직선을 그리느라 한 달을 허비했다. 그 결과 인생은 단순한 길이 결코 아니며, 복잡한 미로로 펼쳐져 있다는 교훈을 얻었다. 그래서 지금 이 머리말조차 떠났다고 생각한 장소로 거듭 되돌아감으로써 미로처럼 구성하고 있다.

그러나 이러한 질병의 상징화는 정확히 소설 『거북이는 언제나 거기에 있어』, 『잘못은 우리 별에 있어』에서 내가 적극적으로 반대하려고 했던 관점이다. 적어도 나는 이 작품들을 통해 강박 장애와 암을 이겨내야 할 전쟁이나 상징적으로 표현된 인물의 결함 혹은 그 유사한 것으로 묘사하고 싶지 않았다. 그보다 할 수 있는 한 더불어 살아가야 할 것으로 질병을 다루고 싶었다. 나는 우주가 내게 균형을 가르치고자 했기 때문에 내이염에 걸린 것이 아니다. 그래서 나는 할 수 있는 한 그 병과 함께 살아가고자 노력했다. 6주 만에 나는 거의 회복되었지만 여전히 한바탕 현기증에 시달리기도 하며, 그럴 때마다 끔찍하다. 이제 나는 전에는 몰랐던 사실을, 의식이 일시적이고 불안정한 것임을 몸으로 느낀다. 인간의 삶이 균형 잡힌 행동이라고 말하는 것은 은유가 아니다.

상태가 좋아짐에 따라 남은 인생을 어떻게 살아야 하나 걱정이 되었다. 나는 매주 화요일마다 영상을 만들고, 매주 동생과 함께 팟캐스트를 녹음하는 일로 되돌아갔다. 그러나 글을 쓰지는 못했다. 그 가을과 겨울은 열네 살 이래 독자를 의식하며 글을 쓰려고 하지 않고 보낸 가장 긴 기간이었다. 분명 쓰고 싶기는 했지만 그것은 마치 그대가 사랑했던 누군가를 그리워하는 것과 같은 것이리라.

* * *

나는 2005년에 북리스트와 시카고를 떠났다. 아내 사라가 뉴욕에 있는 대학원에 진학했기 때문이다. 그리고 학위를 마치고 난 다음 우리는 인디애나폴리스로 이사했다. 사라가 인디애나폴리스 미술관에서 현대 미술의 전시 기획자로 일하게 되었기 때문이다. 우리는 그때부터 여기에서 살고 있다.

나는 북리스트에 있으면서 아주 많은 책을 읽었다. 그래서 '인류세 *Anthropocence*'라는 말을 언제 처음 접했는지 기억할 수 없다. 하지만 대략 2002년쯤이었음은 확실하다. 인류세는 현재의 지질시대를 가리키기 위해 제안된 용어다. 이 시대에 인간은 이 행성과 행성의 생명 다양성을 심대하게 재편했다. 인간의 힘을 확장하는 것보다 더 인간적인 것이 없다지만 우리는 21세기 이 지구에 엄청난 힘을 행사하고 있다.

전문가의 삶을 생화학자로 시작한 동생 행크는 인류세를 내게 이렇게 설명한 적이 있다. 그는 "사람으로서 형이 직면하고 있는 가장 큰 문제는 다른 사람"이라고 말했다. "형은 다른 사람들에게 민감하게 영향을 받으며 의지하고 있어. 그런데 형이 21세기를 살고 있는 강이나 사막 혹은 북극곰이라고 상상해봐. 그래도 형에게 가장 큰 문제는 *여전히 사람*이야. 강이나 사막 혹은 북극곰인 형은 사람들에게 민감하게 영향을 받으며 의지하고 있겠지."

행크는 2017년 가을, 도서 홍보를 위한 투어를 나와 함께 다녔다. 도시에서 도시로 이어지는 장거리 운전으로 시간을 보내면서 우리는 지나치는 지역마다 구글에서 누가 더 그 도시에 대한 우스꽝스러운 리뷰를 찾아내는지 내기를 했다. 예컨대 루카스란 이름의 사용자는 배드랜드 국립

공원에 별점 한 개를 주었다. 그러고는 "산이라고 할 수도 없어"라고 평가했다.

내가 서평가가 된 지 몇 년 만에 모든 사람들이 비평가가 되어 있었고 모든 것이 리뷰의 대상이 되어 있었다. 별 다섯 개의 평점은 책과 영화에만 국한되지 않고 공중화장실과 결혼식 사진 스튜디오에도 적용되었다. 내가 강박 신경증을 치료하기 위해 먹는 약도 Drugs.com에 1,100개 이상의 리뷰가 있으며, 별점 3.8점을 받고 있다. 내 책 『잘못은 우리 별에 있어』를 영화로 각색한 〈안녕, 헤이즐〉에는 암스테르담의 벤치를 찍은 장면이 있다. 그 벤치에도 지금 구글 리뷰 수백 개가 달렸다. (그 가운데 내가 가장 좋아하는 리뷰는 별 세 개의 평점으로 "그냥 벤치잖아"라는 한 마디다.)

행크와 나는 별 다섯 개까지 주는 별점 평가가 갑작스럽게 도처에 널려 있음을 알고 깜짝 놀랐다. 그래서 동생에게 몇 년 전에 나도 캐나다기러기에 관한 리뷰를 써볼까 생각했었다고 말했다.

행크가 말했다. "인류세…… 리뷰."

사실 나는 2014년에 몇 편의 리뷰를 써두었다. 캐나다기러기, 다이어트 닥터페퍼에 관한 글이었다. 2018년 초에 그 리뷰들을 사라에게 보여주며 어떻게 생각하는지 물었다.

나는 책을 리뷰할 때 외부의 시각에서 쓰는, 객관적인 관찰자로 스스로를 상정해왔다. 다이어트 닥터페퍼와 캐나다기러기에 관한 초기 리뷰는 3인칭 전지적 시점으로 논픽션과 같은 형식으로 썼다. 사라는 그 리뷰를 읽은 뒤 인류세에 객관적인 관찰자란 존재할 수 없으며, 오직 당사자들만이 있을 뿐이라고 지적해주었다. 사라는 사람들이 리뷰를 쓸 때 사실상 경험담을 쓰는 것이라고 했다. 이 레스토랑에서 먹었던 *나의 경험*

이나 저 이발소에서 머리를 손질했던 *나의* 경험을 쓴다는 것이다. 나는 다이어트 닥터페퍼에 관해 1,500자로 쓸 때 변함없이 깊은 나의 개인적 애정에 관해서는 한 번도 언급하지 않았다.

균형 감각을 되찾기 시작한 것과 비슷한 시기에 나의 친구이자 멘토인, 몇 달 전에 작고한 에이미 크라우스 로젠탈A.K.Rosenthal의 작품을 다시 읽었다. 그 분은 이렇게 쓰고 있었다. "자신의 삶을 어떻게 해야 할지 알고자 하는 사람에게: 그대가 주목하고 있는 일에 집중하라. 그것만으로도 그대가 필요로 하는 정보는 아주 충분하다." 나의 주의력은 너무 분산되어 있었고, 나의 세계는 지나치게 부잡스럽기에 나는 정작 내가 주목하고 있던 것에 집중하지 않았다. 그러나 사라가 제안한 대로 리뷰 속에 나 자신을 개입시키면서 몇 년 만에 처음으로 내가 주목하는 것에 적어도 집중하고 있음을 느꼈다.

* * *

이 책은 팟캐스트로 시작되었다. 나는 내가 경험한 그대로 인간 삶의 여러 모순들 — 우리가 아주 동정적이면서 또 얼마나 잔혹할 수 있는지, 아주 끈질기다가도 얼마나 빠르게 절망할 수 있는지 — 을 제시하고자 했다. 무엇보다 나는 인간의 힘이 가진 모순을 이해하고 싶었다. 우리는 너무나 강하지만 동시에 충분히 강하지는 않다. 우리는 지구의 기후와 생물종의 다양성을 근본적으로 재편할 정도로 충분히 강하다. 하지만 그것들을 다시 재편할 *방법*을 선택할 정도로 충분한 위력을 가지고 있지는 않다. 우리는 행성의 대기를 벗어날 만큼 강력하다. 그러나 고통을 겪는, 우리가 사랑하는 것들을 구할 만큼 아주 강하지는 않다.

나는 또한 나의 작은 삶이 인류세의 거대한 힘과 맞닥뜨리는 몇몇 장소에 관해 쓰고 싶었다. 팟캐스트를 위해 글을 쓰기 시작한 지 2년 뒤인 2020년 초에 이례적으로 거대한 힘이 코로나바이러스라는 새로운 형태로 나타났다. 나는 내가 쓸 수 있었던 유일한 것에 대해 쓰기 시작했다. 위기의 한복판에서 — 독자에게 이 글을 쓰는 2021년 4월인 지금도 여전히 위기의 한복판이다 — 두려운 일과 개탄스러운 일들을 더 많이 겪고 있다. 그러나 마찬가지로 나는 우리가 집단적으로 배운 것을 공유하고 나누기 위해 함께 일하는 사람들을 본다. 나는 병들고 약한 사람들을 보살피기 위해 함께 일하는 사람들을 본다. 심지어 격리되었을지라도 우리는 서로 얽혀 있다. 사라가 내게 말했듯 관찰자는 없다. 오직 당사자만 있을 뿐이다.

* * *

위대한 그림책 작가이자 일러스트레이터인 모리스 센닥M.Sendak은 삶의 마지막 순간에 NPR방송국의 프로그램 〈프레쉬 에어Fresh Air〉에서 이렇게 말했다. "나는 사람들이 그리워 많이 울어요. 그들이 먼저 갔기 때문에 많이 울어요. 그리고 나는 그들을 멈춰 세울 수도 없어요. 사람들이 떠난 뒤 나는 그들을 더 사랑하게 되었어요."

그는 말했다. "나는 나이가 들어가면서 이 세상을 사랑하고 있음을 알게 되었어요."

이 세상을 사랑하기엔 내 생애 전부가 필요하겠지만 나는 지난 두 해동안 그것을 느끼기 시작했다. 세상을 사랑하는 것은 인간과 다른 존재들 모두의 고통을 외면하거나 무시하는 것이 아니다. 세상을 사랑한다는 것은 밤하늘을 올려다보는 것이며, 별들의 아름다움과 그 도저한 거리를 앞에 두고 출렁이는 그대 마음을 느끼는 것이다. 세상을 사랑하는 것은 울고 있는 그대의 아이들을 껴안는 것이며, 6월에 돋아나는 시카모어 잎들을 바라보는 것이다. 가슴 가운데께가 아파지기 시작할 때, 목이 옥죄기 시작할 때, 눈에 눈물이 차오를 때, 나는 그런 감정들을 외면하고 싶다. 아이러니하게도 회피하고 싶다. 아니면 감정을 깊이 느낄 수 없도록 다른 일을 핑계로 피하고 싶다. 우리는 모두 사랑이 어찌 끝날지 알고 있기 때문이다. 그러나 나는 어쨌든 세상과 사랑에 빠지고 싶고, 그 세상이 나를 활짝 열어주기를 바란다. 나는 여기, 이 세상에 있는 동안 느낄 수 있는 모든 것을 느끼고 싶다.

모리스 센닥은 공개 석상에서 그가 한 마지막 말로 인터뷰를 끝냈다.

"그대의 인생을 살아라. 그대의 인생을 살아라. 그대의 인생을 살아라."

이 책은 그렇게 살고자 하는 나의 시도다.

〈넌 결코 혼자가 아니야〉

지금은 2020년 5월이고 나는 이것에 대처할 만큼 유연한 두뇌를 가지고 있지 않다.

나는 이름을 붙이지도 않고 혹은 이름을 부를 필요조차 느끼지 않으며, 그저 '그것it'과 '이것this'으로 더 자주 언급하고는 한다. 왜냐하면 보통 대명사는 앞선 어떤 것이 있어야 하는데, 앞선 것이 필요 없을 정도로 온갖 곳에서, 우리 모두가 겪기 힘든 경험을 공유하고 있기 때문이다. 공포와 고통이 사방에서 넘쳐나고 있고, 그로부터 벗어나기 위해서라도 나는 글을 쓰고 싶다. 그럼에도 여전히, 창문 블라인드를 뚫고 들어오는 빛처럼, 닫힌 문틈으로 스며들어오는 홍수처럼 그것은 자신의 길을 내며 내게로 올 것이다.

나는 그대가 다가올 미래에 이 글을 읽을 것이라 예상한다. 아마도 그대는 나의 현재와 아주 멀리 떨어진, '이것'이 끝난 미래에 이 글을 읽게 될지도 모르겠다. 나는 이것이 결코 완벽하게 끝나지 않으리라는 것을 알고 있다. 이다음 되찾게 되는 정상은 예전의 정상과는 아주 다를 것이다.

그러나 다음의 정상을 되찾게 된다면 나는 그대가 그 속에 살아남아 있기를 바라며, 그리고 나 또한 그대와 함께 그 속에서 살아가기를 바란다.

그렇게 될 때까지 나는 이것 안에서 살아야만 하며, 그러자면 이곳에서 위안을 찾아야만 한다. 근래 들어 내게 위안이 되어준 것은 방송에서 흘러나온 한 곡의 노래였다.

1909년 헝가리의 극작가 페렌츠 몰나르F.Molnár는 자신이 새로 쓴 희곡 〈릴리옴Liliom〉으로 부다페스트에서 데뷔했다. 연극에서 말썽이나 피우고 때때로 폭력적이기까지 한 회전목마 호객꾼인 젊은 릴리옴은 줄리라는 여자와 사랑에 빠진다. 줄리가 임신을 하게 되자 릴리옴은 늘어나게 될 가족을 부양하고자 강도질을 시도하지만 강도질은 재앙이 되고 말았고, 릴리옴은 죽게 된다. 그는 결국 16년 동안 연옥에 있게 되고, 그러다 이제는 10대가 된 자신의 딸 루이스를 만날 수 있는, 단 하루의 여행이 그에게 허락된다.

〈릴리옴〉은 부다페스트에서 완전히 흥행에 실패했지만 몰나르는 자신감을 상실해 고통을 겪을 정도의 극작가는 아니었다. 그는 계속해서 유럽 전역에서 작품을 발표했고, 마침내 미국에서도 발표할 기회를 얻었다. 1921년 미국에서 번역되어 상연된 연극은 좋은 평을 받았고, 어느 정도 흥행에 성공하기도 했다.

작곡가인 자코모 푸치니G.Puccini가 〈릴리옴〉을 오페라로 각색하고자 했으나 몰나르는 그에게 저작권을 팔지 않았다. 왜냐하면 그는 "〈릴리옴〉이 푸치니의 오페라가 아니라 몰나르의 연극으로 기억되기"를 원했기 때문이다. 대신 몰나르는 그 권리를 〈오클라호마Oklahoma!〉의 성공에 한껏 고무된 뮤지컬 듀오인 리처드 로저스R.Rodgers와 오스카 해머스타인

O.Hammerstein에게 팔았다. 그렇게 함으로써 몰나르의 〈릴리옴〉은 1945년 〈회전목마Carousel〉로 제목을 바꿔 단 채 뮤지컬로 초연되었는데, 결국 전적으로 로저스와 해머스타인의 뮤지컬로 기억되고 말았다.

뮤지컬에서 로저스와 해머스타인의 노래 〈넌 결코 혼자가 아니야You'll Never Walk Alone〉는 두 번 불린다. 첫 번째는 남편의 죽음으로 인해 이제 막 미망인이 된 줄리를 다독이기 위해, 그리고 두 번째는 몇 년이 지난 다음 졸업식에서 루이스의 급우들이 부른다. 루이스는 너무 힘겨운 나머지 합창에 참여하고 싶어 하지 않는다. 그러나 그녀는 지금 자신의 눈에 보이지는 않지만 아버지 릴리옴의 존재감과 격려를 느낄 수 있었고, 결국에는 노래를 부르기 시작한다.

〈넌 결코 혼자가 아니야〉의 노랫말은 아주 분명한 의미를 담고 있다. 노래는 우리에게 "비바람을 뚫고 계속 걸어라./ 비에 맞서 걸어라"라고 말한다. 물론 그렇게 하는 것이 폭풍우에 맞서는 특별히 현명한 가르침은 아니다. 우리는 또한 "마음속에 희망을 품고 걸어라"라는 가사를 듣게 되는데 이 역시 매우 진부하다. 그리고 "폭풍우의 끝에는 황금빛 하늘이 있고, 종달새의 달콤한 은빛 노래가 있어"라고 노래한다. 그러나 현실에서 폭풍우의 끝에는 도처에 흩어져 있는 나뭇가지들과 끊어진 전깃줄, 범람하는 강들이 있을 것이다.

그럼에도 이 노래는 내게 감동을 불러일으킨다. 어쩌면 "계속 걸어라"라는 단어의 반복 때문일 것이다. 나는 인간이 된다는 것에 관해 근본적인 두 가지 사실을 생각하고는 한다. 1. 우리는 계속 가야만 한다. 그리고 2. 우리 중 누구도 혼자 걷는 것이 아니다. 우리는 혼자라고 느낄 수도 있지만(사실 우리는 혼자라고 느낄 것이다), 고립된 참담한 상황 속에서조차 우리는 혼자가 아니다. 졸업식장에서의 루이스처럼 멀리 떨어져 있거나 심지어 떠나버린 사람들조차 우리와 여전히 함께 존재하며, 여전히 우리에게 계속 걸으라고 다독이고 있다.

프랭크 시나트라F.Sinatra에서부터 조니 캐시J.Cash, 아레사 프랭클린A.Franklin 등 여러 가수들이 이 노래를 계속해서 나시 불렀다. 그러나 가장 유명한 커버곡은 조지 마틴G.Martin이 녹음하고, 브라이언 엡스타인B.Epstein이 음악감독을 한, 비틀즈와 같은 리버풀 출신의 밴드, 게리 앤 더 페이스메이커스Gerry and the Pacemakers가 1963년에 부른 곡이다. 그들은 밴드의 이름인 페이스메이커스(심박조율기 – 옮긴이)에 어울리게 곡의 길이를 바꾸어 템포를 늘렸으며, 만가풍에 다소의 활력을 불어넣었다. 그 결과 그들의 버전은 영국에서 1위 히트곡이 되었다.

리버풀 축구팀의 팬들은 경기 중에 거의 즉각적으로 이 노래를 함께 부르기 시작했다. 그해 여름 리버풀의 전설적인 감독, 빌 샹클리B.Shankly 는 페이스메이커스의 리드 싱어 게리 마스덴G.Marsden에게 말했다. "게리, 이 친구야. 우린 네게 축구팀을 줬고, 넌 우리에게 이 노래를 줬어."

오늘날 "넌 결코 혼자가 아니야"라는 말은 리버풀의 경기장 안 필드 입구 위에 철제로 아로새겨져 있다. 리버풀의 유명한 덴마크 수비수인 다니엘 아게르D.Agger는 YNWA〈You'll Never Walk Alone〉를 오른쪽 손등에 문신으로 새겼다. 나는 수십 년 동안 리버풀의 팬°이었고, 그래서 노래의 첫 소절을 들을 때마다 즉각 그 축구팀을 떠올리게 된다. 노래는 다른 팬

° 왜냐고? 열두 살 때 나는 중학교 축구팀의 일원이었다. 물론 나는 별 볼 일 없었고 거의 경기에서 뛸 기회조차 없었다. 그런데 우리 팀에는 훌륭한 선수가 한 명 있었는데, 그 녀석의 이름은 제임스였다. 제임스는 영국에서 전학 온 친구였고, 그는 영국에는 프로 축구팀이 있고 수천 명의 팬이 함께 일어서서 어깨를 서로 겯고 경기 내내 응원가를 부른다고 했다. 그가 우리에게 영국에서 가장 뛰어난 팀은 리버풀 이라고 말했다. 그리고 나는 제임스의 말을 믿었다.

들과 함께 때로는 환호하며, 때로는 탄식하며 불렀던 모든 시간을 생각
나게 한다.

1981년 빌 샹클리가 죽었을 때 게리 마스텐은 추도식의 자리에서 —
수많은 리버풀 서포터즈의 장례식마다 불렀듯이 — 〈넌 결코 혼자가 아
니야〉를 불렀다. 그런데 신기한 것은 〈넌 결코 혼자가 아니야〉란 기적 같
은 노래는 장례식의 노래로, 고등학교 졸업식의 노래로, 그리고 챔피언스
리그에서 바르셀로나를 반드시 이기자는 노래로도 다 잘 어울린다는 것
이다. 이전 리버풀의 선수이자 감독이었던 케니 달글리시K.Dalglish가 말
했듯이 "그 노래는 역경과 슬픔을 덮고, 그 노래는 승리를 덮는다." 그 노
래는 그대의 꿈이 흔들리고 팽개쳐질 때조차 모두를 함께 묶어세우는 노
래다. 폭풍우와 금빛 하늘 모두에 관한 노래다.

언뜻 보기에 세계에서 가장 인기 있는 축구 경기의 노래가 뮤지컬에서
나왔다는 것이 이상할지도 모르겠다. 그러나 축구가 곧 연극이고, 팬들은
그것을 경기장이라는 뮤지컬 극장에서 상연하는 것이다. 웨스트햄 유나
이티드의 노래는 〈나는 영원히 비눗방울을 불고 있어I'm Forever Blowing
Bubbles〉다. 매 경기를 시작할 때마다 관중석에서 수천 명의 어른이 스탠
드에서 비눗방울을 불며, 다음과 같이 노래하는 것을 들을 수 있다. "나
는 영원히 비눗방울을, 아주 예쁜 비눗방울을 하늘로 불어 올려./ 비눗
방울은 높이 날아올라, 거의 하늘에 닿을 듯해./ 그리고는 마치 내 꿈처
럼 희미해지고 사라져버려." 맨체스터 유나이티드의 팬들은 줄리아 워드
하우J.W.Howe가 만든, 미국 시민전쟁의 노래였던 〈공화국의 전투 찬가
Battle Hymn of the Republic〉를 〈영광, 영광 맨 유나이티드Glory, Glory Man
United〉라는 노래로 개사해서 부른다. 맨체스터 시티의 팬들은 1934년 로
저스Rodgers와 하트Hart의 곡인 〈블루문Blue Moon〉을 부른다.

이 모든 노래는 그 노래를 부르는 공동체에 의해 훌륭하게 재탄생되었다. 그 노래들은 슬픔 속에서도 단결을, 승리 속에서도 단결을 주장한다. 비눗방울이 날아오르든 터지든 우리는 함께 노래한다.

〈넌 결코 혼자가 아니야〉의 가사는 유치하지만 그릇된 말은 아니다. 노래는 세상이 정의롭거나 행복한 곳이라고 주장하지 않는다. 그저 마음속에 희망을 품고 걸어 나가라고 우리에게 요청할 뿐이다. 〈회전목마〉 마지막 장면의 루이스처럼 처음 노래를 시작할 때에는 황금빛 하늘이나 종달새의 달콤한 은빛 노래를 사실 믿지 않지만, 노래를 마칠 때쯤이면 우리는 조금은 더 그것을 믿게 된다.

2020년 3월 영국의 구급대원들이 유리 벽 저편, 집중 치료실에 있는 동료 대원들에게 〈넌 결코 혼자가 아니야〉를 불러주는 동영상이 인터넷에서 돌았던 적이 있었다. 구급대원들은 그들의 동료들을 격려encourage 하고자 했다. 그 말은 정말 말 그대로 용기를 북돋우고자 격려en-courage 한 것이다. 비록 우리의 꿈이 흔들리고 팽개쳐질지라도 여전히 우리는 용기를 갖고 우리 자신을 위해, 그리고 서로를 위해 노래한다.

나는 〈넌 결코 혼자가 아니야〉에 별점 네 개 반을 준다.

인류의 시간 범위

아홉 살이었는지 열 살이었는지 나는 올랜도 과학관에서 천체 쇼를 보았다. 사회자는 목소리에 전혀 감정을 싣지 않은 채 10억 년 뒤 천체의 변화를 설명해주었다. "그때가 되면 태양은 지금보다 10% 더 밝게 빛날 것이며, 그로 말미암아 지구의 바닷물은 모두 증발해버릴 것입니다. 40억 년 뒤에는 지구의 표면이 지독히 뜨거워져 모든 것이 녹아버립니다. 그리고 70억 년 혹은 80억 년이 지나면 태양은 적색 거성이 될 것이며, 팽창해서 결국 우리의 행성은 그 속으로 빨려 들어가고, 지구상에서 우리가 생각하거나 말하거나 행동했던 모든 흔적은 타오르는 플라스마의 구체 속에 흡수되어버릴 것입니다.

올랜도 과학관을 방문해주셔서 감사합니다. 출구는 왼쪽에 있습니다."

그 설명으로부터 회복하는 데에 나는 거의 35년이 걸렸다. 나중에 아르크투루스Arcturus(목동자리에서 가장 밝은 별로 북두칠성의 꼬리에서 중천을 향해 연장해나가면 볼 수 있는 밝은 오렌지색 별 – 옮긴이)를 포함하여 우리가 밤하늘에서 보는 수많은 별이 적색 거성이라는 것을 배우게 되었다. 적색 거성들은 흔하다. 별들이 커져서 한동안 거주했던 태양계를 집어삼키는 것도 흔한 일이다. 그러니 우리가 세상의 종말에 대해 걱정하는 것은 놀라운 일이 아니다. 세상은 항상 종말을 예고한다.

* * *

2012년 20개국에서 실시한 한 조사는 인류가 살아생전 종말을 맞이할 것이라고 믿는 사람들의 비율이 나라마다 많은 차이가 있다고 보고했다. 프랑스에서는 여론조사 대상자의 6%가 그렇다고 응답했고, 미국에서는 22%가 그렇다고 응답했다. 이는 납득할 만한 일이다. 프랑스는 종말론적 설교자들의 고향이었다. 예컨대 투르의 주교 마르탱Martin은 "반그리스도(「요한서」에 나타난 존재로 예수 그리스도를 부인하는 자이며, 종말 전에 나타난다고 한다 - 옮긴이)가 이미 태어났다는 것은 의심할 여지가 없다"라고 썼다. 그것은 4세기까지 거슬러 올라간다. 미국의 종말론은 훨씬 더 최근의 일이다. 셰이커Shaker교는 1794년에 지구가 종말을 맞을 것이라고 했고, 유명한 라디오 전도사였던 복음주의자 해럴드 캠핑H.Camping은 종말이 1994년에 올 것이라고 했다. 그러나 세계의 종말은 1994년에도, 1995년에도 오지 않았다. 캠핑은 종말의 시간이 "2011년 5월 21일에 시작하여 다섯 달 동안 불, 유황, 역병으로 지구상에는 매일 수백만 명의 사람들이 죽어 나갈 것이며, 세상의 종말은 2011년 10월 21일이 될 것"이라고 예언을 계속했다. 그리고 이 가운데 어떤 일도 일어나지 않고 지나가자 캠핑은 말했다. "우리가 시기를 잘못 알았음을 겸허하게 인정한다"라고. 그들 자신을 '우리'라고 지칭하면서도 그 중 어느 누구도 겸허하게 잘못을 인정한 기록은 없지만 말이다. 내게 종교학을 가르쳤던 교수, 도널드 로건이 한번은 내게 이렇게 말한 것을 기억한다. "세상의 종말에 관해 결코 예언하지 말게나. 자네는 십중팔구 틀리게 될 것이고, 설혹 예언이 맞았다 해도 누가 살아남아 자네를 축하해주겠나?"

캠핑의 개인적인 종말은 아흔두 살의 나이로 그가 세상을 떠난 2013년에 찾아왔다. 이 세상의 종말에 관한 두려움의 일부는 우리들 각자의 세상이 끝날 것이며, 그것도 머지않아 끝날 것이라는 기묘한 현실의 자각에서 비롯된 것이 틀림없다. 그런 점에서 종말론적 불안은 어쩌면 인류의 놀라운 자아도취의 부산물일지도 모른다. 어떻게 세상이 가장 중요한 거주자인 나란 사람의 죽음에도 불구하고 살아남을 수 있겠는가? 나는 다른 무언가가 살아 움직이고 있으리라고 생각한다. 우리는 다른 종들이 멸종했음을 알고 있기 때문에 부분적으로 우리 역시 종말을 맞을 수도 있음을 어느 정도는 알고 있다.

고생물학자들이 '현생 인류'라고 부르는 우리들은 약 25만 년 동안 존재해왔다. 이것이 우리가 하나의 종種으로 존재해왔던 시간의 길이, 이른바 '시간 범위'다. 오늘날의 코끼리는 적어도 우리보다 10배 이상 오래 살아왔다. 코끼리의 시간 범위는 250만 년보다 더 전에 끝난 플라이오세 Pliocene Epoch(두 개의 세로 구분된 신 중 제3기 후반에 해당되는 지질시대 – 옮긴이)까지 거슬러 올라간다. 알파카는 우리보다 40배 더 긴 천만 년 남짓 존재해왔다. 뉴질랜드에 사는 파충류의 일종인 투아타라Tuatara는 지구가 판게아로 분리되기 전 슈퍼대륙의 땅덩어리였던 약 2억 4천만 년 전에 처음 출현했다. 그들은 우리보다 천 배 더 오래 여기에서 살아왔다.

우리는 북극곰, 코요테, 대왕고래, 낙타보다 더 어리다. 우리는 또한 우리가 멸종으로 내몬 도도새, 자이언트 나무늘보보다 훨씬 더 어리다.

＊　　＊　　＊

2020년 봄 신종 코로나바이러스가 발생한 지 몇 주 후 미국은 학교를 폐쇄하기 시작했고, 식료품점은 물건이 없어 문을 닫기 시작했다. 언젠가 감염병 확산에 대한 두려움을 내가 공공연하게 언급한 적이 있는데, 어느 분이 그걸 모아서 보내주었다. 팟캐스트 〈내가 두려워하는 열 가지 일들 10 Things That Scare Me〉에서 나는 "인간 규범의 붕괴를 초래하는 전 세계적인 감염병의 유행"을 상위 순위로 제시하였다. 몇 해 전 세계사에 관해 찍은 비디오에서 "만약 어떤 식의 슈퍼버그가 나타나 세계적인 무역 경로를 따라 퍼진다면" 어떤 일이 일어날지 추측해본 적이 있었다. 2019년에도 팟캐스트에서 "우리 모두는 다가오는, 우리가 알고 있는 전 세계적인 감염병의 대유행에 대비해야만 한다"라고 말했다. 그런데 여태껏 나는 어떤 대비도 하지 않았다. 아주 불가피한 경우에도 미래는 항상 모호하고 흐릿하게 느껴진다. 눈앞에 닥칠 때까지.

아이들의 학교가 폐쇄된 후, 아이들을 위한 나무집을 만들면서 톱밥의 흡입을 막아보고자 몇 해 전 사두었던 마스크를 찾아낸 다음 나는 동생 행크에게 전화를 걸어 무섭다고 말했다. 감염병이 미치는 범위를 이해하기 훨씬 전의 일이었다. 행크는 냉철했고, 이성적이었으며, 침착했다. 그는 항상 그래왔다. 우리 사이에서는 내가 아무리 나이가 더 들었다고 해도 행크가 더 현명한 동생이라는 사실은 바뀌지 않는다. 아주 어렸을 때부터 내가 불안감에 대처하는 방법 중 하나는 동생을 보는 것이었다. 내 두뇌로 인지된 위협이 정말 괜찮은지 확신할 수 없을 때마다 행크를 보고 행크가 무서워하지 않으니까 괜찮다고 스스로를 다독이고는 했다. 만약 무언가가 정말 잘못된다면 행크 역시 그처럼 침착할 리가 없을 것이기 때문이다.

그래서 나는 두렵다고 행크에게 말했다.

"이번에도 이 종은 살아남을 거야." 그가 약간 갈라지는 목소리로 대답했다.

"이번에도 이 종이 살아남을 거라고? 내게 해줄 말이 그게 전부야???"

그는 잠시 멈칫했다. 나는 그의 숨소리에서 떨림을 들을 수 있었다. 그 떨림은 함께 지내온 평생 동안 내 숨소리에서 그가 듣곤 했던 떨림이었다. "그 말이 내가 형에게 해줄 말이야." 잠시 뒤 그가 말했다.

나는 격리라도 되면 매일 두 캔씩 마실 수 있도록 다이어트 닥터페퍼 60캔을 사두었다고 행크에게 말했다.

그제야 나는 예전의 웃음소리를 들을 수 있었다. 내-형은-진짜-인물이야-웃음. "40년이나 감염병 걱정을 하며 보낸 사람치고는 감염병이 어떻게 영향을 미치는지 전혀 모르는군"이라고 그는 말했다.

* * *

소비자를 대상으로 하는 판매 전략의 한 가지는 매출을 극대화하기 위해 긴박감을 조성할 필요가 있다는 것이다. *초특급 세일이 곧 끝난다! 겨우 몇 장밖에 남지 않았다!* 특히 전자상거래 시대에 이러한 상업적인 위협은 거의 항상 거짓말이다. 그럼에도 우리의 종말론적 환영의 메아리처럼 그 위협은 언제나 효과적이다. 만약 우리가 인간 실험에 관해 긴박감을 느낀다면, 우리는 '휴거Rapture' 전에 영혼을 구하기 위해서든 기후 변화에 대처하기 위해서든 실제로 무언가를 하게 될지도 모른다.

지금 내가 불안을 느끼는 것처럼 4세기, 투르의 마르탱 주교는 종말론적 불안을 현실적인 것으로 느꼈음이 틀림없다. 천 년 전에 홍수와 역병은 종말론적 징조로 간주되었다. 왜냐하면 홍수와 역병은 우리의 이해를 훨씬 넘어서는 힘을 슬쩍 보여주기 때문이다. 내가 한창 성장하던 시기 컴퓨터와 수소폭탄, Y2K와 핵겨울의 등장은 종말론적 염려들을 부추겼다. 오늘날 이 걱정들은 때때로 미친 듯이 날뛰는 인공지능이나 전혀 준비되어 있지 않은 채 맞닥뜨린, 종을 위협하는 전 세계적인 감염병으로 대상이 바뀌었다. 그러나 가장 일반적인 나의 염려는 기후 위기 혹은 생태계의 위기 ― 몇십 년 전만 해도 존재하지 않았던 용어지만 지금은 광범위한 현상이 된 ― 에 초점을 두고 있다.

인간은 이미 생태적 관점으로 보면 재앙이다. 불과 25만 년 만에 우리가 해온 짓은 수많은 종의 멸종을 초래하였고 그보다 더 많은 종의 가파른 쇠퇴를 이끌었다. 개탄스러운 일이며 또 점점 더 말할 필요조차 없는 일이 되어버렸다. 우리는 수천 년 전에도 이미 거대 포유류를 사냥하여 멸종에 이르게 하면서도 무엇을 하는지조차 몰랐을 것이다. 그러나 지금은 우리가 하는 짓을 알고 있다. 우리는 이 땅을 조금이나마 더 가볍게 밟으려면 어떻게 해야 할지를 알고 있다. 에너지를 덜 사용하고, 육류 소비를 줄이고, 숲을 덜 개간하는 방안을 선택할 수 있게 되었다. 그런데도 우리는 그런 선택을 하지 않는다. 그 결과 수많은 생명체에게는 인류야말로 종말론이다.

*　*　*

순환적인 우주론을 수용하는 세계관이 있다. 예컨대 힌두의 종말론은 세계가 형성, 유지, 쇠퇴 등의 순환을 통해 유지되는 억겁Kalpas이라 불리는 수십억 년의 기간들을 그려 보이고 있다. 그러나 선형 종말론들은 인류의 종말을 종종 '세계의 종말'이라 언급한다. 하지만 설혹 지구상에서 우리가 떠난다고 해도 분명 세상의 끝은 아닐 것이며, 세상 생명체 모두의 종말은 더더욱 아닐 것이다.

인간은 우리 종 자체에, 그리고 수많은 다른 종들에게 위협적이지만 그래도 행성은 살아남을 것이다. 사실 지구상의 생명체가 우리로부터 회복하는 데에는 몇백만 년밖에 걸리지 않을지도 모른다. 훨씬 더 심한 충격 속에서도 생명은 되살아났다. 2억 5천만 년 전 페름기Permian의 대멸종 당시 바다 표면의 물은 화씨 104도, 즉 섭씨 40도에 이르렀을 가능성이 있다. 지구 종의 95%가 멸종했고, 그 후 5백만 년 동안 지구는 생명체의 확장을 찾아볼 수 없는 '죽은 지대'였다.

6천6백만 년 전 소행성의 충돌로 엄청난 먼지구름이 생겨 2년 동안 어둠이 지구를 뒤덮었고, 그 결과 광합성이 사실상 중단되었으며, 육지 동물의 75%가 멸종했다. 이 재난에 비교해보면 인간은 그 정도로 재난을 일으키는 존재는 아니다. 지구가 우리와 함께 끝났을 때, 그것은 마치 "그래, 인간이란 재앙은 그렇게 대단한 것은 아니었어. 게다가 적어도 나는 심각한 소행성 증후군(소행성 B-612 증후군: 자신의 자리를 찾지 못해 늘 불안정하며, 한곳에 오래 정착하지 못하는 징후 – 옮긴이)에 걸리지도 않았잖아"와 같을 것이다.

진화론적으로 어려운 부분은 전핵 세포에서 진핵 세포로, 그리고 단세포 생물에서 다세포 생물로 진행하는 것이었다. 지구가 형성된 것은 약 45억 년 전인데, 그것이 얼마나 큰 시간 범위인지 내 머리로는 이해할 수 없다. 대신 지구의 역사를 달력상의 1년으로, 지구가 형성된 것이 1월 1일이고, 지금은 12월 31일 오후 11시 59분이라고 상상해보자. 지구에 첫 번째 생명체가 출현한 것은 2월 25일 경이었다. 광합성을 하는 유기체는 3월 말에 처음 나타난다. 다세포 생명체는 8월 혹은 9월이나 되어야 나타난다. 에오랍토르와 같은 최초의 공룡은 2억 3천만 년 전, 우리 달력으로 12월 13일에 나타난다. 공룡의 종말을 알리는 유성의 충돌은 12월 26일 경에 일어난다. 호모 사피엔스는 12월 31일 오후 11시 48분*까지는* 이야기에 등장하지도 않았다.°

달리 표현하면 지구가 단세포 생물에서 다세포 생명체로 가는 데에는 약 30억 년이 걸렸다. *티라노사우루스 렉스*에서 화석을 파헤치고 읽고 쓸 수 있게 된 인간, 생명체의 시간표를 비슷하게나마 그려내고 그 종말에 대해 걱정하는 인간에 이르기까지 7천만 년이 채 걸리지 않았다. 우리가 어떻게 해서든 모든 다세포 생물을 이 지구상에서 제거하지 않는 한 지구는 처음부터 다시 시작할 필요는 없을 것이다. 그리고 적어도 태양이 지구를 집어삼키고 바닷물이 모두 증발해버릴 때까지는 괜찮을 것이다.

그러나 그때쯤이면 우리는 집단적인 기억들, 그동안 모아두었던 기억들과 함께 사라져버리게 될 것이다. 인류의 끝이 이 기억들의 끝이라는 사실은 나를 두렵게 만든다. 한 그루 나무가 숲속에서 쓰러졌는데 누구도 그 소리를 들은 사람이 없다 할지라도 소리는 난 것이다. 그러나 만약 누구도 녹음된 빌리 홀리데이의 연주를 틀지 않는다면 그 노래들은 더 이상 실제로 어떤 소리를 낼 수 없다. 우리는 수많은 고통을 야기했지만 다른 많은 것들을 만들어내기도 했다.

나는 세상은 우리가 없어지더라도 남게 되리라는 것을 안다. 그리고

° 농업과 대규모의 인류 공동체, 일체식 구조물의 형성은 이 달력에 따르면 모두 지난 1분 안에 일어난 일이다. 산업혁명, 두 차례의 세계대전, 농구의 창안, 녹음된 음악, 전기 식기세척기, 그리고 말보다 더 빠른 운송수단 등은 모두 지난 2초 동안 일어난 일이다.

어떤 면에서 우리가 없다면 세상은 더 잘 돌아가게 될 것이다. 새소리는 더 많아질 것이며, 더 많은 생명체가 어슬렁거리며 돌아다닐 것이다. 더 많은 식물이 우리의 포장도로를 뚫고 솟아날 것이며, 우리가 망쳐놓은 지구를 다시 야생으로 되돌릴 것이다. 우리가 세운 폐허가 된 집에서 코요테가 잠자는 것을 나는 상상해본다. 우리가 마지막으로 떠난 다음에도 해변에서 둥둥 떠다니는 플라스틱 조각들을 상상해본다. 달려들게 만드는 어떤 인공적인 조명도 없을 것이기에 달을 향해 다시 방향을 돌리는 나방들을 상상한다.

우리가 존재하지 않더라도 삶은 지속되리라는 것을 생각하면 그나마 위로가 된다. 그러나 나는 우리의 빛이 꺼질 때야말로 지구의 가장 엄청난 비극이 될 것이라고 주장한다. 왜냐하면 인간은 잘난 척하기 쉬운 존재이기는 하지만 지구상에 나타난, 단연코 가장 흥미진진한 존재이기도 하기 때문이다.

인간이 얼마나 놀라운 존재인지, 얼마나 독특하고 사랑스러운 존재인지를 잊기는 어렵지 않다. 사진과 그림을 통해 우리들은 저마다 결코 볼 수 없을 듯한 것들을 보았다. 화성의 표면, 심해의 발광 생물체들, 진주 귀고리를 한 17세기의 소녀 등등. 공감을 통해 우리는 다른 존재는 결코 느낄 수 없는 것들을 느꼈다. 풍부한 상상력의 세계를 통해 우리는 크고 작은 종말론들을 보았다.

우리는 우리 자신이 우주 속에 존재하고 있음을 알고 있는, 우주의 유일한 존재다. 우리는 머리 위에 언젠가는 우리를 집어삼킬 별이 선회하고 있음을 알고 있다. 우리는 이 우주의 생명체에는 저마다의 시간 범위가 있음을 알고 있는 유일한 종이다.

* * *

　복잡한 유기체들은 단순한 유기체들보다 훨씬 짧은 시간 범위를 가지는 경향이 있으며, 인류는 끔찍한 도전에 직면해 있다. 우리의 힘은 지구 전체의 온난화를 초래하기에 충분할 만큼 강력하지만 그 온난화를 멈추기에 충분할 만큼 강력하지 않다. 이 세상에서 계속 살아남기 위한 방도를 찾아야 한다. 심지어 우리가 할 수 있는 것보다 우리가 해야 할 일을 더 잘하도록 학습된 기술로 우리의 쓸모없음을 대체해야 한다. 그러니 우리는 백 년 전 혹은 천 년 전보다 더욱 심각한 이 문제들을 해결할 더 나은 위치에 있다. 우리는 지금껏 가졌던 것보다 더 나은 집단적인 두뇌와 더 많은 자원, 그리고 우리 선조들이 수집한 것보다 더 다양한 지식을 가지고 있다.

　우리는 또한 충격적일 정도로, 어리석을 정도로 끈질기기도 하다. 초기 인류는 아마도 사냥과 낚시를 위해 수많은 전략을 사용했겠지만 공통된 전략은 끈질김이었다. 끈질긴 사냥에서 포식자는 추적하는 솜씨와 함께 순전한 인내심에 의존한다. 우리는 몇 시간이고 사냥감을 쫓아다니고, 동물들이 매번 우리를 피해 달아날 때마다 다시 뒤쫓았다. 그리고 다시 달아나면 또다시 쫓아가고, 달아나면 쫓아가고, 그리하여 마침내 사냥감이 지친 나머지 더 이상 달아날 수 없을 때까지 쫓아갔다. 그렇게 해서 수만 년 동안 우리보다 더 강하고 더 빠른 생명체를 잡아먹어 왔다.

　우리는 그저, 계속, 나아간다. 우리는 심지어 살기에는 너무 추운 곳까지를 포함하여, 일곱 대륙을 가로질러 퍼져갔다. 우리는 볼 수도 없고 찾으리라 알 수도 없었던 육지를 향해 해양을 가로지르며 항해했다. 내가 가장 좋아하는 단어 중의 하나도 *끈질긴dogged*이라는 말이다. 나는 끈질긴 추구, 끈질긴 노력, 끈질긴 결단력 들을 좋아한다. 내 말을 오해하지 말길 바란다. 개는 정말 악착같이 끈질기다. 그러니 오히려 개를 *인간적*이라고 불러야 할 판이다. 인간적인 결단력.

나는 내 인생의 대부분이 우리 인류사의 4분기의, 심지어 그 최후의 나날들에 있다고 생각해왔다. 그러나 최근에 나는 그와 같은 절망감은 장기적인 생존을 향한, 이미 희박해진 기회를 더 악화시킬 뿐이라고 믿기에 이르렀다. 우리는 싸울 무언가가 있는 것처럼, 우리가 싸울 가치가 있는 존재인 것처럼 싸워야만 한다. 왜냐하면 우리는 사실 싸울 가치가 있는 존재이기 때문이다. 그래서 나는 종말에 가까워지고 있지 않다고 믿기로 했으며, 끝은 오지 않을 것이며, 우리가 다가오는 변화에도 살아남을 방법을 찾게 될 것이라 믿기로 했다.

옥타비아 버틀러O.Butler는 "변화는 피할 수 없는, 저항할 수 없는, 지속되는 우주의 현실이다"라고 썼다. 이 말에 내가 어떻게 우리는 더 이상 변화할 것이 없다고 말할 수 있겠는가? 내가 어떻게 "지구 씨앗의 운명은 별들 속에 뿌리를 내리는 것"이라고 쓴 버틀러에게 틀렸다고 말할 수 있겠는가? 최근 나는 우리의 끈질김, 우리의 적응력이 우주를 아주, 아주 오랫동안 지속적으로 변화시킬 것이라고 믿기로 했다.

지금까지 고작해야 25만 년밖에 되지 않은 인류의 시간 범위에 별점 한 개를 주는 것조차 아깝다. 그러나 최근 나는 처음 들었을 때는 괴로웠던 동생의 말을 곱씹는 가운데 그 말들을 믿게 되었다. 동생이 옳았다. 이 종은 이번에도 살아남을 것이고, 앞으로 더 잘 살아가게 될 것이다.

그래서 희망을 품고 나는 우리의 시간 범위에 별점 네 개를 준다.

핼리 혜성

핼리 혜성의 지속적인 미스터리 중 하나는 누구도 그 이름의 철자를 어떻게 쓰는지 모른다는 사실이다. 그 혜성은 헤일리Hailey, 핼리Halley, 홀리Hawley와 같이 자신의 성을 다양한 철자로 썼던 천문학자의 이름에서 따왔기 때문이다. 우리는 요즘 *이른바* 이모지emoji의 출현이나 변화하는 언어의 의미로 말미암아 언어가 아주 유동적이라고 생각한다. 그러나 사실 우리는 적어도 자신의 이름 철자를 어떻게 쓰는지 정도는 알고 있다. 우리 중의 홀리나 헤일리에게 사과해야 할지도 모르겠지만 나는 이 혜성을 핼리 혜성이라 부르고자 한다.

핼리 혜성은 지구에서 육안으로 볼 수 있는 유일한 주기적인 혜성이다. 핼리 혜성은 태양 주위를 타원형의 궤도로 도는데, 그 주기는 74년에서 79년 정도 걸린다. 그래서 보통 사람이라면 생애 동안에 한 번은 핼리 혜성이 밤하늘을 몇 주 동안이나 밝게 비추는 것을 볼 수 있다. 어쩌면 그대가 일정을 잘 맞춘다면 생애에 두 번까지 볼 수도 있다. 예컨대 미국 작가 마크 트웨인M.Twain은 이 혜성이 미주리주의 하늘에서 눈부시게 빛나고 있을 때 태어났다. 이후 74년 뒤에 그는 "나는 1835년 핼리 혜성과 함께 이곳에 도착했습니다. 그런데 이 혜성이 내년에 다시 온다고 합니다. 이제 나는 이 혜성과 함께 떠날 작정입니다"라고 말했다. 그리고 그는 거짓말처럼 핼리 혜성이 다시 나타난 1910년에 죽었다. 이것만 봐도 마크 트웨인은 회고록의 서사 구조를 짜는 데 특히 탁월한 재능이 있었음을 알 수 있다.

그 후 76년이 지나서 그 혜성은 1986년의 늦겨울에 다시 돌아왔다. 나는 여덟 살이었다. 위키피디아를 인용하면, 그해 나타난 혜성은 보통 때보다 지구와 훨씬 더 멀리 떨어진 궤도에 놓여 "기록상 가장 마뜩잖은" 것이었다. 혜성과의 거리에 끔찍할 정도로 늘어난 인공조명까지 더해져 대부분의 지역에서는 핼리 혜성을 육안으로 볼 수 없음을 의미했다.

나는 밤하늘에 수많은 빛을 쏘아대는 도시인 플로리다의 올랜도에서 살고 있었다. 그래서 핼리가 가장 밝게 빛난다는 주말, 아빠와 나는 가족 소유의 작은 오두막이 있던 오칼라 국유림까지 자동차를 타고 갔다. 지금도 생애에서 가장 멋진 날 중의 하루로 꼽고 있는 날, 그 끝자락에 나는 아빠의 조류 탐사용 쌍안경을 통해 혜성을 보았다.

* * *

인류는 수천 년 전에 이미 핼리가 주기적으로 나타나는 혜성이라는 사실을 알고 있었는지도 모른다. 탈무드에는 "어떤 별은 70년마다 한 번씩 나타나 배의 선장들로 하여금 실수를 하게 만든다"라고 쓰여 있다. 그러나 그 당시의 사람들에게는 이미 배운 적이 있는 사실조차 거듭 잊어버리는 것이 흔한 일이었다. 생각해보면 그 흔한 일이 그 당시뿐만은 아닐 것이다.

어쨌든 에드먼드 핼리Edmond° Halley는 자신이 관찰한 1682년의 혜성이 1607년과 1531년에 보고된 유성과 궤도가 흡사하다는 것을 알아차렸다. 14년이 지난 뒤까지 핼리는 여전히 이 혜성에 대한 생각을 이어갔고, 아이작 뉴턴에게 다음과 같이 썼다. "1531년 이후 지금까지 세 번이나 같은 혜성을 본 것이라고 더욱더 확신하게 되었습니다." 그러고 나서 핼리는 혜성이 1758년에 다시 올 것이라고 예측하였다. 그리고 그의 말은 맞았다. 정말 다시 온 것이다. 그 이후 혜성은 그의 이름을 따서 핼리라 불리게 되었다.

우리는 종종 역사의 중심에 개인의 위대한 업적과 발견을 얹어놓는 경향이 있다. 그래서 인간의 인식 변화를 추동하는 광범위한 체계와 역사의 힘을 잊기 쉽다. 예컨대 핼리가 혜성의 귀환을 정확하게 예측했던 것은 사실이지만 그의 동료이자 동시대 사람인 로버트 훅 역시 어떤 혜성은 회귀할지도 모른다는 '아주 새로운 견해'를 피력한 바 있다. 혜성의 주기성에 관한 탈무드의 인식을 제쳐두더라도 다른 천체 관측자들이 비슷한 시기에 비슷한 생각을 갖기 시작했음은 분명하다. 17세기 유럽은 ― 뉴턴과 훅뿐만 아니라 보일과 갈릴레오, 개스코인과 파스칼에 이르기까지 ― 아주 중요한 과학적, 수학적 발전을 이루어냈다. 이는 그 시대, 그 지역에 태어난 사람들이 아주 공교롭게도 유난히 똑똑했기 때문이 아니라 과학 혁명의 분석적인 체계가 대두했기 때문이며, 왕립학회와 같은 기관들이 잘 교육받은 엘리트들로 하여금 서로를 통해 더욱 효과적으로 배울 수 있는 여건을 마련해주었기 때문이다. 당시 유럽은 갑작스럽게

° 아니면 에드문드Edmund일 수도 있다.

그리고 예기치 않게 부를 향유할 수 있었기 때문이기도 했다. 영국이 대서양의 노예 무역에 적극적으로 참여하고, 식민지와 노예 노동으로부터 뽑아낸 부가 점증하는 시기와 영국의 과학 혁명이 일치한다는 것은 결코 우연이 아니다.

그렇기에 우리는 핼리를 맥락 속에서 기억하려고 노력해야만 한다. 그저 비누를 제조하는 집안 출신의 특출한 천재로서가 아니라 로버트 펜 워렌R.P.Warren이 인상적으로 제시했듯 "제국의 조류를 타고 떠다니는 거품"인, 평범한 우리들과 다를 바 없이, 그저 폭넓은 호기심을 지니고 여러 가지 탐구를 이어갔던 사람으로 기억해야 한다.

그가 총명했다는 것만은 분명하다. 그가 얼마나 수평적인 사고를 활용했는가에 관한 한 사례가 존과 메리 그리빈J.&M.Gribbin의 책『거인의 그림자를 벗어나Out of the Shadow of a Giant』에 논의되고 있다. 핼리는 영국 땅덩어리의 모든 면적을 알아 오라고 요청받았을 때 "가장 큰 영국 지도를 구해, 그 지도에서 최대한 가장 크고 완전한 원을 잘라냈다." 그렇게 잘라낸 원은 지름이 111.57킬로미터였다. 그다음에 그는 원의 무게와 완전한 지도의 무게를 모두 측정하였고, 지도가 원보다 네 배 더 무겁다는 결론을 내렸다. 결과적으로 영국의 영토는 원의 크기보다 네 배 더 크다는 것이었다. 그가 내린 결론은 현대적인 계산법과 1% 남짓 오차가 있을 뿐이었다.

핼리의 박식한 호기심은 그의 업적 목록들을 쥘 베른J.Verne의 소설에 나온 것처럼 읽게 만든다. 그는 침몰한 배에서 보물을 사냥하기 위한 목적으로 일종의 다이빙 벨을 발명하기도 했다. 그는 초기의 자기 나침반을 발전시켰고, 지구의 자기장에 관한 수많은 중요한 통찰들을 이루어냈다. 지구의 수자원 순환에 관한 그의 글은 엄청난 영향을 끼쳤다. 그는 달의 궤도가 점차 빨라지고 있다는 것을 증명하는 데 활용하고자 아랍 천문학자인 알바타니Al-Battani의 10세기 일식에 관해 관찰한 연구들을 번역하기도 했다. 그리고 최초의 보험 통계표를 발전시켜 생명 보험의 출현을 위한 길을 터놓기도 했다.

헬리는 뉴턴의 세 권으로 된 『프린키피아』의 출판에 개인적으로 자금을 지원하기도 했다. 역사가 줄리 웨이크필드J.Wakefield에 따르면 당시 주도적인 과학기관이었던 왕립학회가 "생선의 역사에 출판 예산 전부를 모두 쏟아부었"기 때문이었다. 헬리는 과학사에서 가장 중요한 책°으로 간주되는 『프린키피아』의 중요성을 즉각 이해했다. 헬리는 이 책에 관해 이렇게 말했다. "이제 우리는 진정 신들의 식탁에 손님으로 인정받기에 이르렀다. 더 이상 어둠 속에서 의아해하는 인류를 오류가 억압하지는 못할 것이다."

물론 헬리의 생각이 항상 들어맞지는 않았다. 오류는 여전히 의아해하는 인류를 억압했다(그리고 지금도 여전히). 예컨대 달의 밀도에 관한 뉴턴의 부정확한 계산에 부분적으로 기반하여 헬리는 지구 속에 또 다른 대기와 거주자들이 살고 있는 제2의 지구가 존재한다고 주장했다.

° 존과 메리 그리빈은 『거인의 그림자를 벗어나』에서 『프린키피아』는 물론 중요하지만 그 또한 다른 사람들의 연구, 특히 로버트 훅의 연구에 의존했다고—때로는 명백하게 훔쳤다고—주장한다. 그들은 "1665년 전염병이 돌던 해에 보았다는, 잘 알려진 떨어지는 사과 이야기는 뉴턴 자신이 훅 이전에 만유인력의 법칙에 대한 아이디어를 가지고 있었다는 그의 (거짓된) 주장을 전적으로 뒷받침하고자 고안해 낸 신화일 따름이다"라고 썼다. 심지어 아이작 뉴턴조차 전염병의 시기에 자신이 했던 일을 과장했음을 알게 되어 조금 위안이 된다.

* * *

1986년 핼리 혜성이 나타났을 때, 지식 형성에 미친 과학 혁명의 접근은 나 같은 초등학교 3학년 학생들조차 지구의 지층에 관해 알고 있었을 정도니 정말 성공적임은 분명하다. 그날 오칼라 국유림에서 아빠와 나는 나무 둥치에 5×10센티미터 두께의 판지를 못으로 박아 나무 벤치를 만들었다. 특별히 어려운 목공 일이 아니었지만 내 기억에는 적어도 온종일 걸린 듯싶었다. 그리고 우리는 불을 피워 핫도그를 요리해 먹고, — 1986년에 플로리다 중부가 어두워졌던 것처럼 — 적당히 어두워지기를 기다렸다.

그 벤치가 내게 얼마나 중요한 것이었는지를, 아빠와 내가 함께 무언가를 만든 것이 얼마나 각별한 것이었는지를 어떻게 설명해야 할지 모르겠다. 그러나 그날 밤 우리는 벤치 — 사실 두 사람이 앉기에도 좁은 — 에 나란히 앉아, 쌍안경을 주거니 받거니 하며, 검푸른 밤하늘에 하얀 얼룩처럼 지나가는 핼리 혜성을 보았다.

부모님은 거의 20년 전에 그 오두막을 팔았지만 팔기 직전에 나는 사라와 함께 주말을 그곳에서 보냈다. 그때는 그녀와 막 사귀기 시작할 때였다. 나는 그녀를 벤치로 데리고 갔는데, 벤치는 여전히 그 자리에 있었다. 그 뚱뚱한 다리는 흰개미들이 갉아 먹었고, 널빤지는 뒤틀려 있었지만 여전히 우리의 무게를 지탱해주었다.

* * *

핼리 혜성은 내가 상상했던 것처럼 단일한 구형의 미니 혜성이 아니다. 오히려 천문학자 프레드 휘플F.Whipple이 설명했듯이 '더러운 눈 뭉치'처럼 수많은 바위가 땅콩 모양의 덩어리로 엉켜 있다. 종합해보면 헬리라는 더러운 눈 뭉치의 핵은 길이가 14.5킬로미터, 폭이 8킬로미터이며, 이온화된 가스와 먼지 입자로 된 꼬리는 우주에서 9,656만 킬로미터까지 확장될 수 있다. 837년 혜성이 평소보다 지구에 훨씬 더 가까이 다가왔을 때 그 꼬리는 우리 하늘의 절반 이상을 가로질러 뻗어나갔다. 1910년 마크 트웨인이 죽어가고 있을 때 지구에는 실제로 혜성의 꼬리가 지나가고 있었다. 사람들은 혜성의 가스를 막아내기 위해 방독면과 혜성 방지용 우산들을 사기도 했다.

그러나 사실 헬리 혜성은 우리에게 전혀 위협이 되지 않는다. 이 혜성은 6천6백만 년 전 공룡과 수많은 종들의 멸종을 초래한 물체와 크기는 거의 비슷하지만, 지구와 충돌하는 궤도에 있지 않다. 주목할 점은 헬리 혜성이 1986년에 비할 때 2061년에 5배나 더 가깝게 지구를 지나가게 될 것이라는 점이다. 목성이나 그 어떤 별보다 밤하늘에 밝게 비칠 것이다. 운이 좋다면 그때 나는 여든세 살이 되어 있을 것이다.

* * *

1년 단위가 아니라 헬리로 시간을 측정한다면 역사는 달리 보이기 시작한다. 1986년 혜성이 나타났을 때 아빠는 집에 ― 우리 이웃에서는 최초로 ― 개인용 컴퓨터를 들여놓았다. 그보다 전의 헬리에는 『프랑켄슈타인』의 첫 번째 각색된 영화가 상영되었다. 그 전의 헬리 때 찰스 다윈은 'HMS *비글호*'에 타고 항해를 하고 있었다. 그 전 헬리 때 미국은 국가가 아니었다. 그 전 헬리 때에는 루이 14세가 프랑스를 통치했다.

이렇게 말할 수도 있다. 지금의 평균 수명을 70년이라 간주할 때, 2021년 우리는 타지마할의 건설로부터 다섯 번의 생애만큼 떨어져 있으며, 미국의 노예제 폐지로부터 두 번의 생애만큼 떨어져 있다. 인류의 삶과 마찬가지로 역사는 엄청나게 빠르기도 하고, 고통스러울 정도로 느리기도 하다.

* * *

예측할 수 있는 미래란 거의 없다. 그 불확실성이 예전의 사람들을 두렵게 했던 것과 마찬가지로 나를 두렵게 만든다. 존과 메리 그리빈은 쓰고 있다. "혜성은 전형적인 예측 불가능한 현상으로, 어떠한 경고도 없이 불쑥 나타난 18세기에 일식보다 더 엄청난 정도의 미신적인 두려움을 불러일으켰다."

물론 우리는 개인으로서나 또 종으로서나 앞으로 일어날 일에 대해 여전히 어떤 것도 거의 알지 못한다. 그렇기에 핼리 혜성이 언제 다시 돌아올지를 알고 있다는 그 사실만으로도, 우리가 여기에 있건 없건 관계없이 돌아올 것이라는 사실만으로도 이다지 위안을 얻는다.

나는 핼리 혜성에 별점 네 개 반을 준다.

경이를 수용하는 우리의 능력

피츠제럴드F.S.Fitzgerald의 소설 『위대한 개츠비』의 마지막 장면을 보면 서술자는 밤의 해변에 대자로 드러누워, 네덜란드 선원들이 처음으로 지금의 뉴욕을 보았던 순간을 생각하기 시작한다. "일시적으로 마법에 걸린 듯한 이 순간, 남자는 이 대륙의 현존 앞에 숨을 멈춰야 했으며, 경이를 수용하는 자신의 능력에 걸맞은 무언가를 역사 속에서 마지막으로 마주치고는 이해할 수도, 감히 바랄 수도 없었던 심미적 성찰에 빠져들 수밖에 없었다." 정말 끔찍한 문장이다. 『개츠비』의 초고와 완성된 책 사이에는 아주 많은 차이가 있다. 1924년 피츠제럴드의 출판사는 사실 소설을 가제본의 형태로 인쇄하였고, 그래서 『트리말키오Trimalchio』(1세기경 로마의 페트로니우스가 쓴 소설 『사티리콘Satyricon』에 등장하는 인물로 비천한 노예에서 갑자기 벼락부자가 되었다. 개츠비도 소설의 본문에서 트리말키오로 한 번 지칭되기도 한다 - 옮긴이)란 제목을 붙였다. 그 뒤 피츠제럴드가 광범위하게 수정하여 제목도 『위대한 개츠비』로 바꾸었다. 그러나 모든 편집과 삭제, 재배열을 거치는 가운데에서도 이 특별한 문장

만큼은 전혀 바뀌지 않았다. *미적aesthetic*이란 단어의 철자를 하나 잘못 썼다는 것을 제외하고는. 하지만 누구나 그렇게 했으리라고 생각한다.

『개츠비』는 위대한 미국 소설이 되기까지 우여곡절이 많았다. 최초의 평가는 위대하지 않았고, 대체로 피츠제럴드의 첫 번째 소설『낙원의 이편』에 미치지 못하는 것으로 여겨졌다. 이사벨 패터슨I.Paterson은『뉴욕 헤럴드』에『개츠비』가 "잠깐 팔리고 말 책"이라고 썼다. 멩켄H.L.Mencken 은『시카고 트리뷴』에 "중요하지 않은 책이 분명하다"라고 썼다.『댈러스모닝뉴스』는 유난히 잔혹하게 이렇게 썼다. "우리는 책에 등장하는 사람들의 운명이 아니라 피츠제럴드 씨에게 애석한 감정을 느낀다는 말로 『위대한 개츠비』를 끝맺는다.『낙원의 이편』이 출판되었을 때, 피츠제럴드 씨는 촉망받는 청년으로 환영받았지만, 그 기대는 많은 작가와 다를 바 없이 실현되지 못할 듯하다." 어이쿠.

소설은 그의 이전 작품들과 마찬가지로 그다지 잘 팔리지 않았다. 1936년 피츠제럴드의 한 해 도서 판매 인세는 약 80달러 정도였다. 그 해 그는 자신의 신체적, 심리적 붕괴를 다룬 에세이 시리즈인 「추락The Crack-up」을 발표했다. "지난 2년 동안 내 삶은 가지고 있지도 않았던 바탕에 그린 그림이었으며, 육체적으로 정신적으로 철저하게 스스로를 저당 잡히고 있었음을 깨닫기 시작했다." 결국 피츠제럴드는 그로부터 몇 년 후 마흔네 살의 나이로 죽게 되고, 그의 책들은 대부분 잊혔다.

그러나 1942년 미국의 전시도서협의회는 제2차 세계대전에 참전하고 있는 미군들에게 책을 보내기 시작했다.『개츠비』군인용 문고판 책은 15만 부 이상 대서양을 건너갔으며, 책은 마침내 히트를 치게 되었다. 책은 병사들의 호주머니에 들어갈 수 있는 크기로 된 반양장본이었다. 군인용 문고판으로 제작된 책 중 몇몇 작품은 대중적인 인기를 얻었고, 지금은 고전으로 여겨지고 있다. 이 가운데에는 베티 스미스B.Smith의 『나를 있게 한 모든 것들』이 포함되어 있었다. 스미스의 작품은 이 프로그램에 포함된 책들 가운데 여성이 쓴 드문 경우였다. 대부분의 작품은 백인 남성이 쓴 것들이었다.

전시도서협의회의 슬로건은 "책은 이념 전쟁의 무기다"였다. 이 슬로건은 장군들이 뒷벽에 걸어둘 만한 것이기는 했지만 『개츠비』를 비롯해 선정된 많은 작품이 특별히 애국적이지는 않았다. 그런데도 프로그램은 엄청난 성공을 거두었다. 한 병사는 『뉴욕타임스』에 이 책들이 "벽에 붙여놓는 여자들 사진만큼 인기가 좋았다"라고 말했다.

1960년까지 『개츠비』는 5만 부가 팔려나갔다. 오늘날 이 책은 매년 50만 부 이상 팔리는데, 이는 미국의 고등학교 영어 수업에서 이 작품을 읽지 않고 학교를 졸업하기 어렵다는 이유가 가장 크다. 작품은 짧아서 적절히 접근할 수 있으며, "잠깐 팔리고 말" 책이 아니라 꾸준히 팔리는 책임을 입증하였다.

『개츠비』는 아메리칸드림에 관한 비판이다. 소설의 끝에서 부자가 되거나 성공하는 유일한 사람들은 처음부터 부자였고 성공한 사람들이다. 다른 사람들은 거의 죽거나 더욱 궁핍해진다. 또한 돈을 불리는 것 말고는 돈으로 할 수 있는 흥미로운 일이 전혀 없는, 공허한 자본주의에 대한 비판이다. 책은 이른바 부자 — 강아지를 사지만 돌보지는 않고, 엄청난 양의 책을 사지만 거의 읽지도 않는 — 라는 사람들의 무신경을 적나라하게 폭로한다.

그럼에도 『개츠비』는 한층 더 부유해진 인류세 왕국의 끔찍할 정도의 과잉을 축하하는 것으로 읽힌다. 책이 나온 뒤 얼마 지나지 않아 피츠제럴드는 한 친구에게 이렇게 썼다. "모든 서평 가운데, 심지어 가장 열광적인 서평조차 이 책이 무엇을 말하려는 것인지 도대체 모르고 있다."

때로는 그 말이 지금까지도 들어맞는다고 느낄 때가 있다. 내가 직접 겪은 끔찍할 정도의 과잉을 이야기하자면, 나는 언젠가 뉴욕시의 유명한 플라자 호텔에서 '위대한 개츠비 특실'로 객실을 '무료 업그레이드'해주는 서비스를 받은 적이 있었다. 그 방은 번쩍이는 은빛 벽지, 화려한 가구, 가짜 트로피, 진열장에 사인이 새겨진 미식축구공 등, 시각적인 과잉 자극이 무엇인지를 연구해도 될 만한 곳이었다. 그 방은 소설 속 데이지와 톰 뷰캐넌이 악당이라는 것조차 전혀 모르고 있는 것 같았다.

내 인생에서 가장 호사스러운 순간이었을지도 모르는데도 결국 나는 전화를 걸어 방을 바꿔달라고 요청했다. 왜냐하면 '개츠비 특실'의 거대한 샹들리에가 쉬지 않고 달랑거려 잠을 방해했기 때문이었다. 전화를 걸면서 나는 나를 내려다보고 있는 피츠제럴드의 눈을 느낄 수 있었다.

그러나 『개츠비』는 피츠제럴드가 탄식한 혼란에 스스로 빠지게 된다. 그렇다. 미국의 과잉을 비난한다는 사실에는 변함이 없지만 그렇다 하더라도 소설 전반은 도취될 정도로 리듬감 있는 산문으로 가득 차 있다. 첫 문장을 소리 내어 읽어보면 충분히 알 수 있다. "나는 내가 아주 어리고 쉽게 상처받던 시절 아버지가 해주신 충고 한마디를 아직도 마음속 깊이 되새기고 있다." 어쩌면 문장의 장단에 맞춰 발을 구를 수도 있을 듯하다. 아니면 이 문장을 읽어보라. "개츠비는 결국 모든 것이 괜찮아졌다. 개츠비를 먹잇감으로 삼았고, 그가 꾼 꿈속에서 떠다녔던 더러운 먼지는 일시적으로 남자들의 무산된 슬픔과 벅찬 환희에 대한 나의 관심을 막아버렸다."

말이 이렇게 굴러가면, 언어의 파티를 즐기지 않기가 어렵다. 그래서 내게는 그 리듬감이야말로 『개츠비』의 진정한 천재성으로 여겨진다. 이 책은 그대로 하여금 이른바 제멋대로인 역겨운 부자들과 매연이 날리는 공장 지대에 사는 가난한 사람들, 그리고 그 중간에 있는 모든 사람을 생생하게 느낄 수 있게 만든다. 파티는 지루하고 심지어 해로울 수 있음을 알고는 있지만 우리는 여전히 초대받기를 원한다. 그래서 최악의 시대에 『개츠비』는 미국적 이상에 대한 비난처럼 느껴지고, 좋은 시내에는 동일한 이상의 찬사처럼 느껴지는 것이다. 데이비드 덴비D.Denby는 이 책이 "상황이 요구하는 데에 따라 행복하게 혹은 애석하게 암송되는, 일종의 국가적 경전이 되었다"라고 썼다.

그래서 책의 말미에 그 문장이 나오게 된 것이다. "일시적으로 마법에 걸린 듯한 이 순간, 남자는 이 대륙의 현존 앞에 숨을 멈춰야 했으며, 경이를 수용하는 자기 능력에 걸맞은 무언가를 역사 속에서 마지막으로 마주치고는 이해할 수도, 감히 바랄 수도 없었던 심미적 성찰에 빠져들 수밖에 없었다."

이 문장에는 사실 한 가지 문제가 있다. 사실이 아닌 문장이 있다는 것이다. 이 대륙의 현존을 앞두고 숨을 멈춘 "사람man"이란 문장은 사실이 아니다. 왜냐하면 "사람"이 인류 전체를 가리키는 것이라면 이 "사람"은 이 대륙에 대해 이미 알고 있으며, 그리고 사실상 수만 년 동안 이곳에서 살아왔다. 사실 문장에서 "사람"의 사용은 아주 많은 것을 말해준다. 정확하게는 서술자가 사람으로 생각하고 있는 존재가 누구인지, 서술자가 이야기의 중심을 어디에 두고 있는지에 대해 우리에게 아주 많은 것을 들려준다는 것이다.

물론 "역사 속에서 마지막으로" 역시 잘못된 것임이 입증되었다. 『개츠비』가 출간되고 이삼십 년 만에 인간은 달에 발을 내디뎠다. 그 후 얼마 지나지 않아 우리는 우주에 망원경을 보내 빅뱅 직후 우주의 모습을 엿

볼 수도 있게 되었다.

어쩌면 소설은 이것을 알고 있었는지도 모른다. 결국 이 책은 절대 존재하지 않았던 과거를 기억하고자 하는 책이며, 과거가 고정되지도 않고 고정될 수 없음에도 과거의 한순간을 영원히 고정시키고자 전전긍긍하는 책인 것이다. 그래서 어쩌면 이 소설은 이 일시적으로 마법에 걸린 순간들을 상기시키는 것이 부질없는 시도임을 알고 있는지도 모른다. 어쩌면 플라자 호텔이 악당들에 관한(그리고 이들을 위한) 방을 만들리라는 것을 이미 알고 있었을지도 모른다.

그러나 나는 이 모순된 감정과 아이러니로 가득 찬 끝없는 분석이 나를 지치게 만든다고 고백하지 않을 수 없다. 적어도 내가 보기에는 여기에 아주 명확한 진실이 존재한다. 우리는 결코 경이로부터 멀리 떨어져 있지 않다. 나는 아이가 두 살쯤이었을 때, 11월의 어느 아침 숲속을 함께 걷던 날을 기억한다. 우리는 산등성이를 따라가면서 계곡 아래의 숲과 숲의 바닥에서 피어오르는 차가운 안개를 보고 있었다. 나는 계속해서 별다른 생각이 없는 두 살배기 아이에게 이 풍경을 느끼게 하려고 애썼다. 마침내 나는 아이를 번쩍 안아 수평선 쪽을 가리키며 말했다. "저걸봐, 헨리. 저걸 좀 보라고!" 그러자 아이가 "위프Weaf!(나뭇잎 leaf의 잘못된 발음 - 옮긴이)"라고 말했다. 나는 "뭐라고?"라고 말했고, 아이는 다시 "위프"라고 했다. 그러고는 팔을 뻗어 우리 옆에 있던 작은 나무에서 갈색 참나무 이파리 하나를 거머쥐었다.

나는 아이에게 11월의 미국 동부에서는 어디서든 갈색 참나무 이파리를 볼 수 있다고, 숲에는 더 흥미진진한 것이 널려 있다고 설명하고 싶었다. 그러나 아이가 이파리를 보는 것을 따라 바라보기 시작했고, 곧 그것이 단순한 갈색 이파리가 아님을 깨달았다. 나뭇잎의 잎맥은 붉은색과 오렌지색, 노란색으로 사방 뻗어나가고 있었고, 그 패턴이 너무나 복잡한 나머지 내 머리로는 정리조차 할 수 없었다. 헨리와 함께 그 이파리를 보면 볼수록 나는 한층 더 경이로움의 최대치를 보여주는 무언가를 마주치고는 이해할 수도, 바랄 수도 없었던 미적 성찰로 빠져들 수밖에 없었다.

나뭇잎의 완벽함에 경탄하면서 나는 미적 아름다움이 당신이 보는 것만큼, 그리고 그것을 어떻게 볼 것인지 혹은 그것을 볼 것인지 안 볼 것인지에 관한 것임을 상기할 수 있었다. 쿼크(우리 우주를 구성하는 가장 근본적인 입자 – 옮긴이)에서 초신성(어떤 항성이 진화 마지막 단계에서 폭발함으로써 일시적으로 매우 밝게 빛나는 특별한 별 – 옮긴이)까지 경이로움은 끝이 없다. 문제는 우리의 부족한 주의력이며, 경이가 요구하는 일을 할 만한 능력도 의지도 부족한 우리 자신인 것이다.

그래도 여전히 나는 경이를 수용할 줄 아는 우리의 능력을 좋아한다. 나는 그 능력에 별점 세 개 반을 준다.

라스코 동굴 벽화

한때 아이였거나 아이를 키워본 사람이라면 아마도 손 스텐실을 익히 잘 알고 있을 것이다. 우리 아이들은 두세 살쯤 종이 위에 활짝 편 손을 올리고 부모의 도움을 받아 다섯 손가락을 따라 그리곤 했다. 이 스텐실 그림은 내 두 아이가 만든 최초의 구상 미술이었다. 나는 아이가 손을 종이에서 떼던 순간의 표정을 기억한다. 아이는 반영구적인 자신의 기록인, 손가락을 펼친 모양이 여전히 종이에 남아 있는 것을 보고 몹시 충격을 받은 듯했다.

나는 내 아이들이 더 이상 세 살이 아니라는 사실이 그렇게 기쁠 수가 없다. 그러나 이 초기 예술 작품에서 아이들의 작은 손을 보면 이상하게도 영혼의 단짝을 만난 것 같은 기쁨이 차오르는 듯하다. 그때의 그림들은 아이들이 그저 성장해갈 뿐만 아니라 내게서 점점 멀어지면서 자신들만의 삶을 향해 달려간다는 것을 일깨워준다. 그러나 그런 생각을 하며 아이들의 손 그림을 들여다보면 작품과 관객의 관계는 과거를 돌아보았을 때 아주 복잡한 양상을 띠게 된다.

1940년 9월, 열여덟 살의 정비사 마르셀 라비다M.Ravidat는 프랑스 남서쪽의 시골 마을을 개 로보와 함께 산책하고 있었다. 그런데 개가 구멍으로 사라져버렸다(어쨌든, 이야기인즉슨 그렇다고 했다°). 그러고 잠시 후 로보는 다시 돌아왔다. 라비다는 개가 인근의 라스코 장원으로 가는, 소문만 무성했던 비밀 통로를 발견했을지도 모른다고 생각했다.

그리고 며칠 후, 그는 밧줄과 함께 열여섯 살 조르주 아그닐G.Agniel, 열다섯 살 자크 마르셀J.Marsal, 그리고 열세 살 시몬 코엥카S.Coencas 등 세 친구를 데리고 다시 왔다. 조르주는 여름 방학 중이었고 곧 학기가 시작되면 파리로 돌아갈 예정이었다. 자크는 마르셀과 같은 동네에 살았다. 그리고 시몬은 유대인이었는데, 나치의 프랑스 점령으로 시골에서 가족과 함께 지낼 피신처를 찾아 머물고 있었다.

훗날 조르주는 이날을 이렇게 회상했다. "우리는 석유램프를 켜고 아래로 내려가 앞으로 나아갔습니다. 장애물은 없었어요. 우리는 방처럼 생긴 넓은 공간을 살피다가 그 끝의 막다른 벽 앞에 섰는데, 벽면이 그림으로 가득 차 있는 것을 발견했어요. 즉각 우리가 선사시대 동굴 안에 있음을 알아차렸어요."

시몬 코엥카도 이렇게 회상했다. "우리 패거리들과 함께⋯⋯ 보물을 찾으면 좋겠다고 생각했습니다. 보물을 찾기는 했지만 우리가 생각한 보물은 아니었어요."

동굴에서 그들은 9백 개가 넘는 동물 그림들 — 말, 수사슴, 들소, 그리고 털코뿔소 같은, 지금은 멸종된 동물들을 포함하여 — 을 발견했다. 그

° 라비다는 개와 함께 있었다는 버전의 이야기를 들려주었다. 그러나 처음 이야기에서 개는 중심인물이 아니었다. 그저 몇십 년 전의 이야기이지만 제대로 떠올리는 것이 어려울 수 있다. 기억만큼 거짓을 일삼는 것도 없다.

그림들은 놀라울 정도로 정교하고 생생했으며, 좁은 관 ─ 나중에 속이 빈 동물의 뼈라고 밝혀졌다 ─ 을 이용해 붉고, 노랗고, 검은 미세한 광물 가루들을 불어서 동굴 벽면에 그린 것들이었다. 이 작품들은 적어도 1만 7천 년 전의 것이었다. 한 아이는 들고 있던 석유램프가 깜박이자 그림이 마치 움직이는 듯했다고 말했다. 예술가들의 그림 기법이 횃불에 비추어 플립 북 애니메이션과 같은 효과를 전달하고자 의도된 것이라는 증거가 발견되기도 했다.°

동굴을 발견하고 며칠 후, 시몬 코엥카와 그의 가족은 시골에까지 나치의 출몰이 빈번해지자 다시 이사를 했다. 이번에는 친척들이 숨겨주겠다고 약속한 파리였다. 그러나 그 가족은 사업상의 동업자에게 배신당했고, 시몬의 부모는 나치에 의해 살해되었다. 시몬은 한동안 투옥되었으나 죽음의 수용소에서 가까스로 탈출해 전쟁이 끝날 때까지 형제들과 함께 좁은 다락방에서 숨어 지내다 겨우 살아남았다. 그는 46년 동안 라스코에서 여름을 함께 보낸 세 친구를 만나지 못했다.

이렇게 해서 동굴을 발견한 네 소년 가운데 단둘, 자크와 마르셀만 그곳에 남았다. 두 아이는 모두 가을과 겨울 내내 그림에 너무나 깊은 감동을 받았다. 그래서 그것을 지켜내고자 동굴 바깥에 캠프를 설치했다. 그들은 동굴 입구에 아주 견고한 문을 만들어 단 후에야 동굴을 떠났다. 1942년 자크와 마르셀은 함께 프랑스 레지스탕스에 합류했다. 자크는 체포되어 수용소로 보내졌지만 두 사람은 모두 전쟁에서 살아남았고, 귀향

° 이것은 베르너 헤어조크W.Herzog의 영화 〈잊혀진 꿈의 동굴Cave of Forgotten Dreams〉에서 놀라울 만큼 상세하게 설명되고 있다. 나도 이 영화를 통해 라스코 동굴 벽화에 관해 처음 알게 되었다.

하자마자 곧바로 동굴로 돌아왔다.

2차 대전이 끝난 뒤 프랑스 정부가 그 지역을 다시 회복했고, 1948년 동굴은 일반인들에게 공개되었다. 마르셀과 자크는 여행안내를 맡았다. 파블로 피카소가 그해에 방문하여 동굴 벽화를 보고 나서 이렇게 말했다고 한다. "우리는 어떤 것도 새로 만들어내지 못했다."

동굴은 특별히 크지도 않다. 깊이는 약 90미터 정도다. 그러나 그곳에는 거의 2천 점에 달하는 그림들이 있다. 동물 그림은 물론이고 수백 가지의 추상적인 형태가 벽면에 그려져 있고, 가장 흔한 그림은 붉고 검은 원들이다.

이 상징들은 무엇을 의미하는 것일까? 우리는 알 수 없다. 라스코에는 미스터리가 아주 많다. 예컨대 왜 거기에는 우리가 알기로 구석기시대 사람들의 주요한 식량 공급원인 순록의 그림은 없는가? 왜 인간의 모습은 그리 눈에 띄지 않는가?[○] 왜 동굴의 특정한 곳, 예컨대 그리기 위해서는 발판을 만들어 올라가야만 되는 천장을 포함하여 특정한 곳에만 그림이 집중적으로 채워져 있고, 반면에 다른 곳에는 그저 몇 점의 그림들만 흩어져 있는가? 그리고 그림의 기능은 영적인 것이었을까? *여기 우리의 신성한 동물들이 있다는.* 아니면 실용적인 것이었을까? *여기 너희들을 죽일 수도 있는 몇몇 동물들을 알려주겠다는.*

○ 바바라 에렌라이흐B.Ehrenreich는 자신의 에세이 「원시인의 흔적The Humanoid Stain」에서 동굴 예술이 인간에 초점을 맞추지 않은 하나의 이유로 우리가 아직 인간 중심의 행성에서 살고 있지 않았기 때문이라는 의견을 제시한다. "동굴 그림에서 인간 형상이 주변성을 띠고 있는 것은 적어도 인간의 관점에서 보았을 때 구석기시대의 중심적 드라마가 여러 대형동물들 ― 육식동물과 거대한 초식동물들 ― 사이에서 일어나고 있었기 때문이다." 어쨌든 라스코 동굴 벽화에 사람을 닮은 형상은 단 하나뿐이다. 긴 다리에 막대기 같은 몸을 하고 새의 머리와 비슷한 머리를 한 이미지다.

라스코에는 미술사학자들에게 알려진 대로 '음화로 된 손 스텐실' 그림도 있다. 이 그림들은 손가락을 펼친 손을 동굴 벽에 대고 누른 다음 안료를 불어서 만든 것으로 손 모양 주변이 칠해져 있다. 비슷한 손 스텐실 그림이 전 세계의 동굴에서 발견되었다. 우리는 인도네시아에서부터 호주, 아프리카, 아메리카 등지에서 4만 년 전 손의 흔적들을 발견하였다. 이들 손 스텐실은 내게 아주 먼 과거의 삶이 지금과 아주 달랐다는 생각을 불러일으킨다. 동상에 걸리거나 그와 비슷한 이유로 잘려나간 손가락들은 유럽에서 흔한 일이었고, 그렇기에 종종 손가락이 셋이거나 넷인 음화 손 스텐실을 보기도 한다. 삶은 힘겹고 종종 짧았다. 여자들의 4분의 1이 출산 중에 죽었고, 아이들의 50% 남짓이 다섯 살이 되기 전에 죽었다.

그러나 손 스텐실은 과거의 인간 역시 우리와 다를 바 없는 인간이었음을 상기시켜주기도 한다. 그들의 손은 우리의 손과 다를 바가 없었다. 그뿐만 아니라 여러 가지 점에서 그들이 우리와 닮았다는 것을 우리는 안다. 이 공동체는 사냥과 채집을 했으며, 넘쳐나는 칼로리가 없었기에 건강한 사람이라면 누구나 음식과 물을 얻기 위해 제 몫을 해야만 했다. 그런데도 마치 선택 사항이 아니라는 듯 예술을 창조하는 데에 시간을 들였다.

우리는 전 세계에 걸쳐 있는 동굴 벽에서 온갖 종류 — 아이와 어른 — 의 손 스텐실을 보지만, 거의 항상 손가락을 활짝 펼치고 있다. 마치 내 아이들의 손 스텐실 그림이 그러하듯. 나는 융Jung을 신봉하는 사람은 아니다. 그러나 서로 접촉하는 것이 불가능했던, 그렇게나 많은 구석기 사람들이 비슷한 기법 — 그 기법은 우리가 지금도 손 스텐실을 그리기 위해 사용하는 기법이다 — 을 사용하여 같은 유형의 그림을 창조했다는 것은 매혹적이고 조금은 이상하기까지 하다.

그러나 다시 생각해보면, 라스코의 예술이 나에게 갖는 의미는 그것을 만든 사람들이 생각했던 의미와는 아주 다를 듯싶다. 고인류학자 제네비브 폰 펫징어G.v.Petzinger는 동굴 벽화에서 발견되는 추상적인 점들과 구불거리는 선들이 아주 멀리 떨어진 곳에서도 의사소통이 가능한, 문자 언어의 초기 형식일 수도 있다고 이론화했다.

음화로 된 손 스텐실을 그린 동기는 무엇이었을까? 아마도 종교적인 제의의 일환이었거나 통과 의례 일부였을 것이다. 어떤 학자는 손 스텐실이 사냥 제의의 일부라고 주장한다. 아니면 손은 그저 손목 끝에 달린 그저 편리한 그림의 대상이었을 수도 있다. 그렇지만 손 스텐실은 내게 "내가 여기 있었다"라고 말한다. 그들은 "너는 새로운 사람이 아니다"라고 말한다.

라스코 동굴은 지금껏 오랜 시간 동안 일반에게 공개되지 않았다. 너무 많은 사람의 호흡으로 인해 동굴 속에 곰팡이와 이끼가 자라고 그 때문에 벽화 일부가 훼손되기도 했다. 나는 무언가를 그저 보기만 해도 망칠 수 있는 것이라 짐작한다. 동굴의 여행안내를 맡았던 최초의 발견자들, 마르셀 라비다와 자크 마르셀은 현대인들이 고대 인류의 예술에 미치는 영향을 주목한 최초의 사람들 가운데 하나였다.

그들은 1986년 처음으로 공동의 발견자였던 시몬 코엥카와 조르주 아그닐과 재회했다. 그 후 '꼬마 패거리'들은 한 사람, 한 사람 세상을 뜰 때까지 정기적으로 만났다. 시몬 코엥카는 마지막으로 2020년 초, 아흔셋의 나이로 죽었다. 이제 라스코를 처음 발견했던 사람들은 모두 떠났고, 라스코 자체도 관람객으로부터 봉인되었으며, 보존을 위해 찾는 과학자들에게만 개방되고 있다. 그러나 여행객들은 여전히 제2, 제3, 제4의 라스코라고 명명된 동굴의 모형을 보러 갈 수는 있다. 그곳에 모든 예술 작품이 꼼꼼하게 재창조되어 있다.

진짜 동굴 벽화를 보존하기 위해 인간이 가짜 동굴 벽화를 만들었다는 것은 인류세에 발견되는 불합리의 정점인 듯이 느껴질 수도 있을 것이다. 그러나 솔직히 말하면 나는 네 명의 아이들과 로보라는 이름의 개가 1만 7천 년 된 손 스텐실 그림이 있는 동굴을 발견했다는 사실, 그 가운데 두 명의 10대 아이들이 동굴의 보호를 위해 헌신하며 지켜냈다는 사실, 그리고 사람이 동굴의 아름다움을 위태롭게 만들 때 기꺼이 방문을 멈추기로 동의했다는 사실들에 엄청난 희망을 발견한다.

우리는 그림 위에 낙서로 덧칠을 했을 수도 있었고, 검은 곰팡이가 그 그림들을 완전히 먹어치울 때까지 동굴을 계속해서 방문했을 수도 있었다. 그러나 그렇게 하지 않았다. 우리는 그 그림들을 봉인한 채 계속 살아 있도록 만들었다.

라스코에 동굴 벽화가 존재한다. 지금 그대는 그 동굴에 방문할 수가 없다. 대신 우리가 만들어둔 가짜 동굴에 가볼 수는 있으며, 그곳에서 거의 동일한 손 스텐실을 볼 수 있다. 그렇지만 그대는 알게 될 것이다. 이 것은 그림 그 자체가 아니라 그림의 그림자일 따름임. 이것은 손이 아니라 손을 그린 것일 따름이다. 이것은 그때로 돌아갈 수 없는 기억일 따름이다. 그리고 내게는 돌아갈 수 없는 기억이라는 점에서 동굴과 과거가 흡사하게 느껴진다.

나는 라스코 동굴 벽화에 별점 네 개 반을 준다.

긁으면 향기 나는 스티커

냄새는 가상현실조차 여전히 어쩔 수 없이 가상으로 남겨둘 수밖에 없는 최후의 영역 중 하나다. 최근 나는 놀이공원에서 숨이 막힐 정도로 실감나는 VR 롤러코스터를 타본 적이 있다. 그 느낌은 떨어지면 떨어지는 것처럼, 방향을 돌리면 방향을 돌리는 것처럼 느껴지는 것만이 아니었다. 바다의 물거품을 뚫고 날아갈 때 얼굴에 물방울이 튀는 것처럼 느껴지기까지 했다.

그러나 그 물에서 바다 *냄새*가 나지는 않았다. 고등학교 때 내가 사용했던 '봄비'라는 실내용 탈취제 냄새가 났다. '봄비'는 사실 바다 냄새는 커녕 봄비 같은 냄새도 나지 않는다. 그런데도 그 냄새에는 다소간 촉촉한 느낌이 나기도 했는데, 나는 왜 그 냄새가 바다 향으로도 쓰이게 되었는지 이유를 알 수 있을 것 같았다. 그래도 솟구치는 파도의 짭짤한 포말 냄새를 맡아본 사람이라면 누구도 VR 속에서 뿜어져 나오는 냄새와 진짜 바다의 냄새를 혼동할 여지는 없을 것이다. 이처럼 '봄비'의 냄새는 내 마음을 즐겁고, 긴장되게 했으나 미심쩍은 상태에서 빠져나오게 해주었다. 갑자기, 나는 드높은 파도 위를 나는 대신 낯선 사람들로 득시글거리는 어두운 실내로 곤두박질쳤다.

냄새가 이토록 강력한 것은 당연히 기억과 연결되기 때문이다. 헬렌 켈러는 냄새가 "떨어져 있는 수천 미터의 거리, 살아왔던 수십 년의 세월을 건너뛰어 우리를 즉각 예전의 그곳으로 이동시키는 탁월한 마법사"라고 썼다. 인공적인 탈취제 '봄비'의 향기는 나를 1993년 앨라배마의 기숙사 방으로 데려간다. 반면에 진짜 봄비의 냄새는 플로리다 중부에서 지낼 때의 내 어린 시절을 적시던 천둥 폭우를 떠올리게 만든다.

냄새의 근본적인 특성은 매우 특정한 기억과 연결되어 있다는 점이다. 그것이 인공적인 향기조차 흉내 내기가 그렇게 어려운 이유이기도 하다. 예컨대 샤넬 넘버 파이브의 향기는 특허권도 없고, 있을 필요도 없다. 왜냐하면 누구도 그 향기를 재현할 수가 없기 때문이다. 그러나 내 생각엔 자연을 모방하려고 하는 냄새에는 무언가 공통점이 있다. 그것은 작동하는 현실 세계의 어떤 냄새도 우리가 그런 냄새일 것이라 상상하는 냄새와 전혀 비슷하지 않다는 사실이다. 예컨대 실제 봄비는 인공적인 향과 마찬가지로 촉촉한 동시에 청명한 냄새가 날 법하다. 그런데 사실 봄비에는 흙냄새가 나고 산성의 냄새가 난다.

한편으로 인간에게는 신체 내부를 점령하고 있는 박테리아가 숨 쉬는 냄새가 난다. 사실 우리는 비누나 향수뿐만 아니라 어떤 향기를 인간의 향기라고 집단적으로 상상하게 만들어 냄새를 감추는 방식에도 특별히 긴 시간을 들인다. 만약 인공지능에 지금껏 출간된 모든 소설을 읽게 하고, 그 소설들에 바탕을 두고 인간의 냄새를 추측하게 만든다면 인공지능은 터무니없이 틀릴 것이다. 우리의 이야기에서 사람들은 바닐라, 라벤더, 백단향 같은 냄새를 맡는다. 인공지능은 우리 인간의 냄새를 천천히 썩어가는 유기물의 냄새 대신 새로 깎은 풀, 막 피어나는 오렌지 꽃 냄새로 추측할 것이다.

우연하게도 꽃 냄새와 풀 냄새는 어린 시절 긁으면 향기 나는 스티커에서 맡을 수 있는 냄새이기도 했다. 긁으면 향기 나는 스티커는 1980년대에 엄청나게 유행했고, 나는 커다란 분홍 스티커 책 속에 그것들을 모아두기까지 했다. 스티커들은 나를 매료시켰다. 그것을 긁거나 문지르면 어떤 전조도 없이 향기가 뿜어져 나왔다. 대부분의 인공적인 향기와 마찬가지로 스티커에서는 다소 불완전한 모조품 향기가 났으며, 그것이 곧 스티커가 표방하고 있는 냄새가 나는 이유이기도 했다. 피자 향이 나는 스티커는 모양도 피자 조각 모양이었다. 그리고 거기에서는 정말 그 냄새가 났다. 종종 아주 심하게 날 때도 있었다.

긁으면 향기 나는 스티커가 가장 잘 포착한 냄새는 공격적일 만큼 인공적 — 예컨대 솜사탕처럼 — 이거나 아니면 화학 물질 그 자체인 경우다. 천연가스에 썩은 달걀 냄새를 섞어 사람들이 가스 누출을 냄새로 알아차릴 수 있도록 하기도 했다. 1987년에 볼티모어의 가스 전기회사는 그 냄새를 효과적으로 흉내 낸 스티커 카드를 고객들에게 보내주었고, 그 냄새를 맡은 수백 명의 사람이 소방서로 가스 누출 신고를 하기도 했다. 그 카드는 곧 회수되었다.

내가 열 살 혹은 열한 살쯤에는 모든 사람이 스티커 수집을 그만두었다. 여기서 모든 사람이란 나를 제외한 사람들이다. 중학생이 되고 나서도 나는 계속해서 몰래 스티커, 특히 향기 나는 스티커 수집을 이어갔다. 왜냐하면 그 스티커들은 더욱 안전하다고 느껴졌던 시간과 장소로 나를 데려가 주었기 때문이다. 6학년 때 나는 매일 트레일러에서 수업 하나를 들었다. 시간표를 잘못 짠 나머지 그 수업의 선생님은 트레일러에 도착하기 위해 학교 전체를 가로질러 걸어와야만 했고, 그것은 약 5분 남짓 교실에 학생들만 남게 된다는 것을 의미했다. 여러 날에 걸쳐 그 5분 동안 한 무리의 아이들이 나를 땅바닥에 팽개치고, 팔다리를 잡고 최대한 세게 잡아당기고는 했다. 그들은 이 놀이를 "끔찍한 눈사람abominable snowman"이라 불렀다. 어떤 때에는 책상에 앉아 있는 내 머리 위로 쓰레기를 쏟아붓기도 했다. 신체적인 고통은 차치하고 그 일은 나를 보잘것없고 무기력한 존재로 느끼게 했다. 그러나 나는 사실 저항하지도 않았다. 왜냐하면 그나마 그 시간이 여러 날 가운데 유일하게 사회적인 상호작용을 가질 수 있는 시간이기 때문이었다. 심지어 머리 위에 젖은 쓰레기를 뒤집어쓰고서도 나는 농담에 함께 끼어든 것처럼 웃으려고 애썼다.

엄마는 일터에서 집으로 돌아오면 학교가 어땠는지 내게 물으시곤 했다. 만약 사실대로 말했다면 엄마는 나를 안아주며 이건 일시적일 뿐이며, 삶이 더 나아질 것이라고 위로했을 것이다. 그러나 대부분 나는 거짓말로 둘러대며 학교에서는 괜찮다고 말하고는 했다. 나는 내 상처가 엄마에게까지 닿지 않기를 바랐다. 그런 날들이면 나는 방으로 들어가 책장에서 분홍 스티커 책을 꺼내 스티커를 긁고, 눈을 감은 채 가능한 한 깊이 숨을 들이마시곤 했다.

나는 인기 있는 것들을 모두 가지고 있었다. 초콜릿을 먹는 가필드, 풀냄새가 나는 잔디 깎는 기계, 타코 냄새가 나는 타코. 그 가운데 특히 과일 향기를 좋아했다. 산딸기, 딸기, 바나나 등의 질릴 만큼 비현실적인 달콤한 즙의 향기를 좋아했다. 아, 나는 긁으면 바나나 향기가 나는 스티커를 좋아했다. 물론 스티커에서는 바나나 냄새는 나지 않았다. 말 그대로 바나나의 이상향 같은 냄새가 났다. 예컨대 실제의 바나나가 집에서 피아노로 연주하는 곡이라면, 긁으면 향기 나는 바나나 스티커는 같은 곡을 교회의 파이프 오르간으로 연주하는 것과 같았다.

여하튼 기묘한 것은 내가 10대가 되어서도 긁으면 향기 나는 스티커들을 모으고 있었다는 사실이 아니라 내가 아직도 스티커 앨범을 가지고 있다는 것이다. 그리고 스티커들은 지금도 긁을 때마다 향기를 내뿜는다.

*　　*　　*

긁으면 향기 나는 스티커는 원래 1960년대 무탄소 복사용지를 위해 개발된 마이크로캡슐화라는 공정으로 만들어졌다. 흰 종이 서류를 작성할 때 그 밑에 깔린 분홍색과 노란색 종이 위에 펜을 꾹 눌러 쓰면 마이크로캡슐화가 작동한다. 보호막 코팅으로 둘러싸인 작은 액체 방울들이 무언가로 터뜨리면 증발되는 것이다. 복사용지에서 펜의 압력은 캡슐화된 잉크를 방출시킨다. 향기 나는 스티커를 긁으면 향기 나는 기름이 담긴 마이크로캡슐이 깨져 열리게 된다.

마이크로캡슐화는 최근 들어 여러 종류의 용도 — 일정한 시간에 투약되는 약제를 포함하여 — 로 사용되고 있으며, 사용되는 코팅이 무엇인가에 따라 아주 오랫동안 지속될 수도 있기에 유용한 기술로 활용되고 있다.

얼마나 오래 지속될까? 글쎄, 나는 긁으면 향기 나는 스티커들이 적어도 34년은 지속된다는 사실만은 알고 있다. 왜냐하면 지금 막 내가 일곱 살 때부터 가지고 있었던 쓰레기통 스티커를 긁었더니 여전히 쓰레기 냄새가 나기 때문이다. 정확하게 쓰레기 냄새와 똑같지는 않지만 그 비슷한 냄새가 난다.

마이크로캡슐의 수명은 혹시 모를 가능성으로 나를 애태우게 한다. 즉 어떤 마이크로캡슐 버전의 그 냄새가 사라지기도 전에 우리가 사는 세상에서 그 냄새 자체가 사라져버릴지도 모른다는 것. 바나나를 마지막으로 냄새 맡는 사람은 긁으면 향기 나는 스티커를 통해 아니면 그 스티커의 새로운 버전을 통해 냄새를 맡게 될지도 모른다.

이 모든 것은 내가 이미 맡을 수 없게 되어버린 냄새가 무엇일지 궁금하게 한다. 과거를 생각하면 우리가 지독한 냄새에 집중하는 경향이 있다는 것과 냄새가 분명 아주 많았다는 것을 알 수 있다. 고대의 작가들은 종종 역겨운 냄새에 대해 날카로운 인식을 보여주곤 한다. 로마의 시인 마르티알리스Martial는 어떤 사람의 냄새를 "부화되지 못한 달걀 속에서 썩어가는 병아리"와 "막 교미를 끝낸 수컷 염소"에 비유한다.

하지만 좋은 냄새도 분명 있었을 텐데, 그 대부분이 지금은 사라져버렸다. 아니면 적어도 당분간은 맡기 어렵다. 언젠가는 그 냄새들이 긁으면 향기 나는 스티커로 우리에게 돌아오는 것도 가능하다. 2019년에 하버드의 과학자들은 하와이 산, 멸종된 히비스커스 꽃향기를 복원하기 위해 DNA 샘플을 활용했다. 그러나 향기의 정확성을 판단할 현실적인 방법이 없다. 왜냐하면 히비스커스가 멸종되어버렸기 때문이다.

사실 내가 자연의 향기와 인공적인 향기를 구별하긴 했지만 이 시점에서 우리 행성의 이야기로 돌아오면, 자연의 향기라고 불리는 것들 — 예컨대 바나나를 포함하여 — 은 이미 인간의 개입을 통해 형성된 것이다. 적어도 미국의 식료품점 대부분에는 단 하나의 바나나 품종만이 있다. 캐번디시 바나나라는 그 품종은 200년 전에는 존재하지도 않았고, 1950년대까지만 해도 널리 보급되지도 않았다.

나는 비 냄새가 어느 정도 산성이었음을 기억한다. 왜냐하면 어린 시절에는 오늘날의 비보다 훨씬 더 산성이었기 때문이다. 인류는 오늘날보다 1980년대에 더 많은 이산화황을 대기 중에 쏟아냈고, 그것이 비의 산성화에 영향을 미쳤다. 이 세상 내가 살고 있는 곳에 내리는 비는 인간의 오염물 배출이 없는 곳의 비보다 더 많이 산성화되어 있고, 그래서 내가 원래 '자연의' 비 냄새를 알고 있다는 것조차 확실하지도 않다.

묽으면 향기 나는 스티커 제작자의 도전은 궁극적으로 자연 세계를 모방하는 것이 아니다. 사실 자연 세계는 인류와 분리되어 존재하지 못한다. 그 도전은 어떤 냄새들의 결합으로 사람들로 하여금 바나나의 냄새, 바닷가 파도의 냄새, 신선하게 베어진 풀의 냄새를 기억하게 만들지를 상상하는 것이다. 나는 우리가 향기를 효과적으로 인공화하는 방법을 발견하는 것에 반대하려는 것이 아니다. 신은 우리가 그 밖에 많은 것들을 이미 인공화했음을 알고 있을 것이다. 그러나 우리는 아직 모든 것을 바꾸지는 못했다. 오래된 스티커 책을 펼치고, 귀퉁이가 구부러지고 누렇게 된 스티커를 묽을 때 내가 가장 많이 맡는 냄새는 피자나 초콜릿이 아니라 나의 어린 시절이다.

나는 묽으면 향기 나는 스티커에 별점 세 개 반을 준다.

다이어트 닥터페퍼

닥터페퍼의 이야기는 1885년 텍사스의 와코에서 시작된다. 찰스 앨더튼C.Alderton이란 약사가 스물세 가지의 시럽 맛을 결합하여 새로운 종류의 탄산음료를 개발했다. 그런데 앨더튼이 몇 년 후 자신이 열정을 쏟던 약제 화학을 더 연구하고 싶다는 이유로 닥터페퍼의 제조법을 팔아버렸다. 그러고 그는 일라이릴리 제약회사에서 일하다가 고향으로 돌아가 와코제약회사°의 실험실 소장을 맡았다.

앨더튼의 음료수는 우드로 윌슨 클레먼츠W.W.Clements의 끈질긴 집념이 없더라면 어쩌면 다른 많은 로컬 음료수들 — 오페라 부케, 스위즐 피즈, 아몬드 스펀지 등 — 과 마찬가지로 텍사스 지역에서만 유통되었을지도 모른다. 우드로 윌슨 클레먼츠는 기묘하게 생긴 발가락 때문에 고등학교 때 불리던 여러 별명 가운데 '풋스Foots'라는 별명으로 불리기

° 물론 닥터페퍼는 약품이다. 카페인과 설탕은 인류세의 화학적 화합물로 규정되는 두 가지 물질이다. 펩시, 코카콜라, 루트비어를 비롯한 대부분의 맛이 있는 소다수는 화학자나 약제사들이 개발한 것이다. 그리고 19세기에는 의료용 칵테일과 즐기는 칵테일 사이에 뚜렷한 구분이 없었다.

를 좋아했다. 여덟 아이 가운데 막내인 풋스는 윈드햄 스프링스라는 앨라배마의 소도시에서 성장했다. 그는 앨라배마 대학교의 미식축구 장학금을 받았고, 베어 브라이언트B.Bryant°의 동료로 함께 뛰었다.

1935년에 풋스는 대학 4학년 때부터 닥터페퍼의 영업사원으로 일하기 시작했다. 그는 51년 뒤에 4억 달러의 가치를 지닌 음료 회사의 회장을 마지막으로 은퇴했다. 2020년 케우릭 닥터페퍼 기업은 세븐업, 알씨콜라, 그리고 네 가지 서로 다른 종류의 루트비어 등을 소유하고 있으며, 자산 가치가 400억 달러를 넘어서고 있다. 그리고 회사의 제품 대부분은 감미료가 첨가되거나 카페인이 들어 있는 음료들이다.

풋스 클레먼츠는 무엇이 닥터페퍼를 특별하게 만드는지를 정확하게 이해했기 때문에 성공했다. "나는 항상 주장해왔다"라고 그는 말했다. "당신들은 닥터페퍼의 맛이 무엇과 비슷한지 말할 수 없다. 왜냐하면 다르기 때문이다. 사과도, 오렌지도 아니다. 딸기도 아니며, 루트비어의 맛도 아니다. 심지어 콜라도 아니다." 어쨌거나 콜라는 콜라너트와 바닐라에서 추출됐다. 둘 다 실제 세계의 맛들이다. 스프라이트는 레몬-라임의 맛이 난다. 퍼플소다는 얼핏 보아도 포도 맛이 난다. 그러나 닥터페퍼는 자연 세계에서 유추할 만한 맛이 없다.

실제로 미국의 상표 법원은 닥터페퍼와 그 모조품들을 심지어 페퍼가 들어 있지도 않은데도 '페퍼 음료'로 범주화하여 이 문제를 다루어왔다. 그러나 닥터페퍼의 페퍼는 향신료가 아니라 누군가의 진짜 이름이거나 그도 아니라면 닥터페퍼를 마시면 느끼게 될 것이라 짐작되는 느낌의 이

°　　베어 브라이언트는 앨라배마의 전설적인 축구 감독이 되었다. 얼마나 전설적인가 하면 내가 1990년 버밍햄 외곽에 있는 고등학교에 다닐 때 브라이언트라는 이름을 가진 학생이 셋, 베어라는 이름을 가진 학생이 한 명일 정도였다.

름이다. 닥터페퍼°는 맛이 어떤지에 따라 이름을 짓지 않은 유일한 음료라 할 수 있으며, 내 생각에는 그것이 곧 닥터페퍼가 인류사에 이토록 흥미진진하고 중요한 관심을 차지하는 까닭이다. 그것은 *다른* 그 어떤 것의 맛을 가지고 있지 않은 인공적인 음료다. 오렌지보다 더 나은 맛이 나고, 라임 같지만 달콤하다. 한 인터뷰에서 찰스 앨더튼은 이렇게 말한 적이 있다. 와코의 탄산음료 기계에서 나는 소다 냄새와 같은 맛 ― 그 모든 인공적인 맛이 공기 중에 뒤섞여 나는 맛 ― 을 내는 탄산음료를 개발하고 싶었다고. 닥터페퍼는 개념 자체가 인공적이다. 화학자의 창조물인 것이다.

닥터페퍼의 최초 무칼로리 제품은 1962년에 출시되었다. 처음에는 "다이어트용 닥터페퍼 Dietetic Dr Pepper"란 명칭을 썼는데 이는 실패했고, 1991년에 새로운 인공감미료인 아스파탐을 첨가하여 다이어트 닥터페퍼란 이름으로 1991년에 재출시하고서는 엄청난 성공을 거두었다. 광고문안도 새로 만들었다. *다이어트 닥터페퍼: 그냥 닥터페퍼보다 더 닥터페퍼 같은 맛.* 정말 그랬다. 콜라와 다이어트 콜라는 친척으로 거의 여겨지지 않는다. 만약 콜라가 황금독수리라면, 다이어트 콜라는 빌새다. 그러나 닥터페퍼와 다이어트 닥터페퍼는 서로 비슷한 맛이며, 풋스 클레먼츠가 지적한 것처럼 둘 다 다른 맛이 나지 않는다는 점에서 특히 흥미롭다.

지금은 많은 사람들이 다이어트 닥터페퍼의 인공성이 역겹다고 생각

° 닥터페퍼의 닥터에는 마침표가 없다. 이 회사는 1950년대에 마침표를 빼버렸다. 왜냐하면 그 당시 만들어진 "닥터페퍼Dr. Pepper"는 거품이 부풀어오르는 듯한 글자 모양을 썼는데 많은 사람이 그것을 "드리 페퍼Dri Pepper"로 읽었기 때문이다. 그 발음은 정말 사람들에게 상상할 수 있는 최악의 음료라는 느낌을 준다.

한다. "여기엔 너무 많은 화학 물질이 들어 있어"라는 말을 심심치 않게 들을 수 있다. 물론 와인이나 커피, 심지어 공기 중에도 너무 많은 화학 물질들이 있기는 하다. 그러나 기본적인 우려는 감각으로 느낄 수 있는 화학 물질이라는 점이다. 다이어트 닥터페퍼는 정말 심각하게 인공적이다. 그러나 그 점이야말로 내가 그것을 사랑하는 이유다. 다이어트 닥터페퍼는 나에게 아주 잘 맞도록 만들어졌고, 상대적으로 안전한 맛을 즐길 수 있게 해준다. 그걸 마시면 나는 텍사스 와코의 탄산음료 기계 앞에 있는 아이들이 떠오른다. 그 아이들은 대부분 얼음처럼 차가운 음료수라고는 전혀 알지 못했고, 닥터페퍼가 처음 맛보는 즐거움이었을 것이다.

나는 다이어트 닥터페퍼를 마실 때마다 늘 새롭게 놀라고는 한다. 인간이 무엇을 할 수 있는지를 보라! 인간은 얼음처럼 차갑고, 설탕처럼 달콤하고, 온갖 맛이 나지만 어떤 맛도 아닌, 칼로리도 없는 음료수를 만들 수 있다. 나는 다이어트 닥터페퍼가 내 몸에도 좋을 것이라는 망상에 사로잡혀 있지는 않지만 적당히만 마신다면 그리 나쁘지도 않을 것으로 생각한다. 다이어트 닥터페퍼를 너무 많이 마시면 치아에도 좋지 않고, 몸의 다른 곳에도 위험할 수 있다. 그러나 애런 캐럴 박사Dr.A.Carroll는 자신의 책 『나쁜 음식의 바이블The Bad Food Bible』에서 이렇게 말하고 있다. "첨가된 설탕을 섭취하는 것은 잠재적으로는 — 그리고 아마도 아주 실제적으로도 — 해롭다. 그러나 인공감미료는 전혀 그렇지 않다."

그러니 다이어트 닥터페퍼는 아마 내 건강에도 그리 위험하지는 않을 듯싶다. 그런데도 다이어트 닥터페퍼를 마시면 마치 죄를 짓는 느낌이 든다. 이렇게나 달콤한 것이 진실로 두루 좋을 수는 없는 법이다. 그러나 이것은 예외적으로 사소한 악덕이며, 어떤 이유로든 나에게 어느 정도의 악덕은 *필요하다*고 항상 느껴왔다. 이 감정이 보편적인지는 알 수 없지만 적어도 아주 조금은 자기 파괴를 충동질하고자 지속해서 진동하는 잠재의식이 내게는 있다.

10대와 20대 초반에 나는 하루에 한 갑 반, 두 갑 남짓 강박적으로 담배를 피워댔다. 내게 흡연의 쾌락은 몽롱함 때문이 아니었다. 그 쾌락은 건강에 좋지 않은 것을 하고 싶다는 신체적 갈망에 굴복하려는 충동에서 나온 것이다. 담배는 반복적으로 신체적 갈망을 증대시켰고, 결국 그것에 굴복하는 쾌락 또한 증대시켰다. 나는 담배를 끊은 지 거의 15년이 되었지만 그 충동에서 완전히 벗어났다고 생각하지는 않는다. 잠재의식 속에는 여전히 제물을 바치라고 외치는 갈망이 남아 있고, 그래서 적당한 악덕의 희미한 그림자를 제공하고자 그 어떤 것보다 인류세에 걸맞은 맛을 내는 음료인 다이어트 닥터페퍼를 마신다.

수십 년 동안 수십 가지 광고 문구 — 닥터페퍼는 "마시는 햇살 같은 맛", "원기 회복에는 페퍼", "가장 독창적인 청량음료" 등 — 를 사용했지만 요즘 문구가 가장 정곡을 찌른 것으로 보인다. "당신이 갈망하는 맛"

나는 다이어트 닥터페퍼에 별점 네 개를 준다.

벨로시랩터

마이클 크라이튼M.Crichton의 소설 『쥐라기 공원』이 출간된 1990년까지 벨로시랩터는 그다지 잘 알려진 공룡이 아니었다. 복제된 DNA 샘플로 만들어진 공룡들이 활보하는 놀이공원에 관한 이 책은 엄청난 베스트셀러가 되었다. 그 3년 후 스티븐 스필버그S.Spielberg가 각색한 영화는 컴퓨터 그래픽으로 관객들이 한 번도 본 적 없었던 소설 속 공룡들을 경외심을 불러일으키는 생명체로 탈바꿈시켰다. 심지어 수십 년이 지난 지금도 〈쥐라기 공원〉의 공룡들은 벨로시랩터를 포함하여 놀라울 정도로 살아있는 듯이 보인다. 벨로시랩터는 오늘날의 몬태나를 배경으로 2미터 정도의 키에 비늘로 뒤덮여 있는 동물로 묘사되었다. 영화산업에서 공룡은 악랄할 뿐만 아니라 무서울 정도로 똑똑하기도 하다. 〈쥐라기 공원 3〉에서 한 인물은 벨로시랩터가 "돌고래보다 똑똑하고, 영장류보다 똑똑해"라고 주장한다. 영화에서 공룡들은 문을 여는 방법까지 알아낸다. 사실 〈쥐라기 공원〉 영화를 함께 보면서 처음으로 동생 행크가 욕설을 내뱉는 소리를 들었다. 벨로시랩터가 문손잡이를 돌렸을 때 나는 열 살이던 동생이 내뱉는 말을 들었다. "오, *젠장.*"

크라이튼의 벨로시랩터는 프로 스포츠팀이 이름을 그렇게 본떠 짓고 싶을 만큼 무섭고 위협적인 동물이다. 실제로 미국농구협회가 1995년 캐나다까지 포함시키는 것으로 확대되었을 때, 토론토는 랩터를 팀 이름으로 선택하기도 했다. 벨로시랩터는 오늘날 가장 잘 알려진 공룡들 가운데 하나로 *티라노사우루스,* 스테고사우루스와 나란히 어깨를 맞대고 있다. 그러나 실제 그 생명체는 약 7천만 년 전 백악기 후기에 살았기는 해도 우리의 상상 속 벨로시랩터와 공통점이라고는 거의 없다.

우선 벨로시랩터는 지금의 몬태나에 살지 않았고, 지금의 몽골과 중국에서 살았다. 그래서 학명이 *벨로시랩터 몽골리엔시스Velociraptor mongoliensis*다. 공룡들 가운데에서는 똑똑했지만 돌고래나 영장류보다 똑똑하지도 않았다. 아마도 닭이나 주머니쥐와 비슷한 수준이었을 것이다. 그리고 2미터 정도로 크지도 않았다. 오늘날 칠면조만 한 크기였지만 1미터 정도 죽 뻗을 수 있는 긴 꼬리를 가지고 있었다. 무게도 15킬로그램에 미치지 못하는 것으로 추정되기 때문에 사람을 죽인다는 것은 상상하기 어렵다. 사실 그들은 대부분, 죽은 고기를 먹는 청소부들이었을 것이다.

게다가 벨로시랩터는 비늘이 아니라 깃털이 달려 있었다. 연구진이 2007년에 벨로시랩터의 팔뚝에서 깃털이 뽑힌 흔적을 발견했기 때문에 우리는 이 사실을 알고 있다. 그러나 크라이튼의 시대에도 대부분의 고생물학자들은 드로마에오사우루스과의 다른 공룡들과 마찬가지로 벨로시랩터가 깃털을 가지고 있었다고 생각했다. 비록 벨로시랩터가 날지는 못했을 것이라 믿었지만, 그들의 조상들은 날았을지도 모른다. 미국 자연사박물관의 마크 노렐M.Norell은 이렇게 설명하고 있다. "우리가 이 동물에 관해 더 많이 알면 알수록 기본적으로 새와 그리 다를 바가 없다는 결론에 도달한다. 둘 다 목과 가슴 사이에 위시본이란 뼈가 있으며, 둥지에서 알을 품고, 속이 빈 뼈를 가지고 있으며, 깃털로 덮여 있다. 만약 벨로시랩터 같은 동물이 지금 살아있다면 우리가 받는 첫인상은 아주 특별하게 생긴 새를 본 느낌일 것이다." 사실 휴스턴 자연사박물관의 해설사가 내게 보여줬듯이 깃털 없는 새의 사진들이 공룡의 사진과 아주 흡사해 보였다.

아마도 벨로시랩터는 가끔 사냥도 했을 것이다. 1971년에 몽골에서 발견된 유명한 화석은 벨로시랩터가 프로토케라톱스라고 불리는 돼지 크기의 공룡과 싸우는 도중에 갇혀버린 채 보존된 것이다. 벨로시랩터는 프로토케라톱스의 목 부분에 낫처럼 생긴 발톱을 꽂고 있는 것처럼 보이고, 프로토케라톱스는 벨로시랩터의 팔을 물어뜯는 중이었다. 그러다 갑자기 모래언덕이 무너져내리는 바람에 그대로 파묻힌 것이다. 그러나 우리는 벨로시랩터가 얼마나 자주 사냥했으며, 성공할 확률은 어느 정도였는지, 무리를 지어 사냥했는지는 모른다.

크라이튼은 벨로시랩터를 데이노니쿠스Deinonychus라는 다른 공룡을 기반으로 만들었는데 지금의 몬태나에서 살았고, 〈쥐라기 공원〉의 벨로시랩터와 외양이나 크기가 대체로 비슷했다. 크라이튼은 그런데도 이름을 '벨로시랩터'로 지었다. 그 이름이 "훨씬 더 극적"이라 생각했기 때문이었다. 추측건대 소설에 등장하는 대부분의 공룡은 1억 4,500만 년 전에 끝난 쥐라기에는 살지 않았다. 대신 오늘날 우리가 공룡이라 부르는 모든 거대 종을 포함하여, 지구상 전체 동식물의 약 4분의 3을 사라지게 만든 멸종 사건으로 6,600만 년 전에 끝난 백악기에 살았다. 그러니 이 공원을 쥐라기 공원이라 한 것 역시 같은 이유일 것이다.

또한, 우리가 벨로시랩터에 가진 이미지는 벨로시랩터에 대해서보다 우리 자신에 대해 더 많은 것을 말해준다. 실제로 우리가 공룡에 대해 아는 것 혹은 안다고 생각하는 것조차 가정과 전제로 끝없이 형성해가는 중이라는 것이다. 그중 일부는 결국 잘못된 것으로 판명될 것이다. 고대 중국에서는 공룡의 화석을 용의 뼈라고 믿었다. 1676년에 유럽의 과학자들이 설명한 최초의 공룡 뼈는 사실 메갈로사우루스의 허벅지 뼛조각이었는데, 그들은 성경에서 묘사된 거인 족들의 뼈°로 생각했다.

메갈로사우루스는 1824년 과학저널에 최초로 소개되었는데 이때는 고생물학자 메리 앤 맨텔M.A.Mantell이 이구아돈 화석을 발견한 즈음이다. 1905년까지 티라노사우루스는 이름조차 없었다. 벨로시랩터 화석이 처음 발견된 것도 1924년이었다.

심지어 과학자들은 한 세기 이상 긴 목을 가진 쥐라기 시대의 브론토사우루스가 실제 존재했는지 아니면 그저 아파토사우루스를 잘못 본 것인지 논쟁을 이어오고 있다. 브론토사우루스는 19세기 후반에는 실재했던 것으로 되었다가 20세기 들어 허구라고 생각되었으며, 그러다 최근 몇 년 동안에는 다시 실재했던 것으로 간주되고 있다. 역사는 새롭다. 선사시대는 더욱 새롭다. 그리고 고생물학은 여전히 더욱 새롭다.

그런데 이상한 것은 나는 벨로시랩터가 백조만 한 크기에, 깃털이 달린 청소부들임을 알고 있음에도 불구하고 〈쥐라기 공원〉의 랩터들을 떠올리지 않을 수가 없다는 점이다. 사실을 안다고 해서 진실을 떠올리는 데에는 아무런 도움이 되지 않는다. 내게는 컴퓨터가 만들어낸 이미지야

° 그 뼈는 우연히도 '인간의 음낭Scrotum humanum'이라 지칭되었는데, 그 대략적인 모양을 생각할 때 합리적인 설명이다.

말로 경이이자 공포다. 만약 그들이 진짜처럼 보인다면 그렇지 않다는 것을 이해하기에 충분할 정도로 내 머릿속이 정교하지 않은 셈이다. 우리는 이미지들이 신뢰하기 어렵다는 것을 진즉부터 알고 있었다. 카프카는 "사진만큼 기만적인 것은 어디에도 없다"라고 썼다. 그럼에도 나는 여전히 그 사진들을 믿지 않을 수가 없다.

벨로시랩터처럼 나는 지질학적인 시대에 맞게 커다란 두뇌를 가지고 있지만 어쩌면 지금 세상에서 효과적으로 살아남기에는 크지 않은 것일지도 모른다. 시각적인 정보에 대한 신뢰를 멈춘 지 오래된 지금까지도 내 눈은 여전히 그 두 눈으로 본 것을 믿기 때문이다. 여전히 나는 랩터 — 존재한 적이 없으나 내가 보았던 랩터와 존재했으나 내가 보지 못했던 랩터 모두 — 를 좋아한다.

나는 벨로시랩터에게 별점 세 개를 준다.

캐나다기러기

캐나다기러기는 갈색의 몸통과 검은 목, 끼루룩 소리를 내는 물새로 최근에는 북아메리카, 유럽, 뉴질랜드 등에서 쉽게 볼 수 있다. 풍선에 바람이 빠질 때 나는 소리를 내고, 인간을 공격하기를 좋아해서 캐나다기러기를 사랑하기는 쉽지 않다. 그러나 다시 생각하면 우리 대부분도 그리 다르지 않다.°

근래 들어 세계적으로 캐나다기러기는 4백만에서 6백만 마리 정도가 살고 있다. 내가 거주하는 인디애나폴리스에만도 현재 뒷마당에 4백만에서 6백만 마리 정도가 사는 것으로 보아 낮게 산정된 것이 아닌가 생각한다. 지금에야 캐나다기러기의 전체 개체 수는 증가하고 있지만 한때는 예외적으로 보기 드물었다. 사실 그대가 공원이나 인공 연못에서 가장

° 그대는 나처럼 미국 조류학자들이 기러기의 이름을 "캐나다"라고 지은 것이 이탈리아인들이 매독을 '프랑스 병'이라고 부르고, 폴란드인들은 '독일 병', 러시아인들은 '폴란드 병'이라고 부르는 것과 같은 이유 때문인지 의아할 것이다. 대답은 '아니'다. 분류학자들은 이 기러기를 캐나다에서 처음 관찰했다.

많이 볼 수 있는 아종인 거대 캐나다기러기는 제한 없이 허락된 사냥으로 말미암아 20세기 초에 멸종할 뻔했다.

캐나다기러기는 이른바 '살아있는 미끼'에 특히 취약했다. 사냥꾼들은 기러기를 잡아 날지 못하게 만든 다음 들판이나 연못에 그 기러기들을 풀어두었다. 그러면 붙잡힌 기러기들의 외침에 이끌려 한 무리의 야생기러기들이 날아들고, 기다리던 사냥꾼의 총에 맞게 되는 것이다. 사냥꾼들은 가끔 이 살아있는 미끼들을 애지중지하기도 했다. 필립 하버만P.Habermann이란 사냥꾼은 이렇게 썼다. "미끼로 쓰는 기러기를 옆에서 지켜보는 즐거움은 훌륭한 개와 함께 사냥하는 즐거움과 아주 비슷하다." 이는 인간이 애완동물과 먹이 사이에 그은 선이 아주 오랫동안, 기묘할 정도로 뒤섞여 있었음을 상기시킨다.

1935년에 살아있는 미끼는 법적으로 금지되었고, 그러자 캐나다기러기의 개체 수는 회복되기 시작했다. 처음에는 아주 느리게, 그러다 놀라울 정도로 빠르게.

1962년 1월 중순에 조류학자인 해럴드 핸슨H.C.Hanson은 동료들과 함께 몇 마리 미네소타 기러기들에게 인식표를 달고, 무게를 측정하려고 했다. 그는 나중에 "그 기념할 만한 날, 기온은 0도에 가까웠고, 강한 바람이 불어댔지만 사나운 기후는 작업의 흥미를 더했을 뿐이었다"라고 썼다. 그들은 무게를 잰 기러기들이 너무 커서 저울이 고장 났음이 틀림없다고 생각했지만 아니었다. 거대 캐나다기러기는 생존해 있었다. 지금은 미네소타에만 거대 캐나다기러기가 10만 마리 정도 살고 있다. 북아메리카 이외 지역의 기러기 개체 수는 호주에서 스칸디나비아까지 폭발적으로 증가했다. 영국에서는 캐나다기러기의 개체 수가 지난 60년 동안 최소 20배 정도 증가했다.

이 같은 성공은 부분적으로는 새들을 보호하고자 하는 법률들에 기인하지만 마찬가지로 지난 수십 년 동안 인간이 기러기의 생육에 완벽한 수많은 여건을 제공해왔기 때문이기도 하다. 과도할 만큼 잘 조경된 교외, 강변의 공원, 물을 끼고 있는 골프 코스 등이 그들에게는 절대적으로 이상적인 서식 조건이다. 캐나다기러기는 특히 잔디밭에 널리 사용되는 포아 프라텐시스*Poa pratensis*라는 식물의 씨앗을 즐겨 먹는데, 그것은 미국에서 가장 풍부한 농업 작물이다. 켄터키 블루그래스Kentucky bluegrass라고도 알려진 포아 프라텐시스를 우리는 공원에도, 앞마당에도 심고 기르는데, 인간에게는 그 효용이 아주 제한적인 식물°이기에 기러기들은 우리가 정말 자신들을 위해 그 식물을 가꾸는 것처럼 느끼고 있을 것이다. 한 조류학자는 이렇게 관찰했다. "새끼건 성체건 할 것 없이 기러기들은 부화 후 약 36시간이 지나고부터 포아 프라텐시스에 뚜렷한 선호를 보이는 것이 발견되었다"라고.

기러기 역시 강과 호수 근처의 시골 들판을 좋아하지만 미국에서는 시골 기러기와 도시 기러기의 비율이 실제 사람들의 거주 비율과 거의 비슷하다. 언제라고 할 것도 없이 미국인의 약 80%가 도시나 그 근교에서 살고 있다. 캐나다기러기의 경우 그 비율은 약 75%다.

사실 살펴볼수록 캐나다기러기와 사람들 사이의 연관성을 더 많이 찾을 수 있다. 우리 인구 역시 지난 수십 년 동안 급격하게 증가했다. 1935년에 살아있는 기러기 미끼가 미국에서 불법이 되었을 때 지구상에는 20억 명이 조금 넘는 사람들이 살았다. 2021년 세계 인구는 70억을 넘어서고 있다. 인간과 마찬가지로 캐나다기러기들은 비록 때때로 불행하긴 해

° 202쪽을 보라.

도 보통 평생 동안 짝짓기를 한다. 우리처럼 그들 종의 성공은 서식지에 영향을 미친다. 캐나다기러기 한 마리는 매년 100파운드의 배설물을 배출하며, 이는 기러기들이 모여드는 호수나 연못의 위협적인 *대장균* 수치로 이어진다. 그리고 우리와 마찬가지로 천적이 거의 없다. 기러기들이 폭력에 의해 죽는다면 그 폭력은 기의 힝싱 인간이 가한 것이다. 정말 우리와 다를 바 없다.

비록 캐나다기러기들이 인간이 지배하는 행성에 완벽하게 적응했다고는 하지만, 그들은 실제 인간에 대해서는 경멸만을 느끼는 듯하다. 심지어 우리의 인공 호수와 잘 가꾸어진 잔디밭 때문에 번성하고 있는데도 기러기들은 꽥꽥대고 거들먹거리며 사람을 쫓아내기 위해 물려고 든다. 결국 우리 중 많은 사람이 캐나다기러기를 해로운 동물로 여기며 그들을 원망하게 되었다. 나는 나 또한 그렇다는 것을 알고 있다.

그러나 기러기들은 고도로 위생적이고 생물학적으로 단조로운 교외 생활 속에서 여전히 어느 정도는 적절한 자연이 가까이 존재하는 것처럼 느끼게도 해준다. 기러기들이 흔해지기는 했지만 완벽한 V자 대형을 이루며 머리 위를 날아가는 것을 보면 경외심을 불러일으키는 무언가가 여전히 존재한다. 어느 열성적인 사람이 말했듯이 캐나다기러기는 "상상력을 자극시키며 심장을 빠르게 뛰게 만든다." 비둘기나 생쥐 혹은 시궁쥐들보다 기러기는 여전히 내게는 야생으로 느껴진다.

기러기와 인간은 서로가 서로를 그다지 좋아하지 않는 일종의 공생관계 같다. 그 관계는 나의 지난 일을 떠올리게 만든다. 대학을 졸업하기 전 여자 친구와 나는 아주 낡은 파란색 차를 타고 식료품을 사러 가던 중이었다. 그때 여자 친구가 내게 가장 두려운 것이 무엇이냐고 물었다.

"버림받는 것." 내가 말했다. 나는 대학을 졸업하는 것이 우리 관계의 끝을 불러오지 않을까 염려했고, 그녀가 나를 안심시켜주기를 원했다. 혼자되는 걸 두려워할 필요 없어, 내가 항상 곁에 있을 거니까 등의 말로. 그러나 그녀는 거짓된 약속을 일삼는 종류의 사람이 아니었고, '언제까지나'라는 말이 등장하는 대부분의 약속은 지켜지지 않는 법이다. 모든 것은 끝난다. 아니면 적어도 지금까지 인간이 지켜보아 온 모든 것은 끝이 난다.

어쨌든 "버림받는 것"이라고 말하자 그녀는 그저 고개를 끄덕였고, 나는 그 어색한 침묵을 채우고자 그녀에게 가장 두려운 것이 무엇인지를 되물었다.

"기러기들." 그녀가 대답했다.

누가 그녀를 탓할 수 있겠는가? 2009년 설리 설렌버거S.Sulllenberger 기장으로 하여금 허드슨강에 비행기를 불시착하게 한 것은 US 에어웨이 1549편 항공기의 엔진 속으로 날아든 캐나다기러기 떼였다. 2014년 캐나다의 사이클 선수는 캐나다기러기의 공격을 받고 일주일 동안 병원 신세를 졌다.

버림받는 것이 두려워도 무언가를 할 수는 있다. 예컨대 더욱 강력한 독립적인 자아를 세워나갈 수도 있고, 그대의 심리적인 안녕이 전적으로 한 사람에게 의존하지 않도록 의미 있는 인맥을 더 넓혀나갈 수도 있다. 그러나 개인으로서 그대는 캐나다기러기에 대해서 할 수 있는 일이 많지가 않다.

게다가 그것이 내게는 인류세의 가장 기묘한 일 중 하나인 듯이 보인다. 좋든 나쁘든 땅은 우리의 것이 되었다. 경작하고, 구획을 짓고, 심지어 보호하는 것도 우리 몫이다. 우리는 대단하게도 이 행성을 지배하는 존재이기에 본질적으로 어떤 종을 살리고 또 어떤 종을 죽일지를 결정한다. 그 결정은 캐나다기러기처럼 개체 수를 늘릴 수도 있고, 그 사촌인 넓적부리도요새처럼 쇠퇴의 길을 걷게 할 수도 있다. 그러나 개인으로서 나는 그런 힘을 느낄 수가 없다. 나는 어떤 종을 살리고 또 죽일지 결정할 수 없다. 나는 심지어 내 아이들에게 아침을 먹게 할 수조차 없다.

사람들의 삶에서 판에 박힌 일과 중에는 잔디를 깎고, 차를 운전해서 축구 연습장에 가고, 주택 대출금을 갚는 일들이 있다. 그래서 나는 사람들이 늘 그래왔던 방식대로, 그 방식이 올바른 것인 양, 심지어 유일한 방식인 양 계속 살아간다. 나는 포아 프라텐시스 잔디가 원래 있어 온 것처럼 잔디를 깎아준다. 그런데 사실 160년 전만 해도 미국의 교외에는 잔디밭이라는 것이 존재하지도 않았다. 그리고 축구 연습을 하러 가기 위해 차를 타지만 160년 전에는 심지어 불가능한 일이었다. 차가 없었기 때문만이 아니라 축구도 존재하지 않았기 때문이다. 대출금을 갚아나가지만 오늘날 우리가 이해하는 식의 주택 담보 대출은 1930년대까지는 널리 이용되지도 않았다. 내게는 캐나다기러기가 어디 가나 곳곳에 있다는 사실을 포함하여 인간으로서 피할 수도, 달아날 수도 없게 느껴지는 대부분의 일이 사실은 아주, 아주 새롭다. 그래서 나는 종으로서든 상징으로서든 캐나다기러기에 관해서 결정을 내리지 못하겠다. 어떤 면에서 나의 가장 큰 두려움의 대상이기도 하다.

물론 기러기를 탓할 수는 없다. 그러나 그럼에도 여전히 나는 캐나다기러기에게 별점 두 개만 줄 수 있을 따름이다.

테디 베어

곰을 가리키는 영어 단어 *베어Bear*는 '갈색' 혹은 '갈색인 것'
이란 의미인, 게르만어 어원 *베로bero*에서 나왔다. 스칸디나비아 언어에
서 곰이란 말은 "꿀 먹는 녀석들"이란 구절에서 파생되었다. 많은 언어
학자는 이런 이름들이 곰을 직접 쓰거나 말하는 것이 금기시되었기 때문
에 만들어낸 대체어라고 믿는다. 해리 포터의 마법 세계에서 '볼드모트'
란 이름을 결코 말해서는 안 된다고 배웠던 것처럼 북유럽 사람들은 종
종 곰을 가리키는 말을 입에 담지 않았다. 왜냐하면 진짜 이름을 말하면
곰을 불러들일 수도 있다고 믿었기 때문이다. 어쨌든 이 금기는 아주 효
과적이어서 오늘날 우리에겐 곰을 대체하는 유일한 어구 — 본질적으로,
"저 그거 말이야"— 만 남아 있다.

그렇다 하더라도 우리는 곰이 우리에게 끼친 것보다 훨씬 더 오랫동
안, 훨씬 더 커다란 위협을 곰들에게 가해왔다. 수 세기 동안 유럽인들은
'곰 괴롭히기'로 알려진 행태로 곰들을 괴롭혔다. 곰들을 말뚝에 묶은 다
음 쓰러지거나 죽을 때까지 개들에게 공격받게 하거나, 링 위에서 죽을

때까지 수소와 싸우게 했다. 영국 왕족들은 이 짓거리를 아주 좋아했다. 헨리 8세는 화이트홀 궁전에 곰 구덩이를 만들기도 했다.

'곰 괴롭히기'에 대한 언급은 셰익스피어에게도 나타난다. 맥베스는 적들이 "나를 말뚝에 묶었다. 나는 날 수 없다./ 그리고 곰처럼 나는 주어진 싸움을 해야만 한다. 죽을 때까지 싸워야 한다"라고 한탄한다. 셰익스피어의 시대를 감안하면 이 인용문은 특히 흥미롭다. 아마도 사람들의 가혹한 사냥 때문에, 곰이 영국에서 멸종된 지는 이미 천 년이 넘었기 때문이다. "곰처럼" 주어진 싸움을 한다는 표현에서의 곰은 자연에서 볼 수 없었기에 인간이 고안해낸 볼거리 속에 내던져져 고통받는 폭력적인 곰을 가리키는 것이었을 것이다.

비록 많은 사람들이 '곰 괴롭히기'를 "저열하고 더러운 악취미"로 인식했지만 수필가인 존 이블린J.Evelyn의 말처럼 반대 의견들은 일반적으로 동물 학대 때문이 아니었다. 토마스 배빙턴 매콜리T.B.Macaulay는 "청교도들은 곰 괴롭히기가 곰에게 고통을 안겨주기 때문이 아니라, 구경꾼들에게 쾌락을 주기 때문에 싫어했다"라고 썼다.

그렇다면 곰에 대한 우리의 지배가 전적으로 최근의 현상이라 주장하는 것은 정확하지 못할 것이다. 그래도 이름을 부르는 것조차 두려워했던 동물을 우리 아이들이 인형으로 흔히들 껴안고 있는 것은 조금은 이상한 일이기도 하다.

* * *

보통 들을 수 있는 테디 베어의 이야기는 다음과 같다. 1902년 11월 미국의 대통령 테디 루스벨트T.Roosevelt는 미시시피로 곰사냥을 갔다. 이것은 지극히 테디 루스벨트가 할 법한 일이었다. 루스벨트가 사냥을 포기하고 점심을 먹기 위해 캠프로 돌아가기 전까지 사냥개들이 몇 시간이고 곰을 쫓았다.

그날 루스벨트의 사냥 보조를 맡은 홀트 콜리어H.Collier는 대통령이 점심을 먹고 있을 때에도 개들과 함께 곰을 계속 쫓았다. 콜리어는 미시시피에서 노예로 태어났으며, 노예에서 해방된 이후 세상에서 가장 말을 잘 타는 사람 중 한 사람이 되었다. (그는 살아생전 3천 마리의 곰을 죽이기도 했다.) 루스벨트가 없는 동안 콜리어의 개들은 곰을 궁지로 몰아넣었다. 콜리어는 대통령에게 알리기 위해 나팔을 불었지만 루스벨트가 돌아오기 전에 곰이 사냥개 중의 한 마리를 공격하고 있었기 때문에 소총 개머리판으로 곰을 때려야만 했다.

그때 대통령이 현장에 도착했고, 곰은 나무에 묶인 채 의식도 희미해져가고 있었다. 루스벨트는 스포츠맨답지 않다는 이유로 그 곰에게 마지막 한 발의 총을 쏘기를 거부했다. 대통령의 동정 어린 말은 특히 클리포드 베리먼C.Berryman이 『워싱턴 포스트』에서 그 사건을 만화로 그린 다음에 전국으로 퍼져나갔다. 만화에서 곰은 둥근 얼굴에 커다란 눈으로 유순한 설망감을 담은 채 루스벨트 대통령을 보고 있는 새끼 곰으로 재구성되었다.

브루클린에 살고 있던 러시아 이민자인 모리스와 로즈 미첨M.&R. Michtom은 이 만화를 보고 "테디 베어"라 이름 짓고 만화 속 새끼 곰을 봉제 인형으로 만들어야겠다는 영감을 받았다. 테디 베어는 그들의 사탕 가게의 진열장에 놓였고, 즉각 유명해졌다. 신기하게도 비슷한 시기에 독일 회사가 비슷한 테디 베어를 독자적으로 만들었고, 두 회사 모두 엄청난 성공을 거두게 되었다. 독일의 제조업체인 슈타이프는 마가렛 슈타이프M.Steiff에 의해 대략 20년 먼저 설립되었고, 그녀의 조카 리처드가 슈타이프의 테디 베어를 디자인했다. 1907년까지 그들은 해마다 곰 인형을 백만 개 넘게 팔았다. 같은 해 브루클린의 미첨 부부는 테디 베어 판매를 바탕으로 아이디얼 토이 컴퍼니를 설립하여, 마우스 트랩이라는 보드게임에서 루빅의 큐브에 이르기까지 인기 있는 20세기 장난감을 연달아 성공시켰다.

오늘날 전형적인 테디 베어는 1902년의 테디 베어 — 갈색 몸에 검은 눈, 둥근 얼굴, 귀엽고 작은 코 — 와 거의 비슷하게 생겼다. 내가 어렸을 때 테디 럭스핀Teddy Ruxpin이란 이름의, 말하는 테디 베어가 인기를 끌었지만 내가 테디 베어를 좋아하는 까닭은 침묵 때문이었다. 이 인형은 내게 어떤 것도 묻지 않았으며, 폭발하는 내 감정을 두고 이렇다 저렇다 평가하지 않았다. 내게 남아 있는 가장 생생한 어린 시절의 기억 중의 하나는 열 번째 생일날이었다. 나는 파티에 지친 나머지 내 방으로 돌아와 테디 베어를 꼭 끌어안았다. 그런데 더 이상 그 효과가 통하지 않는다는 사실을 알게 되었다. 그것이 무엇이든 내게 한때 위로가 되어주었던 부드럽고 조용한 존재가 더 이상 소용이 없었다. 나는 다시는, 정말 다시는 어린아이가 될 수 없겠다고 생각했고, 처음으로 다시는 예전의 나로 돌아갈 수 없다는 강렬한 감정에 사로잡혔던 것이 떠오른다. 사라 데센S.Dessen은 언젠가 집을 "장소가 아니라 어느 순간"이라고 썼다. 나의 집은 테디 베어였고, 그러나 오직 그때 그 순간의 바로 그 테디 베어였다.

테디 베어가 출현한 이후 우리 상상 속의 곰들은 점점 더 상냥해졌고 껴안고 싶은 존재가 되었다. 위니 더 푸Winnie-the-Poo는 1926년에 처음 우리 곁에 왔다. 패딩턴 베어Paddington Bear는 1958년에, 캐어 베어즈Care Bears는 위협적이지 않은 최상의 곰 친구로 1981년에 나타났다. 펀샤인 베어Funshine Bear나 러브어랏 베어Love-A-Lot Bear 같은 캐릭터들은 『보살핌이 중요해Caring Is What Counts』, 『가장 소중한 바람은 이루어질 수 있어Your Best Wishes Can Come True』 등의 제목의, 지나칠 정도로 감상적인 그림책으로 인기를 끌었다.

더 넓은 세상에서, 적어도 도시에서 살고 있는 우리는 루스벨트가 곰을 보고 생각했던 대로 — 연민의 대상이며 보호받아야 할 대상으로 — 곰들을 보기 시작했다. 어쩌다 내가 불을 끄는 것을 깜박하고 방을 나가기라도 하면 딸아이는 종종 외쳐대곤 한다. "아빠, 북극곰!" 왜냐하면 전기를 아껴 쓰는 것이 탄소 발자국을 줄이는 것이고, 그렇게 하면 북극곰 서식지를 보존할 수 있다고 배웠기 때문이다. 딸아이는 북극곰을 두려워하지 않는다. 북극곰의 멸종을 두려워한다. 예전에 우리를 공포에 떨게 했던 동물들, 우리가 오랫동안 공포에 떨게 했던 동물들은 이제 종종 연약하고 무력한 존재로 여겨지고 있다. 지구상의 수많은 생명체가 그렇듯이 힘센 곰도 우리에게 의존하게 된 것이다. 그들의 생존은 우리의 지혜와 연민에 달려 있다. 미시시피의 곰에게 루스벨트의 친절함이 필요했던 것처럼.

그런 점에서 테디 베어는 오늘날 인류의 놀라운 힘을 일깨워준다. 우리 종들이 얼마나 지배적인가를 이해하는 것은 쉽지 않다. 그러나 순전히 질량 관점에서 고려하는 것이 도움이 될 때가 있다. 현재 지구상에 살고 있는 인간들의 총중량은 약 3억 8,500만 톤이다. 그것이 이른바 우리 종의 생명체 총량biomass이다. 우리 가축들 — 양, 닭, 소 등 — 의 생명체 총량은 약 8천5백만 톤이다. 다른 모든 포유류와 조류를 합한 생명체 총량은 1억 톤에 미치지 못한다. 모든 고래와 호랑이, 원숭이, 사슴, 그리고 곰, 물론 캐나다기러기도 포함된 중량이다. 이 모든 것을 합한 무게가 우

리 무게의 3분의 1에 미치지 못하는 것이다.°

21세기를 사는 거대 동물들을 비롯한 수많은 종에게 유일하고 가장 중요한 생존의 변인은 그들의 존재가 인간에게 유용한가 아닌가에 달려 있다. 만약 그대가 사람들에게 효용이 없다면, 그대가 갖추어야 할 차선책은 귀여움이다. 감정이 풍부한 표정, 이상적으로 아주 큰 눈이 필요하다. 그대의 아기들은 우리에게 우리의 아기들을 떠올리게 해야 한다. 그대에 관한 무언가가 우리로 하여금 그대를 이 행성에서 제거하는 것에 죄의식을 느끼게 만들어야만 한다.

귀여움이 종을 구원할 수 있을까? 의심스럽다. 테디 베어의 기원 이야기에서 자주 언급되지 않는 부분은 루스벨트가 스포츠 정신으로 관대하게 곰을 쏘기를 거부하고 난 직후, 사냥꾼들에게 곰의 목을 베어 고통에서 벗어나게 하라고 명령했다는 것이다. 그날 어떤 곰도 생명을 건지지는 못했다. 그리고 지금 미시시피에는 50마리보다 더 적은 수의 곰이 살고 있다. 한편 테디 베어의 전 지구적인 판매율은 지금이 가장 높다.

나는 테디 베어에게 별점 두 개 반을 준다.

° 그러나 우리는 모두 박테리아에 비하면 왜소한 편이다. 최근의 추정에 따르면 박테리아의 총중량은 모든 동물의 총중량을 합한 것보다 약 35배 더 크다.

대통령의 전당

나는 세상에서 가장 방문객이 많은 놀이공원이자 월트 디즈니의 세계인 '매직 킹덤'과 25킬로미터 남짓 떨어진, 플로리다의 올랜도에서 성장했다. 내가 어렸을 때 올랜도는 관광 도시였고 공항에서 빠져나올 때면 언제나 "즐거운 여행이 되기를 바랍니다"라는 현수막이 곳곳에 걸려 있었다. 이를 보고 부모님은 항상 한숨을 내쉬면서 중얼거리셨다. "우린 여기서 살고 있는데."

내가 매직 킹덤에 처음 간 것은 1981년이었다. 네 살 때였고, 매직 킹덤이 세워진 지는 10년이 되었다. 그 당시 나는 놀이공원이 아주 좋았다. 내가 만난 구피가 진짜 구피였다고 믿을 정도였다. 백설공주 마차를 타고는 무서워했던 기억도 난다. 무엇보다 롤러코스터를 타고 어른이 된 느낌을 받았던 것도 기억이 난다. 그리고 그날 저녁에는 너무 지친 나머지 우리 집 자동차 폭스바겐 래빗의 차창에 얼굴을 대고 잠에 곯아떨어졌던 것도 기억난다.

점차 자라 나는 10대가 되었고, 나 자신의 정체성을 주로 내가 싫어하는 것들을 기준으로 규정하기 시작했다. 나는 싫어하는 것이 아주 많았다. 나는 어린이책들, 머라이어 캐리의 음악, 교외의 건축물, 쇼핑센터 등을 싫어했다. 그러나 무엇보다도 디즈니월드를 끔찍이 싫어했다. 친구들과 내게는 팝 음악, 놀이공원, 오락영화 같은 작위적이고 상업화된 판타지 세계를 지칭하는 말이 따로 있기까지 했다. 우리는 그 모든 것을 '플라스틱'이라고 명명했다. 텔레비전 프로그램 〈풀 하우스Full House〉는 플라스틱이었다. 큐어의 새로운 상품Cure's은 플라스틱의 일종이었다. 그렇다면 디즈니월드는? 젠장, 디즈니월드는 플라스틱 그 자체였다.

이 시기는 내 인생에서 끔찍하게도 복이 많은 시기였다. 어머니가 지역 공동체에서 봉사상을 받았고, 부상으로 네 장의 연간 디즈니 무료 자유이용권이 주어졌다. 그해 여름 나는 열네 살이었고, 가족들은 디즈니월드를 갈 때마다 나를 빠짐없이 데리고 갔다.

여름 한 철 동안 열 번 넘게 공짜로 디즈니월드를 가야 했던 나의 슬픈 이야기는 그리 많은 공감을 불러일으키지는 못할 것이다. 그렇지만 열네 살이었던 나는 디즈니월드를 싫어했다. 디즈니월드는 항상 너무 더웠고, 1992년 당시 나는 트렌치코트 입는 것을 거의 종교처럼 신봉했는데, 그 옷은 플로리다 중부의, 머리가 지끈거리고 숨이 막힐 정도의 여름 열기와는 전혀 어울리지 않았다. 코트는 날씨가 아니라 세상으로부터 나를 보호할 의도로 입었는데, 그 점은 성공적이었다. 그래도 나는 항상 땀을 흘리고 있었고, 놀이공원에 놀러온 사람들의 눈에 무릎까지 오는 사냥용 초록 코트를 입고, 얼굴 모공마다 땀을 주룩주룩 내뿜고 있는 깡마른 아이는 구경거리였음이 틀림없다.

나는 당연히 그 사람들이 나를 두려워하길 바랐는데 왜냐하면 나도 그 사람들이 두려웠기 때문이다. 나는 부분적으로는 기업이 모든 생산 수단을 과도하게 통제했기 때문에 자신들의 삶이 끔찍하고 비참해진 것인데, 그런 삶으로부터 도피하기 위해 기업에 다시 돈을 지불하고 있다는 생각에 사람들이 혐스러웠다.

여하튼 나는 길고 긴 여름날들을 디즈니월드에서 살아남아야만 했다. 보통 공원 입구 가까이에 있는 벤치에 앉아 노란색 바탕에 줄이 그어진 공책에 자투리 이야기들을 끄적거리는 것으로 시작하고는 했다. 그런데 그날은 끔찍할 정도로 더웠고, 나는 대통령의 전당으로 가보기로 했다. 그곳은 사람들이 가장 덜 붐비는 곳이었으며, 매직 킹덤에서 에어컨이 가장 잘 나오는 곳이기도 했다. 그날 남은 시간 동안 나는 대통령의 전당에서 틀어주는 영상물을 보고 또 보면서 계속 공책에 글을 써댔다. 대통령의 전당 영상물이 흘러나오는 곳에 앉아 나는 처음으로 단편소설을 완성°했다. 미친 인류학자가 수렵과 채집으로 살아가는 가족을 납치하여 디즈니월드로 데려온다는 이야기였다.

대통령의 전당은 1971년 개장한 이래 계속 존재해왔으며, 디즈니월드가 개장할 때 최초로 소개된 여러 명소 중 한 곳이었다. 미국 헌법이 논의되던 필라델피아의 독립기념관을 본뜬 건물에서 관람객들은 먼저 대기실로 들어간다. 그곳에는 여러 대통령의 흉상이 '미국 토박이'로 규명된, 디즈니 설립자인 월트 디즈니의 흉상과 함께 전시되어 있다.

대통령의 전당은 거의 기다릴 필요가 없기 때문에 곧장 중앙 극장으로

°   나는 완성한 후 얼마 지나지 않아 그 이야기를 잃어버렸다. 내 기억으로 그 이야기는 정말 미래를 보장해줄 작품이며, 수년 동안 그 이야기를 찾기만 하면 다음 소설은 이미 다 쓴 것이나 다를 바 없다고 믿었다. 그저 플롯을 조금 더 견고하게 만들고 인물을 보완하면 될 것이라 생각했다. 그런데 몇 년 전 아버지가 이야기의 복사본을 찾았다며 내게 보내주셨다. 당연하게도 이야기는 끔찍했고, 건질 만한 구석이 전혀 없었다.

들어가는데, 그곳에서 이 명소가 월트 디즈니를 기념하여 헌정되었음을 듣게 된다. 이것은 항상 내게 조금 과도하다는 느낌을 불러일으켰다. 디즈니의 흉상이 대기실에 놓여 있다는 사실뿐만 아니라 공원 전체가 그의 이름을 따서 만들어졌기 때문이기도 하다. 디즈니에게 감사 인사를 한 다음 스크린이 마침내 영화의 주인공들 — 모든 미국 대통령을 실물 크기의 로봇으로 재현한 주인공들 — 을 공개하기 전에 미국 역사를 설명하는 영화가 상영된다. 이 애니매트로닉스들은 생명체와 정말 섬뜩할 정도로 흡사한 무시무시한 로봇들로, 그에 걸맞게 음산한 계곡으로 서서히 내려온다. 우리 가족이 대통령의 전당을 찾았을 때, 네 살배기 딸아이는 "저것들은 사람이 아냐"라고 말했다.

두세 명의 대통령만이 실제로 말을 한다. 애니매트로닉 아브라함 링컨은 계속 서서 게티스버그 연설을 반복한다. 영상의 끝에서 1990년대 초의 대통령부터 현재의 애니매트로닉 대통령이 자신의 목소리로 연설을 한다. 우리가 방문한 2018년에는 애니매트로닉으로 된 도널드 트럼프가 몇 문장을 말했는데, 그 가운데에는 "무엇보다 미국인이 된다는 것은 낙관론자가 되는 것입니다"라는 말도 있었다. 그 말은 분명 민주주의 국가에서 시민권이 부여되는 방식을 기본적으로 잘못 이해한 것이다.

대통령의 전당은 미국 역사에서 자행된 수많은 공포를 무시하지는 않았지만 미국과 그 대통령들에 대한 사죄 없는 애국적인 칭송이기도 하다. 사실 영상의 마지막 대사 중 하나는 이렇다. "우리의 대통령직은 더이상 단순한 생각만으로 수행되는 것이 아닙니다. 자랑스러운 역사로 채워진 생각이 필요합니다." 나는 자랑스러운 역사를 담은 생각이라는 말에 반대하지 않는다. 그러나 그것은 또한 부끄러운 역사, 억압의 역사, 폭력의 역사를 포함한 수많은 다른 역사들로 이루어진 생각이기도 하다.

내가 오늘을 살아가면서 겪는 어려움 중의 하나는 다양한 관점들이 서로를 부정하지 않고 공존할 수 있는 방법을 찾는 것이다. 그렇지만 대통령의 전당은 다양한 역사의 공존을 사실상 요구하지 않는다. 대신 미국 역사가 승리의 역사라는 관점 — 물론 우리도 실패한 경험이 있다. 그러나 감사하게도 우리는 끈질긴 낙관론으로 그 실패들을 해결했다. 지금 우리를 보라는 식의 관점 — 을 제시하고 있다.

인류세의 주요한 두 가지 기관은 국가와 제한된 책임을 지닌 기업이며, 이 둘은 실질적이며 강력하다. 어떤 면에서는 둘 다 만들어진 것이기도 하다. 미국은 흐르는 강이 실재하는 방식으로 실재하지는 않는다. 월트 디즈니 회사도 그렇다. 둘 다 우리가 믿고 있는 생각의 산물이다. 그렇다. 미국은 법과 조약, 그리고 헌법 등을 가지고 있지만 그중 어떤 것도 나라를 분열시키거나 심지어 소멸하는 것을 막지는 못한다. 우리가 사용하는 화폐의 도안에 신고전주의적인 건축물을 넣어 미국이 영원하다는 느낌°을 부여하고자 하는 시도처럼 시민들에게 그것이 실재하며 선하며 충성을 바쳐야 할 가치가 있는 것임을 지속적으로 믿게 해야만 한다.

월트 니즈니사가 설립자를 숭배하고, 그 부유한 역사에 초점을 맞추면서 하려는 일은 같은 맥락에서 이해할 수 있다. 국가와 기업은 적어도 몇몇 사람이라도 믿어야만 존재할 수 있을 따름이다. 그리고 그러한 의미에서 그들은 사실 일종의 매직 킹덤들이다.

10대에 나는 이 구성된 개념을 더 이상 믿지 않으면 삶이 어떻게 될까

° 우리는 2백 년 된 국가가 아니다. 우리는 그리스 공화국의 확장이며, 따라서 수천 년의 역사를 가지고 있다.

즐겨 상상하고는 했다. 만약 우리가 미국의 헌법이 미국을 통치하는 문서 혹은 합중국의 이상이라는 생각을 모두 버려버린다면 무슨 일이 일어날까? 아마도 지금 내가 이런 생각들을 뒷전으로 밀쳐두는 대신 더 나은 국가 — 더 잘 규제된 사적 기업 — 를 상상하려고 하는 것은 중년기의 증상일 것이다. 그러나 우리는 정부와 기업이 우리가 무엇을 믿기를 바라는지, 그리고 왜 우리가 그것을 믿기를 원하는지 솔직하게 살피지 않는다면, 더 나은 세상을 현실로 만드는 상상을 하는 일조차 힘겹게 될 것이다.

그때까지 대통령의 전당은 항상 내게 플라스틱처럼 느껴질 것이다. 나는 여기에 별점 두 개를 준다.

에어컨

지난 백 년간 인간에게 기후는 확실히 더 더워졌다. 지구 온난화의 영향뿐만 아니라 우리가 선택한 삶의 장소 때문이기도 하다. 예컨대 지난 세기 미국에서 인구가 가장 많이 증가한 세 개의 주 네바다, 플로리다, 애리조나 등은 가장 따뜻한 주들에 속한다. 미국에서 다섯 번째로 거대한 도시인 애리조나의 피닉스가 아마도 이러한 경향을 가장 뚜렷하게 보여준다. 1900년에 피닉스의 인구는 5,544명이었다. 2021년에 피닉스는 약 170만 명의 사람들이 사는 도시가 되었다. 8월의 평균 기온은 섭씨 39.4도이며, 그런데도 애리조나 코요테라는 프로 아이스하키팀을 보유하고 있기도 하다. 1996년까지 코요테 팀은 제트라는 이름이었고, 연고지도 마니토바의 위니펙에 기반을 두고 있었다. 그곳은 상당히 추운 곳이지만 프로 아이스하키 리그는 돈과 사람들을 쫓아 적도 근처까지 옮겨왔다.

인문지리의 측면에서 이토록 거대한 이동을 가능케 한 이유 중의 하나는 에어컨의 기적 때문이다. 에어컨은 사람들이 실내 온도를 조절할 수 있게 해주었다. 건물 유리창을 열어두는 시간의 비율을 많이 낮추는 작은 것에서부터 약재의 활용 가능성과 같은 커다란 문제에 이르기까지 에어컨은 부유한 나라들에 사는 사람들의 삶을 엄청나게 바꾸어놓았다. 인슐린, 수많은 항생제, 니트로글리세린, 그리고 그 밖의 수많은 여러 약은 열에 민감하며, 이른바 20도에서 25도 사이로 규정되는 '실내 온도'에 저장하지 않으면 약효를 상실할 수 있다. 여름철의 피닉스에서는 에어컨이 나오기 전까지 그 약들을 보관할 수 있는 실내 공간을 바랄 수조차 없었다. 기온에 민감한 의약품의 보관은 가난한 나라의 의료 체계 관점에서는 엄청난 도전 과제 중 하나로 여전히 남아 있다. 그런 나라에는 많은 보건의료 시설들에도 전기가 들어오지 않기 때문이다.

지금 그대가 당연한 권리라고 생각하는 독서조차 에어컨에 달려 있다. 이 책은 에어컨이 있는 시설에서 인쇄°되었다. 사실 에어컨은 이 책을 인쇄한 설비와 그다지 다르지 않은 인쇄 설비를 위해 고안되었다. 1902년, 윌리스 캐리어W.Carrier라는 젊은 기술자가 뉴욕의 버팔로에서 한 가지 문제를 해결하라는 과제를 떠맡았다. 그것은 인쇄 회사의 잡지 지면들이 여름철의 습도 때문에 쭈글쭈글해지는 것이었다. 캐리어는 공기를 뜨거운 열선이 아니라 차가운 선을 통해 내보냄으로써 전기를 통해 열을 발생시키는 과정과 정반대의 장치를 만들어냈다. 이 장치는 습도를 줄였을 뿐 아니라 실내의 기온을 낮추는 데도 효과가 뛰어났다. 캐리어는 스스로 "공기 조절"이라 칭한 연구를 계속 이어갔으며, 그가 설립한 캐리어 주식

° 만약 그대가 이 책을 전자책이나 오디오 북으로 읽고 있다고 해도 문제는 다르지 않다. 왜냐하면 두 경우 모두 책은 클라우드나 어떤 특정한 곳에 저장되며, 클라우드는 사실 구름이 아니라 서로 연결된 서버의 거대한 집합체다. 따라서 결코 과열되거나 부식되어서는 안 된다. 에어컨을 통해 인공적으로 건조하고 서늘하게 보관되어야 하기 때문이다.

회사는 지금도 세상에서 가장 큰, 에어컨 제조업체 중 하나로 남아 있다.

열은 오랫동안 인간의 걱정거리였다. 고대 이집트에서는 창문에 갈대를 늘어뜨리고 그 위로 물이 흘러내리게 만들어 집을 시원하게 했다. 지금과 마찬가지로 예전에도 실내 온도를 조절하고자 한 것은 그저 편안함과 편리함만을 위한 것은 아니었다. 왜냐하면 더위는 사람을 죽일 수도 있기 때문이다. 「1757년 7월 두드러지게 더운 날씨와 그 영향에 대한 설명An Account of the Extraordinary Heat of the Weather in July 1757, and the Effects of It」이란 흥미진진한 제목의 논문에서 영국의 물리학자 존 헉스햄J.Huxham은 더위가 "두뇌의 갑작스럽고 폭력적인 통증, 현기증, 다량의 땀, 심각한 신체의 쇠약과 정신적인 우울증"을 야기한다고 했다. 그는 또한 폭염 피해자들의 소변 "색이 짙고 양이 적다"라고도 기록했다.

오늘날 미국을 포함하여 여러 나라에서 폭염은 번개, 토네이도, 허리케인, 홍수 그리고 지진을 모두 합한 경우보다 더 많은 죽음을 야기한다. 2003년 프랑스에서 집중되었던 유럽의 폭염은 7만 명 넘는 사람들의 죽음을 초래하였다. 치명적인 폭염은 호주에서 알제리, 캐나다에서 아르헨티나에 이르기까지 역사를 통틀어 흔한 일이 되었다. 그러나 인류세에 일어나는 기묘한 일들 가운데 하나는 부유한 지역의 더위는 뜨거운 곳보다 온화한 기후를 가진 곳에서 더 많은 건강상의 문제를 야기하고 있다는 사실이다. 지난 20년을 비추어보면 가정용 에어컨이 필요 없는 일반적으로 시원한 프랑스 중부에서 사는 사람들이 찌는 듯 더운 피닉스에서 사는 사람들보다 폭염으로 죽을 가능성이 더욱 크다는 것이다. 피닉스에는 90% 넘는 가정이 적어도 어떤 형태이든 에어컨을 구비하고 있다.

오늘날 에어컨의 또 다른 특성은 실내를 시원하게 함으로써 그만큼 실외의 온도를 높인다는 것이다. 에어컨 시스템을 가동하는 에너지 대부분은 화석연료에서 나오며, 그 연료의 사용이 지구를 뜨겁게 하고, 결국 시간이 지날수록 더 많은 에어컨이 필요하게 된다는 사실이다. 국제에너지기구IEA에 따르면 에어컨과 선풍기는 합해서 이미 전 지구적 전기 사용의 10% 정도를 차지하며, 다음 30년 동안 세 배 이상 에어컨의 사용이 증가할 것이라 예측하고 있다. 대부분의 다른 에너지 집약적인 혁신과 마찬가지로 에어컨은 부유한 나라의 사람들에게 주로 혜택을 가져다주는 반면 기후 변화의 결과는 에어컨을 사용하지도 않는 빈곤한 나라의 사람들에게 불균형적으로 영향을 미친다.

아마도 기후 변화는 21세기의 인간이 공동으로 직면하고 있는 가장 심각한 도전일 것이다. 나는 미래의 세대들이 기후 변화를 막기 위해 더 많이 노력하지 않은 우리의 실패를 혹독하게 비난하지 않을까 염려된다. 아마도 역사 수업을 통해 그들은 ─ 정확하게 ─ 1970년대에 종으로서의 우리가 탄소 배출이 지구 기후에 영향을 미친다는 사실을 알고 있었다는 것을 배우게 될 것이다. 그리고 그들은 ─ 정확하게 ─ 탄소 배출을 줄이고자 하는 1980년대와 1990년대의 노력과 함께 그 노력이 복잡하고 다양한 이유로 결국 실패했다는 것도 배우게 될 것이다. 나는 미래의 역사 수업이 결국엔 단 하나의 이야기로 요약될 것이라고 생각한다. 그리고 나는 우리의 선택이 그 역사책을 읽는 미래의 사람들로서는 용서할 수도, 이해할 수도 없는 것처럼 보일 것이라고 생각한다. 찰스 더들리 워너 C.D.Warner는 한 세기 전에 이렇게 썼다. "저마다의 세대가 자신들의 무지

○ 워너는 또 다른 인용문 하나로 유명하다. 그는 다음과 같은 일종의 농담을 만들어냈다고 알려진 최초의 사람이었다. "모두가 날씨에 관해 이야기하지만, 누구도 어떻게 해볼 생각을 하지 않는다." 그러나 물론, 우리는 날씨에 대해 무언가를 할 것이다.

를 이해하지 못한다는 것은 다행스러운 일이다. 그래야만 우리는 조상들을 야만적이라 부를 수 있기 때문이다."°

기후 변화의 결과를 막 경험하기 시작했음에도 우리는 인간이 초래한 이 전 지구적인 문제에 전 지구적인 인간의 반응을 조직화하기 위해 고군분투하고 있다. 그중 일부는 공공의 잘못된 정보와 널리 퍼진 전문가들에 대한 불신 탓이다. 그중 일부는 기후 변화가 중요하긴 하지만 화급한 문제가 아니라고 느끼는 것이다. 한층 더 빈번하게 발생하는 산불은 오늘 당장 진화해야만 한다. 그러나 우리가 몇 세대에 걸쳐 그 산불이 일어날 개연성을 줄이는 거대한 변화를 만들어가는 것은 훨씬 더 어렵다.

그러나 나는 인간이 초래한 기후 변화를 우리가 직면하는 것 역시 어렵다고 생각한다. 왜냐하면 우리들 가운데 특권층들 대부분, 대부분의 에너지를 소비하는 사람들은 자신들을 기후와 분리할 수 있기 때문이다. 나 역시 분명 그와 같은 종류의 사람이다. 나는 집과 조절된 공기로 말미암아 기후로부터 격리되었다. 나는 1월에도 딸기를 먹는다. 비가 내리면 집 안으로 들어간다. 어두우면 불을 켤 수 있다. 이런 나에게는 기후가 대부분 외부의 현상이며, 나 자신은 대부분 내부의 현상에 속해 있다고 느끼기 쉽다.

하지만 그 모든 것은 오해다. 나는 말 그대로 내가 상상하는 외부 세계에 전적으로 의존하고 있다. 나는 외부 세계에 종속되어 있다. 인간에게는 궁극적으로 자연의 강제와 제한을 벗어날 길이 없다. 우리는 *자연*이다. 역사와 마찬가지로 기후는 우리에게 일어나는 일이자 동시에 우리가 만들어가야 하는 것이기도 하다.

이곳 인디애나폴리스가 30도를 넘는 날은 1년에 13일 정도 된다. 대부분의 가정과 사무실은 에어컨으로 온도가 조절된다. 이것은 지난 50년 동안 건축 기술이 획기적으로 변화했기 때문이기도 하다. 특히 상업적인 건물의 경우 에어컨의 존재는 필수적인 것이 되었다. 그리고 점점 더 많은 사람이 내부 환경을 조절할 수 있다고 기대하기 때문에 에어컨은 훨씬 더 흔한 것이 되고 있다. 바깥에서 옷으로 어느 정도 조절할 수 있다고 하면 13도에서 30도 정도 사이의 온도는 그런대로 편하다고 느낀다. 그러나 안에 있다면 이야기는 달라진다. 안락하다고 생각하는 온도의 편차는 급격히 떨어져 거의 반이 줄어든다. 나는 에어컨 없이 살았던 시카고의 아파트에서처럼 실내에 앉아 땀을 흘리는 것이 싫다. 또 추운 실내에서 소름이 돋는 서늘함도 똑같이 불편해한다. 값비싼 그림이나 예민한 난초처럼 나는 지극히 특정한 조건에서만 편안하게 지낼 수 있다.

이것은 나만의 문제가 아니다. 코넬 대학이 2004년에 수행한 연구는 사무실 온도가 작업의 생산성에 영향을 미친다는 사실을 발견했다. 실내 온도가 20도에서 25도로 올라가면 타이핑 속도는 150% 증대되었고, 오류 빈도는 44% 감소했다는 것이다. 이는 결코 사소한 문제가 아니라고 연구자는 주장하며 다음과 같이 제안하고 있다. "더욱 쾌적한 정도로 온도를 높이면 고용주는 한 사람의 노동자를 기준으로 시간당 2달러 정도의 생산성을 높일 수 있다." 그런데도 왜 여름철의 사무실 환경은 더 비싸기도 하고 효율성도 떨어지는 낮은 온도를 유지하는 것일까? 아마도 '실내 온도'의 정의가 역사적으로 40대, 70킬로그램의 남자가 양복을 입고 있을 때의 기온 취향을 분석한 것에 바탕을 두고 있기 때문일 것이다. 연구는 일관되게 평균적인 여성들은 실내 온도가 더 따뜻한 것을 선호한다는 것을 입증하고 있다.

그러나 사무실에서 에어컨 설정의 편향에 대해 지적하기라도 하면 — 특히 여성이 지적하면 — 사람들은 지나치게 예민하게 군다고 조롱하고는 한다. 언론인인 테일러 로렌츠T.Lorenz가 사무실 에어컨 체계가 성차별적이라고 트위터에 글을 올린 다음 『애틀랜틱』 신문사의 한 블로그에는 "건물 내부의 온도가 성차별적이라고 생각하는 것은 황당하다"라는 글이 즉각 올라왔다. 그러나 그것은 전혀 황당한 말이 아니다. 황당한 것은 남자들이 장식적인 윗도리를 입는 것이 더 편하다고 느낄 정도로 귀한 화석연료를 사용하면서까지 사무실 온도를 지나치게 낮추는 것이며, 그것이 노동 생산성을 감소시킨다는 것이다.

우리는 조금 더 덥다고 느끼는 데에 익숙해질 필요가 있다. 그것이 우리에게 주어진 유일한 미래다. 내가 플로리다에서 살던 어린 시절, 극장에 가기 전에 두툼한 셔츠를 들고 가는 것은 자연스러운 일이었다. 에어컨은 인류세의 다른 많은 것들과 마찬가지로 그에 대해 생각지 않고도 내 삶을 변화시켰던 일종의 배경음악이었다. 그러나 2021년의 이른 시간에 그대에게 글을 쓰는 것, 극장에 들어가는 것은 매우 부자연스럽게 느껴진다. 인간에게 '자연스러운' 것은 항상 변화하고 있다.

나는 에어컨에 대단히 감사한 마음이다. 그것은 인간의 삶을 훨씬 더 낫게 만든다. 그러나 우리는 기후 조절을 구성하는 것이 무엇인지에 대한 정의를 넓힐 필요가 있다. 가능한 한 빨리.

나는 에어컨에 별점 세 개를 준다.

황색포도상구균

몇 해 전 왼쪽 눈이 *황색포도상구균*에 감염되었다. 시야는 흐릿해졌고 눈은 퉁퉁 부어올라 뜰 수가 없었다. 그래서 일주일 넘게 병원 신세를 져야만 했다.

1940년 이전에 같은 감염을 겪었더라면 눈뿐만 아니라 목숨까지 잃었을 것이다. 어쩌면 어린 시절 이미 포도상구균의 감염으로 죽었을 테니 안와봉와직염(심각한 합병증을 일으킬 수 있는 눈 조직의 급성 감염 – 옮긴이)에 걸릴 만큼 오래 살지도 못했을 것이다.

입원해 있을 때 감염병 의사는 나를 아주 특별한 존재로 느끼게 해주었다. 그가 내게 "흥미롭게도 아주 공격적인 포도상구균이 자리를 잡았군요"라고 말했다. 약 20%의 인간에게만 포도상구균이 끈질기게 서식하고 있으며 ─ 그 정확한 이유는 아직도 밝혀지지 않았다 ─ 내가 분명 그중 한 사람이라는 것이다. 박테리아를 항상 달고 다니는 사람들은 포도상구균 감염을 경험할 여지가 더 많다. 포도상구균의 식민지가 되어버린 나의 특별함에 놀란 의사는 내가 직접 페트리 접시(세균을 배양하는 작은 접시 - 옮긴이)를 보아도 믿지 못할 것이라고 말하면서 나의 지속적인 생존이야말로 현대 의학의 진정한 증거라고 목소리를 높였다.

내 생각에도 그런 것 같다. 매혹적일 정도로 공격적인 박테리아에 의해 식민지화된, 나 같은 사람은 지나가버린 황금시대를 애석해하며 되돌아갈 생각을 할 수가 없다. 왜냐하면 그 모든 과거들 속에서 나는 벌써 죽고 없을 것이기 때문이다. 1941년에 보스턴 시립병원은 포도상구균 감염의 치사율이 82%라고 보고하고 있었다.

어렸을 때 "강한 자만이 살아남는다"라거나 "적자생존"이란 말을 듣고는 내가 강하지도 않고 적응을 잘하고 있지도 않다는 사실을 알았기에 그 말에 아주 끔찍한 공포를 느꼈던 것을 기억한다. 나는 아직도 인간이 우리 중의 약한 자들을 보호하고 생존할 수 있도록 보장해줄 때 인간 생명력 전체가 훨씬 더 강해지리라는 것을 이해하지 못한다.

포도상구균은 종종 열린 상처에 침투하여 감염되기 때문에 전쟁 중에 특히 치명적이었다. 제1차 세계대전이 시작될 무렵 영국의 시인 루퍼트 브룩R.Brooke은 유명한 글을 남겼다. "내가 죽어야 한다면, 오직 이것만은 생각해달라;/ 이국의 들판 어느 귀퉁이에 있을지라도/ 그 또한 영원히 영국일 것이리." 실제로 브룩은 1915년 겨울, 전쟁터에서 죽었다. 세균 감염으로 이국의 들판이 아니라 병원에서였긴 하지만.

그 당시에는 수천 명의 의사들이 전쟁 부상병들과 환자들을 치료하고 있었다. 그들 가운데 일흔한 살이 된 늙은 스코틀랜드 외과 의사인 알렉산더 오그스턴A.Ogston은 수십 년 전에 포도상구균을 발견하였다.

오그스턴은 조지프 리스터J.Lister(처음으로 항생제를 사용한 외과 의사 - 옮긴이)의 열렬한 팬이었는데, 그의 수술 후 감염에 관한 연구는 페놀과 다른 살균기법을 사용하는 것으로 이어졌다. 이로 인해 외과 수술의 생존율이 급격하게 증대되었다. 1883년 오그스턴은 리스터에게 썼다. "당신은 수술을 변화시켰습니다.…… 위험천만한 복권을 안전하고 타당한 과학으로 변화시켰습니다." 그것은 과장된 말이 아니었다. 항생제를 투여하기 전 오그스턴은 이렇게 썼다. "수술을 한 다음이면 이김없이 우리는 패혈증이 발병하는 3일째까지 두려움에 떨며 기다리고는 했다." 오그스턴의 동료였던 애버딘 왕립병원의 간호사조차 탈장 수술을 거부하고 죽기를 선택하였다. "왜냐하면 수술하고 회복되는 환자를 한 명도 본 적이 없었기 때문이었다."

*　*　*

리스터를 방문하여 복잡한 무릎 수술을 감염 없이 치료하는 것을 지켜본 오그스턴은 애버딘의 병원으로 돌아와 수술실 문 위에 붙여둔 "당신의 신을 만날 준비를 하라"라는 팻말을 없애버렸다. 더 이상 외과 수술이 필사적이며 절망적인 노력이 아니었기 때문이다.

오그스턴은 리스터의 페놀 스프레이에 너무나 집착한 나머지 그의 제자들이 시를 쓰기까지 했고, 부분적인 내용은 다음과 같다.

우리는 미래의 신문물을 배웠으니
끝없이 스프레이를 뿌리는 것이었다네.
스프레이, 스프레이, 항생제 스프레이
오그스턴은 아침에도, 밤과 낮에도 뿌려댄다네.
모든 종류의 상처에

다른 사람이라면 접착성 석고 반창고를
붙여야 할 자리에도
그는 스프레이를 뿌렸다네.

오그스턴의 첫 번째 아내, 메리 제인M.Jane은 이 약이 개발되기 몇 해 전에 출산 후 스물다섯의 나이에 죽었다. 죽음의 원인에 대한 기록은 없지만 그 당시 산모의 죽음 대부분이 산후 감염 때문이었으며, 종종 포도 상구균 감염 때문이기도 했다. 그리고 오그스턴은 환자 수백 명이 수술 후 감염으로 죽어가는 것을 지켜보았다.

그렇기에 그가 항생제 처방에 지나치게 집착한 것이 놀라운 일은 아니다. 또한 그는 감염을 어떻게 막아낼 것인가 뿐만 아니라 그것을 초래하는 것이 무엇인지도 정확히 알고자 했다. 1870년대 말까지 여러 박테리아와 그것이 감염에 미치는 영향에 관해 외과 의사나 연구자들이 이룬 수많은 발견들이 있었지만 포도상구균은 오그스턴이 제임스 데이비드슨J.Davidson의 상처로 고름이 꽉 찬 다리를 절개하기 전까지는 발견되지 않았다.

현미경으로 본 데이비드슨의 종기에는 살아있는 균들로 가득 차 있었다. 오그스턴은 이렇게 썼다. "수많은 둥근 유기체들이 사슬을 이룬 채 아름답게 엉킨 다발이 드러났을 때 기뻐하지 않을 도리가 없었다."

오그스턴은 이 다발과 사슬 뭉치를 그리스어로 포도송이를 가리키는 포도상구균이라 이름 지었다. 이 뭉치는 종종 포도송이처럼 보이기도 한다. 동글동글한 구체들이 촘촘하게 모여 덩어리를 이루고 있다. 그러나 오그스턴은 이 박테리아를 본 것에 만족하지 않았다. 그는 이렇게 쓰고 있다. "분명 취해야 할 첫 단계는 데이비드슨의 종기에서 발견된 유기체

가 우연히 거기에 있었던 것이 아니라는 것을 밝히는 것이다." 그래서 오
그스턴은 집 뒤의 헛간에 실험실을 차리고 포도상구균을 증식시키는 실
험을 거듭했으며, 마침내 달걀을 매개물로 사용함으로써 성공했다. 그리
고 그는 그 박테리아를 기니피그와 쥐에게 주입했고, 이 동물들은 급속
히 병들었다. 오그스턴은 또한 포도상구균이 "표피에는 무해"한 듯이 보
이지만 "투입되었을 때에는 너무나 유해하다"라고 기록하였다. 나도 역
시 이것을 관찰하였다. 포도상구균이 내 피부를 잠식한 것은 그다지 성
가신 일이 아니지만, 내 눈 안에서 복제를 시작할 때 정말로 위험하다는
것을 알게 되었다.

　여하튼 제임스 데이비드슨은 포도상구균에 감염된 다음에도 완벽한
상처의 제거와 오그스턴의 스프레이, 스프레이, 항생제 스프레이의 무한
사용 덕분에 수십 년을 더 살았다. 그럼에도 포도상구균은 또 다른 스코
틀랜드의 과학자 알렉산더 플레밍A.Fleming이 우연히 페니실린을 발견
하기 전까지는 아주 위험한 감염균이었다. 1928년 어느 월요일 아침 플
레밍은 포도상구균 배양지 중 하나가 페니실륨이라는 곰팡이에 의해 오
염되었고, 그 곰팡이가 포도상구균을 전부 죽여버렸다는 사실을 발견했
다. 그는 크게 소리쳤다. "정말 재밌는 일이네!"

　플레밍은 자신이 "곰팡이 주스"라고 이름 지은 것을 축농증을 앓고 있
던 자기 조수를 포함하여 두 사람의 환자들에게 치료약으로 사용했지만
페니실린을 분비하는 항생물질의 대량 생산은 아주 어려운 일임이 판명
되었다.

　1930년대 후반이 되어서야 옥스퍼드 대학의 일군의 과학자들이 배양
하고 있던 페니실린을 시험하기 시작했다. 처음에는 쥐를 대상으로, 다음
으로 1941년 앨버트 알렉산더A.Alexander라는 이름의 경찰관을 대상으로

인체 실험을 했다. 독일군의 폭격 중 파편에 맞아 상처를 입은 뒤 알렉산더는 박테리아 감염증으로 죽어가고 있었다. 그는 황색포도상구균과 *연쇄상구균*Streptococcus 모두에 감염되어 있었다. 페니실린은 알렉산더의 상태를 극적으로 개선시켰다. 그러나 연구자들은 그를 구할 만큼 충분한 약을 가지고 있지는 않았다. 감염이 다시 진행되었고, 1941년 4월 알렉산더는 죽었다. 그의 일곱 살 된 딸 쉴라는 결국 지역의 고아원으로 가게 되었다.

과학자들은 곰팡이의 생산성이 더 높은 균주를 찾으려 했고, 마침내 세균학자 메리 헌트M.Hunt가 일리노이주 피오리아의 식료품점에 있던 칸탈루프(껍질은 녹색에 과육은 오렌지색인 멜론 — 옮긴이)에서 곰팡이를 발견했다. 이 균주는 엑스레이와 자외선 복사열에 노출된 다음에 훨씬 더 생산성이 높아졌다. 본질적으로 이 세상 모든 페니실린은 피오리아의 칸탈루프 하나에 있던 곰팡이로부터 이어져 온 것이다.°

페니실린의 총량이 증가 — 1943년 210억 개에서 1945년 6조 8천억 개로 — 했지만 페니실린으로 죽은 박테리아, 특히 황색포도상구균의 항생제 내성이 진화하고 있다는 우려 또한 커져갔다. 1946년 『새터데이 이브닝 포스트Saturday Evening Post』 기사는 항생제 사용이 "항생제에 가장 잘 견뎌낸 미생물의 또 다른 생존을 가능케 하는, 미묘한 진화의 힘을 본의 아니게 돕고 증진시킬 것"이라고 염려했다. 사실 그렇게 되었다. 1950년경에 병원 내 포도상구균의 40%가, 1960년에는 80%가 페니실린에 내성을 보였다. 오늘날은 고작 2%의 포도상구균만이 페니실린에 민감하게

° 그렇지만 이 이야기에서 그것만 놀라운 것이 아니다. 더 놀라운 것은 이 세상에 페니실린을 공급하게 된 칸탈루프의 곰팡이를 긁어낸 다음, 연구자들이 남은 칸탈루프를 먹었다는 사실이다.

반응하고 있다.

이 모든 일이 너무나, 너무나 빨리 일어났다. 알렉산더 오그스턴이 포도상구균을 발견하고 64년 후 페니실린을 대량 생산하게 되었다. 페니실린의 대량 생산과 2007년에 내게 일어난 안와봉와직염과의 한바탕 병치레 사이에 또 64년이 흘렀다. 결국 나의 감염병은 페니실린에 반응하지 않았고, 그에 연이은 두 차례의 항생제 처방에도 반응하지 않았다. 그나마 다행스럽게도 네 번째에 반응했다. 항생제의 내성은 미래의 문제가 아니다. 올해만 해도 미국에서 거의 5만 명의 사람들이 황색포도상구균의 감염으로 죽을 것이다.

페니실린이 얼마나 최근의 일이냐고? 그때 고아원으로 가게 된 경찰관의 딸은 이 글을 쓰는 지금도 여전히 살아있다. 쉴라 알렉산더는 미국 군인과 결혼했고, 캘리포니아로 이주했다. 그녀는 화가다. 최근 그녀의 그림 하나는 영국식 마을의 집 담벼락을 묘사하고 있다. 담쟁이덩굴이 어느 집의 벽을 따라, 거친 돌 위로 기어오르며 자라고 있다.

내게 생명체의 미스터리 중 하나는 *왜* 생명체는 존재하려고 하는가이다. 생명체는 화학적 평형 상태이기보다 생화학적인 활동에 훨씬 더 가깝다. 그러나 여전히 포도상구균은 그 활동을 필사적으로 추구하고 있다. 정말 나와 다를 바 없다는 생각에 이르게 된다. 포도상구균은 사람들을 해치고 싶어 하지는 않는다. 사람들에 관해 알지도 못한다. 그저 다만 존재하고자 할 뿐이다. 내가 그러기를 원하듯이, 담쟁이덩굴이 점점 더 많은 곳을 차지하려고 벽을 타고 퍼져나가듯이.

존재하고자 한다고 해서 그것이 포도상구균의 잘못은 아니다. 그럼에도 불구하고 나는 포도상구균에 별점 하나를 준다.

인터넷

1990년대 초반 인터넷이 처음 우리 집에 왔다. 기억하기로 인터넷은 상자 속에 있었다. 인터넷을 설치하기 위해서는 아주 많은 기술이 필요했고, 설치한 다음 아빠가 인터넷을 작동시켰다. 인터넷은 검은색 화면에 초록 글자들을 보여주었다. 아빠가 동생과 내게 인터넷으로 할 수 있는 일들을 보여준 것을 기억한다. "이것 봐." 아빠가 말했다. "인터넷은 지금 현재의 베이징 날씨를 즉각 보여줄 수 있어." 그리고 아빠는 인터넷에 몇 줄의 부호를 쳐 넣었고 인터넷은 베이징의 오늘 날씨로 응답했다. 아빠는 흥분해서 말을 이어갔다. "또 너흰 『소크라테스의 변명』 전부를 내려받을 수 있어. 공짜로! 그리고 여기, 집에서 바로 읽을 수 있단다."○

아버지께 이것은 눈앞의 기적 같은 것임이 분명했다. 그러나 나는 인

○ 특히 20세기의 끝을 향해 갈 즈음, 미국에서의 삶이 지닌 기묘한 유아론의 하나는 뉴스가 미국 밖의 날씨에 대해 거의 언급하지 않는다는 점이다. 자연재해라도 일어나야 언급할 따름이다. 짐작건대 나는 인터넷에서 공짜로 『소크라테스의 변명』을 내려받을 수 있다는 것은 여전히 괜찮은 일이라고 말해야 할 것이다.

터넷의 열광적인 팬이 될 수가 없었다. 그 한 가지 이유는 인터넷이 전화선을 사용했기 때문에 아빠가 접속해 있을 동안 우리는 전화를 받을 수가 없었기 때문이다. 물론 열네 살이었던 내게 전화가 엄청나게 올 리는 없었지만 그래도 마뜩잖았다. 그보다 더 인터넷은 주로 인터넷에 대해 의견을 주고받는 곳인 듯이 여겨졌다. 아빠는 인터넷이 어떻게 직동하고, 미래에 어떤 일을 할 수 있는지에 관한, 끝도 없는 사용 설명서와 게시판의 글을 (우리에게 말하며) 읽었다.

어느 날은 아빠가 내게 인터넷으로 전 세계 곳곳의 사람들에게 말을 걸 수 있다는 것을 보여주었다. 아빠가 설명했다. "넌 불어로 된 게시판으로 가서 불어를 연습할 수가 있어." 그리고 아빠는 그것이 어떻게 작동하는지를 보여주었다. 나는 게시판에 있는 몇몇 사람들에게 메시지를 보냈다. "어떻게 지내세요Comment ça va?" 그들은 실시간으로 불어로 응답해주었다. 내가 불어를 많이 알지 못했기 때문에 아쉬웠다. 나는 영어로 된 서비스가 있지 않을까 궁금했는데, 그 또한 있었다. 사실 딱 내게 맞는 것이 만들어져 있었다. 컴퓨서브(미국 제2위의 PC통신 서비스 회사로서 각종 뉴스, 정보 제공은 물론 온라인 쇼핑, 항공기 예약 등이 가능했으며, 특히 잘 발달된 동호회 운영이 장점이었다 - 옮긴이)의 10대 게시판이었다.

컴퓨서브의 10대 게시판에서는 그 누구도 나에 관해 알지 못했다. 그들은 내가 긴장할 때마다 삑삑거리는 목소리를 내는, 비참하고 위축된 기묘한 아이라는 것을 몰랐다. 그들은 내게 사춘기가 뒤늦게 왔다는 사실도, 학교에서 사람들이 나를 부르는 별명들도 몰랐다.

그리고 역설적으로 그들은 나를 몰랐기 때문에 현실의 삶에서의 그 누구보다 나를 더 잘 알았다. 나는 즉석 문자 대화를 나누었던 저녁을 기억한다. 컴퓨서브의 친구인 마리에게 '밤의 감정'에 관해 말했다. 밤의 감정이란 대부분 학교 가기 전날 밤에 침대에 누웠을 때 나를 덮치던 파도를 개인적으로 부르는 말이었다. 배가 단단하게 뭉치며 배꼽에서부터 걱정이 퍼져나가는 듯한 느낌이었다. 나는 '밤의 감정'에 대해 누구에게도 말한 적이 없기에 타자를 치는 중에 심장이 내달리고 있었다. 마리는 자신도 밤의 감정을 알고 있고, 간혹 라디오 시계의 똑딱이는 소리를 가만히 듣고 있으면 위안이 되기도 한다고 응대해주었다. 나도 그렇게 해보았고, 도움이 되었다.

그러나 대부분 10대 게시판의 내 친구들은 비밀을 공유하지 않았다. 우리는 끼리끼리 비밀 대신 농담을 함께 나누고, 배우고, 만들고, 빌리고, 창조했다. 1993년 여름까지 컴퓨서브의 10대 게시판은 텔레비전 쇼프로그램인 〈바니와 친구들Barney&Friends〉에 대한 농담부터 끝도 없는 머리글자와 약어로 가득 찬 신화와 참고 자료의 거대한 우주였다. 인터넷은 여전히 검은 화면에 초록색 활자였으며, 그래서 우리는 이미지를 사용할 수가 없었다. 그러나 우리는 글자를 배열하여 모양을 만들었다. 알려진 대로 아스키ASCII 예술의 아이디어는 수십 년 전에 이미 존재했지만 우리는 그 근처에도 가지 않았다. 우리는 극도로 단순한 이미지들 — 예컨대 :-) 같은 — 에서부터 터무니없이 복잡한 — 그리고 종종 외설적인 것들까지 — 여러 가지를 만들면서 마치 우리가 처음 발견하기라도 하는 것처럼 느꼈다. 우리가 하던 일들을 한 마디로 묘사하는 말이 있었는지 기억할 수는 없지만 요즘 우리가 밈(밈meme이란 인터넷에서 유행하는 특정한 콘텐츠와 문화 요소를 말한다 – 옮긴이)이라 부르는 것이 아닐까 싶다.

그해 여름, 학교가 방학이 되면서 나는 10대 게시판에 온종일 전념할 수 있었다. 심지어 나는 이메일 주소 — 무작위로 생성된 일련의 숫자들@compuserve.com — 라는 것도 갖게 되었다. 그때에는 시간당 요금이 부과되는 인터넷이 현실적인 문제가 되기도 했다. 왜냐하면 나는 몇 시간이고 계속 사용하고 싶었기 때문이다. 이제 전화를 받을 수 없게 된 것에 불평하는 사람은 부모님이었다. 부모님은 내가 친구를 사귀고 아주 많이 읽고 쓰게 된 것을 좋아하기는 했지만 인터넷 요금으로 한 달에 10만 원을 낼 여유는 없었다. 그때 생명줄이 내려왔다. 내가 10대 게시판의 운영자로 '고용'되었기 때문이다. 급여는 내가 원했던 대로 무료 인터넷 사용이었고, 나는 정말 그것이 필요했다. 심지어 컴퓨서브는 내가 항상 온라인상에 있을 수 있도록 독립된 전화선을 설치해주었다. 그해 여름, 내 삶에 일어난 일 중 집 밖에서 일어난 일이 하나라도 있었는지 기억에 없다.

내가 너무 과거를 미화하고 있지는 않은지 염려된다. 1990년대 초기의 인터넷은 오늘날의 인터넷이 그렇듯 문제가 아주 많았다. 10대 게시판이 아주 잘 운영되었다고 우겨보려고 해도 오늘날 댓글에서 널리 나타나는 인종주의나 여성 혐오와 같은 내용이 30년 전에도 만연했음을 부인하지 못하겠다. 그리고 지금처럼 그대는 음모론이 이른바 사실보다 더 사실적으로 느껴질 때까지 인터넷의 고도로 개인 맞춤으로 공급되는 정보의 토끼굴로 깊숙이 빠져버릴 수도 있었다.°

나는 그해 여름의 멋진 추억과 함께 트라우마도 가지고 있다. 몇 년 전

° 실제로 나는 이런 일을 겪었다. 1990년대 초반에 7세기에서 10세기까지 300년 정도가 실제로 존재한 적이 없고 가톨릭교회가 고안해낸 것이라고 주장하는 유령 시간 가설Phantom Time Hypothesis 이라는 것에 매료되었고, 나는 아이러니한지 아닌지 확신하지도 못하는 밈 중 하나인 그것에 혹해서 관심을 두게 되었다. 당시에 널리 퍼져 있었던 이 음모론은 내가 1993년을 살고 있는 것이 아니라 1698년 경에 살고 있고, 많은 시간은 교회가 권력을 유지하기 위해(?) 거짓으로 꾸며낸 것이라고 주장하였다. 상세한 내용은 기억나지 않지만 토끼굴에 떨어지면 믿을 수 있다는 것이 너무 놀랍다.

우연히 옛 친구를 만났는데, 그가 고등학교 시절에 관해 말했다. "학교가 내 생명을 구했지. 그런데 다른 많은 일도 안겨줬어." 그러니까 인터넷도 그랬다.

30년 동안 인터넷이라는 소방 호스로 물을 마신 다음 최근에서야 나는 그 부정적인 영향을 더 많이 느끼기 시작했다. 그것이 내 나이 때문인지 아니면 인터넷이 더 이상 벽에 꽂혀 연결되지 않고 나와 함께 도처를 다닌다는 사실 때문인지는 모르겠다. 그러나 나는 이렇게 시작하는 워즈워스Wordsworth의 시를 떠올리고는 한다. "너무 많은 물질적인 것이 우리 곁에 있다. 과거에도 그랬고 미래에도 그렇듯이."

인터넷 없는 나의 삶이나 일을 상상할 수 없다는 것은 무슨 뜻일까? 기계의 논리에 아주 심각하게 휘둘리는 판에 나만의 사고방식, 나만의 존재 방식이란 무슨 의미가 있을까? 이렇게 오랫동안 인터넷의 일부로 지내온다는 것이, 그리고 인터넷 또한 나의 일부라는 것이 어떤 의미가 있을까?

내 친구 스탠 뮬러S.Muller는 역사의 한 가운데를 살고 있을 때 그대는 결코 그 의미를 알지 못한다고 내게 말한다. 나는 인터넷의 한 가운데를 살고 있다. 나는 그 의미가 무엇인지 아직도 모르겠다.

나는 인터넷에 별점 세 개를 준다.

10종 학력경시대회

10학년이 시작되면서 나는 앨라배마의 기숙학교를 들어갔다. 나의 가장 친한 친구 토드가 룸메이트였다. 늦은 밤 에어컨도 없는 기숙사 방에서 그가 억지로 잠을 청할 때 나는 내가 의식의 흐름 소설을 썼다고 종종 말하고는 했다. 나는 그에게 모든 것을 줄줄이 말했다. 영어 수업 시간에 짝사랑하던 여자애와 주고받았던 노트에서 골라낸 구절들을 포함하여 그녀와의 모든 상호 작용에 관해 말했다. 내가 역사 시간 과제를 제때에 제출하지 못한 이유들, 내 왼쪽 무릎 바깥쪽에서 항상 느껴지는 기묘한 통증, 체육관 뒤에서 담배를 피우며 지난주에 어떤 애가 걸렸기 때문에 얼마나 긴장했는지, 그리고 기타 등등. 마침내 그가 말했다. "진심이야, 그린. 난 널 사랑해. 그렇지만 잠은 좀 자자." 우리는 서로에게 '사랑해'라는 말을 망설이지 않고 했다.

토드에 관해 내가 가장 좋아하는 이야기는 이렇다. 그 당시 앨라배마에서는 SAT를 두 달에 한 번씩 치렀다. 토드와 나는 대학 원서를 내기 위해 지역에서 마지막으로 치러야 할 SAT를 어떤 연유인지 놓쳐버렸다. 그래서 따로 시험을 보기 위해 조지아로 차를 타고 가야만 했다. 고된 여행 끝에, 또 지방의 모텔에서 밤을 보낸 뒤 우리는 졸린 눈을 비비며 시험장에 도착해서 끝나지 않을 것 같은 네 시간 동안 계속 집중하려고 애썼다. 마침내 시험이 끝나고 나는 토드를 다시 만났다. 그가 처음 내게 꺼낸 말은 "'ostentatiouss'가 무슨 뜻이냐?"였다. 아마도 '젠체하는', '너무 과한' 같은 뜻이라 말해주었다. 그러자 토드는 미묘하게 고개를 끄덕이더니 잠시 뒤 "됐어. 그럼 난 하나도 안 틀렸어"라고 말했다.

정말 그랬다. SAT 만점.

* * *

내게 10종 학력경시대회 팀에 들어오라는 아이디어를 낸 것도 토드였다. 처음 그 말을 들었을 때는 내가 형편없는 지원자인 것 같았다. 나는 학업에서 결코 뛰어나지 않았지만 내심 '잠재력을 충분히 발휘하지 않았다'라는 자부심은 있었다. 최선을 다했는데도 이 모양이라면 실제로 잠재력이 많지 않다는 것을 세상 사람들이 알게 될까 봐 두려웠기 때문이었다. 그러나 형편없는 성적이 오히려 기회임을 토드는 간파했다.

아카데크AcaDec로 잘 알려진 10종 학력경시대회는 열 개의 종목을 겨룬다는 것이 특징이다. 1994년에는 선다형 평가를 특징으로 하는 일곱 영역의 '객관식' 시험이 있었다. 경제, 미술, 언어와 문학, 수학, 과학, 사회과학이었고, 여기에 '세 가지 문서'('독립선언문', '헌법과 권리장전', '노예해방령'이 그 문서다 – 옮긴이)에서 출제한 '슈퍼 퀴즈' 풀기가 있었다. 또 심사위원들이 평가하는 세 가지 주관식 시험 — 에세이, 대면 인터뷰, 말하기 시연 — 이 있었다.

모든 학교의 아카데크팀은 아홉 명의 선수로 이루어진다. 평균 학점이 3.75 이상인 A그룹의 학생들 세 명, 그리고 평균 학점이 3 이상인 B그룹의 학생들 세 명, 그리고 평균 학점이 2.99 이하인 C 그룹의 학생들 세 명이다. 그대가 미국인이 아닐 수도 있기에 보충 설명을 하면 각 학교의 선수들 가운데 세 명은 아주 우수한 성적을, 세 명은 좋은 성적을, 그리고 세 명은 학교 성적이 상당히 나쁜 학생이어야만 한다는 것을 의미한다. 그 제안을 받았을 때 내 학교 성적은 끔찍한 수준이었다. 토드는 자신의 꾸준한 가르침과 나의 형편없는 성적으로 나를 아카데크의 슈퍼스타로 만들어낼 수 있으리라 믿었다.

그래서 3학년이 되고 함께 공부를 해나가기 시작했다. 우리는 경제 교과서 전부를 읽었고, 내가 이해되지 않는 부분에 봉착하면 토드가 쉽게 이해할 수 있도록 재구성해서 알려주었다. 예컨대 한계 효용에 대해 공부할 때 그는 내게 알코올음료인 지마를 통해 설명해주었다.

토드는 내게 말했다. "잘 봐. 네가 지마 한 병을 마시면 기분이 좋아질 거야. 두 병을 마시면 더 좋아지겠지. 그런데 한동안 안 마시다가 한 병을 마시는 것보다는 적을 거야. 더 마시면 마실수록 지마의 효과는 점차 낮아져, 결국은 다섯 병 남짓 마시면 곡선은 곤두박질치고 넌 토하게 되겠지. 그게 한계 효용이야."°

°   지마Zima는 21세기의 알코올음료로, 탄산수에 알코올을 섞고 향미(주로 과일 향미)를 첨가한 알코올음료였던 하드셀처Hard Seltzer의 선두 주자다. 맛은 아주 끔찍했는데도 나는 그것을 아주 좋아했다. 더 중요한 것은 많은 세월이 지난 후에 나는 한계 효용에 대해 이와 똑같은 방식으로 설명하는 NPR의 팟캐스트 〈지구의 돈Planet Money〉을 들었다는 것이다. 이 팟캐스트와 토드가 공유하고 있는 원천이라도 있는 것일까? 아니면 내 기억이 믿을 수 없는 것인지, 나는 모르겠다. 내가 아는 것은 내 한계 효용 곡선이 고등학교 시절에 그랬던 것과 마찬가지로 다섯 병을 마신 다음에는 아직도 역전하는 곡선을 그린다는 사실이다.

그렇게 경제를 공부했듯이 우리는 미술사와 화학, 수학과 그 밖의 과목들을 공부했다. 아카테크를 위한 공부였지만 나는 인더스 계곡의 문명에서부터 체세포 분열에 이르기까지 모든 것에 관해 배웠다. 그리고 토드 덕분에 나는 10종 학력경시대회의 아주 유능한 선수가 되었다.

으스대는 것은 아니지만 1994년 앨라배마주의 10종 학력경시대회에서 나는 C학생들 가운데 리오넬 메시였다. 나는 가능한 열 개의 종목에서 일곱 개의 메달을 땄다. 그중 네 개는 금메달이었다. 나는 그해 미적분에서 D를 받았는데 수학에서 동메달을 따기도 했다. 덧붙이자면 나의 어떤 점수도 A나 B 학생 중에서는 열 손가락 안에 들지는 못했지만 나는 그들과 경쟁하는 것이 아니었다. 공부에 관한 한 처음으로 나는 내가 바보가 아닌 것 같았다.

나는 형편없다고 생각했던 ― 문학과 역사 같은 ― 주제에서 금메달을 땄고, 말하기 시연에서도 금메달을 땄다. 그것은 정말 놀랄 만한 일이었다. 왜냐하면 나는 항상 공적인 연설에 서툴렀기 때문이었다. 전 방향으로 전달되는 내 불안한 목소리가 싫었고, 그래서 토론 대회마다 번번이 망쳐버렸다. 그러나 10종 학력경시대회를 하면서 나는 내가 성장할 수 있는 곳을 찾았다. 우리 학교는 주 대회에서 우승을 차지했다. 이는 우리가 그해 뉴저지의 뉴어크 호텔 연회장에서 열리는 전국대회에 나갈 자격을 획득했음을 의미했다.

그 후 몇 달 동안 토드에게서 배운 공부 방법과 함께 학업에 대한 자신감도 높아져서 성적이 오르기 시작했다. 나는 평균 학점을 3 이하로 유지하기 위해 물리 과목을 일부러 포기할 수 있다는 것을 깨닫기 전까지는 잠시 탐나는 C 학생의 지위를 잃을 위기에 처하기도 했다.

그해 4월 우리 아홉 명과 코치 선생님들은 뉴어크로 날아갔다. 우리는 전국 각지에서 온 다른 얼간이들과 친구가 되었는데, 그중에는 중서부에서 온 캐럴라인이라는 C 학생이 있었다. 그녀는 진짜와 흡사한 가짜 신분증을 가지고 있었는데, 우리에게 열두 팩의 지마를 밀반입해주기도 했다.

토드는 전국대회의 A 학생 가운데 선두 그룹에 속했고, 앨라배마에서 온 우리 팀은 진국 6위를 했다. 나는 메달도 두이 개 땄다. 하나는 말하기에서 딴 것이었다. 나는 강에 관해 이야기했다. 자세한 내용은 기억나지 않지만 굽이쳐 흐르는 강에 대해 말한 것이 생각난다. 기억할 수 있을 때부터 나는 강을 아주 좋아했다. 여름이면 며칠은 알래스카 북부의 노아턱강에서 아빠와 함께 여름을 보냈고, 또 며칠은 테네시주의 프렌치브로드강에서 패들보드를 탔다.

그런데 이 이야기의 아이디어는 토드에게서 얻은 것이었다. 우리는 모기가 아주 많고 공기가 습기를 머금고 있던 9월의 어느 오후 개울둑에 앉아 있었는데, 토드가 내게 자기는 강을 좋아하는데 그 이유는 계속 흘러가기 때문이라고 말했다. 이리저리 굽이치더라도 강은 계속해서 앞으로 나아간다는 것이다.

* * *

2020년 4월이다. 나는 뉴어크의 호텔 연회장에서 하류 쪽으로 한참 떨어져 있는 곳에 있다. 매일 아침 나는 아이들의 온라인 학습에 도움을 주려 하지만, 조바심과 울화가 치밀어 사태를 더 나쁘게 만들지나 않을까 걱정하고 있다. 나는 나의 일이 불합리할 정도로 필수적인 것이 아님에도 일로 말미암아 스트레스를 받는다. 정오에 인디애나주의 보건 당국이 코로나19 계기판을 암울한 뉴스로 업데이트한다. 아이들이 점심을 먹을 때 나는 휴대전화로 업데이트된 내용을 읽는다. 사라가 아래층으로 내려오고 우리는 병원에 입원한 친구의 소식을 얘기하려고 거실로 간다. 친구가 회복되고 있다는 좋은 소식이다. 그러나 나는 조금도 기쁘지가 않다. 그저 두렵기만 하다. 내 안의 두려움을 보았는지 사라가 말한다. "강으로 산책이나 가지 그래?"

* * *

요즘은 밖에 있을 때만 정상이라고 느낄 수 있을 뿐이다. 지금 이 글도 여기 인디애나폴리스의 화이트강 서쪽 둑에서 쓰고 있다. 나는 여기로 캠핑용 의자를 가져왔다. 나는 풀이 무성한 강둑에 앉아 있고, 노트북의 배터리는 완전히 충전되어 있는 상태다. 내 눈앞의 강은 진흙투성이로 넘쳐나는 불협화음의 상태다. 1분 혹은 2분마다 뿌리 뽑힌 나무가 강 아래로 쏜살같이 떠내려온다. 건조한 여름에는 반바지를 적시지도 않고 강을 건널 수 있었는데 지금은 4, 5미터 깊이로 넘실거리고 있다.

지금 며칠째 내 머릿속은 끊임없는 걱정들이 방해하는 나머지, 한 가지 생각을 정리하는 것조차 힘들다. 심지어 새로운 걱정이나 내가 미처 생각하지 못한 오랜 걱정의 새로운 측면으로 인해 걱정조차 제대로 할 수 없다.

나는 테리 템페스트 윌리엄스T.T.Williams의 책을 가지고 왔지만 도처에 존재하는 걱정은 몇 분 이상 이 책을 읽는 것조차 불가능하게 만든다. 책을 대충 훑어보다가 몇 해 전에 밑줄을 그어둔 구절을 찾아낸다. "우리 중 한 사람이 '이것 봐, 저 밖에는 아무것도 없어'라고 말할 때 우리가 실제로 말하는 것은 '난 볼 수가 *없어*'라는 말이다."

나의 생각은 강둑으로 범람하는 강이다. 소용돌이치며 진흙투성이며 쉴 새 없이 흐른다. 나는 항상 이렇게 겁에 질리지 않기를 바란다. 바이러스에 대한 두려움도 그렇지만 더 심각한 두려움도 있다. 시간이 흘러가고 있다는 공포, 그리고 시간과 함께 나 역시 흘러간다는 공포다.

여기서부터 화이트강은 워배시강으로 흘러가 오하이오강과 합쳐지고 그리고는 거대한 미시시피강이 되고, 멕시코만으로 흘러갈 것이다. 그 이후에도 계속 나아갈 것이다. 얼어붙고, 녹고, 증발하고, 비로 다시 내리고, 흐를 것이다. 새로 생성되거나 파괴되지 않은 채.

이 강을 보고 있으면 토드와 함께 개울둑에 앉아 있던 때가 생각난다. 그리고 그의 사랑이 그 세월을 내가 헤쳐나가도록 어떻게 도와주었는지, 그리고 어떤 식으로든 여전히 나를 끌어가고 있는지를 생각하게 한다.

시간 때문에, 거리 때문에, 그리고 우리 사이에 놓인 다른 무엇 때문에 그들이 멀리 존재할지라도 그대의 삶에서 그와 같은 사람을 가졌는지, 그 사람의 사랑이 그대를 계속해서 나아가게 하는지 궁금하다. 토드와 나는 둘 다 수십 년 동안 — 지금 그는 의사다 — 흘러왔지만 우리 삶의 진로는 우리가 상류에서 함께 나누었던 그 순간들로 빚어진다. 마야 자사노프M.Jasanoff는 "강은 자연의 중심적인 줄거리다. 강은 우리를 여기에서 저기로 옮겨준다"라고 썼다. 아니면 적어도 저기에서 여기로.

바깥세상은 지속된다. 둑을 범람할 때조차 강은 여전히 굽이쳐 흐른다. 나는 노트북 화면에서 강으로, 강에서 다시 화면으로, 그리고 다시 강으로 시선을 옮긴다. 뚜렷한 이유도 없이 기억이 서로 뒤섞인다. 뉴어크에서 10종 학력경시대회가 모두 끝난 뒤 우리는 지마를 들고 호텔 옥상에 올라갔다. 토드와 나, 그리고 몇몇 팀의 구성원들과 함께. 늦은 밤 뉴욕시의 불빛이 멀리서 분홍색으로 빛나고 있었다. 우리는 전국에서 6등을 한 팀이었고, 지마로 적당한 양의 효용을 충족시켰으며, 서로를 사랑했다. 강은 계속 흘러간다. 우리도 계속 나아간다. 그리고 그 호텔 옥상으로 되돌아갈 방도는 없다. 그러나 기억은 여전히 우리를 함께 묶어준다.

나는 10종 학력경시대회에 별점 네 개 반을 준다.

석양

화려하기 그지없는 석양의 이 진부한 아름다움을 어찌 표현해
야 할까? "해질녘의 하늘이 벌레를 잡아먹는 꽃처럼 보였다"라고 탁월하
게 표현한 로베르토 볼라뇨R.Bolaño처럼 단호하게 잘라버려야 할까? 케
루악Kerouac이 『길 위에서』에서 "곧 땅거미가 지고, 자줏빛 땅거미가, 보
랏빛 땅거미가 귤나무 숲과 긴 멜론 밭 위로 진다. 사랑과 스페인풍의 신
비로움의 색깔로 물든 밭 위로"라고 쓴 것처럼 우리도 우리 안에 깃든 감
상에 기대야 할까? 아니면 어쩌면 우리는 안나 아흐마토바A.Akhmatova
가 아름다운 석양을 앞에 두고 썼을 때처럼 신비주의로 눈을 돌려야 할
지도 모른다.

낮이 끝나고 있는 것인지,
아니면 세상이 끝나고 있는 것인지, 아니면
내 안의 비밀들의 비밀이 다시 끝나고 있는 것인지
나는 말할 수가 없다네.

멋진 석양은 언제나 표현할 말을 가로채고, 내 모든 생각을 빛 자체처럼 하늘거리고 부드럽게 만든다. 그래도 나는 해가 먼 수평선 아래로 가라앉으며 노란색, 오렌지색, 분홍색으로 하늘을 가득 채우는 것을 보고 있으면 보통 '이건 포토샵을 한 것 같아'라고 생각한다는 것을 인정해야겠다. 자연이 가장 장관을 이루는 모습을 볼 때 내가 받는 일반적인 인상은 이 세상 그 어떤 것보다 더 가짜처럼 보인다는 것이다.

18세기 말에서 19세기 초에 여행객들이 다소 어둡고 볼록한 클로드 안경을 가지고 다녔다는 사실이 떠오른다. 웅장한 풍경에서 눈을 돌리고 대신 클로드 안경(푸른 안경을 쓰고 풍경을 보면 클로드 로랭의 그림처럼 아름답게 보인다는 것을 알게 된 사람들은 여행을 할 때 '클로드 안경'을 썼다고 한다 - 옮긴이)에 투영된 풍경을 본다면 한층 더 "그림 같이" 보인다고 한다. 17세기 프랑스의 풍경 화가 클로드 로랭C.Lorrain의 이름을 딴 그 안경은 단순히 풍경을 프레임 속에 담을 뿐만 아니라 색조도 단순화시켜 실재를 그림처럼 보이게 했다. 토머스 그레이T.Gray는 클로드 안경으로만 "석양을 석양 그대로의 광휘 속에서 볼 수 있다"라고 썼다.

*   *   *

물론 태양에 관한 중요한 사실은 직접 볼 수 없다는 것이다. 바깥에 있을 때뿐만 아니라 그 아름다움을 묘사하려고 할 때도 그렇다. 애니 딜라드A.Dillard는 『팅커 계곡의 순례자Pilgrim at Tinker Creek』에서 "우리는 사실 모든 힘을 위한 단 하나의 빛, 단 하나의 원천만을 가지고 있다. 그러나 우리는 보편적 법칙이기라도 한 듯 그것에서 눈길을 돌려야만 한다. 이 지구상의 어느 누구도 이 기묘하고도 강력한 금기를 의식하지 못하는 듯하다. 하여 우리 모두는 눈이 영원히 멀지 않도록 이리저리 얼굴을 조심스럽게 피하며 다닌다"라고 썼다.

이 모든 의미에서 태양은 신과 같다. 엘리엇T.S.Eliot이 말했듯이 빛은 보이지 않는 빛을 상기시킨다. 신과 마찬가지로 태양은 무시무시하고 놀라운 힘을 가지고 있다. 그리고 신과 마찬가지로 태양은 직접 바라보는 것이 어렵거나 심지어 위험하다. 「출애굽기」에서 하느님이 말씀하기를 "너희들은 내 얼굴을 볼 수가 없다. 그 누구도 나를 본 다음에는 살 수가 없기 때문이니." 기독교 작가들이 수 세기 동안 예수가 하느님의 아들Son 이자 태양Sun이라고 말놀이를 한 것은 놀라운 일이 아니다. 「요한복음」은 예수를 짜증스러울 정도로 여러 번 "빛"으로 지칭한다. 이집트의 라Ra 에서 그리스의 헬리오스Helios, 아즈텍의 나나우아친Nanahuatzin에 이르기까지 신이 있는 곳에는 언제나 빛의 신이 있다. 나나우아친은 자신이 빛나는 태양이 되기 위해 모닥불 속으로 뛰어들어 스스로를 희생했다. 그 모든 것이 일종의 의미를 만들어낸다. 나는 살기 위해 저 별의 빛을 필요로 할 뿐만 아니라 여러 면에서 그 빛의 산물이다. 이것은 기본적으로 신에 관해 내가 느끼는 감정이다.

사람들은 늘 내게 신을 믿느냐고 묻는다. 나는 내가 성공회 신자라거나 교회에 다닌다고 말하지만 사람들이 원하는 것은 그런 대답이 아니다. 그들이 알고 싶어 하는 것은 단 한 가지, 내가 신을 믿느냐는 것뿐이다. 그런데도 나는 그 물음에 답을 할 수가 없다. 왜냐하면 그 질문에 어떻게 대처해야 하는지 모르기 때문이다. 나는 *신을 믿는가?* 나는 신이 있음을 의심치 않는다. 그러나 나는 내가 존재하고 있는 곳 — 햇빛과 그림자, 산소와 이산화탄소, 태양계와 은하계 등 — 만을 믿을 뿐이다.

그렇지만 지금은 내가 석양을 은유로 표현한 이상 이미 감정의 물결

속을 헤엄치고 있는 중이다. 처음에는 석양을 포토샵된 것으로 봤지만, 지금은 신성하다. 그리고 어떤 방식으로 석양을 보든 충분하지 않을 것이다.

커밍스E.E.Cummings는 이렇게 석양의 시를 썼다.

너는 누구인가, 작은 나여

(다섯 살 어쩌면 여섯 살)
높은 창문에서

11월의 황금빛 석양을

엿보는

(그리고 느끼는: 낮이 밤이 되는

이토록 아름다운 길을)

좋은 시다. 그러나 커밍스가 어린 시절의 관찰에 바탕을 두었기에 효과를 거두었을 뿐이다. 너무나 순수한 나머지 석양을 시로 쓰는 일이 얼마나 진부해지기 쉬운지 아직 깨닫지 못했기에 가능한 일이다. 그럼에도 석양은 *아름답다.* 아니 보편적으로 아름답다. 우리의 먼 조상들은 우리처럼 먹지도, 여행을 다니지도 않았다. 시간처럼 근본적인 개념과의 관계가 우리와 달랐다. 그들은 몇 시 혹은 몇 초로 측정하지 않고 대체로 시간을 태양의 순환과 연결시켰다. 일몰이든 새벽이든 한겨울이든 태양이 얼마나 가까운지에 따라 측정했다. 그러나 이 지구에서 몇 년을 살아가는 모든 인간은 아름다운 석양을 본 경험이 있으며, 그 빛에 압도된 채, 그 빛에 감사하며 하루의 마지막 순간을 보내기 위해 멈춰 서고는 한다.

그러니 어떻게 낭만과 달콤함에 젖지 않고 석양을 마주할 수 있을까? 어쩌면 냉혹한 사실들을 나열할 수는 있을 것이다. 한 줄기 햇빛이 그대의 눈에 닿기 전에 이른바 빛의 산란을 일으키는 수많은 분자들과 수많은 상호 작용을 거친다. 이른바 대기의 산소나 질소와 작용할 때 다른 파장의 길이들이 방출된다. 그러나 석양 즈음에 빛은 대기를 통해 우리에 도달하기 전에 더 깊게 여행한다. 그 결과 대부분의 푸른색과 보라색은 흩어져버리고, 우리의 눈에 보이는 하늘에는 붉은색, 분홍색, 오렌지색만을 짙게 남겨둔다. 화가 터시타 딘T.Dean이 설명한 대로 "색은 빛의 허상이다."

이 정도면 석양이 어떻게 작동하는지를 아는 데 도움이 되리라 생각한다. 나는 과학적 이해가 우주의 아름다움을 망쳐버린다는 낭만적인 생각을 하는 것은 아니다. 그러나 나는 숨이 막힐 듯한 석양의 아름다움을 제대로 설명할 언어를 여전히 찾지 못하고 있다. 사실 숨이 막힐 정도가 아니라 숨을 들이쉴 정도로 아름답다. 내가 말할 수 있는 것은 때때로 세상이 낮과 밤 사이에 있을 때 나는 그 화려한 광경에 싸늘하게 멈춰 서서, 터무니없이 작아진 나를 느낀다는 것이다. 슬픈 일이라고 생각할지도 모르겠지만 그렇지 않다. 무한히 감사하게만 느껴질 뿐이다. 토니 모리슨 T.Morrison은 이렇게 썼다. "삶의 어떤 순간, 세상의 아름다움은 그 자체로 충분하다. 사진을 찍거나 그림을 그리거나 심지어 그것을 기억할 필요조차 없다. 그것으로 충분하다." 그러니 석양의 이 진부한 아름다움을 무엇이라 말할 수 있으랴. 아마도 충분하다는 말밖에 할 말이 없을 것이다.

＊　　＊　　＊

몇 해 전 집에서 기르던 개 윌리가 죽었다. 윌리에 관한 가장 뚜렷한 기억 중의 하나는 저물녘 앞마당에서 노는 모습이었다. 그 당시에는 강아지였고, 초저녁에는 에너지가 넘쳐 이리 뛰고 저리 뛰고는 했다. 강아지는 즐거운 듯 달려와 우리 주변을 맴돌다가 특별한 것도 없는데도 낑낑거리며 뛰어오르고는 했다. 그러다 잠시 뒤 피곤해지면 내게 달려와 누웠다. 그러고는 정말 특별한 모습을 보여주었다. 빙글 몸을 굴려 부드러운 배를 무방비로 내보이는 것이었다. 나는 항상 그 용기에, 절대적으로 연약한 곳을 우리에게 맡기는 그의 능력에 깜짝 놀라고는 했다. 그는 우리가 물거나 찌르지 않으리라 믿고는, 방어할 수 없는 갈비뼈 부근을 드러내고 있었다. 그대의 배를 세상에 보여준다는 것, 그토록 세상을 믿기는 어려운 일이다. 거기에는 세상을 향해 드러내기에 두려운, 내 안의 깊은 무언가가 있고, 아주 연약한 무언가가 있기 때문이다.

나는 이 글을 쓰는 것조차 두렵다. 왜냐하면 이 연약함을 고백하기가 두렵기 때문이다. 이제 당신은 어디를 공격해야 할지 알 것이다. 나는 내가 중요한 곳을 맞기라도 한다면 결코 회복할 수 없으리라는 것을 안다.

때로는 우리를 둘러싸고 있는 아름다움을 사랑하는 것이 우리를 둘러싼 수많은 공포를 존중하지 않는 것처럼 느껴진다. 그러나 대체로 세상에 내 배를 보여주면 세상이 나를 집어삼키지 않을까 두렵다. 그래서 나는 냉소의 갑옷을 입고 아이러니라는 거대한 벽 뒤에 숨어서, 클로드 안경을 쓴 채 그저 등 뒤로 아름다움을 엿볼 따름이다.

그러나 나는 설혹 부끄러울지라도 진지해지고 싶다. 사진작가 알렉 소스A.Soth는 "내게 가장 아름다운 것은 연약한 것이다"라고 말했다. 나는 한 걸음 더 내디뎌 그대 자신을 아름다움에 취약하게 만들지 않으면 온전한 아름다움을 볼 수 없으리라고 주장한다.

그래서 나는 흩어지는 빛을 향해 배를 드러낸 채 돌아서려고 한다. 그리고 혼잣말을 할 것이다. 이건 그림처럼 보이지 않아. 그리고 이건 신과 같이 보이지도 않아. 이것은 석양이며, 이것은 아름다움이야. 내가 점수를 매기고 있는 모든 일이 어떤 것도 완벽하지 않기 때문에 별점 다섯 개를 받을 수 없다고? 말도 안 되는 소리다. 완벽한 것은 너무나 많다. 이것으로부터 시작해보자. 나는 석양에 별점 다섯 개를 준다.

2005년 5월 25일, 예지 두덱의 활약

그대에게 기쁨과 경이, 그리고 어리석음으로 가득 찬 이야기를 들려주고 싶다. 나는 줄곧 스포츠 이야기를 하려고 생각해왔다. 왜냐하면 나는 2020년 5월, 내 인생에서 처음으로 스포츠들이 멈춰버린 순간에 그대를 향해 이 글을 쓰고 있기 때문이다.

나는 스포츠가 그립다. 나는 스포츠가 여러 일들에 비할 때 그다지 중요하지 않다는 것을 알고 있다. 그렇지만 나는 중요하지 않은 것을 염려하는 사치가 그립다. 돌아가신 교황 요한 바오로 2세는 이렇게 말한 것으로 (아마 잘못) 알려졌다. "중요하지 않은 모든 일들 가운데 축구가 가장 중요하다"라고. 그리고 나는 이 순간 중요하지 않은 일들을 갈망한다. 그래서 여기 축구 이야기는 폴란드 남부 지역, 교황 요한 바오로 2세가 태어난 곳에서 100킬로미터밖에 떨어져 있지 않은 곳에서 시작된다.

1984년이다. 예지 두덱J.Dudek은 탄광 노동자의 말라깽이 아들로 열 살이며, 슈치그위비체Szczygłowice라는 작은 탄광 마을에서 살고 있다. 탄광회사는 광부의 배우자들에게 광부들이 어떤 곳에서 일하는지를 알리고자 지하 갱도 견학 프로그램을 만들었다. 예지와 동생 다리우스는 어머니 레나타 두덱이 수천 피트 아래의 갱도를 다녀올 동안 아버지와 함께 밖에서 기다린다. 어머니는 돌아오자 남편에게 키스 세례를 퍼부으며 울음을 터뜨린다. 두덱은 나중에 이 일을 이렇게 회상한다. "어머니가 우리를 부르더니 말했어요. '예지, 다리우스, 내게 약속해. 너희는 결코 탄광 아래에 가지 않겠다고.'"

예지와 동생은 그저 웃기만 했다. "우리는 속으로 생각했어요. '그런데, 거기가 아니면 우린 도대체 어디를 가야 하죠?'"

그 당시 어린 예지의 우상이었던 교황 요한 바오로 2세는 로마의 스타디오 올림피코에서 3킬로미터 남짓 떨어진 바티칸에 살고 있었다. 그 경기장에서는 그해 유러피언 컵 결승전이 열리고 있었다. 유러피언 리그는 유럽 내의 모든 뛰어난 팀들이 서로 경기하는 챔피언스 리그로 지금은 익히 알려진 아주 큰 토너먼트 축구 경기다. 그해 결승전에서는 AS로마와 내가 사랑하는 리버풀°이 맞붙었다.

당시 리버풀의 골키퍼는 브루스 그로벨라B.Grobbelaar였으며, 골키퍼의 기준으로 보아도 아주 괴짜였다. 그는 골대 꼭대기에 물구나무를 선 채로 매달려서 몸을 풀었고, 리버풀이 패배했을 때에는 종종 팀 버스에서 닥치는 대로 맥주를 마셨다.

그러나 그로벨라는 1984년 유러피언 컵 결승전으로 가장 잘 알려져 있

° 소설가이자 〈라디오 앰블란테Radio Ambulante〉의 공동 창업자이고 아스날의 팬이기도 한 다니엘 알라르콘D.Alarcón을 나는 고등학교 때부터 알고 지냈다. 다니엘은 언젠가 인터뷰에서 친구인 내가 스스로를 작가로 생각하는지 유튜버로 생각하는지 질문을 받았다. 그는 이렇게 유쾌하게 대답했다. "존은 주로 자신을 리버풀의 팬이라 생각해요."

다. 그 경기는 승부차기까지 갔고, 그로벨라는 어떤 이유인지 로마의 승부차기 선수 중 한 명이 공을 차러 달려올 때 겁에 질려 다리가 휘청거리는 척했다. 그로벨라의 휘청거리는 다리 때문에 한 차례 미뤘다가 다시 차게 된 로마의 선수는 골대를 벗어나는 슛을 날렸고, 리버풀은 네 번째 유러피언 컵 우승을 차지했다.

다시 폴란드 남부로 돌아가자. 젊은 예지 두덱은 축구를 좋아했다. 가난한 동네라 가죽공은 구하기 어려워서 그들은 보통 고무공이나 낡은 테니스공을 차며 놀았다. 그는 키가 커서 골키퍼가 되기는 했지만 그 자리에서 두각을 드러내지는 못했다. 첫 번째 코치는 그에게 "마치 감자 자루처럼 다이빙을 하는구나"라고 말했다.

열일곱 살에 두덱은 광부가 되기 위한 훈련을 받았고, 그 직업적인 훈련의 일환으로 일주일에 이틀을 탄광에서 일했다. 여러모로 그는 그 일을 좋아했다. 그는 광산에서 일하는 사람들 사이의 끈끈한 동료애, 서로에 대한 깊은 신뢰를 좋아했다. 광산회사에도 축구팀은 있었고, 두덱은 그 팀에서 뛰기 시작했다. 그는 골키퍼용 장갑을 살 여유가 없어서 아버지의 작업 장갑을 꼈다. 거기에다 그는 진짜 골키퍼처럼 느끼기 위해 아디다스 로고를 그려 넣었다. 그는 점차 실력이 늘었고, 더 이상 감자 자루처럼 다이빙을 하지 않았다. 그리고 열아홉 살이 되면서는 광산에서 여전히 일을 하면서 세미프로 팀의 골키퍼로 한 달에 100달러 넘게 벌었다. 그러나 스물한 살에 그의 실력은 어쩐 일인지 멈추고 말았다. 후일 자신이 "회색빛 속으로" 녹아드는 느낌이었다고 말했다.

리버풀 축구 클럽도 회색빛 속으로 녹아들고 있었다. 1990년대에 리버풀은 우승은 고사하고 챔피언스 리그에 뛰기에도 역부족이었다.

예지 두텍이 스물두 살이던 1996년, 그는 폴란드 1부 리그의 관심을 끌었고, 한 달에 약 400달러의 연봉을 받고 뛰기로 계약했다. 그 후 두텍의 부각은 놀라웠다. 6개월 만에 그는 네덜란드 팀, 페예노르트로 이적했고, 골키퍼로 활약하며 생활비를 벌기 시작했다. 그리고 페예노르트에서 몇 년을 보낸 다음 리버풀과 수백만 파운드의 계약서에 사인했다.

그러나 그는 비참했다. 그 당시에 대해 그는 이렇게 썼다. "리버풀에서 처음 며칠 동안은 내 인생에서 가장 최악의 날들 중 하나였다. 나는 정말 외로웠다. 새로운 장소에서 새로운 언어에 둘러싸여 있었다. 나는 말도 할 수 없었다." 이 모든 인용들은 『우리 골대를 지키는 아주 큰 장대A Big Pole in Our Goal』(장대를 가리키는 Pole이란 단어에는 폴란드인이란 의미도 있다 -옮긴이)라고 제목을 붙인 두텍의 자서전에서 가져왔다. 그 제목은 리버풀 팬들이 〈그는 손에 전 세계를 움켜쥐었다He's Got the Whole World in His Hands〉라는 곡에 맞춰 그에 관해 노래한 노래의 제목이기도 했다. 〈우리에겐 골대를 지키는 아주 큰 장대가 있어We've got a big Pole in our goal〉

2005년 5월 25일에 관해 말하기 전에 한 가지만 더 언급하고 싶다. 프로 골키퍼들은 페널티킥을 막기 위해 아주 *많은* 연습을 한다. 예지 두텍도 수천 개의 페널티킥을 막아내야 했고, 그럴 때마다 정확하게 똑같은 방식으로 접근했다. 그는 상대편 선수가 공을 차기 직전까지 꼼짝 않고 골문 중앙에 서 있었다. 그리고 이쪽이든 저쪽이든 한 방향으로 몸을 날렸다. 언제나 그랬다. 예외 없이.

2004-2005년 시즌에 리버풀은 챔피언스 리그까지 진출하는 마법 같은 경기를 펼쳤고, 4월에 이탈리아 유명 클럽 유벤투스와 8강전을 치를 준비를 했다. 그때 교황 요한 바오로 2세가 선종했다. 두텍은 그 경기에서 벤치 신세를 져야 했다. 어린 시절의 영웅이 죽었기에 제대로 생각할

수가 없었고, 그날 밤 경기에 나가기 어렵겠다고 팀 주치의에게 고백하면서 눈물을 흘릴 뻔했다. 그럼에도 리버풀은 그 경기에서 이겼고, 결국 챔피언스 리그 결승에 진출하여 또 다른 이탈리아의 강팀 AC 밀란과 상대하게 되었다.

결승전은 이스탄불에서 열렸고, 두덱과 리버풀에게는 끔찍한 시작이 기다리고 있었다. 경기 시작 51초 만에 밀란이 골을 넣었다. 그들은 전반전이 끝나기 직전에 두 골을 더 넣었다. 두덱의 아내 미렐라는 폴란드 집에서 아들의 첫 영성체를 준비하고 있었는데, "죽음의 침묵"이 슈치그워 비체 상공을 덮는 것 같았다고 떠올렸다.

하프 타임, 리버풀 라커룸에 대해 두덱은 "모두가 실의에 잠겼다"라고 썼다. 리버풀의 수비수 제이미 캐러거J.Carragher는 "내 꿈이 먼지로 흩어졌다"라고 말했다. 선수들은 4만 명의 리버풀 팬들이 〈넌 결코 혼자가 아니야〉를 부르는 것을 들을 수 있었지만 캐러거의 표현대로 그들은 그 응원이 "믿음이라기보다 안타까움"이라는 것을 알았다.

나는 그 다음을 외우다시피 알고 있다. 그 경기를 너무 여러 번 보았기 때문이다. 후반전이 시작되고 9분 후에 리버풀의 주장 스티븐 제라드S.Gerrard가 우아한 헤딩으로 골을 넣었다. 그리고 리버풀은 2분 후에 또다시 골을 넣었고, 그 뒤 4분 후에 다시 골을 넣었다. 이제 3대 3으로 비긴 상태가 되었다. 경기는 30분 연장전에 돌입했다. 밀란 선수들은 압박의 강도를 더했다. 그들이 더 나은 팀이라는 것은 아주 명백했다. 리버풀 선수들은 지쳤고, 그저 승부차기로 넘어가기를 바랄 뿐이었다.

그런 다음 연장전을 90초 남겨둔 예지 두덱은 1초 간격으로 들어오는, 가까이에서 찬 상대 팀의 숏을 연거푸 막아낸다. 그 수비는 너무 훌륭한 나머지 『우리 골대를 지키는 아주 큰 장대』의 한 챕터 전체가 여기에 할

애되어 있다. 그의 수비는 15년이 흐른 지금도 다시 보기를 볼 때마다 너무 훌륭해서 나는 번번이 밀란 선수가 득점할 것 같다는 생각이 든다. 그러나 매번 예지 두덱이 막아내고, 경기는 승부차기까지 간다.

지, 넌 예지 두덱이야. 꼬마였을 때부터 페널티킥을 막는 연습을 해왔고, 넌 네 나름의 방식도 있어. 매일 밤 이 순간을 상상하며 깨어 있었잖아. 챔피언스 리그 결승전, 승부차기까지 왔어. 넌 골문에 공이 날아오기 직전까지 똑바로 서 있는 거라고.

그런데 공을 차기 시작하기 전 제이미 캐러거가 네게 달려왔지. 그는 네 등에 훌쩍 올라타고는 소리를 질러댔어. "카라가 미친 것처럼 내게 달려들었어." 두덱이 기억을 떠올렸다. "그는 나를 붙잡고는 말했어. '예지, 예지, 예지, 브루스 그로벨라를 기억해.'"

캐러거가 그를 향해 소리쳤다. "*휘청휘청 다리를 움직여! 골라인 주변을 이리저리 움직여! 1984년처럼!*" 그러나 그 일은 21년 전의 일이었다. 게다가 선수도 달랐고, 감독도 달랐고, 상대도 달랐다. 그 순간이 이 순간과 도대체 무슨 상관이 있단 말인가?

삶에는 그런 순간이 있다. 연습하고 준비한 그대로 정확하게 해야 할 때가 있다. 그리고 삶에는 제이미 캐러거의 말을 들어야 할 때도 있다. 그래서 프로로서 예지 두덱의 삶에서 가장 중요한 순간 그는 새로운 것을 시도해보기로 결심했다.

그의 호리호리한 긴 다리는 그로벨라와 비슷하지도 않았지만 그는 골문 앞에서 춤을 추었다. 그의 다리가 이리저리로 흔들거렸다. 미렐라 두덱이 말했다. "전 제 남편인 줄도 몰랐어요. 믿을 수가 없었죠. 골문에서 미친 것처럼 춤을 추다니!"

리버풀은 한 골을 제외하고 모두 성공시켰다. 그러나 건들거리는 두덱과 맞선 밀란에겐 다른 이야기가 펼쳐진다. 밀란의 첫 번째 페널티킥이 골문을 완전히 빗나가버렸고, 그리고 두덱이 다음 네 골 중에서 두 골을 막아냈다. 리버풀은 '이스탄불의 기적'을 완성시켰다.

* * *

누군가 열 살의 예지 두덱에게 언젠가는 가장 기묘한 선택을 함으로써 유러피언 컵의 결승전에서 두 골의 페널티킥을 막아낼 것이라고 말한다. 누군가 1년에 1,800달러를 받으며 뛰고 있는 스물한 살의 예지 두덱에게 10년 뒤에는 유러피언 컵을 들어 올릴 것이라고 말한다.

그대는 다가오는 미래를 볼 수가 없다. 물론 공포도 볼 수 없지만 다가오는 경이로움도, 반짝이는 기쁨의 순간도 예측할 수 없다. 최근 들어 나는 종종 내가 3대 0으로 뒤진 채 최악의 절망을 느끼면서 후반전 경기를 하러 걸어가는 예지 두덱인 듯한 느낌을 받는다. 그러나 그 모든 중요하지 않은 것들 가운데 축구가 가장 중요하다. 왜냐하면 예지 두덱이 마지막 페널티킥을 막아내고, 자신의 팀 동료들이 몰려오는 쪽을 향해 달려나가는 것을 보여주기 때문이다. 그 장면은 내게, 나 역시 언젠가는 — 어쩌면 조만간 — 사랑하는 사람들과 얼싸안을 수 있게 될 순간을 떠올리게 한다. 지금은 2020년 5월이다. 두덱이 휘청거리는 야윈 다리로 골대에 서 있던 날로부터 15년이 지났다. 이것도 끝날 것이다. 그리고 기쁨에 젖어 반짝이는 날들이 다가오고 있을 것이다.

나는 2005년 5월 25일, 예지 두덱의 경기에 별점 다섯 개를 준다.

⟨마다가스카의 펭귄⟩

만약 그대가 아주 특별히 운이 좋은 삶을 살지 않았다면 독단적인 견해를 떠벌리기 좋아하는 사람을 더러 겪어봤을 것이다. 독단적인 사람이란 그대에게 "링고 스타R.Starr가 비틀즈 멤버 중 가장 뛰어나다는 거 알지?"처럼 말하는 사람을 가리킨다.

그대는 한숨을 몰래 내쉴 것이다. 어쩌면 이 사람과 함께 점심을 먹으러 나왔을 수도 있다. 점심시간은 한정되어 있고, 그래서 이 사람의 존재를 조금만 참고 넘기면 그만이니까. 그러니 음식을 한 입 베어 물 수도 있다. 그리고 "왜 링고가 비틀즈 최고의 멤버야?"°라고 묻기 전에 다시 한숨을 내쉴지도 모르겠다.

그러면 독단적인 견해를 가진 사람은 그대의 질문에 *아주* 기뻐할 것이다. "링고가 왜 비틀즈 최고의 멤버냐면……." 이제 그대는 듣기를 중단

° 혹시 링고나 그를 사랑하는 사람이라면 다음 문장을 읽어주길 바란다. 나는 링고가 훌륭한 비틀즈의 일원이라고 생각한다. 다만 그가 가장 뛰어난 멤버라고는 생각하지 않을 뿐이다.

할 것이다. 그렇게 하는 것이 점심시간을 그럭저럭 보낼 수 있는 유일한 방법이다. 그 사람이 말을 마치면 그대가 말한다. "맞아. 링고가 〈문어의 정원Octopus's Garden〉도 작곡했잖아." 그러면 독단적인 견해를 가진 사람은 당신이 듣건 말건 "그래, 사실 말이야 〈문어의 정원〉은 상당히 천재적인 작품이지. 왜냐하면⋯⋯"으로 시작하는 14분 분량의 강의를 시작할 것이다.

우리 대부분은 이처럼 독단적인 견해를 가진 사람이 아니다. 정말 다행이다. 그러나 나는 모두가 비밀스럽게 적어도 한 가지 이상 독단적인 견해를 지니고 있다고 생각한다. 그리고 나의 그것은 이렇다. 2014년 영화 〈마다가스카의 펭귄〉의 도입부 시퀀스는 영화사에서 가장 걸출한 장면 중 하나라는 것이다.

〈마다가스카의 펭귄〉은 인류세에 관한 어린이용 애니메이션 영화다. 데이브란 이름의 악당 문어가 귀여운 동물들을 추하게 만드는 특수 광선을 개발했다. 그 광선을 활용하면 사람들이 덜 귀여운 동물(데이브 같은)보다 귀여운 동물(펭귄 같은)을 더 보호하는 차별을 철회할 것이다.

영화는 페이크 자연 다큐멘터리처럼 시작한다. "남극, 사람이 살기 힘든 황무지." 유명한 다큐멘터리 영화 제작자인 베르너 헤어조크가 자신의 특징인 일관되고 진지한 톤으로 읊조린다. 그러나 여기에서조차 그는 우리에게 말한다. "우리는 생명체를 찾아낸다. 그저 그런 생명체가 아니다. **펭귄들이다.** 기뻐하며, 즐겁게 뛰어 놀고, 뒤뚱거리고, 귀엽고, 안아주고 싶은 생명체다."

보이지 않는 지도자를 따라 펭귄들은 긴 행렬을 이루며 생각 없이 행진하고 있다. 헤어조크가 펭귄들을 "눈 속의 어리석은 작은 어릿광대"라고 부를 때 우리는 행렬을 따라 뒤로 가 화면의 중심을 차지한 어린 펭귄 세 마리를 본다. 그 가운데 한 마리 펭귄이 묻는다. "우리 *어디로* 가는지 누구 아는 사람 있어?"

"누가 신경이나 써?" 어른 펭귄이 대답한다.

"난 어떤 것도 궁금하지 않아." 다른 펭귄이 덧붙인다.

곧이어 어린 세 펭귄이 내리막길을 굴러가는 알에 걸려 넘어진다. 그들은 빙하 끄트머리까지 굴러가 난파된 배 아래로 떨어지는 알을 구하기로 결심한다. 이 세 마리 어린 펭귄은 이제 절벽 가장자리에 서서 바다표범이 알을 먹어치우려고 다가오는 것을 내려다본다. 펭귄들은 결정해야만 한다. 위험을 무릅쓰고 함께 이 알을 구해야 할 것인지 아니면 잡아먹히는 것을 구경만 할 것인지?

이 순간 카메라는 뒤로 쭉 빠지고 우리는 펭귄들을 뒤따르는 다큐멘터리 제작진들을 보게 된다. 헤어조크가 말한다. "작고 무력한 아기 펭귄들이 겁에 질려 얼어붙었네요. 펭귄들은 이 절벽에서 떨어지면 틀림없이 죽는다는 걸 알고 있어요." 그러고는 한동안 침묵이 이어지다 헤어조크가 말한다. "건터, 그 펭귄들을 밀어붙여."

음향을 맡고 있는 남자가 붐 마이크로 뒤에서 펭귄들을 후려쳐, 정말 미지의 세계로 밀어 넣는다. 이 영화는 어린이용 영화다. 그러니 물론 펭귄들은 살아남아 엄청난 모험을 이어간다. 그러나 〈마다가스카의 펭귄〉을 볼 때마다 나는 우리 모두가 거의 항상 펭귄들에게는 보이지 않는 존재이며, 그런데도 그들에게 가장 큰 위협이 되고 있다는 것을 생각한다. 그리고 또 그들에게 우리는 최선의 희망이기도 하다. 그 점에서 우리는 일종의 신 — 그렇다고 아주 자비로운 신은 아닌 — 과 다를 바 없다.

나는 또 15센티미터 남짓 되는 설치류이고, 갈색이나 검은색 털에 반짝이는 눈을 하고 있는 레밍을 생각하게 된다. 이 세상에는 수많은 종류의 레밍이 있고, 그들은 북미나 유라시아의 추운 지역 전역에서 발견된다. 대부분이 물가를 좋아하며, 아주 멀리까지 헤엄쳐갈 수 있다.

레밍은 특히 엄청난 번식 사이클로 아주 유명하다. 번식 여건이 좋은 경우 3, 4년만 지나면 개체 수가 폭발한다. 17세기에 자연과학자들은 레밍이 저절로 생겨나 빗방울처럼 수백만 마리가 하늘에서 떨어져 내린다는 가설을 세웠다. 그 믿음은 시간이 흐름에 따라 약화되기는 했지만 또 다른 믿음은 사라지지 않았다. 우리는 오랫동안 레밍이 본능에 이끌려, 또는 다른 레밍들을 별생각 없이 따라가려는 자발적 의지에 따라 대규모 집단 자살의 방식으로 개체 수 증가를 스스로 조절한다고 믿어왔다.

생물학자들은 레밍이 그와 같은 짓을 하지 않는다고 오래전부터 알고 있었지만 이 신화는 놀라울 정도로 오랫동안 지속되었다. 사실 레밍은 개체 수가 너무 많아지면 새롭고 안전한 장소를 찾기 위해 흩어진다. 때때로 그들은 강이나 호수를 건너려는 시도를 하기도 한다. 그 과정에서 가끔은 익사하기도 하고, 가끔은 다른 이유로 죽어가기도 한다. 이런 행동을 보면 레밍도 다른 설치류와 다를 바가 없다.

그런데 지금까지도 우리는 여전히 생각 없이 따라가는 사람들을 '레밍'이라고 부르고는 한다. 우리가 레밍을 이런 식으로 생각하는 데에는 1958년에 디즈니가 만든 북미의 북극지역에 관한 다큐멘터리 영화 〈하얀 황야White Wilderness〉의 영향도 적지 않다. 영화에서 우리는 레밍이 번식기가 끝난 다음 이주하는 것을 볼 수 있다. 마침내 레밍들은 내레이터가 "최후의 벼랑"이라고 지칭하는 바닷가 절벽에 도착한다.

내레이터는 말한다. "스스로 허공에 몸을 던져," 레밍들이 너무나 우둔

한 나머지 절벽으로 자기 몸을 던지며, 떨어지고도 살아남은 것들은 빠져 죽을 때까지 바다를 헤엄친다. "최종적인 운명과 마주칠 때까지, 죽음과 마주칠 때까지."

그러나 이 가운데 어떤 것도 레밍의 자연 생태에 관한, 있는 그대로의 묘사는 아니다. 영화에서 묘사된 종류인 레밍은 대체로 이주하지 않는다. 또한 영화의 이 장면은 심지어 야생에서 촬영된 것도 아니다. 문제의 레밍들은 대부분 허드슨만에서 촬영 장소인 캘거리로 운송해온 것이다. 그리고 레밍들은 허공에 몸을 던지지도 않았다. 대신 영화 제작자들이 트럭을 이용해 레밍들을 내다버렸고, 떨어지는 장면을 영화에 담았고, 결국 익사하고 말았다. "건터, 그것들을 밀어붙여."

오늘날 〈하얀 황야〉는 레밍에 대한 다큐멘터리로서가 아니라 우리에 관한 다큐멘터리로 기억되며, 우리가 얼마나 거짓말을 할 수 있는지 보여주는 예로 기억된다. 나의 아버지는 다큐멘터리 영화 제작자였고(나는 〈하얀 황야〉의 이야기를 아버지에게서 들었다), 그것이 내가 일말의 의심 없이 〈마다가스카의 펭귄〉의 첫 번째 시퀀스를 사랑하는 이유의 일부이기도 하다.

나는 또한 이 영화가 심각하게 고통스러워하고 있는 나 자신 속의 그 무언가를 포착하고 있기 때문에, 그리고 그것을 가능한 한 가장 부드럽게 조종하고 있기 때문에 이 영화를 좋아한다. 줄에서 벗어나지 않은 채 "난 어떤 것도 궁금하지 않아"라고 공공연하게 말하는 어른 펭귄처럼 나는 대체로 규칙들을 따른다. 나는 대체로 다른 사람들이 하는 것처럼 행동하려고 노력한다. 심지어 우리 모두가 절벽에 다다를 때조차. 우리는 다른 동물들을 자각이 없는 것처럼 상상하며, 무분별하게 그들이 어디로 가는지도 모른 채 지도자를 따르는 존재로 상상한다. 그러나 그 구조에서 우리는 가끔 우리 역시 동물임을 잊고 있다.

나는 생각이 많다. 생각으로 넘쳐날 듯하며, 항상, 어쩔 수 없이 지쳐 나가떨어질 정도로 생각이 많다. 그러나 생각이 없기도 하다. 나는 이해 하려고도 검증하려고도 하지 않은 채 주어진 기본 설정에 맞추어 행동한 다. 받아들이고 싶지는 않지만 나는 레밍들은 이러이러하다고 우리가 주 장해온 그 레밍이다. 내가 알 수 없는 힘들이 나와 내 동료 레밍들을 벼랑 으로 몰고 가, 밀어버리는 것이 두렵다. 레밍의 신화는 우리로 하여금 레 밍을 이해하도록 도와주기 때문에 지속되는 것이 아니다. 그 신화는 우 리가 우리 자신을 이해하도록 도와주기 때문에 지속된다.

〈마다가스카의 펭귄〉은 비할 데 없이 어리석은 영화다. 그러나 이 영 화가 아니라면 어찌 우리가 인류세의 불합리함에 직면할 수 있겠는가? 나는 독단적인 견해를 고수한다. 그리고 〈마다가스카의 펭귄〉의 도입부 시퀀스에 별점 네 개 반을 준다.

피글리 위글리

1920년 인구조사 기록에 따르면 증조할아버지 로이는 테네시 서부 작은 마을에 있는 식료품점에서 일했다. 20세기 초 미국의 모든 식료품점이 그러했듯 이곳도 모든 서비스가 제공되는 곳이었다. 그대가 필요한 품목을 적은 목록을 들고 들어가면 점원이 — 아마도 내 증조할아버지가 — 그 물품들을 골랐다. 점원은 밀가루나 옥수숫가루, 버터나 토마토의 무게를 달고, 그 모든 것을 함께 포장해주곤 했다. 증조할아버지의 가게는 아마도 고객들이 외상으로 식료품을 사게도 해주었을 것이다. 당시에는 그것이 관행이었다. 그러면 고객들은 보통 시간이 지나 청구서를 받고는 값을 치렀다.

그 일은 증조할아버지가 가난에서 벗어날 수 있는 방편이 되었어야 했는데 그렇게 되지는 않았다. 가게는 문을 닫았고, 이는 부분적으로 클래런스 손더스C.Saunders가 시작한 셀프서비스를 하는 식료품점의 혁신 탓도 있다. 셀프서비스 식료품점은 미국인들이 물건을 사고, 요리하고, 먹고, 살아가는 방식을 바꿔놓았다. 손더스는 가난한 소작농의 아들로 독학을 했다. 그리고 마침내 테네시주의 멤피스에서 식료품점 사업에 뛰어들어 자신의 길을 찾았다. 증조할아버지의 가게에서 남서쪽으로 150킬로미터 남짓 떨어진 곳이었다. 손더스가 계산대 없는 식료품점이란 콘셉트를 개발한 것은 서른다섯 살 때였다. 고객들은 계산대 대신 미로처럼 늘어선 복도를 따라 걷다가 음식을 고르고, 그것을 자신의 장바구니에 담았다.

손더스의 셀프서비스 식료품점의 가격은 아마도 상대적으로 낮았을 것이다. 고용된 점원들이 훨씬 적었으며, 고객들에게 외상을 제공하지도 않았고 직접 현금을 받았다. 가격도 한층 분명했고 투명했다. 처음으로 식료품점의 모든 물건에 가격표가 붙게 되어 심보 나쁜 가게 주인에게 속을 염려도 더 이상 없어졌다. 손더스는 자신의 가게를 피글리 위글리 Piggly Wiggly라 불렀다.

왜? 아무도 모른다. 이름을 어떻게 짓게 되었느냐는 질문에 손더스가 한번 대답한 적이 있다. "혼돈 속에서 그리고 어떤 개인의 마음과 직접 접촉하는 가운데" 떠올랐다고. 그 대답은 그가 어떤 종류의 사람인지를 느낄 수 있게 해준다. 그러나 보통 손더스는 왜 식료품점을 피글리 위글리라고 지었는지 질문을 받으면, "그래야 사람들이 바로 그 질문을 할 테니까"라고 대답했다.

최초의 피글리 위글리 매장은 1916년 멤피스에서 개장되었다. 아주 성공적이어서 곧이어 3주 후에 두 번째 매장을 개장했다. 그로부터 두 달 후 또 다른 매장을 개장했다. 손더스는 그 매장에 "마땅히 갖추게 될 왕실의 위엄"을 부여하고자 "피글리 위글리 3세"라고 부를 것을 주장했다. 그는 매장 정면에 "피글리 위글리 — 전 세계로 퍼지다"란 문구를 내걸기 시작했다. 그 당시에는 멤피스 전역을 통틀어서도 매장이 별로 없었는데 얼마 지나지 않아 손더스의 예언은 적중했다. 1년도 안 되어 미국 전역에 353개의 매장이, 그리고 오늘날에는 진열대가 늘어선 셀프서비스 매장의 개념이 전 세계로 확산되었다.

신문 광고에서 손더스는 자신의 셀프서비스 개념을 거의 메시아적인 관점으로 썼다. "멤피스가 피글리 위글리를 사랑스럽게 여길 것이다." "모든 사람은 피글리 위글리들이 더 깨끗하고 더 많은 먹거리를 이 땅에 번성케 하고, 쉼 없이 다시 채운다고 말하게 될 것이다." 또 이렇게 쓰기도 했다. "오늘 고동치는 강렬한 맥박이 전에는 아무것도 없던 오래된 곳을 새롭게 만들어가고 있다." 기본적으로 손더스는 피글리 위글리를 지금의 실리콘 밸리 경영진들이 자신들의 사업을 홍보하듯이 말했다. "우리는 여기에서 그저 돈벌이를 하려는 것이 아니다. 우리는 지구를 재생시키고 있다."

피글리 위글리와 뒤이은 셀프서비스 식료품점들은 가격 인하를 이끌어냈고, 이는 더 많은 먹거리를 창출했다. 그들은 또 즉석에서 이용할 수 있는 것으로 음식의 조리 방식을 변화시키기도 했다. 비용을 절감하고 부패를 막기 위해 피글리 위글리는 전통적인 식재료들보다 덜 신선한 제품을 비치하였다. 포장되고 가공 처리된 식품의 인기가 높아졌고, 가격도 낮아졌다. 그리고 이러한 변화가 미국인의 식습관을 변화시켰다. 브랜드의 인지도 역시 지극히 중요하게 자리매김되었다. 왜냐하면 식품회사는 직접 구매자들에게 호소해야만 했고, 이는 라디오와 신문 등을 통한 소비자 중심의 식료품 광고의 증가를 이끌었다. 캠벨 수프와 오레오 쿠키 같은 전 국민적인 브랜드가 폭발적인 인기를 끌었다. 1920년에 캠벨은 국민적인 수프 브랜드, 오레오는 최고의 쿠키 브랜드가 되었다. 이는 오늘날까지도 이어지고 있다.

셀프서비스 식료품점들은 또한 수많은 여러 가공식품 브랜드의 성장을 부채질했다. 원더 브레드, 문파이, 호스티스 컵케이크, 버즈 아이 냉동야채, 위티즈 시리얼, 리세스 땅콩버터 컵, 프렌치 머스터드, 클론다이크 바, 벨비타 치즈. 이 모든 브랜드, 그리고 더 많은 브랜드가 피글리 위글리가 처음 개장한 이후 10년 사이 미국에서 등장한 것들이다. 클래런스 손더스는 대중 매체와 브랜드의 인지도가 교차하는 지점을 그 당시 누구보다 더 잘 이해하고 있었다. 사실 1920년대 초기에는 피글리 위글리가 미국 내의 유일하고 가장 큰 신문 광고주였다.

또한 가격을 낮게 유지하는 것, 점원을 적게 고용한다는 것은 나의 증조부를 포함하여 전통적인 식료품점에서 일하던 많은 사람들이 일자리를 잃게 된다는 것을 의미했다. 자동화와 효율성의 증가가 사람들의 일자리를 빼앗아 갈 것이라는 두려움이 새로운 것은 아니었다. 한 신문 광고에서 손더스는 친근한 식료품 가게와 아주 저렴한 피글리 위글리의 가격 사이에서 망설이는 한 여성을 상상으로 그려냈다. 이야기는 식료품 가게 점원보다 훨씬 더 오래된 전통에 호소하는 것으로 끝맺고 있다. 그의 광고 속 여성은 이렇게 읊조린다. "옛날 아주 오랜 옛날에 검소하기로 이름난 네덜란드 할머니가 있었어. 내 안에서는 그 할머니의 영혼이 꼭 이렇게 말씀하고 계셔. '사업은 사업이야. 자선과 구호 물품은 다른 문제야.'" 우리의 소비자들은 빛을 보았고, 그리하여 피글리 위글리로 개종하였다.

1922년에는 미국 내에 1,000개 이상의 피글리 위글리 매장이 있었고, 이 회사의 주식은 뉴욕 증권 거래소에 상장되었다. 손더스는 멤피스에 3,500제곱미터에 달하는 저택을 지었고, 이 저택은 지금 로즈 칼리지로 알려진 학교에 기부되었다. 그러나 좋은 시절은 지속되지 않았다. 북동부의 몇몇 피글리 위글리 매장이 실패한 다음 투자자들이 주식 가격이 하락할 것을 염려하여 주식 보유량을 줄이기 시작했다. 손더스는 빌린 돈으로 시장에 나온 피글리 위글리의 주식을 전량 사들이려 했고, 그 계획은 회복할 수 없을 정도로 실패했다. 손더스는 피글리 위글리에 대한 통제권을 상실했고 파산하기에 이르렀다.

월스트리트의 단기 매각자들을 향한 그의 독설과 엄청난 광고 의존도, 고도의 효율성에 대한 신념은 현대적인 거물 기업들의 조짐을 보였다. 여러 설명을 참조할 때 손더스는 불량배 같았다. 말을 함부로 했고, 잔인했으며, 자신의 천재성을 지나치게 깊이 확신했다. 회사를 더 이상 장악하지 못하게 되자 그는 말했다. "그들은 내 모든 것을 가져갔다. 내가 세운 모든 것을, 세상에서 가장 훌륭한 슈퍼마켓을. 그러나 그 사람들은 아이디어를 낸 사람을 얻지는 못했다. 그들은 피글리 위글리의 몸체를 가졌지만 영혼을 갖지는 못했다." 손더스는 재빨리 새로운 개념의 식료품점을 발전시켰다. 이 식료품점은 진열대를 갖춘 셀프서비스 방식을 채택했으나, 육류 판매점과 빵 가게에는 별도의 점원을 고용한 형태였다. 본질적으로 그는 21세기를 지배할 슈퍼마켓의 모델을 창안해냈다.

1년도 안 되어 그는 새롭게 문을 열 준비를 했지만 피글리 위글리의 새 주인은 클래런스 손더스의 이름을 사용하는 새로운 식료품점이 피글리 위글리의 상표와 특허를 침해할 것이라 주장하며 그를 법정에 세웠다. 그에 굴복하지 않고 대응하여 손더스는 자신의 새로운 식료품점의 이름을 "클래런스 손더스: 내 이름의 유일한 소유주Clarence Saunders: Sole Owner of My Name"라고 지었다. 아마 이 이름은 피글리 위글리보다 더 좋지 않은, 유일한 기업명일 것이다. 그러나 이 역시 엄청난 성공을 거두었고, 손더스는 유일한 소유주가 남부지역 전역으로 확장됨으로써 두 번째

부를 쌓았다.

그는 계속해서 멤피스의 프로 풋볼팀에 투자했고, 이 팀의 이름을 "타이거즈 이름의 유일한 소유주인 클래런스 손더스"라고 지었다. 정말이다. 그 팀은 멤피스의 수많은 군중 앞에서 그린베이 패커스, 시카고 베어스와 경기했고, 전국풋볼리그NFL에 합류하라는 초대를 받았지만 손더스는 거절했다. 그는 수익을 나누고 싶지도 않았고, 자신의 팀을 경기를 위해 다른 곳으로 보내고 싶지도 않았다. 그는 타이거즈 3만 명의 관중을 수용할 수 있는 경기장을 짓겠다고 공언했다. 그는 "이 경기장에는 내가 죽여버린 적들의 두개골과 다리뼈들을 묻을 것이다"라고 썼다.

그러나 몇 년도 되지 않아 유일한 소유주 매장은 대공황의 직격탄을 맞았고, 풋볼팀은 문을 닫았고, 손더스는 다시 파산했다. 한편 영혼이 빠진 피글리 위글리의 몸체는 손더스 없이도 승승장구를 계속 이어갔다. 1932년 통계에 따르면 슈퍼마켓 체인의 정상을 차지했고, 미국 전역에 2,500개가 넘는 피글리 위글리 매장이 있었다. 심지어 2021년에도 대부분 남부지역이기는 하지만 500개가 넘는 매장이 월마트나 달러 제너럴 등 유사한 슈퍼마켓의 압박 속에서도 버텨내고 있다. 그리고 이들 슈퍼마켓은 오늘날의 피글리 위글리보다 신선식품을 훨씬 덜 제공하고, 점원의 수도 더 줄이면서 전통적인 식료품점의 가격을 낮추고 있다.

최근 피글리 위글리 광고는 전통, 그리고 사람 사이의 접촉에 초점을 맞추는 경향이 있다. 북부 앨라배마의 피글리 위글리 텔레비전 광고에서는 1999년부터 이런 구절을 포함시키고 있었다. "피글리 위글리는 친구를 섬기는 것이 전부다." 손더스가 네덜란드 할머니 광고에서 그렇게 조롱했던 사람 대 사람의 관계를 요청하는 광고였다. 오늘 고동치는 강렬한 맥박은 오래된 것을 새롭게 만들어가고 있을 뿐만 아니라 새로운 것에서 오래된 것을 만들어내고 있기도 하다.

오늘날 미국에서 식료품 가격은 평균 임금에 비해 그 어느 때보다 상대적으로 저렴하다. 그러나 우리의 영양 상태는 대체로 형편없다. 평균적인 미국인들은 권장량보다 더 많은 설탕과 소금을 섭취한다. 대부분 가공 처리된, 미리 포장된 식품들 때문이다. 미국인들이 소비하는 칼로리의 60% 이상은 초기 피글리 위글리에서 번창한 오레오 쿠키와 밀키웨이 바 등과 같은, 이른바 "고도로 가공 처리된 식품들"에서 나온다. 물론 클래런스 손더스는 이런 일이 일어나게 만들지는 않았다. 우리 나머지와 마찬가지로 그는 어떤 개인적인 힘보다 더 큰 힘에 끌려가고 있었을 뿐이었다. 그는 그저 미국이 무엇을 원하게 될지를 이해했을 뿐이고, 그 원하는 것을 우리에게 주었다.

손더스의 두 번째 파산 이후 그는 몇십 년간 또 다른 콘셉트의 소매점을 시작하려고 노력했다. 키두즐Keedoozle은 모든 것이 다 자동화된 가게였다. 겉으로 보아 자동판매기가 줄지어 늘어서 있었으며, 사람과 사람의 접촉이 거의 없이도 식품을 구매할 수 있도록 했다.

그러나 기계는 자주 고장을 일으켰고, 사람들은 물건을 사는 일이 너무 느리고 투박하다는 것을 알았고, 키두즐은 수익성을 거둘 수 없었다. 손더스가 구상한 셀프 계산은 수십 년이 지난 다음에나 현실화되었다.

나이가 들면서 손더스는 점점 더 독설적이고 예측할 수 없게 되었다. 그는 쇠약해진 나머지 정신질환을 앓았고, 결국 불안하고 우울한 사람들을 치료하는 요양원으로 가고 말았다.

손더스의 첫 번째 재산으로 지어진 저택은 멤피스의 과학역사박물관인 핑크 팰리스 박물관이 되었다. 그의 두 번째 재산으로 세운 장원은 리히터만 자연센터가 되었다. 1936년에 저널리스트 어니 파일E.Pyle은 말했다. "만약 손더스가 충분히 오래 산다면 멤피스는 손더스가 건설하고 놓쳐버린 건물들만으로도 세계에서 가장 아름다운 도시가 될 것이다."

그러나 손더스는 세 번째 재산을 벌어들이지 못했다. 그는 1953년 월러스 요양병원에서 일흔두 살의 나이로 죽었다. 한 부고에서는 "어떤 사람은 성공을 통해 지속적인 명성을 얻고, 어떤 사람은 실패를 통해 명성을 얻는다"라고 의견을 피력했다. 손더스는 브랜딩과 효율성의 위력을 이해한 쉼 없는 혁신가였다. 그는 또한 혐오스러웠고 보복을 일삼기도 했다. 그는 증권 사기를 저질렀다. 그리고 영양가 없이도 배를 채우는 음식의 시대를 여는 데 일조하였다.

그러나 나는 대부분 피글리 위글리를 생각할 때 작은 것을 집어삼킴으로써 큰 것이 더욱 커지는 것에 관해 생각한다. 피글리 위글리는 작은 도시의 식료품점을 집어삼켰지만 월마트와 같은 상점들이 그것을 다시 집어삼켰고, 이들은 다시 아마존 같은 업체가 삼켜버릴 것이다. 제임스 조이스Joyce는 아일랜드를 "자신이 낳은 새끼를 먹어치우는 암퇘지"라고 말했지만, 아일랜드는 미국식 자본주의와는 아무런 관계가 없다.

나는 피글리 위글리에게 별점 두 개 반을 준다.

네이선스 페이머스의
핫도그 먹기 대회

브루클린의 코니아일랜드에 있는 서프 앤 스틸웰 거리 구석 자리에는 1916년 폴란드 이민자 네이선과 아이다 핸드워커N.&I. Handwerker가 시작한 네이선스 페이머스Nathan's Famous라는 음식점이 있다. 그 음식점은 조개튀김에서 야채버거에 이르기까지 다양한 음식을 내놓지만 핫도그로 가게를 시작했으며, 지금까지도 핫도그가 핵심적인 메뉴로 남아 있다.

네이선의 핫도그는 그대가 먹을 수 있는 가장 훌륭한 음식도 아니고, 심지어 그대가 먹을 수 있는 가장 훌륭한 핫도그도 아니다. 그러나 코니아일랜드의 떠들썩함 속에서 그것을 먹는 경험에는 특별한 무언가가 있다. 그리고 그 핫도그에는 혈통도 있다. 조지 6세와 재클린 케네디가 그 핫도그를 먹고 갔다. 스탈린도 1945년 얄타 회담 중에 하나를 먹은 것으로 추정된다.

코니아일랜드는 밀짚모자를 쓴, 말이 아주 빠른 수다쟁이들이 이곳저곳의 카니발 명소에서 그대에게 물건을 파는 곳이었으며, 세상에서 내로

라하는 호객꾼들의 수도였다. 이제는 그리움을 먹고 살아가는 모든 지역과 마찬가지로 대부분 그 자체로 하나의 추억이다. 해변은 여름 동안 여전히 인산인해를 이룬다. 그대는 지금도 회전목마를 탈 수 있고, 네이선스 페이머스 앞에 늘어선 줄을 볼 수 있다. 그러나 오늘날 코니아일랜드를 여행하는 가장 큰 이유는 한때 그곳이 어떤 분위기였을지 상상해보기 위해서다.

코니아일랜드는 1년에 단 하루 좋든 나쁘든 예전의 모습을 되찾는다. 매년 7월 4일, 거리는 수만 명의 사람으로 넘쳐난다. 네이선스 페이머스의 핫도그 먹기 대회로 알려진 은유적 공명(페이머스는 가게의 이름이자 '유명한'이란 원래의 뜻으로도 읽힌다는 점에서 작가는 은유적 공명이라 표현하고 있다-옮긴이)속에서 화려한 대회를 목격하기 위해서다. 그날은 현대적인 미국인의 삶에 관해 아주 많은 것을 말해준다. 우리의 독립기념일 축하에는 1. 로켓포와 폭탄으로 완성되는, 본질적으로 모조 전투를 펼쳐 보이는 불꽃놀이, 그리고 2. 세계 각지에서 모여든 사람들이 10분 만에 인간이 얼마나 많은 핫도그 빵을 먹을 수 있는지를 대결하는 대회가 포함되어 있다. 전설적인 코미디언 야코프 스미노프Y.Smirnoff의 말을 인용하자면, "이 얼마나 대단한 나라인가"이다.

독립기념일을 축하하고자 하는 국가와 마찬가지로 핫도그 먹기 대회는 항상 역사와 상상력의 기묘한 융합체였다. 대회의 창시자는 아마도 모티머 마츠M.Matz라는 사람이었을 것이다. 기자 톰 로빈스T.Robbins는 그를 "일부는 바넘P.T.Barnum(베일리Bailey 서커스의 설립자이며, 거짓말에 탁월했던 기획자이자 사업가, 정치인-옮긴이)이며, 일부는 정치 깡패"라고 설명했다. 마츠는 위기에 처한 정치가 ― 뉴욕에서는 이런 자원이 결코 부족하지 않았다 ― 를 위한 홍보 담당자로 많은 돈을 벌었다. 그리고 동료인 맥스 로지M.Rosey와 함께 네이선스 페이머스의 홍보를 맡기도 했다. 마츠는 핫도그 먹기 대회의 역사를 1916년 7월 4일로까지 되짚어볼 수 있다고 주장했다. 그날 네 사람의 이민자들이 누가 미국을 가장 사랑하는지를 정하기 위해 핫도그 먹기 대회의 무대에 올랐다는 것이다. 그러나 나중에서야 그는 "코니아일랜드의 영업을 위해 우리가 지어낸 말이다"라고 인정했다.

실제로 대회는 1967년 여름에 시작되었고, 그때는 몇몇 사람들이 한 시간 동안 얼마나 많은 핫도그를 먹을 수 있는가를 겨루는 대회였다. 첫 대회에서는 서른두 살의 트럭 운전사 월터 폴W.Paul이 한 시간 동안 127개의 핫도그를 먹어 우승을 차지한 것으로 알려져 있다. 물론 그 숫자는 로지와 마츠가 언론에 전달한 숫자임을 감안해야 한다.

이 대회는 1970년대까지는 매년 열리지 않았다. 대부분의 기간 우승자는 10분에 열 개 혹은 열한 개의 핫도그를 먹었다. 핫도그 먹기 대회는 1991년 조지 시아G.Shea가 대회의 홍보 전문가로 등장하면서부터 떠들썩하게 알려지게 되었다.

시아는 원래 플래너리 오코너F.O'Connor와 윌리엄 포크너W.Faulkner를 사랑했고 소설가가 되고자 했던 영문학도였다. 그러나 영문학자 대신 그는 미국 카니발의 마지막 호객꾼이 되었다. 그는 매년 밀짚모자를 쓰고 이 대회의 참가자들에 대한 놀라울 만큼 웅변적인 소개를 하면서 유명해졌다. 사실 시아의 연례 사전 쇼 공연은 미국 최고의 스포츠 방송에서 핫도그 먹기 대회 그 자체보다 훨씬 더 오래 생중계되었다.

그는 통상 아주 의례적인 소개로 말문을 열었다. "신인 선수였던 첫해에 그는 이미 세계 랭킹 24위에 올랐습니다." 어느 해에는 이렇게 시작했다. "나이지리아 출신이며 지금은 조지아의 모로에서 살고 있는 그는 사탕 옥수수를 34개나 먹어치웠습니다. 키가 2미터 3센티란 사실을 기디언 오지G.Oji에게 들려줍시다." 그러나 우리가 선수들을 계속 만나면서 소개 말은 점점 더 초현실적이 되어갔다. 일흔두 살인 리치 르페브르R.LeFevre 를 소개하며 시아는 이렇게 말했다. "어렸을 때 우유와 설탕을 넣은 커피 를 마십니다. 그러다 나이가 들면 우리는 우유만 넣고 마시죠. 그런 다음 에는 블랙으로 마시고, 그다음에는 카페인 없는 커피를 마시죠. 그러고는 죽는 거죠. 다음은 카페인 없는 커피를 마시는 나이의 선수입니다."

또 다른 대회 참가자에게는 이렇게 말했다. "이 선수는 헤라클레스처 럼 우리 앞에 서 있습니다. 비록 먹기 대회에 서 있는 완전 대머리 헤라클 레스이긴 하지만 말입니다." 그리고 시아는 오랫동안 경쟁력을 갖춘 참 가자이며, 전문적인 창문 닦이이자 얇게 채를 썬 콩 줄기 먹기 세계 챔피 언인 크레이지 렉스 콘티C.L.Conti를 소개하며 이렇게 말했다. "그가 육지 도 바다도 아닌 곳, 높고 낮은 조수의 오랜 흔적 사이에 서 있는 것을 우 리는 처음으로 보았습니다. 그러나 어둠을 헤치고 아침의 푸른빛이 나타 나자 저 너머에 있던, 삶과 죽음의 비밀을 목도한 한 사람이 나타났습니 다. 그는 18제곱미터의 팝콘 아래에 산 채로 묻혔고, 살아남기 위해 먹어 치움으로써 길을 만들었습니다."

ESPN을 자주 시청하지 않는 사람은 통상적인 해설과 비교했을 때 이 런 식의 소개가 정말 얼마나 기묘한지 이해하기 어려울 수도 있을 것이 다. ESPN은 거의 전적으로 운동경기와 운동경기에 대한 분석으로 채워 져 있다. ESPN은 육지도 아니고 바다도 아닌 장소를 방문하는 일 따위는 하지 않는다.

그러나 ESPN은 스포츠 방송이며, 나는 그렇게 흔쾌히는 아니지만 먹 기 대회가 스포츠임은 인정한다. 다른 스포츠와 마찬가지로 이 스포츠는 인간의 몸이 달성할 수 있는 것이 무엇인지 보여주고자 하며, 다른 스포츠와 마찬가지로 여러 규칙이 있다. 점수를 얻기 위해서는 핫도그를 먹어야만 하며(이때 소시지와 빵을 함께 먹어야 한다), 대회 도중 스포츠 식으로 완곡하게 표현되는 이른바 '운명의 역전', 즉 토하기라도 하면 즉각 실격 치리가 된다. 물론 대회 그 자체는 끔찍하다. 요즘에 우승자는 보통 10분 안에 핫도그 70개 이상을 먹어치운다.

완벽하게 몸을 기울여 공을 차올리는 메간 라피노 크로스M.R.Cross의 장엄함이나 르브론 제임스L.James의 우아한 페이드 어웨이 슛이 주는 유쾌한 경이로움과 비슷한 무언가를 느낄 수도 있다. 그러나 네이선스 페이머스의 핫도그 먹기 대회를 아름답다고 생각하기는 쉽지 않다. 축구공이 리오넬 메시R.Messi의 발끝에 있을 때 그대는 고개를 돌리고 싶지 않을 것이다. 하지만 핫도그 먹기 대회를 지켜보면서 그대는 눈을 돌리지 않을 수가 없다.

핫도그 먹기 대회는 욕구 그 이상을, 나아가 욕망 그 이상을 추구하는 인간의 충동, 인간의 과도한 탐닉에 대한 기념물이다. 그러나 다른 어떤 것에 관한 것이기도 하다고 나는 생각한다. 먹기 대회에서 세계 최고를 자랑하는 미국의 조이 체스트넛J.Chestnut은 시아의 소개를 두고 이렇게 말했다. "그는 관중들에게 이 사람들이 운동선수임을 납득시킵니다. 그는 *내가* 운동선수임을 확신할 수 있게 해주는, 정말 일을 잘하는 친구입니다."

카니발의 호객꾼은 분명 허튼소리를 내뱉는 데에 있어 장인匠人급이다. 우리는 시아가 체스트넛을 "미국 그 자체"라고 언급하면서 농담하고 있다는 것을 안다. 그리고 체스트넛의 어머니가 그에게 했다는 첫 마디 "넌 내가 낳기는 했지만 나만의 아들은 아니야. 운명은 네 아버지와 널 사람들에게 넘겨줬어. 네가 자유의 군대를 이끌 수 있도록 말이야"가 그저 농담이라는 것을 알고 있다. 그러나 사람들은 함께 소리를 질러댄다. 그들은 일시에 "조이, 조이, 조이"를 외친다. 진행자는 계속해서 관중들을 부추기고, 그들은 외치기 시작한다. "유-에스-에이, 유-에스-에이!" 거리의 에너지가 달라진다. 우리는 시아가 진지하게 말하고 있지 않다는 것을 안다. 그러나…… 그의 말에는 힘이 있다.

2001년을 시작으로 고바야시 다케루小林尊라는 일본인이 핫도그 먹기 대회에서 6년 연속 우승을 차지했다. 고바야시는 대회에 접근하는 방식 자체를 바꾸어놓았다. 그 이전에는 아무도 25개 이상의 핫도그를 먹지 못했다. 2001년에 고바야시는 50개의 핫도그를 먹었는데, 이는 그해에 3위를 차지한 선수가 가까스로 먹은 양의 두 배가 넘는 양이었다. 그의 전략 ― 핫도그를 반을 자른다거나 핫도그 빵을 뜨거운 물에 적신다는 것 등을 포함하여 ― 은 지금도 대회에서 흔히 볼 수 있는 방식이 되었다.

고바야시는 시아의 회사와 독점 계약을 맺기를 거부했기 때문에 더 이상 대회에 참여할 수 없게 되기는 했지만 항상 가장 위대한 대식가로 오래 사랑받았다. 그러나 일본인인 그는 2007년 대회에 출전했고, 미국인 체스트넛에게 패하고 말았다. 시아는 마이크에 대고 소리쳤다. "우리는 자신감을 되찾았다! 지난 6년의 어두운 날들은 이제 지나갔다!" 그리고 그 말은 군중이 심각한 편견에 빠지도록 허락하는 것처럼 들렸다. 그대는 체스트넛을 축하하기 위해 걸어가는 고바야시를 향해 사람들이 소리치는 것을 들을 수 있다. 그들은 그에게 고향으로 가버리라고 말했다. 그들은 그를 가미카제나 상하이 보이라고 불렀다. 10년도 더 지나 이때를 돌이켜보는 다큐멘터리에서 고바야시는 이렇게 말하며 눈물을 보였다. "그들은 나를 응원했던 바로 그 사람들이었어요."

마이크를 들면 말하는 내용이 중요해진다. 심지어 그저 농담일 뿐일지라도. 그저 농담일 뿐이라는 '그저'로 숨어들기는 아주 쉽다. 그저 농담일 뿐이야. 그것은 그냥 밈일 뿐이다. 그러나 말도 안 되는, 불합리는 여전히 우리 자신과 타자에 대한 우리의 이해를 빚어낼 수 있다. 그리고 어리석은 잔인함도 잔인하기는 마찬가지다.

나는 인간을 사랑한다. 우리는 정말 살아남기 위해 18제곱미터의 팝콘을 먹어치우며 길을 만들기도 할 것이다. 또한 나는 우리가 우리의 상황이 갖는 그로테스크한 어리석음을 목도할 수 있도록 만들어준 누군가에게 감사한다. 그러나 이 세상 축제의 호객꾼들은 우리에게 터무니없는 이야기들을 말할 때 주의해야만 한다. 왜냐하면 우리는 그들의 말을 믿기 때문이다.

나는 네이선스 페이머스의 핫도그 먹기 대회에 별점 두 개를 준다.

CNN

케이블 텔레비전의 거물 테드 터너T.Turner가 미국에서 최초로 24시간 동안 쉬지 않고 뉴스를 내보내는 방송국을 1980년 6월 1일 개국했다. 개막 방송은 애틀랜타의 CNN 본부 밖에 운집한 대규모의 군중을 향해 터너가 연단에 서서 하는 연설로 시작되었다.

터너는 말했다. "여러분들은 여기 앞에 세 개의 깃발이 게양된 것을 볼 수 있을 것입니다. 하나는 조지아주 깃발, 그다음은 당연하게도 우리의 나라와 케이블 뉴스 방송을 통해 헌신하고자 하는 의지의 상징 대상인 미합중국의 깃발입니다. 그리고 그 옆에는 유엔의 깃발을 걸었습니다. 왜냐하면 이 케이블 뉴스 방송이 전 세계를 아우르며, 한층 더 깊이 있는 보도를 통해 다른 나라 사람들이 어떻게 함께 살아가고 또 활동하고 있는지를 더 잘 이해할 수 있도록 하고자 하기 때문입니다. 그렇게 함으로써 이 나라와 전 세계의 사람들에게 형제애와 친절, 그리고 우정과 평화를 가져다주기를 희망합니다."

터너의 개막 연설이 끝난 후 CNN은 뉴스를 내보내기 시작했다. 첫 번째 소식은 인디애나에서 일어난 흑인 인권운동 지도자의 암살 미수 사건과 코네티컷에서 일어난 총기 난사 사건이었다. CNN의 처음 한 시간의 진행은 다소 시대에 뒤처진 듯이 보였다. 앵커들은 폭넓은 깃이 달린 정장을 입고 어설픈 스튜디오에 앉아 있었다. 그러나 방송 내용은 지금의 일요일 오후 CNN이 내보내는 방송과 기의 다를 바가 없이 들렸다. 뉴스는 속보에서 속보로, 화제 사건에서 총기 사고로, 비행기의 긴급 착륙으로 내달리고 있었다. 첫 한 시간 동안에도 사람들은 뉴스의 리듬을, 쉼 없이 뛰는 맥박 소리를 들을 수 있었다. 그리고 1980년의 케이블 뉴스 세트장은 오늘날 대부분의 뉴스 세트장이 그렇듯이, 카지노에 창문이 없는 것과 같은 이유로 창문이 없기도 했다.

요즘은 뉴스 앵커들이 말하는 배경에는 흔히 환한 푸른색 조명이 켜져 있다. 그대는 시간이 아침인지 밤인지 알 수 없고, 그것이 중요하지도 않다. 왜냐하면 뉴스가 연달아 터지기 때문이다. 뉴스는 항상 살아있다. 어쩌면 마치 살아있는 것처럼 느끼는 것인지도 모른다.

물론 CNN이 형제애와 친절함으로 이 세상을 하나로 묶어냈다고 주장하기는 어렵다. 테드 터너의 자본주의적 이상주의, 즉 우리가 세상을 더 나은 곳으로 만들 수 있고, 한 사람에게 수십억 달러를 벌게 해줄 수 있다는 개념에는 무언가 구역질나는 측면이 있다. 하지만 나는 CNN이 서비스를 제공한다고 생각한다.

CNN은 어느 정도는 탐사 저널리즘의 역할을 한다. 다른 방송이 간과하고 있는 부패와 불의를 들춰내고 있다. 또한 CNN은 적어도 좁은 의미의 뉴스를 보도하고 있다. 오늘 일어난 사건이라면, 그 사건이 극적이거나 무섭거나 대규모의 사건이라면, 미국이나 유럽에서 일어나는 사건이라면 그대는 아마도 그것을 CNN을 통해 알 수 있을 것이다.

뉴스라는 단어는 그 자체로 비밀스러운 측면이 있다. 뉴스라는 말은 일차적으로 주목할 만한 일이나 중요한 일이라는 뜻이 아니라 *새로운 것* 이라는 뜻이다. 그러나 인간의 삶에서 실제로 일어나는 많은 변화는 사건들이 아니라, 종종 뉴스로 간주되지 않는 과정을 통해 일어난다. 우리는 새로운 보고서가 발표되지 않는 한 CNN에서 기후 변화에 관해 많은 사실을 알 수가 없다. 아동의 사망률이나 빈곤과 같은 다른 지속적인 위기를 알려주는 지속적인 보도도 알 수가 없다.

2017년 한 연구에 따르면 미국인의 74%는 전 세계 아동 사망률이 지난 20년 동안 동일한 상태에 머물러 있다거나 더 나빠졌다고 믿고 있다. 그러나 사실은 1990년 이후 거의 60%가 줄어들었다. 인류의 역사에서 지난 30년간은 아동 사망률°이 가장 빠르게 줄어든 시기다.

CNN만 본다면 그대는 이러한 사실들을 알 수가 없다. 그대는 또한 2020년에 전 세계적으로 전쟁으로 죽은 사망률이 금세기 그 어느 때보다 가장 낮았다는 사실도 알 수가 없다.

2020년 3월부터 시작된 전 세계적인 감염병의 유행을 CNN이 보도했듯이 새로운 뉴스가 포화 상태로 밀려들어 올 때조차 과정에 기반한 보도보다 사건에 기반한 보도를 한층 더 선호하는 경우가 많았다. 미국 내에서 코로나19로 10만 명, 이어서 20만 명, 급기야 50만 명이 죽었을 때 '암울한 이정표'라는 말만을 거듭 반복해서 들려주었을 뿐이다. 이들 보도에

° 2020년의 보기 드물게 긍정적인 사항 중 하나는 전 세계적으로 아동 사망률이 계속 줄어들고 있다는 사실이다. 그러나 지금도 여전히 너무, 너무도 높다. 시에라리온에서 태어나는 아이는 스웨덴에서 태어나는 아이들보다 다섯 살 이전에 죽을 확률이 12배 높다. 그리고 조이아 무케르지 박사 Dr.J.Mukherjee가 『전 세계적 건강 보급 입문An Introduction to Global Health Delivery』에서 지적한 대로 "기대 수명에 관한 이러한 차이는 발생학, 생물학, 혹은 문화의 차이 때문이 아니다. 불평등한 건강은 빈곤, 인종주의, 의료 체계의 결핍, 건강에 영향을 미치는 다른 사회적 원인들 때문이다."

는 이 숫자가 무엇을 의미하는지에 관한 맥락이 없었다. 역사적 배경에 대한 언급 없이, 그저 암울한 이정표라는 판에 박힌 표현의 반복은 거리를 두게 만들 뿐이었다. 적어도 내게는 그러했다. 그러나 맥락화된 경우라면 이정표의 암울함에 초점을 두게 된다. 예컨대 누군가는 2차 대전 이래 그 어느 해보나 훨씬 너 미국인들의 평균적인 기대 수명이 떨어졌다고 보도할 수도 있을 것이다.

항상 보도해야 할 새로운 뉴스가 있기 때문에 새로운 사건이 일어나는 이유를 이해할 수 있게 해주는 배경 정보를 뉴스에서는 거의 얻을 수가 없다. 우리는 병원에 중증의 코로나19 환자를 수용하는 ICU 병상이 바닥났다는 사실은 알 수 있지만, 수용 가능성보다 효율성을 우선시하는 미국의 건강 보험 체계를 이끌어온, 수십 년 동안의 일련의 선택들에 대해서는 알지 못한다. 이러한 맥락 없는 정보의 범람은 아주 쉽고 빠르게 잘못된 정보로 대체될 수 있다. 150여 년 전 미국의 유머 작가 조쉬 빌링스 J.Billings는 "솔직히 나는 잘못된 정보를 아는 것보다는 아무것도 모르는 편이 더 낫다고 믿는다"라고 썼다. 그리고 그 말은 내게도 심각한 문제로 여겨진다. CNN과 다른 케이블 뉴스 방송뿐만 아니라 오늘날 정보가 일반적으로 소통되는 방식 전반이 그렇다. 그래서 종종 나는 사실은 그렇지도 않은 뉴스를 아는 것에 머물고 만다.

* * *

2003년에 나는 가장 친한 친구 셋 — 케이티, 섀넌, 하산 — 과 함께 시카고 북서쪽에 있는 아파트에서 살았다. 우리는 대학을 막 졸업한 직후 삶이 너무나 벅차고 지독히도 불안정했던 시절 — 적어도 나는 그랬다

— 을 함께 견뎌냈다. 섀넌, 케이티, 하산과 함께 이 집으로 이사를 들어왔을 때 내가 지닌 것이라고는 내 차에 모두 실을 수 있을 정도였다. 밀란 쿤데라M.Kundera의 말을 빌리자면 내 삶은 참을 수 없이 가벼웠다. 그러나 모든 일이 놀라울 정도로 안정되었다. 우리는 처음으로 반영구적인 직업을 얻었고, 처음으로 반영구적인 가구를 가지게 되었다. 심지어 우리에게는 케이블이 연결된 텔레비전도 있었다.

그러나 당시의 우리는 서로밖에 없었다. 그 아파트는 — 아주 밝은 색으로 벽이 모두 페인트칠 되어 있었고, 방음도 되지 않았으며, 화장실 하나에 작은 침실들, 넓은 거실로 이루어진 — 그 속에서 우리가 함께 지낼수 있도록, 삶의 모든 것을 함께할 수 있도록 우리에게 딱 맞춤하게 설계된 곳이었다. 우리는 그렇게 지냈다. 우리는 외부인들을 전혀 괘념치 않고 서로를 사랑했다. 한 번은 몇 번 데이트를 한 사람이 어느 날 밤 내게 우리가 광신도 집단 같다고 말했다. 내가 섀넌과 케이티, 하산에게 이 말을 전했을 때, 우리 모두는 내가 즉시 그 사람과 관계를 끊어야 할 때가 되었음에 동의했다.

"그런데 그런 말은 우리가 광신도 집단일 때 가능한 거 아니야?" 케이티가 말했다. 하산이 고개를 끄덕였고, 웃음기를 거두고 말했다. "이런, 젠장. 얘들아, 우리 사이비 종교 집단 맞네."

내가 이 시절을 낭만화하고 있음을 알고 있다. 우리는 크게 다투기도 했고, 상처를 주고받기도 했으며, 너무 취한 나머지 하나뿐인 화장실에 서로 먼저 들어가겠다고 싸우기도 했다. 그러나 그때는 내겐 어떤 일조차 괜찮다고 느껴지던, 어른으로서의 삶이 처음으로 펼쳐진 시기였으니 조금 애틋하게 그때를 기억해도 용서해주길 바란다.

그해 8월 나는 스물여섯 살이 되었고 우리는 '존 그린은 존 키츠J.Keats

보다 오래 살았어'라는 명목으로 저녁 파티를 열었다. 그리고 참석한 모두가 준비해온 시를 읽었다. 누군가가 에드나 세인트 빈센트 밀레이E.St. V.Millay의 시, 「첫 번째 무화과First Fig」를 낭송했다.

> *나의 초는 양쪽 끝이 타오르네.*
> *이 밤을 넘기지는 못하겠지만*
> *그러나 아, 나의 적들, 그리고 오, 나의 친구들에게*
> *사랑스러운 빛을 비춰주리.*

그로부터 며칠도 지나지 않아 집주인이 찾아와 집을 내놓았다고 말했다. 설혹 그렇지 않았다 하더라도 아파트에서의 생활은 결국 쪼개졌을 것이다. 인간 삶의 아주 큰일들 ― 결혼, 취업, 이민 정책 등 ― 이 우리 삶을 다른 방향으로 끌어당겼을 것이다. 그러나 우리의 촛불은 그때까지 사랑스러운 빛을 비춰주었다.

* * *

2003년 미국이 이라크를 침공했을 때 우리는 그 아파트에서 살고 있었다. 하산은 쿠웨이트에서 자랐고, 그 시기에 가족들은 이라크에서 살고 있었다. 침공 후 몇 주 동안 그는 가족의 소식을 전혀 듣지 못했다. 나중에서야 모두 괜찮다는 소식을 들을 수 있었지만, 그동안 하산은 두려운 시간을 겪어야만 했고, 그가 견뎌내는 방식 중의 하나는 거의 항상 케이블 뉴스 방송을 보는 것이었다. 그런데 우리에겐 텔레비전이 한 대밖에 없었고, 우리는 항상 무엇이든 함께했다. 이 사실은 나머지 역시 케이블 뉴스 방송을 계속 보았음을 뜻한다.

그런데 전쟁이 하루 24시간 동안 계속 이어지고 있었음에도 어떤 배경 정보도 화면을 채우지 않았다. 예컨대 뉴스는 이라크에서 시아파와 수니파 무슬림들 사이의 관계에 대해 엄청난 양의 정보를 쏟아냈지만, 시아파와 수니파의 종교적 차이나 이라크의 역사 혹은 바트주의 운동의 정치적 이데올로기 등에 관해서는 결코 어떤 설명도 하지 않았다. 너무 많은 뉴스 ― 뉴스는 모두 속보였다 ― 가 쏟아져나왔지만 맥락에 할애된 시간은 전혀 없었다.

어느 날 저녁 미국이 주도하는 군대가 바그다드를 진입한 직후 우리는 모두 소파에 함께 앉아 뉴스를 보고 있었다. 편집되지 않은 장면들은 그 도시에서 방송을 하고 있음을 알리고 있었고, 우리는 카메라맨이 대부분 합판으로 덮여 있는 벽 한쪽에 커다란 구멍이 난 집을 비추는 것을 보고 있었다. 그 합판에는 검은색 스프레이로 휘갈겨 그린 아랍어 낙서가 있었고, 뉴스 속 기자는 길거리에 넘쳐나는 분노와 증오에 관해 말하고 있었다. 하산이 웃기 시작했다.

나는 뭐가 그리 재미있냐고 그에게 물었고, 그가 말했다. "저 낙서."

그래서 내가 말했다. "저게 재밌다고?"

하산이 대답했다. "저기 '생일 축하해요, 선생님. 이런 상황이긴 하지만'이라고 쓰여 있어."

* * *

시시각각 진행되는 것을 지켜보면서 우리 중 누구도 '생일 축하해요, 선생님. 이런 상황이긴 하지만'을 생각할 여지는 많지 않다. 나는 내가 마주치는 모든 사람과 모든 것에 나의 기대와 두려움을 투사한다. 나는 내가 믿는 것이 틀림없이 진실일 것이라고 믿는다. 나는 내 삶과 동떨어져 있다고 느끼는 삶들을 획일적으로 상상한다. 나는 지나치게 단순화한다. 나는 모두가 저마다 생일이 있다는 사실을 잊어버린다.

바람직한 언론은 이 모든 편견을 교정하고자 노력해야 한다. 이 우주와 그 속에 존재하는 우리의 위치를 더욱 깊이 이해할 수 있도록 도와주어야 한다. 그러나 합판에 쓰여 있는 글을 읽을 수 없음에도 그것이 말하는 바를 알고 있다고 생각한다면 우리는 터너가 약속한 평화와 우정이 아니라 무지와 편견을 퍼뜨리고 있는 것이다.

나는 CNN에 별점 두 개를 준다.

〈하비〉

영화 〈하비Harvey〉에서 극 중 지미 스튜어트J.Stewart가 연기한 엘우드 다우드는 알코올 중독자다. 거기에다 195센티미터의 키를 한, 보이지 않는 흰 토끼 하비를 가장 친한 친구로 두고 있다. 엘우드를 정신병원에 보내야 할지 말지를 고민하는 누나, 베타를 연기한 조세핀 훌J.Hull은 오스카상을 수상했다. 영화는 퓰리처상을 수상한 메리 체이스M.Chase의 동명의 연극을 각색한 것으로 1950년 개봉했을 때부터 즉각적인 비평적, 상업적 성공을 거두었다.°

그러나 〈하비〉에 관한 나의 이야기는 신경쇠약으로 알려진 병으로 고통을 겪은 직후인 2001년 초겨울에 시작된다. 그때는 서평지 『북리스트』에서 일할 때였고, 결혼하겠다고 생각하던 사람과 헤어지기 전까지 함께 썼던, 시카고 북쪽 인근의 작은 아파트에 살고 있었다. 그 당시에 나는 우

° 보슬리 크라우더B.Crowther는 『뉴욕타임스』에 "어제 〈하비〉를 개봉한 애스터 극장의 방문이 당신에게 큰건 작건 정서적 위안을 주지 않았다면, 우리는 그 잘못이 〈하비〉에게 있다기보다 당신에게 있는 것이 아닐까 하고 의심한다"라는 기사를 썼다.

리가 헤어진 것이 내게 우울증을 불러왔다고 믿었다. 그러나 지금은 적어도 부분적으로는 우울증이 이별을 불러왔음을 알고 있다. 어찌 됐든 우리의 아파트였던 곳에서 나는 혼자였고, 우리의 물건이었던 것들에 둘러싸인 채, 우리의 고양이를 혼자서 돌보려고 애쓰고 있었다.

수전 손택S.Sontag은 "우울증은 멜랑콜리에서 내혹적인 부분을 세거한 것이다"라고 썼다. 내게 우울증은 말 그대로 지겨운 것이자 절대적으로 고통스러운 것이기도 했다. 심리적 고통이 나를 압도했으며, 고통 말고는 어떤 생각도 더 할 수 없을 만큼 철저하게 내 생각을 집어삼켰다. 윌리엄 스타이런W.Styron은 우울증을 쥐어짜는 듯한 회고록 『보이는 어둠 Darkness Visible』에서 이렇게 썼다. "이 상태를 참을 수 없게 만드는 것은 — 하루 만에, 한 시간 만에, 한 달 만에, 1분 만에 — 결코 이 상태가 치료되지 않으리라는 것을 이미 알고 있다는 것이다. 만약 다소 완화되기라도 한다면 그것은 그저 일시적인 현상일 뿐이며 더 심한 고통이 밀어닥치리라는 것을 알고 있다. 영혼을 망가뜨리는 것은 고통보다 더 이상 희망이 없다는 사실이다." 나는 희망 없음도 고통의 한 종류임을, 최악의 한 종류임을 알게 되었다. 내게 희망을 찾는다는 것은 어떤 철학적인 연습 혹은 감상적인 개념이 아니다. 그것은 나의 생존을 위해 필수적인 것이다.

2001년 겨울에 나는 어떤 치료법도 없을 것이며, 고통에 잠길 것임을 이미 알고 있었다. 음식을 먹을 수 없게 되어서 대신 매일 2리터짜리 스프라이트 두 통을 마셨다. 제대로 된 영양 공급의 전략은 아니었지만 필요한 적절한 양의 칼로리였다.

나는 일을 마치고 집으로 돌아와서 부엌의 벗겨진 리놀륨 바닥에 들러붙은 듯이 누워 부엌 창틀에 놓인, 타원을 그리는 초록색 스프라이트 병을 보았던 것을 기억한다. 병 안의 공기 방울들이 바닥에 달라붙어 있으려는 듯, 하지만 어쩔 수 없이 위로 떠오르는 것을 지켜보았다. 나는 왜 생각할 수 없는지에 대해 생각했다. 내부에서 나를 내리누르는 고통이 마치 대기인 듯이 느껴졌다. 나는 그저 고통으로부터 분리되기를, 고통으로부터 자유로워지기를 원했다.

결국 리놀륨 바닥에서 내가 스스로 일어날 수조차 없는 날이 왔고, 나는 상황이 저절로 해결될 수 있는 온갖 방법에 관해 생각하며 아주 길고 긴 일요일을 보냈다. 그날 저녁 다행스럽게도 나는 부모님께 전화를 했고, 다행스럽게도 응답을 들었다.

부모님은 시카고에서 2,400킬로미터 떨어진 곳에서 살았고, 처리해야 할 일이 아주 많은 분들이었다. 그런데도 전화를 한 지 12시간이 채 되지 않아 내 아파트에 도착했다.

대책이 아주 빠르게 세워졌다. 나는 직장을 그만두고, 플로리다로 돌아가 매일 상담을 받기로, 가능하면 입원 치료를 받기로 했다. 부모님은 내 아파트의 짐을 쌌다. 예전 여자 친구가 다정하게도 고양이를 데려가 주기로 했다. 남은 유일한 일은 직장을 그만두는 것뿐이었다.

나는 북리스트에서 일하는 것을 좋아했고, 같이 일하는 동료들을 좋아했다. 그러나 나는 내 삶이 위험에 처해 있다는 것도 알고 있었다. 나는 눈물을 흘리며 상급자에게 그만둬야 한다고 말했다. 그는 울고 있는 나를 껴안으며, 잡지의 발행인인 빌 오트B.Ott에게 말하라고 했다.

나는 빌을 느와르 추리소설에서 걸어 나온 인물처럼 생각하고 있었다. 그의 날카로운 위트는 위협적이면서 통쾌하기도 했다. 그의 사무실로 들어서자 그는 잡지의 교정쇄에 둘러싸여 있었고, 내가 문을 닫을 때까지 나를 보지도 않았다. 나는 그에게 내 머릿속이 뭔가 잘못됐고, 두 주 남짓 음식을 먹지 못했으며, 부모님과 함께 플로리다의 집으로 가기로 했다고 말했다.

말을 끝내자 그는 한동안 말없이 가만히 있었다. 빌은 잠시 멈춤의 달인이다. 그러고 나서 그가 마침내 입을 열었다. "아, 몇 주 동안 집에 가 있지 그래? 경과를 지켜보면서." 내가 내답했다. "그래도 사장님은 제가 맡았던 일을 할 누군가가 필요할 겁니다."

다시 그는 잠시 멈추었다. "자네, 이런 말을 나쁘게만 생각하지 말게. 우린 자네 없이도 해낼 수 있을 거야."

그날 오후 갑자기 나는 토하기 시작했다. 스프라이트를 너무 많이 마셨기 때문이었을까. 그러고 물건을 챙기기 위해 책상으로 돌아왔더니 빌이 보낸 메모가 놓여 있었다. 나는 그것을 아직도 지니고 있다.

그 메모에는 이렇게 쓰여 있었다.

존, 작별 인사를 하려고 들렀다네. 모든 일이 잘되기를 바라며, 부두 노동자들조차 부러워할 식욕으로 무장한 채 2주 안에 돌아오게나. 그리고 그 어느 때보다 지금 〈하비〉를 보게._ 빌

몇 년간 빌은 〈하비〉를 보라고 나를 성가시게 들볶았고, 나는 흑백영화는 특수효과의 질이 아주 떨어지고, 사람들이 말을 주고받는 것 말고는 어떤 사건도 일어나지 않는다는 이유로 일반적으로 끔찍하다는 주장을 고수하고 있었다.

나는 내가 성장했던 올랜드로 돌아왔다. 부모님과 함께 살면서 딱히 할 일이 있는 것도 아니어서 그곳에 있는 것만으로 인생에서 실패했다는 느낌이 들었다. 내가 그저 짐 덩어리로 느껴졌다. 내 생각들은 빙글빙글 돌았고 소용돌이쳤다. 나는 지긋이 생각할 수가 없었다. 나는 읽고 쓸 만큼 집중할 수도 없었다. 나는 매일 치료를 받고 새로운 처방을 받아들였지만 내 문제는 화학적인 것이 아니기 때문에 소용이 없으리라 확신했다. 나는 문제는 바로 나이며, 내 안에 존재한다고 생각했다. 나는 무가치하고, 쓸모없으며, 무력하고, 희망도 없었다. 나는 매일 조금씩 쪼그라들었다.

어느 날 밤 부모님과 나는 〈하비〉를 대여점에서 빌려왔다. 연극을 각색한 것이기에 〈하비〉는 내가 염려한 그대로 대화가 중심인 영화였다. 이야기 대부분은 단지 몇몇 장소에서만 일어난다. 누나와 조카가 함께 사는 엘우드 다우드의 집, 사람들 대부분이 엘우드의 가장 친한 친구가 보이지 않는 토끼라는 이유로 그가 있어야 하는 곳이라 믿고 있는 요양원, 그리고 엘우드가 들러서 술을 마시고는 하는 술집이 전부이다.

메리 체이스의 대화는 전반적으로 훌륭하다. 그러나 나는 엘우드의 독백을 좋아한다. 엘우드는 술집에서 처음 보는 사람들과 나눈 대화에 관해 말한다. "그들은 내게 자신들이 겪은 심각하고 끔찍한 일에 관해, 자신들이 하려고 하는 놀라운 일에 대해 들려줘. 그들의 희망, 그들의 후회, 사랑과 증오. 모두 심각한 것들이야. 왜냐하면 술집에는 그 누구도 사소한 이야기를 끌고 오진 않거든."

또 다른 장면에서 엘우드는 그의 심리치료사에게 말한다. "의사 선생님, 저는 35년 동안 현실과 씨름해왔습니다. 그리고 마침내 그것을 이겨냈다고 말할 수 있어서 행복합니다."

엘우드는 정신적으로 아프다. 그는 사회에 그다지 기여하고 있지도 않다. 그를 가치가 없거나 희망이 없는 인물로 설정하기는 쉬운 일일 것이다. 그러나 그는 아주 어려운 상황에서조차 매우 친절한 사람이기도 하다. 어느 순간 그의 심리치료사가 말한다. "바로 당신의 누나가 음모의 밑바닥에 있어요. 그녀가 당신을 가둬야 한다고 나를 설득하려고 해요. 오늘은 서약서를 작성하기도 했어요. 그녀가 당신에 대한 위임권을 가지고 있단 말이에요." 엘우드가 대답한다. "누나가 그 모든 일을 오후에 다 해치웠다고요? 베타는 정말 회오리바람 같지 않나요?"

엘우드는 전통적인 영웅의 면모는 아니지만 자못 영웅적이다. 영화에서 내가 가장 좋아하는 대사는 바로 이것이다.

"몇 해 전 어머니가 내게 말하곤 했어. '이 세상에 너만큼 총명하고 유쾌한 사람은 없을 거야'라고. 여하튼 몇 년 동안 나는 똑똑했어. 유쾌하기도 했고."

2001년 12월에 나보다 더 그 말을 들을 필요가 있는 사람은 아마도 이 지구상에 없었을 것이다. 나는 한순간의 깨달음을 믿지 않는다. 나의 눈부신 각성은 항상 덧없는 것임이 입증된다. 그러나 나는 그대에게 이것만은 말할 것이다. 〈하비〉를 보고 난 후로 〈하비〉를 보기 전 만큼 희망이 없다고 느꼈던 적은 결코 없었다고.

〈하비〉를 보고 난 두어 달 후 나는 시카고로, 북리스트로 돌아올 수 있었다. 회복이 더디고 안정적이지 않았지만 나는 좋아졌다. 물론 치료와 처방이 있었기 때문이겠지만 엘우드도 한몫했다. 그는 내가 미쳤는지는 몰라도 여전히 인간이며, 여전히 가치 있으며, 여전히 사랑받고 있다는 것을 내게 보여주었다. 엘우드는 헛소리가 아닌 일종의 희망을 내게 건네주었고, 그렇게 함으로써 희망이 이상하고 종종 두려운 의식의 기적에 대한 정확한 반응임을 알 수 있도록 해주었다. 희망은 쉬운 것도 싸구려도 아니다. 그것은 진짜다.

에밀리 디킨슨E.Dickinson이 말한 것처럼.

희망에는 깃털이 달려 있어 -
영혼에 자리 잡고 있지 -
그리고 가사 없는 곡조를 노래하며
- 절대 멈추지 않아. 결코

나는 아직도 가끔 희망의 노래를 듣지 않는다. 나는 아직도 절망의 비참한 고통에 휩싸이기도 한다. 그러나 희망은 계속 노래를 부르고 있다. 그저 몇 번이고 계속. 나는 듣는 방법을 다시 배워야만 한다.

나는 그대가 부엌 리놀륨 바닥에 누워 있는 자신을 결코 발견하지 않기를 바란다. 나는 그대가 고통으로 절망에 잠긴 채 당신의 상사 앞에서 결코 울지 않기를 바란다. 만약 그런 일이 있을 때, 나는 그들이 그대에게 휴가를 주기를 바란다. 그리고 그대에게 빌이 내게 해주었던 말을 해주길 바란다. "그 어느 때보다 지금 〈하비〉를 보게."

나는 〈하비〉에 별점 다섯 개를 준다.

입스

2000년 10월 3일 릭 앤키엘R.Ankiel이라는 스물한 살의 세인 트루이스 카디널스의 투수가 마운드에 올랐다. 메이저리그 야구 경기의 플레이오프 첫 번째 경기였다. 어쩌면 그대가 야구 경기의 규칙을 모를 수도 있다는 생각이 든다. 편의상 그대가 알아야 할 필요가 있는 것을 두 루뭉술하게 말하자면 프로야구의 투수는 야구공을 아주 빠르게 — 때로 는 시속 160킬로미터까지 — 그리고 놀라울 정도로 정확하게 던진다는 사실이다. 자신의 투구를 몇 센티미터의 사각형 안에 지속적으로 던져 넣을 수 있는 투수를 종종 사람들은 '훌륭한 제구력'을 갖추고 있다고 말 한다. 릭 앤키엘은 제구력이 아주 뛰어났다. 그는 원하는 곳에 공을 던질 수 있었다. 고등학교 시절에는 프로 스카우터들조차 그의 제구력에 놀랄 정도였다. 그들은 이 아이를 기계라고 불렀다.

그러나 릭 앤키엘은 2000년의 플레이오프 경기 3분의 1쯤 진행되었을 때 아주 낮은 공을 던졌다. 너무 낮은 나머지 포수가 그 공 — 이른바 '폭 투' — 을 놓쳐버렸다. 앤키엘은 시즌을 통틀어 세 번의 폭투를 던졌을 뿐인데 이때부터 갑작스럽게도 제구력을 되찾을 수가 없었다. 그는 또 다른 폭투를 던졌고, 이번에는 공이 타자의 머리에 맞았다. 그리고 또 하나. 또 하나. 그는 재빨리 마운드에서 끌려내려왔다.

*　　*　　*

일주일 후 앤키엘은 또 다른 플레이오프 경기를 치러야 했다. 그는 스무 번의 투구 가운데 다섯 번의 폭투를 던졌다. 그 이후로 그는 다시는 스트라이크 존으로 일관되게 공을 던져 넣지 못했다. 앤키엘은 메이저리그 투수로서 몇몇 경기에서 이기기는 했지만 자신의 제구력을 완전히 회복하지는 못했다. 그는 온갖 의료적 검사를 다 받아보았고, 심지어 자신의 불안증을 덜어보려고 경기 도중에 엄청난 양의 보드카를 마시기까지 했다. 그러나 그의 투구는 결코 되돌아오지 않았다. 그는 입스Yips(골프에서 퍼트를 할 때 실패에 대한 두려움으로 몹시 불안해하는 증세. 호흡이 빨라지며 손에 가벼운 경련이 일어나는 것을 일컫는다 – 옮긴이)에 걸렸던 것이다. 아이는 기계가 아님이 밝혀졌다. 모든 아이들은 결코 기계가 아니다.

릭 앤키엘이 공을 던지는 법을 잊어버린 최초의 야구 선수는 아니었다. 사실 이 현상은 갑작스러운 투구의 어려움을 겪은 선수들의 이름을 따서 '스티브 블래스 증후군Steve Blass Disease' 혹은 '스티브 삭스 증후군Steve Sax Syndrome'으로 불린다. 더욱이 이러한 현상은 야구에만 국한된 것이 아니다. 2008년에 아나 이바노비치A.Ivanovic라는 스무 살의 내성적인 테니스 선수가 프랑스 오픈에서 승리하면서 세계 최고 랭킹의 테니스 선수가 되었다. 해설자들은 그녀가 "그랜드슬램의 주인공"이 될 것이라 예상했고, 심지어 역대 최고의 선수인 세레나 윌리엄스S.Williams의 어마

어마한 적수가 될 것이라고까지 말했다.

그러나 프랑스 오픈의 우승을 거머쥐고 오래지 않아 이바노비치는 입스를 겪기 시작했다. 그녀는 공을 치거나 라켓을 휘두를 때가 아니라 서브하기 전 공을 바닥에 툭툭 두들길 때 그것을 경험했다. 발놀림에서부터 라켓을 치는 역학에 이르기까지 테니스는 정확한 움직임과 심오한 신체의 협응을 필요로 한다. 서브하기 전에 공을 공중으로 곧장 띄워 올리는 것은 정말 어렵지 않은 테니스의 유일한 동작이다. 그러나 이바노비치가 입스를 겪기 시작하면 그녀의 손은 공을 던지는 도중에 갑자기 흔들려 공이 오른쪽으로 쏠리거나 아니면 너무 앞에 던져지기 일쑤였다.

전직 프로테니스 선수였던 팻 캐시P.Cash는 이바노비치의 서브를 보는 것이 "고통스러운 경험"이었다고 표현했다. 그리고 정말 그랬다. 그런데 그것을 보는 것이 고통스러운 경험이라면, 서브를 하는 당사자는 얼마나 더 고통스러웠을까? 베오그라드에서 다섯 살 때 처음으로 테니스를 시작한 이래 자신이 줄곧 해왔던 방식대로 공을 띄워 올릴 수 없다는 것이 이바노비치에게는 얼마나 고통스러웠겠는가? 그대는 그녀 눈에 머문 고통을 볼 수 있었을 것이다. 누군가가 입스와 씨름하는 것을 지켜보는 것은 마치 학교 연극에서 대사를 잊어버린 아이를 지켜보는 것과 다르지 않을 것이다. 시간이 멈춘다. 불편함을 감추려는 시도들 — 약간의 미소, 용서를 구하는 고갯짓 — 조차 모두에게 고통에 관한 인식을 높여줄 뿐이다. 그대는 그들이 연민을 원하는 것이 아님을 알고 있지만, 어쨌든 그대가 보여준 그것은 수치심을 더 자극할 뿐이다.

"그녀는 스스로에 대한 자신감이 전혀 없다." 테니스계의 거장 마르티나 나브라틸로바M.Navratilova가 이바노비치에 대해 말한 것은 의심할 바 없이 사실이다. 하지만 어떻게 자신을 확신할 수 있겠는가?

모든 진지한 운동선수들은 입스가 누구에게나 *일어날 수 있는* 일임을 안다. 그러나 추상적으로 아는 것과 경험적으로 그것을 아는 것은 다르다. 일단 입스를 개인적으로 경험하게 되면 그것을 잊을 수가 없다. 평생 테니스공을 던져 올릴 때마다 그대는 무슨 일이 일어날지를 알게 될 것이다. 자신감이 그저 인간의 연약함 위에 칠해진 광택제에 불과하다는 것을 알고 있는데 어떻게 자신감을 되찾을 수 있겠는가?

이바노비치는 한번 입스에 관해 말한 적이 있다. "계단을 내려갈 때 어떻게 내려갈지를 생각하기 시작하면, 각각의 근육을 어떻게 작동시킬지에 관해 생각하기 시작하면 당신은 계단을 내려갈 수가 없다." 그러나 만약 계단에서 떨어진다면 어떻게 계단을 내려왔는지에 대해 생각하지 않기란 불가능하다. "나는 모든 것을 과도하게 생각하고 과도하게 분석하는 사람이다." 이바노비치는 계속 말을 이어간다. "그래서 만약 당신이 내게 생각거리 하나를 던져주면, 그것은 아주 많은 것을 불러일으킨다."

입스는 여러 이름을 가지고 있다. 위스키 손가락, 흔들흔들, 얼어붙기 등. 그러나 나는 '입스'를 좋아한다. 왜냐하면 그 말 자체가 무척이나 불안한 단어이기 때문이다. 단어 그 자체의 내부에서 근육이 경련을 일으키는 것을 느낄 것만 같다. 입스는 골프 선수들 사이에 가장 흔하게 나타난다. 골프를 본업으로 하는 프로 선수 중 3분의 1이 입스와 씨름한다. 골프입스는 보통 골퍼들이 퍼팅을 치려고 할 때 나타나며, 사람들은 경련을 멈추게 하려고 온갖 치료법을 시도했다. 오른손잡이 골퍼들은 왼손으로 퍼팅을 하거나 통상 쓰던 그립과 다른, 긴 퍼터 혹은 짧은 퍼터를 쓰거나, 아니면 몸을 구부려 클럽 위에 가슴을 고정하기도 한다. 그리고 입스는 퍼팅에만 영향을 미치지 않는다. 세계 유수의 골프 코치 중 한 사람은 공을 거의 보지 않을 때 드라이버를 효과적으로 휘두를 수 있었다고 한다.

입스는 비록 불안이 문제를 악화 — 설사에서 현기증까지 여러 가지 생리적인 문제들을 악화시키듯이 — 시킬 수는 있지만 수행 불안의 결과인 것 같지는 않다. 예컨대 어떤 골퍼들은 코스에서 경기할 때는 입스를 느끼지만 퍼팅 그린에서 연습할 때는 느끼지 않는다. 나는 포핸드 샷으로 테니스를 할 때는 입스를 느낀다. 라켓으로 공을 칠 때 팔 근육이 제멋대로 움직인다. 입스를 피할 수 있는 유일한 방법은 골프 코치처럼 라켓을 칠 때 공을 흘낏 보는 것이다.

기묘하게도 나는 몸을 풀거나 친구와 칠 때는 입스를 느끼지 않는다. 다만 점수를 매길 때만 느낀다. 상황적인 특성에 미루어볼 때 입스는 심리 치료로 치유될 수 있다고 주장하게 만든다. 특히 스포츠 생활에서 겪은 충격적인 사건을 해소해줌으로써 가능하다는 것이다. 나는 심리 치료를 열렬히 옹호하는 사람이다. 그리고 그 덕을 톡톡히 보았지만 테니스에 대한 충격적인 기억들은 없다. 나는 테니스를 좋아한다. 그저 공을 보면서 포핸드를 칠 수가 없을 따름이다.

물론 불안이 생리적인 문제를 야기할 수 있듯이 생리적인 문제들 역시 불안을 야기할 수 있다. 프로 운동선수들에게 입스는 생계뿐만 아니라 정체성에도 위협이 된다. "아나 이바노비치가 누구지?"라는 질문에 대한 답은 변함없이 "아나 이바노비치는 테니스 선수야"였다. 릭 앤키엘은 투수였다. 입스가 오기 전까지는.

이른바 신체적인 것과 심리적인 것 사이의 이 복잡한 상호 작용은 우리에게 정신/신체의 이분법이 지나치게 단순화된 것이 아니라 완전히 헛소리임을 상기시켜준다. 몸은 항상 뇌가 어떤 생각을 할지를 결정하며, 뇌는 항상 몸이 무엇을 하고 느낄지를 결정한다. 우리의 뇌는 고기로 만들어졌고, 우리의 몸은 사고를 경험한다.

우리는 스포츠에 대해 말할 때 성공의 척도로 거의 항상 승리를 말한다. 빈스 롬바르디V.Lombardi가 한 말은 유명하다. "승리가 전부는 아니다. 승리는 유일한 것이다." 그러나 나는 그러한 세계관이 미심쩍다. 스포츠뿐만 아니라 다른 것도 마찬가지다. 나는 스포츠가 주는 아주 많은 기쁨을 잘 해내는 것에서 찾는다. 처음 경험한 승리는 더 잘하고 있다는 신호이며, 해를 거듭할수록 승리는 여전히 그 실력 — 통제력과 능력 — 을 갖추고 있다는 증거가 된다. 그대는 병에 걸릴지 말지를 결정할 수 없다. 사랑하는 사람이 죽을 것인지 아닐지 결정할 수 없다. 토네이도가 집을 산산조각 낼지 아닐지도 결정할 수 없다. 그러나 커브볼을 던질 것인지 속구를 던질 것인지는 결정할 수 있다. 적어도 그것은 결정할 수는 있다. 그럴 수 없게 될 때까지는.

그러나 나이가 들거나 입스가 제구력을 망쳐버린다고 해도 포기할 필요는 없다. 『앵무새 죽이기』에서 애티커스 핀치는 용기를 다음과 같이 규정한다. "시작하기도 전에 질 것을 알지만 그래도 어쨌든 시작해보는 것이다."

아나 이바노비치는 입스에 걸리기 전처럼 공을 띄워 올리는 능력을 결코 회복하지 못했다. 그러나 시간이 지나면서 그녀는 새로운 서브 방법을 고안했다. 강력함은 덜 했고, 더 예측 가능해지기는 했지만 그녀는 다시 상위 5위 안에 들었고, 2014년 네 개의 토너먼트 경기에서 우승을 거머쥐었다. 그로부터 2년 후 스물아홉 살의 나이에 은퇴했다.

릭 앤키엘은 프로 야구팀의 최하위 마이너리그까지 완전히 추락했다. 그는 부상으로 2002년 시즌을 놓쳤고, 2003년에는 팔이 완전히 망가지고 말았다. 외과 수술로 회복한 다음 그는 잠시 메이저리그로 복귀했지만 제구력을 되찾을 수는 없었다. 그래서 2005년, 스물여섯 살의 나이에 그는 투수를 그만두기로 결심했다. 그는 외야수로 뛰었다.

프로 야구에서는 투수가 그냥 외야수가 되는 것이 아니다. 프로 야구 선수의 포지션은 고도로 전문화되어 있기 때문이다. 투수로서 10경기 이상 승리하고 또 50개 이상의 홈런을 친 선수는 1935년 은퇴한 베이브 루스B.Ruth가 마지막 선수였다.

이바노비치와 마찬가지로 릭 앤키엘도 시작하기도 전에 질 것을 알았지만 어쨌든 시작했다. 그는 먼저 마이너리그에서 외야수로 뛰었다. 그리고 제구력을 영원히 상실한 폭투로 밀려난 지 6년이 지난, 2007년 어느 날 세인트루이스 카디널스팀이 릭 앤키엘을 외야수로 메이저리그에 복귀시켰다. 그가 처음으로 타석에 섰을 때 경기를 잠시 중단해야만 했다. 관중들의 우레와 같은 기립 박수가 오랫동안 지속되었기 때문이다. 릭 앤키엘은 이 경기에서 홈런을 쳤다. 이틀 후 그는 홈런 두 개를 더 쳤다. 외야수로서 그의 투구는 경이로울 정도로 정확했다. 야구 역사상 최고에 속한다고 할 수 있었다. 그는 메이저리그에서 6년 더 외야수로 활약했다. 지금까지 10경기 이상 투수로 승리를 따내고 타자로서 50개 이상의 홈런을 친 가장 최근의 선수는 릭 앤키엘뿐이다.

나는 입스에 별점 한 개 반을 준다.

〈올드 랭 사인〉

너무도 많은 것들이 새것으로 넘쳐나는 세상에서 새해를 맞이할 때마다 매우 오래된 노래인 〈올드 랭 사인〉을 부른다는 것은 아주 매혹적인 일이다. 합창은 "올드 랭 사인을 위하여. 나의 조, 올드 랭 사인을 위하여./ 우리는 올드 랭 사인을 위하여 한 잔의 친절함을 마시리"로 시작한다. 조*Jo*는 스코틀랜드 말로 '사랑하는dear'으로 직역할 수 있는데, 올드 랭 사인Auld Lang Syne은 한층 더 복잡하다. 말 그대로 '오랜 옛날 옛적'과 비슷한 의미이기는 하지만 관용적으로는 '지나간 시절들'에 다소 가깝다. 우리에게는 "올드 랭 사인을 위하여for auld lang syne"와 다소 비슷한 영어 표현이 있다. '옛정을 생각해서for old times' sake'가 그것이다.

여기 나의 오래된 일화가 있다. 2001년 여름에 작가 에이미 크라우스 로젠탈이 『북리스트』 잡지에 서평에 관해 메일을 보내왔다. 당시 나는 북리스트에서 출판 보조로 일했다. 내가 맡은 일의 대부분은 데이터를 입력하는 것이었지만 밀려오는 수많은 중요하지 않은 이메일에 답장하는 것도 포함되어 있었다. 나는 에이미에게 서평의 진행 상황을 알려주고 말미에 『마이트Might』 잡지에 실린 그녀의 칼럼을 좋아한다는 개인적인 메모를 덧붙였다. 나는 그녀가 쓴 글의 한 부분을 종종 생각한다고도 말했다. 그 글은 다음과 같다. "비행기를 타는 중에 기장이 착륙을 시작한다고 알릴 때마다 똑같은 생각이 머릿속을 스쳐 지나간다. 아직은 도시의 아주 높은 상공에 있기는 하지만 만약 지금 비행기가 추락한다면 우리는 절대 괜찮지 않을 것이다. 조금 더 낮게 내려가면, 아니, 그래도 괜찮지 않을 것이다. 그러다가 땅에 아주 가까워지고서야 나는 안심한다. 됐다. 이젠 적당히 낮아. 지금은 추락해도 괜찮을지도 몰라."

다음날 그녀는 답장으로 내가 작가인지를 물었고, 나는 그러려고 노력하고 있다고 답했다. 그랬더니 그녀는 내게 라디오에서 2분 남짓 낭송할 작품이 있느냐고 물었다.

*　　*　　*

우리는 〈올드 랭 사인〉이 언제 쓰였는지 전혀 알지 못한다. 첫 번째 구절은 이렇게 시작된다. "오랫동안 알던 사람을 잊어야 하나요./ 마음속에 전혀 떠오르지 않는다면?/ 오래전 알던 이들이 잊힌다네./ 오랜 옛날 옛적에." 이 가사의 판본들은 적어도 400년 전으로 거슬러 올라간다. 그러나 현재 불리는 노래는 위대한 스코틀랜드 시인 로버트 번즈R.Burns의 것이라 알고 있다. 1788년 겨울 그는 친구인 프랜시스 던롭F.Dunlop에게 편지를 썼다. "스코틀랜드의 관용어 '올드 랭 사인'은 아주 표현이 뛰어나지 않아? 종종 내 영혼을 전율케 하는 오래된 노랫말과 곡조가 있어.…… 하늘의 영감을 받아 영광스러운 작품으로 만든 이 시인의 가슴에 빛이 내려앉은 것 같아." 편지의 뒷면에 번즈는 시의 초고를 썼다. 이후에 그는 그 노래에 관해 말하면서 "어느 노인에게서 받아 적은 것"이라 했지만, 적어도 세 구절은 직접 쓴 것이었다.

언제 쓰였는지 알 수 없게 만드는 것은 첫 구절에 담긴 시의 영원성 때문이기도 하다. 이 시는 함께 술을 마시며 옛 시절을 기억하는 것에 관한 시이며, 노래의 거의 모든 발상 — 데이지를 꺾는 데에서부터 들판을 쏘다니는 것, 오랜 친구들과 맥주를 즐겁게 마시는 것 등 — 은 500년, 1000년, 심지어 3000년 전에 썼을 수도 있는 내용이다.

뒤이어 이어지는 "당신은 당신의 술을 살 것이 분명하고, 그럼 나도 내 것을 살 것이니"하는 구절 역시 흥에 겨워 계산을 나누어 하려는 부분이다. 노래는 그저 좋았던 옛 시절에 관한 후회 없는 축복으로 채워져 있다.

*   *   *

에이미가 죽었다고 말해야 할 듯싶다. 그러지 않으면 이 책에서 그녀의 죽음이 일종의 서술적 장치처럼 여겨질지도 모르고, 나는 그러기를 원치 않는다. 그래, 맞다. 그녀는 죽었다She is dead. 일단 진실이 되면 영원히 진실인 채로 남는 보기 드문 현재 시제의 문장.

하지만 우리의 이야기는 아직 거기까지 가지 않았다. 앞서 하던 이야기를 계속하면 에이미는 라디오용 원고를 가진 것이 있느냐고 물었고, 나는 아주 짧은 에세이 세 편을 보냈다. 그녀는 그 가운데 한 편을 좋아했고, 그 원고를 자신이 진행하는 방송에서 녹음하자며 시카고 공영 라디오 방송국 WBEZ로 와달라고 부탁했다. 그 후에도 에이미는 자신의 방송에 나를 자주 초대했다. 1년 동안 나는 WBEZ와 NPR에서 *이것저것 잡다한 일들*에 관해 심심치 않게 촌평을 녹음했다.

2002년 4월에 에이미는 작가들의 블록 파티라는 이름으로 시카고의 쇼팽 극장에서 연 행사에 자신이 아는 작가와 음악을 하는 친구들을 불러 모았다. 그녀는 내게 그 행사를 위해 글을 한 편 낭송해달라고 요청했고 나는 그렇게 했다. 그리고 사람들은 나의 멍청한 농담에도 기꺼이 웃어주었다. 에이미는 극장 안을 돌아다니면서 모두에게 칭찬을 해줄 사람을 고용했고, 그렇게 고용된 칭찬하는 사람은 내게 사람들이 내 신발을 좋아한다는 칭찬을 했다. 그 신발은 새로 산 아디다스 운동화였고, 그 후로 지난 19년 동안 나는 거의 매일 아디다스 운동화를 신고 다닌다.

* * *

로버트 번즈는 원래 〈올드 랭 사인〉에 우리 대부분이 알고 있는 것과는 다른 곡조를 염두에 두고 있었다. 그리고 스스로도 그 멜로디가 "그저 그렇다"라는 것을 알고 있었음에도 불구하고, 지금도 때때로 원곡을 편곡한 곡°을 들을 수 있다. 〈올드 랭 사인〉과 결부된 대표적인 곡은 1799년 조지 톰슨G.Thomson의 『노래를 위한 독창적인 스코틀랜드 악곡 선집A Select Collection of Original Scottish Airs for the Voice』에서 처음 나타났다.

그 당시 로버트 번즈는 이미 가고 없었다. 그가 심장질환(아마도 오랜 친구들과 맥주를 너무 많이 마시는 습관이 병을 악화시켰을 것이다)으로 죽었을 때 고작 서른일곱 살에 불과했다. 그는 프랜시스 던롭에게 보낸 마지막 편지에서 이렇게 썼다. "내게 오래도록 매달려 있었던 질병은 어떤 여행자도 돌아오지 못하는 경계 저 너머로 나를 재빨리 보내버릴 것 같다." 번즈

는 죽어가는 침대에서조차 기억할 만한 구절을 창조했다.

번즈가 사망한 지 수십 년 만에 〈올드 랭 사인〉은 스코틀랜드에서 새해 전야제(겨울 동지 제의로까지 역사의 흔적을 찾을 수 있는 호그머네이 Hogmanay로 알려진 휴일 – 옮긴이)를 기념하는 인기 있는 노래가 되었다. 1818년경에는 베토벤이 이 노래를 편곡했고, 그 곡이 전 세계를 여행하기 시작했다.

1945년에서 1948년 사이에 이 곡은 한국에서 애국가로 사용되기도 했다. 네덜란드에서는 이 멜로디가 가장 유명한 축구팀의 응원가에 영감을 주었다. 〈올드 랭 사인〉은 일본 백화점에서 문을 닫기 직전에 고객들이 떠나야 할 시간임을 알려주기 위해 종종 연주되기도 했다. 이 노래는 역시 영화의 배경음악으로도 널리 사용되었다. 찰리 채플린의 1925년 작품 〈골드 러시〉에서, 1946년 〈원더풀 라이프〉, 2015년 〈미니언즈〉까지 사용되었다.

나는 〈올드 랭 사인〉이 할리우드에서 인기가 많은 이유를 단순히 이 노래가 공공의 것이며 따라서 값이 싸기 때문이 아니라, 이 노래가 진정으로 아쉬움을 노래하는 보기 드문 곡이기 때문이라고 생각한다. 이 노래는 낭만화하지 않고 인간의 그리움을 인정하며, 새해가 어떻게 모든 낡은 세월의 산물인지를 포착하고 있는 노래이기도 하다. 나는 새해 전야에 〈올드 랭 사인〉을 부를 때 우리 대부분이 그러하듯이 가사를 잊어버린다. 그러다 네 번째 구절에서야 다시 기억해낸다. "우리 둘은 개울에서 노를 저었다네. 아침의 해가 떠서 저녁이 될 때까지./ 그러나 올드 랭 사인 이후로 우리 사이의 넓은 바다가 울부짖었다네."

그리고 나는 생각한다. 얼마나 넓은 바다 — 무심함의 바다, 시간의 바다, 죽음의 바다 — 가 나와 과거 사이에서 울부짖었는지를. 지금 이 순간

나는 나를 사랑했던 수많은 사람들과 다시는 말을 나누지 못할 것이다. 지금 그대가 그대를 사랑했던 수많은 사람들과 다시는 말을 나눌 수 없는 것과 마찬가지로. 그러니 우리는 그들에게 잔을 들어 올린다. 그리고 아마도 어딘가에서 그들 역시 우리를 향해 잔을 들어주기를 바란다.

＊　＊　＊

2005년 에이미는『일상적 삶의 백과사전Encyclopedia of an Ordinary Life』이란 백과사전 형식의 회고록을 출판했다. 책은 "그대가 보았듯 나는 여기 있었고, 나는 존재했다"로 끝난다. 한번 진실이 되면 영원히 진실이 되는 또 하나의 문장이다. 에이미의『백과사전』은 내 첫 소설『알래스카를 찾아서』가 출간되기 몇 달 전에 나왔다. 그 후 얼마 되지 않아 사라가 컬럼비아 대학교의 대학원으로 진학했고, 그래서 우리는 뉴욕으로 이사를 했다. 에이미와 나는 그 후 10년 남짓 가끔 연락하며 함께 일을 해왔다. 나는 2008년 8월 8일 시카고의 밀레니엄 파크에서 에이미가 수백 명의 사람을 모아 주관했던 행사에서도 다소나마 역할을 했다. 그러나 그때는 결코 예전과 같지 않았다.

그녀는 2016에 출간한 독특하고 아름다운 대화형 회고록『에이미 크라우스 로젠탈의 교재Textbook Amy Krouse Rosenthal』에서 이렇게 썼다. "만약 사람이 넉넉잡아 80년을 산다면 지구에서는 29,220일에 해당한다. 나는 그 가운데 몇 번이나 나무를 보게 될까? 12,395번? 정확한 숫자가 있어야만 한다. 12,395번이라고 말해두자. 절대적으로 많은 숫자이기는 하지만 무한하지는 않으며, 무한한 것보다 작은 것은 무엇이든 너무 보잘것없게 느껴지며, 만족스럽지도 않다." 그녀의 글에서 에이미는 종종

의식과 사랑과 갈망의 무한한 본성과 우주와 그 안에서 살아가는 존재들 모두의 유한한 본성 사이를 조화시키고자 노력했다. 그녀는 『교재』의 끝에 객관식 질문을 썼다. "골목에는 아스팔트 사이로 밝은 분홍색 꽃이 돋아나 있다. ① 헛된 듯이 보인다. ② 희망처럼 보인다." 적어도 내게 〈올드 랭 사인〉은 아스팔트 사이로 밝은 분홍색 꽃이 돋아나 있는 것을 보는 기분이 어떤지를, 나무를 보는 것이 12,395번임을 안다는 것이 어떤 느낌인지를 정확하게 포착한 것이다.

에이미는 『교재』를 쓰고 난 다음 얼마 되지 않아 자신이 암에 걸렸음을 알게 되었고, 내게 전화를 걸어왔다. 그녀는 내가 『잘못은 우리 별에 있어』를 출간한 후 몇 년 동안 중병을 앓고 있는 많은 젊은이들을 알게 되었다는 사실을 알고 있었다. 그래서 그녀에게 해줄 조언이 있는지 알고 싶어 했다. 나는 그녀에게 내가 진실이라고 생각하는 것을 말했다. 사랑은 죽음에도 살아남는다고. 그러나 그녀는 젊은이들이 죽음에 어떻게 대처하는지 알고 싶어 했다. 그녀의 아이들이 어떻게 할지 알고 싶어 했다. 자식들과 남편이 괜찮을지를 알고 싶어 했다. 그것이 내 마음을 갈가리 찢어놓았다. 나는 보통 아픈 사람들과 편하게 이야기하는 편이었는데, 내 친구와의 대화에서는 슬픔과 걱정에 압도되어서 하는 말마다 비틀거리는 자신을 발견했다.

물론 그들은 괜찮지 않겠지만 그럭저럭 잘 견뎌낼 것이며, 그대가 그들에게 쏟아부은 사랑은 계속될 것이다. 그것이 내가 했어야 하는 말이었다. 그러나 나는 울면서 이렇게 말했다. "어떻게 이런 일이 일어날 수 있어요? 그렇게나 요가를 많이 했는데."

놀라운 이야기를 들어온 내 경험에 비추어보면 건강한 사람들은 종종 죽어가는 사람에게 어이없게도 끔찍한 말들을 하곤 한다. 그러나 "그렇게나 요가를 많이 했는데"처럼 멍청한 말을 했다는 이야기는 들어본 적이 없었다. 나는 에이미가 그 말에서 내가 하려고 했던 말을 끄집어낼 수 있기를 바란다. 그녀는 내가 도움이 필요할 때 항상 곁에 있었는데 나는 그녀를 실망시켰음을 알고 있다. 나는 그녀가 지금은 나를 용서한 — 현재 시제 — 것을 알지만 뭔가 괜찮은 말을 했더라면 하는 생각이 간절하다. 아니면 아무 말도 하지 않았기를 바란다. 우리는 사랑하는 사람들이 고통을 겪을 때 고통이 덜해지기를 바란다. 그러나 때때로 — 사실은 자주 — 고통을 덜어줄 수가 없다. 나는 견습 목사 시절 지도 교수가 해준 말이 생각난다. "그냥 어떤 것도 하지 마. 그 자리에 서 있기만 해."

*   *   *

〈올드 랭 사인〉은 1차 세계대전 동안에도 인기가 있었다. 그 노래의 여러 버전은 영국군들만이 아니라 프랑스와 독일, 오스트리아 군인들도 참호에서 불렀다. 심지어 그 노래는 세계사에서 가장 기묘하고 가장 아름다운 한순간, 1914년의 크리스마스 휴전을 빚어내는 데 작은 역할을 하기도 했다.

그해 크리스마스이브, 벨기에 서부 전선의 일부를 따라 대치하고 있던 약 10만 명의 영국군과 독일군이 참호에서 나와 전선 사이의 이른바 중립지대에서 만났다. 열아홉 살의 헨리 윌리엄슨H.Williamson은 그의 어머니에게 이렇게 썼다. "어제 영국군과 독일군이 서로의 참호 사이에서 만나 악수를 하며 기념품을 교환했어요.…… 정말 놀랍지 않나요?" 한 독일 군인은 "영국 군인이 자신들의 참호에서 축구공을 가져왔고, 곧 활기찬 경기가 벌어졌다. 그 일이 얼마나 놀라운지, 얼마나 기묘한지"라며 그날을 기억했다. 에드워드 헐스E.Hulse 대위는 전선의 다른 곳에서 크리스마스 노래를 함께 불렀던 것을 회상했다. "우리는 영국인, 스코틀랜드인, 아일랜드인, 프러시아인, 뷔텐베르거인 등 모두와 함께 〈올드 랭 사인〉으로 크리스마스의 끝을 맺었다. 정말 놀랄 일이었고, 만약 그 장면을 영화에서 봤더라면 그럴 리가 없다고 맹세라도 했을 것이다."

당시 스물다섯 살이었던 헐스는 넉 달도 채 되지 않아 서부 전선에서 사망했다. 적어도 1,700만 명의 사람들이 전쟁의 직접적인 결과로 죽었다. 현재 캐나다 인구의 절반보다 많은 숫자다. 1916년 크리스마스에 병사들은 휴전을 원치 않았다. 전쟁의 충격적인 손실과 독가스 사용의 점증은 전투에 참가한 이들을 격앙시켰다. 그러면서도 많은 병사들은 왜 그들이 고향에서 멀리 떨어진 이 땅에서 명분 없이 싸우고 죽어가고 있는지를 이해할 수 없었다. 영국군의 참호에서 병사들은 〈올드 랭 사인〉을 가사만 바꿔 노래하기 시작했다. "우리는 여기에 있기 때문에, 여기에 있기 때문에, 여기에 있기 때문에, 여기에 있는 것이다."

여기는 왜라는 질문이 없는 세상이었고, 그곳에서의 삶은 줄곧 무의미했다. 근대성이 전쟁과 함께 도래했으며, 인생의 나머지에 찾아 왔다. 미술비평가 로버트 휴스R.Hughes는 "독특한 모더니즘적인 반복의 지옥"을 언급했고, 1차 세계대전의 참호는 실로 지옥이었다.

* * *

유쾌하고 낙천적인 작가였지만 에이미는 고통의 본질이나 고통이 인간의 삶에서 차지하는 중요성에 대해 착각하지 않았다. 그림책이든 회고록이든 그녀의 작품에서는 항상 불행에 굴복하지 않고 인정하는 방법을 찾아낸다. 그녀가 쓴 마지막 글 중 하나는 "죽음이 내 방문을 두드리고 있을지 모르지만 나는 그에 응답하려고 축복 같은 욕조에서 나가지는 않을 것이다"이다.

공식 석상에서 에이미는 때때로 영국 군인들의 반복적인 한탄을 사용해 곡조나 말을 비꾸지 않고 그 노래를 변형시켰다. 그녀는 청중들에게 자신과 함께 그 노래를 부르자고 요청하곤 했다. "우리는 여기에 있기 때문에, 여기에 있기 때문에, 여기에 있기 때문에, 여기에 있는 것이다." 그리고 비록 이 노래가 모더니즘의 지옥 같은 반복에 관해 쓰인 비관적인 노래라고 해도 나는 이 노래를 에이미와 함께 부르면 그 노래 속에서 항상 희망을 볼 수 있었다. 그것은 *우리가* 여기에 혼자가 아니라 함께 있다는 선언이었다. 그것은 또한 우리가 *존재한다는* 선언이기도 했다. 그리고 또한 우리가 *여기* 있다는, 일련의 놀랄만한 비현실성이 우리를 가능하게 하고, 여기에서 가능하게 만들었다는 선언이기도 하다. 우리는 우리가 여기에 있는 이유를 결코 알 수 없을지 모른다. 그러나 우리는 여전히 희망 속에서 *우리가* 여기에 있음을 선포할 수 있다. 나는 그와 같은 희망이 어리석거나 이상적이거나 잘못된 것이라고는 생각하지 않는다.

우리는 삶이 나아지리라는, 더 중요하게는 그것이 계속될 것이라는 희망 속에서 살고 있다. 그리고 우리가 존재하지 않더라도 사랑은 남을 것이라는 희망 속에서 살고 있다. 우리는 여기에 있기 때문에, 여기에 있기 때문에, 여기에 있기 때문에, 여기에 있는 것이다.

나는 〈올드 랭 사인〉에 별점 다섯 개를 준다.

낯선 사람 검색하기

내가 아이였을 때 엄마는 종종 모든 사람은 저마다의 재능을 품고 있다고 말하고는 했다. 그대는 부드러운 재즈 음악을 비범할 정도로 섬세하게 들을 수 있는 사람일 수도 있고, 완벽한 패스로 공간을 열어나가는 방법을 잘 이해하고 있는 수비형 미드필더일 수도 있다. 그러나 어렸을 적, 나는 항상 타고난 재능이라고는 없는 아이라 느꼈다. 특별히 착한 학생도 아니었고, 운동 능력이 특출하지도 않았다. 사회적 신호를 파악하지도 못했다. 나는 피아노, 태권도, 발레를 포함하여 부모님이 시켜보려고 등록해준 모든 것에 소질이 없었다. 나는 나 자신을 특별할 것이 없는 사람이라고 생각했다.

하지만 알고 보니 나는 특기를 찾지 못했던 것뿐이었다. 왜냐하면 나는 ─ 이 대목에서 겸손함이 부족함을 용서해주길 바란다 ─ 낯선 사람을 검색하는 데 정말, 정말 뛰어났다. 분명 그 일에 전념하기도 했다. 말콤 글래드웰M.Gladwell은 1만 시간을 들이면 그 분야의 전문가가 된다는 유명한 말을 남겼다. 나는 1만 시간을 보냈고, 그보다 조금 많은 시간을 들였다. 게다가 나는 원래 그냥 그것에 재주가 있는 사람이었다.

나는 하루도 빠짐없이 구글로 낯선 사람을 검색한다. 예컨대 아내와 내가 파티에 참석해야 한다면 — '해야 한다'는 표현이 나와 파티의 관계를 보여주기 때문에 이렇게 말한 것이다° — 나는 보통 알려진 참석자 모두를 미리 조사한다. 물론 낯선 사람이 자기가 카펫 설치 사업을 한다고 말할 때, 이렇게 대답하면 얼마나 이상할지 나는 알고 있다. "아, 예. 알고 있어요. 아내 분을 1981년에 만났다는 것도. 댈러스에 있는 저축은행에서 같이 일할 때였죠? 기록이 맞는다면 아내 분은 부모님이신 조셉, 마릴린과 함께 살고 있었고요. 당신은 최근에 오클라호마 대학을 졸업했죠. 결혼식 피로연을 댈러스 미술관에서 했군요. 그 미술관 옆에 데일 치훌리D.Chihuly의 〈하트 윈도우Hart Window〉라는 조각상이 있잖아요. 그러다가 일라이 릴리에 있는 아내 분의 직장 때문에 인디애나폴리스로 이사를 했죠. 카펫 사업은 요즘 어때요? 혹시 강화마루 바닥을 까는 사람들과 경쟁 관계에 있지는 않나요?"

구글을 통해서 사람들에 대한 정보를 얼마나 많이 얻을 수 있는가를 생각하면 끔찍할 지경이다. 물론 이러한 개인 정보의 노출은 엄청난 이점들 — 사진과 동영상의 무료 저장, 사회적 매체를 통한 대규모 담론에 참여할 기회, 그리고 오래전부터 연락이 닿지 않는 친구들과 쉽게 연락할 기회 등 — 을 동반하기도 한다.

구글과 같은 기업체에 우리 자신의 아주 많은 정보를 넘겨주는 것은 사람들이 자신의 정보를 공유하는 것을 편안하게 느끼도록 만든다. 이러한 피드백의 고리 — 모두가 페이스북을 사용하기 때문에 페이스북에 접

° 그렇다. 심지어 2021년에도.

속하기를 원한다 — 는 내 삶의 많은 부분을 공개적으로 접근할 수 있도록 이끈다. 그래서 나는 새로운 SNS 플랫폼 계정에 가입할 때 종종 이전 SNS 계정을 조사해도 대답할 수 없는 보안 질문을 찾아내기 위해 씨름하기도 한다. 초등학교를 어디에서 다녔나요? 이건 쉽게 찾아낼 수 있다. 첫 번째로 기르던 강아지 이름이 뭐였나요? 블로그에 미니어처 닥스훈트 레드 그린 강아지에 대해 썼던 적이 있었지. 어린 시절 가장 친한 친구는 누구였나요? 그대는 페이스북에서 함께 태그된 어릴 적 사진을 볼 수 있을 것이다. 엄마의 결혼 전 성은 뭐였나요? 농담하는 게 틀림없어.

그러나 비록 우리 삶의 대부분이 우리에게 속해 있지 않고, 우리의 검색 습관, 취미, 입력하여 열어본 페이지 등을 주관하고 수집하는 회사가 우리 삶의 더 많은 부분을 쥐고 있을지라도, 비록 산 자와 죽은 자의 삶을 검색해서 살펴보기가 쉬워진 것에 저항감이 들지라도, 비록 이 모든 것이 조지 오웰G.Orwell의 소설과 정말 흡사하다고 느낄지라도…… 나는 낯선 사람들을 구글로 검색하는 것을 대놓고 비난할 수가 없다.

* * *

어린이병원에서 견습 목사로 일하던 스물두 살 때, 나는 일주일에 한 번 혹은 두 번 당직을 서며 24시간을 보내고는 했다. 당직을 선다는 것은 두 개의 호출기를 들고 병원에서만 있어야 함을 의미했다. 하나의 호출기는 누군가가 목사를 부를 때마다 울렸다. 또 다른 호출기는 심각한 외상환자가 병원에 도착했을 때 울리는 것이었다. 6개월간의 실습이 끝나갈 무렵, 마지막 당직을 서던 밤 나는 병원 목회실에서 자고 있었다. 그때 외상환자 호출기에 응급실로 내려오라는 문자가 떴다. 세 살짜리 아이가 앰뷸런스에 실려 오고 있었다. 심각한 화상을 입은 것이다.

나는 다른 사람들의 고통에 대해 말하는 것이 그 고통을 이용하지 않고서도 가능하기나 한 것인지, 찬양하거나 고귀하게 만들거나 비하하지 않고 고통에 대해 쓸 수 있기나 한 것인지 모르겠다. 테주 콜T.Cole은 언젠가 "사진은 그것이 보여주는 것을 완화시키지 않을 수 없다"라고 쓴 적이 있다. 그리고 나는 같은 말이 언어에도 적용되는 것은 아닌지 우려된다. 이야기는 말이 되어야 하는데, 병원에서 일어난 일 중 어느 것도 말이 되지 않았다. 내가 그곳에서 보낸 시간에 관해 직접 글을 쓰지 않는 이유도 그 때문이다. 나는 이 혼돈의 늪을 헤쳐나갈 적절한 방법을 알지 못하고, 결코 알 수도 없을 것이다. 그래서 이 이야기를 할 때, 특정한 세부사항들을 모호하게 하고, 변화를 주기로 결정했다. 중요한 것은 상처가 아주 심각했음에도 아이는 의식이 있었고, 끔찍한 고통에 시달리고 있었다는 것이다.

나는 몇 달 동안 응급실에 있었고, 온갖 고통과 죽음을 보기는 했지만 외상환자 치료팀이 이렇게 눈에 띄게 화를 내는 것을 전에 본적이 없었다. 고통은 압도적이었다. 타는 냄새가 났고, 이 어린 소년이 숨을 헐떡일 때마다 찢어질 듯한 비명 소리가 들렸다. 누군가가 소리쳤다. "목사님! 뒤에 있는 가위!" 나는 당황한 가운데에도 그들에게 가위를 건네주었다. 또 누군가가 소리쳤다. "목사님! 부모!" 그제야 나는 내 옆에서 어린 소년의 부모가 비명을 지르며 아이를 붙잡으려 하고 있음을 깨달았다. 그러나 의사나 구급대원, 간호사들에게는 일을 할 수 있을 만큼의 공간이 필요했기에 나는 아이의 부모에게 뒤로 물러서 줄 것을 요청했다.

그다음 나는 내가 응급실 창문이 없는 보호자 대기실에 있는 것을 알아차렸다. 그 방은 그대의 인생에서 최악의 일이 일어날 때 있게 되는 곳이었다. 맞은편에 있는 아이의 부모가 흐느끼는 울음소리 말고는 조용했다. 그들은 반대편 소파에 앉아 무릎 위에 팔을 괴고 있었다.

견습 기간 동안 누군가가 내게 결혼한 부부의 절반이 아이를 잃으면 2년 이내에 이혼하게 된다고 말해주었다. 나는 힘없이 부모에게 다가가 기도를 원하느냐고 물었다. 여자가 고개를 가로저었다. 의사가 들어왔고, 아이는 위중한 상태라고 말했다. 부모는 단지 한 가지 질문만 했고, 그 질문의 답을 의사는 해줄 수가 없었다. "최선을 다할 것입니다." 의사가 말했다. "그렇지만 아드님은 견뎌내지 못할 수도 있습니다." 부모는 동시에 휘청거리다 쓰러졌다. 서로를 향해서가 아니라, 각자의 내면으로.

우리는 이런 일들이 일어날 것임을 알고서야 세계를 항해할 수 있다. 견습 목사를 교육하는 담임 목사는 내게 "아이들은 항상 죽어. 그건 자연스러운 일이야"라고 말한 적이 있다. 그것이 사실일지도 모른다. 그러나 나는 그 사실을 받아들일 수 없다. 나는 창문 없는 보호자 방에 앉아서 그 사실을 수긍할 수 없었다. 그리고 지금도 한 사람의 아버지로서 그 사실을 받아들일 수 없다.

아이가 마침내 중환자실이 있는 2층으로 올라가고 부모들도 따라간 다음 나는 커피를 한 잔 마시려고 휴게실로 갔다. 그곳에 의사가 있었다. 얼굴을 쓰레기통에 파묻고 토하는 중이었다. "유감입니다." 내가 말했다. "그들에게 잘 말씀해주셨어요. 그분들께 친절하게 대해주셔서 감사드려요. 도움이 되었으리라 생각해요." 그녀는 한동안 헛구역질을 하다가 말했다. "저 아이는 죽을 거예요. 난 아이가 마지막으로 한 말을 알아요. 아이가 살면서 했던 마지막 말을 알아요." 나는 그 말이 무엇이었는지 말해

달라고 하지 않았고, 의사 또한 자발적으로 답해주지도 않았다.

일주일 후 나는 견습 프로그램을 마쳤지만, 신학교에 가지 않기로 결정했다. 궁금해하는 사람들에게는 그리스어를 배우고 싶지 않아서라고 말했다. 그것은 사실이기도 했다. 그러나 이 아이에 대한 기억을 감당할 수 없었다는 것 역시 사실이다. 나는 여전히 그 일을 감당할 수 없다. 나는 매일 그 아이에 대해 생각했다. 매일 그 아이를 위해 기도했다. 심지어 그 어떤 것에 대해서도 더 이상 기도를 하지 않게 된 다음에도, 여전히, 그의 이름을 부르며 하느님에게 자비를 간구한다. 내가 하느님을 믿고 안 믿고는 사실 상관이 없었다. 그러나 나는 희미하게나마 자비를 믿었다.

고질적인 구글 검색자로서 나는 아이의 이름을 찾아볼 수도 있다는 것을 알고 있었다. 그러나 너무 두려웠다. 구글로 검색을 하면 그가 어찌 되었는지 알 수 있을 것이다. 나는 로버트 펜 워렌이 『왕의 모든 남자들All the King's Men』에서 쓴 위대한 문장을 떠올려본다. "인간의 끝은 앎이다. 그러나 알 수 없는 것이 한 가지 있다. 그 앎이 자신을 구할지 죽일지는 알 수 없다."

* * *

소식을 알지 못한 채 흘러간 몇 달이 몇 년이 되었고, 10년을 넘겼다. 그러던 얼마 전 아침 나는 아이의 이름을 검색창에 입력했다. 구글에서 찾기 쉬운 특이한 이름이었다. 나는 엔터키를 눌렀다. 첫 번째 링크는 페이스북이었다. 눌러보았더니 그가 거기에 있었다. 열여덟. 우리가 함께 보낸 밤으로부터 15년이 흐른 다음이었다.

그는 살아있다.

그는 자라고, 세상 속에서 자신의 길을 찾고, 아마도 그가 알고 있는 것보다 훨씬 더 공개적으로 삶의 기록을 남기고 있었다. 그러니 어찌 내가 앎에 관해 감사하지 않을 수 있겠는가? 설혹 앎의 유일한 방법이 소위 우리 자신의 자율성을 상실하는 것이라 해도. 아이는 살아있다. 그는 존 디어 트랙터를 좋아하고, '미국 미래의 농부들' 회원이며, 살아있다.

아이의 친구들을 더 찾아보다가 아이 부모의 프로필을 발견한다. 그리고 그들이 여전히 결혼을 이어가고 있다는 것도 알게 된다. 그는 살아있다. 그는 형편없고 과도하게 대량 생산된 듯한 컨트리 음악을 좋아한다. 그는 살아있다. 그는 여자 친구를 자기bae라고 부른다. 살아있다. 살아있다. 살아있다.

물론 다른 방향으로 흘렀을 수도 있다. 그러나 그렇지 않았다. 그래서 나는 구글로 낯선 사람 검색하기에 별점 네 개를 주지 않을 수 없다.

인디애나폴리스

인디애나폴리스는 인구나 면적 면에서 미국에서 16번째로 큰 도시다. 인디애나주의 주도主都이고, 지금 내가 사는 곳이기도 하다. 사라와 나는 2007년 여름 이곳으로 이사했다. 우리는 이삿짐 밴에 세간살이들을 싣고 뉴욕의 콜럼버스로 88번가에서 인디애나폴리스의 디치로 86번가까지 16시간을 운전해서 왔다. 극도로 피곤한 상태였다. 마침내 우리는 인디애나폴리스에 도착해서 짐을 풀었다. 그리고 새집의 에어 매트리스에서 잠을 잤다. 우리 소유의 첫 번째 집이었다. 우리는 20대 후반이었고, 몇 주 전 집의 내부를 30분 남짓 둘러본 다음 이 집을 구입했다. 집은 침실이 세 개였고, 욕실이 두 개 반, 그리고 반쯤 공사가 끝난 지하실이 있었다. 우리가 매달 갚아야 할 대출금은 뉴욕 월세의 3분의 1이었다.

집이 어찌나 어둡고 조용한지 첫날 밤 나는 잠을 이룰 수가 없었다. 나는 사라에게 침실 창문 밖에 누군가가 서 있는데 우리는 모르고 있는 것이 아니냐고 계속 말했다. 그러자 사라가 말했다. "글쎄, 아마 아무도 없을 거야." 그런데 나는 '아마도' 같은 말로 금세 위안을 얻는 종류의 사람은 아니다. 그래서 밤새 몇 번이고 에어 매트리스에서 일어나 얼굴을 침실 창문 유리창에 바짝 붙인 채 나를 몰래 응시하는 눈을 찾고야 말리라 생각했지만 보이는 것은 단지 어둠뿐이었다.

다음 날 아침 나는 커튼을 사자고 고집을 부렸지만 그보다 먼저 이삿짐 밴을 반납해야 했다. 밴을 반납하는 장소로 갔더니 한 남자가 우리에게 작성할 서류를 건네며 어디에서 왔느냐고 물었다. 사라가 인디애나폴리스의 미술관에서 일하게 되어 뉴욕에서 왔다고 설명했다. 그러자 사내는 어릴 적 그 미술관에 한번 갔던 적이 있다고 말했다. 사라는 "그럼, 인디애나폴리스가 어떻다고 생각해요?"라고 물었다.

그러자 사내는 사무실 계산대 뒤쪽에 서서 잠시 말이 없더니 곧 대답했다. "글쎄요, 사람은 어디에선가는 살아야겠죠."

인디애나폴리스는 수년간 도시를 설명할 캐치프레이즈와 슬로건을 이렇게 저렇게 시도해왔다. "발전하는 도시" "당신은 인디Indy에 '나'를 넣었군요" "미국의 교차로" 그러나 나는 다른 슬로건을 제안하고 싶다. "인디애나폴리스: 당신은 어디에선가는 살아야 한다."

인디애나폴리스의 수많은 결점을 헤쳐나갈 방도는 없다. 우리 집은 배가 다니지도 않는 수로인 화이트강에 자리 잡고 있다. 배가 다닐 수 없는 수로는 울림이 있는 은유이기는 하지만 지리적으로는 문제가 있다. 게다가 강은 지저분하다. 정수처리 시스템이 낡아 자주 강물이 넘치고, 하수가 그대로 강으로 유입되기 때문이다. 도시는 끝도 없이 늘어선 작은 상가, 주차장, 특징 없는 상가 건물들이 사방으로 뻗어 있다. 우리는 예술이나 대중교통에 충분히 투자하지 않는다. 우리가 자주 다니는 통행로는 디치 로드라고 불린다. 맙소사, 디치 로드라니. 우리는 이 도로에 어떤 이름이라도 붙일 수 있었다. 커트 보니것로, 워커 웨이 부인의 길, 로드리 맥로드페이스 등. 그러나 그렇게 하지 않았다. 그러니 디치Ditch(명사로 '배수로'란 뜻과 함께 동사로 '불필요한 것을 버린다'라는 의미로 쓰인다 - 옮긴이)로 부를 수밖에 없다.

누군가가 내게 인디애나폴리스가 도시로서 아주 평균적이기 때문에 새로운 레스토랑 제인들로서는 최고의 검증 시장이라고 말한 직이 있다. 사실 인디애나폴리스는 그 어떤 다른 도시보다 훨씬 더 전형적으로 미국적이다. 따라서 이른바 '소우주 도시' 중 상위권에 속한다. 우리는 평범하다는 점에서는 최상이다. 이 도시의 별명에는 지루한 나머지 붙은 별명 '낮잠의 도시'와 '인도에도 없는 도시India-no-place'도 있다.

처음 이곳으로 이사했을 때, 오전 시간이면 종종 디치로 86번가의 귀퉁이에 있는 동네 스타벅스에서 글을 쓰고는 했다. 그런데 그 교차로의 네 귀퉁이마다 쇼핑몰이 죽 늘어서 있다는 사실에 깜짝 놀랐다. 나는 스타벅스에서 1킬로미터도 떨어져 있지 않은 곳에서 살고 있지만, 인도가 없었기 때문에 종종 차를 몰아서 가야 했다. 인도를 자동차, 무질서, 개성이라고는 없는 납작한 지붕에 넘겨줘버린 것이다.

나는 그런 점들이 끔찍하게 싫었다. 뉴욕의 작은 아파트에 살 때는 쥐를 완전히 퇴치할 수 없다는 사실에 넌더리가 났다. 나는 주택에서 사는 것을 낭만적으로 생각했다. 그러나 이제 우리는 실제로 집을 갖게 되었고, 나는 그 사실을 증오하게 되었다. 인디애나폴리스 출신의 가장 유명한 작가 커트 보니것K.Vonnegut은 인간 성격의 결점 중 하나가 "모두가 집을 짓고 싶어 하지만 누구도 그 집을 관리하려고 들지 않"는 것이라고 했다. 집의 소유란 관리가 전부다. 설치해야 할 창문 장식, 갈아 끼워야 할 전구가 항상 있기 마련이다. 온수 보일러는 계속 고장이 났다. 그리고 무엇보다 잔디밭이 문제였다. 맙소사, 나는 잔디 깎기가 그렇게 싫었다.

잔디밭과 86번가와 디치로가 만나는 곳에 늘어선 작은 상가, 이 두 가지가 내 분노의 축이 되었다. 나는 사라가 직장을 옮길 때까지 기다릴 수가 없었다.

한번은 보니것이 "사람들이 나를 좋아하는 이유는 인디애나폴리스 출신이라는 사실때문입니다"라고 말한 적이 있다. 물론 그는 인디애나폴리스에서 그것도 인디애나폴리스에서 온 사람들로 가득 찬 군중들에게 그 말을 했다. 그런데 커트 보니것은 사실 이 도시를 아주 높게 평가했다. 말년에 그는 한 인터뷰에서 이렇게 말했다. "저는 집이 어디에 있는지 궁금했습니다. 그러나 알게 되었어요. 집이 화성이나 그와 비슷한 곳에 있지 않다는 것을. 아홉 살 때 저의 집은 인디애나폴리스에 있었습니다. 형과 누나, 고양이와 개, 엄마와 아빠, 삼촌과 이모가 있었습니다. 그런데 다시는 그곳으로 돌아갈 방법이 없습니다." 보니것의 가장 위대한 소설 『제5도살장』은 시간 속에서 분리된 한 남자에 관한, 그리고 어떻게 시간이 의식과 공모하는지에 관한 이야기다. 전쟁과 트라우마에 관한 이야기이지만 이전으로 돌아갈 수 없는 존재에 관한 이야기이기도 하다. 드레스덴 폭탄 테러 전으로, 보니것의 어머니가 자살하기 전으로, 그의 누이가 일찍 죽기 전으로. 나는 보니것이 인디애나폴리스를 사랑했다고 믿는다. 과거형으로 말한 것은 그가 어디에 살지를 선택할 수 있었던 시점부터 이곳에서 살기를 선택하지 않았기 때문이다.

우리가 인디애나폴리스에 온 첫해 말에 사라와 나는 이웃에 살던 마리나와 크리스 워터스와 친구가 되었다. 크리스는 이전에 평화봉사단 자원봉사자였고, 마리나는 인권 변호사였다. 우리처럼 그들도 막 결혼을 했고, 우리처럼 첫 번째 집에서 살고 있었다.

그러나 우리와 달리 크리스와 마리나는 인디애나폴리스를 사랑했다. 우리는 종종 86번가와 디치로 작은 상가 중 한 곳에 있는 가족이 운영하는 작은 식당인 스미에서 점심을 먹고는 했다. 밥을 먹으면서 나는 잔디밭 관리와 인도조사 없는 거리에 관해 불평을 늘어놓고는 했다. 한빈은 크리스가 내게 말했다. "인디애나폴리스가 미국에서 경제적으로나 인종적으로 다양한 우편번호 코드(미국의 우편번호 코드ZIP Code는 우편물의 분류를 위해 지역에 따라 숫자를 부여한 시스템이지만 최근에는 인구 센서스 정보와 마케팅 정보가 결합되어 그 지역에 사는 사람들의 인종, 소득, 생활방식에 대한 통계까지도 알 수 있다 - 옮긴이)를 가진 도시라는 걸 알아요?"

그래서 내가 물었다. "그럴리가요?"

그가 말했다. "맞아요. 구글로 검색해봐요."

구글로 검색해보았더니 그가 옳았다. 86번가와 디치로 인근의 평균 주택 가격이 23만 7천 달러였다. 그러나 백만 달러가 넘는 집들과 월세 700달러의 아파트도 있었다. 그 귀퉁이에는 태국, 중국, 그리스, 멕시코 식당이 있었는데 모두 자기 소유였다. 서점, 공정거래 선물 가게, 두 곳의 약국, 은행, 구세군, 그리고 알코올 금지를 폐지한 수정헌법의 이름을 딴 주류 가게 등이 있었다.

그렇다. 그 건축물들은 절대 잊히지 않는 악몽이다. 그런데 인디애나폴리스에도 사람들은 살고 있고, 어쨌든 아름다운 무언가를 만들었다. 오후에 스미 식당의 바깥에 앉아 있으면 그대는 영어와 스페인어, 카린어와 미얀마어, 러시아어와 이탈리아어를 들을 수 있을 것이다. 문제는 86번가와 디치로가 아니었다. 문제는 위대한 미국의 교차로에 있었다. 문제는 내게 있었다. 크리스가 나의 단정에 의문을 제기하고 나서야 나는 이 도시에 대해 달리 생각하기 시작했다. 나는 이 도시를 인간의 삶에서 중요한 전환이 일어나는 장소로 바라보기 시작했다. 내가 가장 최근에 쓴 두 편의 소설, 『잘못은 우리 별에 있어』와 『거북이는 언제나 거기에 있어』의 클라이맥스 장면은 배경이 모두 86번가와 디치로의 모퉁이에서 일어난다. 그리고 나는 사람들이 이 두 작품을 좋아하는 것이 인디애나폴리스가 배경이기 때문이라고 생각한다.

모든 최고의 과학소설 작가들이 그렇듯이 커트 보니것 역시 미래를 보는 데 아주 뛰어났다. 1974년에 그는 이렇게 썼다. "젊은이들이 오늘날 자신들의 삶을 위해 무엇을 해야 할까요? 물론 많은 것들이 있을 것입니다. 그러나 가장 대담한 일은 고독이란 끔찍한 질병을 치유할 수 있는 안정적인 공동체를 만드는 것입니다."

이 말은 47년 전보다 지금이 훨씬 더 중요하고, 훨씬 더 대담하게 노력해야 할 일처럼 여겨진다. 사람들이 내게 다른 곳에 살 수 있는데도 왜 인디애나폴리스에 사느냐고 묻는다면, 그렇게 말해주고 싶다. 나는 고독이란 끔찍한 질병을 치유할 수 있는 안정적인 공동체를 만들려고 노력하고 있다고. 그리고 어디에서건 그런 공동체를 만들려고 노력해야 한다고. 내가 고독이란 병에 걸렸을 때 좋은 날씨와 번쩍이는 고층 빌딩들은 작가로서 혹은 개인으로서 내게 어떤 도움도 되지 못했다. 나는 해야 할 일을 하기 위해 집에 있어야만 한다. 그리고 그렇다. 집은 더 이상 그대가 살고 있는 주택이 아니다. 집은 예전에도, 그리고 나중에도 그대가 사는 곳이다.

집은 항상 그대가 오늘 짓고 있는 것이며, 관리하는 것이다. 그리고 나는 결국 디치로 바로 옆에 내 집을 갖게 된 것이 행운이라고 느낀다.

나는 인디애나폴리스에 별점 네 개를 준다.

켄터키 블루그래스

가끔 나는 선의를 가진 외계인이 지구를 방문하는 장면을 상상하기를 좋아한다. 나의 백일몽 속에서 이 외계인들은 은하계 인류학자들이다. 그들은 지각을 갖춘 다양한 인종의 문화, 의식, 선입견, 종교 등을 이해하고자 하는 이들이다. 그들은 우리를 관찰하면서 면밀하게 현장 연구를 수행한다. 그들은 평가를 유보한 채 열린 마음으로 질문을 한다. 예컨대 "당신의 관점에서 희생할 만한 가치가 있는 존재는 누구인가요, 혹은 무엇인가요?" 같은 질문 또는 "인류의 집단적 목적은 무엇이 되어야 하나요?" 같은 질문. 나는 이 외계 인류학자들이 우리를 좋아하기를 바란다. 여러 결함에도 불구하고 우리는 카리스마가 있는 종들이다.

시간이 지나면 외계인들은 우리에 관해 거의 모든 것을 이해하게 될 것이다. 우리의 멈추지 않는 욕망, 늘 방황하는 습성, 피부에 내리쬐는 햇볕의 느낌을 우리가 얼마나 사랑하는지 등에 관해. 마침내 그들은 단 한 가지 질문만을 남겨두게 될 것이다. "우리는 당신 집 앞뒤에 당신이 지키는 초록 신이 있다는 것에 주목했어요. 우리는 이 장식적인 식물 신을 당신이 얼마나 헌신적으로 보살피는지 지켜보기도 했고요. 당신은 그것을 켄터키 블루그래스라고 부르더군요. 푸르지도 않고 켄터키에서 온 것도 아니긴 했지만. 우리가 궁금한 점은 이거예요. 왜 이 종들을 이다지도 숭배하나요? 왜 당신은 다른 모든 식물보다 이것에 그렇게 높은 가치를 두나요?"

과학계에 포아 프라텐시스로 알려진 이 풀은 전 세계 어디에나 있다. 그대가 부드럽고, 초록의 드넓은 잔디밭을 본다면 그것은 어김없이 켄터키 블루그래스의 일종일 것이다. 이 식물은 유럽, 북아시아, 북아프리카의 일부 지역이 원산이지만 침습종 개요에 따르면 지금은 남극대륙을 포함한 모든 대륙에 퍼져 있다.

포아 프라텐시스는 전형적으로 작은 카누처럼 생긴 세 개 혹은 네 개의 잎을 가지고 있다. 깎지 않고 둔다면 1미터 남짓 자랄 수 있고, 푸른 꽃을 피운다. 그러나 깎지 않고 그대로 두는 경우는 거의 없다. 적어도 내 이웃들은 그렇다. 이 지역에서는 잔디밭의 풀이 15센티미터 이상 자라도록 방치하는 것은 불법이다.

내가 살고 있는 인디애나주를 가로질러 운전해본 적이 있다면 몇 마일이고 이어지는 옥수수밭을 보았을 것이다. 〈미국, 아름다운 곳America the Beautiful〉이란 노래에서는 호박색으로 물결치는 곡식으로 칭송되고 있다. 그러나 미국에서는 옥수수와 밀을 합친 것보다 잔디 재배에 더 많은 땅과 물이 쓰이고 있다. 미국에서는 약 163,000제곱킬로미터의 잔디밭이 있다. 오하이오주 또는 이탈리아 전체보다 더 크다. 미국에서 사용되는 전체 생활용수 — 깨끗하고 마실 수 있는 물 — 의 3분의 1이 잔디밭에 뿌려진다. 켄터키 블루그래스를 잘 자라게 하기 위해서는 종종 비료와 살충제, 복합적인 관개 시스템이 필요하다. 그 위에서 걷거나 뛰어노는 것

말고는 사람이 먹을 수도 없고, 어떤 것으로도 쓸모가 없기는 하지만 여러 조건이 풍부하게 제공된다. 미국에서 가장 널리 퍼져 있고, 집약 노동을 필요로 하는 작물은 순전히 장식품이다.°

'잔디밭lawn'이란 단어는 심지어 1500년대까지도 존재하지 않았다. 그 당시 '잔디'는 방목하는 가축의 먹이로 쓰기 위해 공동체가 공유하는 드넓은 초지를 의미했다. 인간이 소비하기 위한 식물을 기르는 땅을 의미하는 '밭field'과는 반대되는 개념이었다. 그러다 18세기 영국에서 우리가 지금 알고 있는 것과 비슷한 장식적인 잔디밭이 출현했다. 그 당시 잔디밭은 손에 들고 다니는 낫과 가위로 관리되었기 때문에, 풀을 뜯어 먹는 동물들의 도움 없이 잔디밭을 가꾸는 것이 여러 정원사를 고용할 수 있는 부를 드러내는 방편이었다. 또한 어떤 쓸모도 없는, 그저 보기에 좋은 토지를 소유하고 있다는 표시이기도 했다.

장식적인 잔디밭 열풍은 유럽 전역으로 퍼져나갔고, 미국에까지 도달했다. 토마스 제퍼슨의 노예가 된 사람들이 제퍼슨의 사유지인 몬티첼로에서 잔디밭을 꼼꼼하게 관리했다.

시간이 지나면서 이웃집 잔디밭의 질은 이웃 그 자체의 질을 가늠하는 대용물로 간주되기 시작했다. 『위대한 개츠비』에서 제이 개츠비는 데이지 뷰캐넌이 방문하기 전에 이웃집 잔디밭을 깎으라고 자신의 정원사에게 돈을 지불한다. 더 가까운 예를 들자면 2007년 처음 인디애나폴리스로 이사하고 나서 갑작스럽게 내가 잔디밭의 주인이 되었음을 발견했다. 나는 그것을 관리하기 위해 무진 애를 써야만 했다. 겨우 3분의 1에이커였지만 작은 전기 잔디깎이로 풀을 모두 깎아내는 데 거의 2시간 땀을 흘려야 했다. 어느 일요일 오후, 옆집에 살던 이웃이 잔디를 깎는 중인 나를 저지하더니 맥주 한 캔을 마시라고 권했다. 우리는 반쯤 깎은 잔디밭에서 있었고, 그가 말했다. "아시죠? 카우프만 부부가 여기 살았을 때, 이 집 잔디는 이웃에서 가장 멋진 잔디밭이었어요."

"글쎄요." 잠시 뒤 내가 대답했다. "지금은 더 이상 카우프만 부부가 살고 있진 않네요."

우리가 켄터키 블루그래스와 그 사촌들에게 공유하는 자원의 얼마나 많은 부분을 쏟아붓는지는 정말 놀랄만한 일이다. 잡초를 최소화하고, 잔디밭을 가능한 한 빽빽하게 단일 경작지로 만들기 위해 미국인들은 옥수수밭이나 밀밭에 사용하는 것보다 1에이커당 10배나 많은 비료와 농약을 사용한다. 나사NASA의 연구에 따르면 1년 내내 미국의 모든 잔디밭을 녹색으로 유지하기 위해서는 1인당 하루에 약 200갤런의 물이 필요하며, 스프링클러로 쏘아 올리는 거의 모든 물은 정수된 마실 수 있는 물이다. 깎아낸 풀과 잔디밭에서 나오는 다른 쓰레기는 미국의 매립지에 파묻는 모든 쓰레기의 12%를 이룬다. 그리고 직접적인 재정 지출도 만만치 않다. 우리는 잔디 관리를 위해 1년에 수백억 달러를 지출한다.

물론 우리는 그 대가로 *무언가*를 얻는다. 켄터키 블루그래스는 축구와 술래잡기 놀이를 위한 최적의 공간을 제공해준다. 잔디밭은 대지를 시원하게 만들며, 바람과 물에 의한 침식을 어느 정도 막아준다. 그러나 상식적으로 덜 아름답기야 하겠지만 더 나은 대안이 있다. 예컨대 앞마당에 먹을 수 있는 채소를 기를 수 있다.

나는 이 모든 것을 알고 있지만 여전히 잔디밭을 유지하고 있다. 여전

○ 잔디가 이산화탄소를 아주 잘 흡수한다면 인류세에 포아 프라텐시스를 위한 변호는 될 수 있을 것이다. 그러나 잔디밭의 유지는 잔디 자체가 흡수할 수 있는 것보다 더 많은 탄소를 배출시킨다. 오염 물질의 배출이란 관점에서 보면 야생 그대로의 풀이나 클로버, 담쟁이덩굴 같은 지속적이고 자원 집약적인, 관리가 필요하지 않은 식물을 키우는 편이 훨씬 더 나을 것이다.

히 그것을 깎거나 다른 사람에게 돈을 지불한다. 나는 살충제를 사용하지 않고, 클로버와 야생 딸기를 잔디밭 일부로 내버려둔다. 그러나 여전히, 포아 프라텐시스가 인디애나폴리스에 있어야 할 권리가 없음에도 우리 마당 곳곳에는 푸른 잔디가 있다.

직질한 정원 관리와 대조적으로 잔디밭의 유지가 자연과 많은 신체적 접촉을 수반하지 않는다는 것은 아주 흥미로운 일이다. 그대는 식물 자체가 아니라 대부분 잔디깎이나 풀을 베는 기계를 만지기만 할 뿐이다. 그리고 만약 우리가 모두 선망하는 개츠비 잔디밭과 같은 종류를 가지게 된다면 그대는 빽빽하게 들어선 잔디로 그 아래의 흙을 볼 수 없을 것이다. 켄터키 블루그래스를 깎는 것은 자연과의 조우이기는 하지만 그대의 손을 더럽히지 못하는 종류의 마주침이기도 하다.

나는 포아 프라텐시스에 별점 두 개를 준다.

인디애나폴리스 500

매년 5월 말이 가까워져 오면 25만 명에서 35만 명에 이르는 사람들이 '인디애나폴리스 500'을 보기 위해 인디애나주의 자동차 경기장인 스피드웨이라는 작은 곳으로 모여든다. 그것은 지구상에서 인간이 연례적으로 모여드는 가장 큰 규모의 비종교적인 집회다.

스피드웨이는 인디애나폴리스에 둘러싸여 있지만 사실상 독립되어 있다. 달리 말하면 인디애나폴리스와 스피드웨이의 관계는 로마와 바티칸에 비유할 수 있다. 바티칸과의 비교는 여기에서 끝나지 않는다. 스피드웨이와 바티칸 모두 전 세계 방문객들을 끌어들이는 문화의 중심지다. 두 곳에는 모두 박물관도 있다. 그리고 스피드웨이의 경주 트랙은 일반적으로 '벽돌밭'이라고 부르지만 때때로 '속도의 대성당'이라고도 알려져 있다. 물론 바티칸과의 유추는 조금만 깊이 파고들면 금세 무너져버린다. 나는 바티칸을 몇 번 간 적도 없지만 낯선 사람에게서 차갑게 얼린밀러 맥주를 얻어먹은 적이 한 번도 없었다. 반면에 스피드웨이를 방문했을 때는 종종 일어나는 일이다.

언뜻 보면 인디애나폴리스 500은 조롱을 위해 만들어낸 기성품처럼 보인다. 내 말은 그저 트랙을 따라 달리는 자동차들뿐이라는 것이다. 말 그대로 운전하는 사람들은 어딘가로 가지 않는다. 게다가 경기장은 아주 붐비고 보통은 덥기도 하다. 어떤 해에는 두 번째 회전 구간의 특별관람석(지붕이 있는 관람석)에 앉아 있었는데 주머니 속에 있던 내 전화기 케이스 일부가 녹아버린 적도 있었다. 또 경기는 시끄럽기도 하다. 5월만 되면 집에서 8킬로미터 정도 떨어져 있음에도 불구하고 정원에서 일을 할 때 스피드웨이에서 연습하는 자동차들의 굉음을 들을 수 있다.

관람하는 스포츠로서 인디 500은 아쉬운 점이 많다. 어디에 앉거나 서든 전체 트랙을 볼 수가 없다. 눈으로 좇을 수 없는 곳에서 종종 아주 중요한 사건이 일어난다. 어떤 차들은 다른 차들보다 몇 바퀴나 앞서 있기 때문에, 경기를 중계하는 라디오 방송을 듣기 위해 엄청나게 큰 헤드폰을 가지고 오지 않는 한 누가 이기고 있는지 알 수가 없다. 매년 스포츠 경기를 지켜보는 많은 관중들이 그 스포츠 경기의 대부분을 볼 수 없다는 것이다.

그러나 경험에 미루어볼 때 조금만 면밀하게 관심을 기울이면 조롱하기 쉬운 거의 모든 것이 아주 흥미로운 것이기도 하다는 것이 드러난다. 인디 500은 개방형 바퀴 경주가 특징이다. 자동차 바퀴가 가림막으로 덮여 있지 않다는 것이다. 운전자의 운전석도 속속들이 개방되어 있다. 또한 경주용 차들로 하여금 4킬로미터의 코스를 시속 350킬로미터 이상으로 돌게 만드는 데에는 참으로 놀라운 공학이 숨어 있다. 차들은 빨라야만 하지만 코너를 돌 때의 원심력 때문에 운전자들이 정신을 잃을 정도로 빠르지는 않다. 차들은 반응성, 예측 가능성, 신뢰성을 가져야만 한다. 왜냐하면 시속 350킬로미터로 달리는 동안 이 자동차들은 서로 불과 몇

미터의 거리를 두고 달리기 때문이다. 100년 이상 인디애나폴리스 500은 인류세를 사는 사람들에게 심각한 우려를 안겨주는 질문을 던져왔다. 인간과 기계의 적절한 관계는 무엇인가?

오늘날 경주용 트랙은 결승선 1미터만 붉은 벽돌이 깔려 있고 그 나머지는 전부 아스팔트로 되어 있다. 그러나 처음 인디애나 500이 개최된 1911년 5월 30일에는 트랙이 전부 벽돌로 포장되어 있었다. 벽돌의 수만 해도 320만 개였다. 최초의 250마일 경주에서 우승한 사람은 레이 하룬R.Harroun이었다. 그는 경기하던 차에 자신이 개발한 후방 거울을 장착했다. 사실 초기에는 많은 자동차 혁신가들이 인디애나폴리스 500에 참가했다. 같은 이름의 자동차 회사를 설립한 루이스 쉐보레L.Chevrolet는 경주를 위한 팀을 소유하고 있었다. 그의 동생 가스통은 1920년 인디애나폴리스 500에서 우승했지만 그해 말 비벌리힐스 스피드웨이에서 열린 경주에서 죽고 말았다.

사실 자동차 경주는 매우 위험한 스포츠다. 트랙의 역사상 인디애나폴리스의 스피드웨이에서 42명의 선수들이 죽었다. 훨씬 더 많은 선수들이 부상을 입었고, 일부는 중상이었다. 1925년 인디카 선수였던 제임스 힌치클리프J.Hinchcliffe는 스피드웨이에서의 충돌로 대퇴동맥이 끊어져 거의 죽을 뻔했다. 경주의 스릴 중 하나는 선수들이 사고의 경계에 얼마나 근접해가느냐에 달려 있다는 불편한 사실을 외면하기가 어렵다. 전설적인 선수인 마리오 안드레티M.Andretti는 이렇게 말했다. "모든 것이 통제된 것처럼 보인다는 것은 충분히 속도를 내고 있지 않다는 의미이다."

그러나 나는 자동차 경주가 무언가를 이루어낸다고 생각한다. 사람과 기계가 가능성의 한계에 도달하고, 그 과정에서 종으로서 인간은 더욱 빨라지게 된다. 레이 하룬은 인디애나폴리스 자동차 스피드웨이에서 처음 800킬로미터를 달리는 데 6시간 42분이 걸렸다. 2018년의 우승자 윌 파워W.Power는 불과 3시간도 걸리지 않았다.

그나저나, 윌 파워는 그의 실제 이름이다. 그는 꽤 괜찮은 사람이었다. 한번은 주차장에 서서 차가 나오기를 기다리고 있었는데 우연히도 옆에 윌 파워가 있었다. 그리고 주차요원이 내 차 2011년식 쉐보레 볼트를 몰고 나타났을 때 윌 파워가 내게 말했다. "저도 쉐보레를 몬답니다."

그러나 인디 500은 정말로 빨리 달리는 것이 문제가 아니다. 다른 누구보다 빨리 달려야 한다는 것이다. 이것도 인간에 관해 내가 가장 우려하는 관심사 중의 하나를 반영한다. 우리는 이기고자 하는 충동을 억제할 수가 없다. 엘 카피탄을 등반하거나 우주로 가거나 관계없이 우리는 그것을 하고 싶어 할 뿐만 아니라 그 누구보다 앞서서 혹은 그 누구보다 빨리 그것을 하고 싶어 한다. 이러한 욕구는 종으로서 우리를 발전시켜왔다. 그러나 이 욕구가 우리를 다른 방향으로 밀어붙이기도 한다.

그렇지만 인디 500이 열리는 날에 나는 경주의 의미에 관해 생각하지 않는다. 인간과 그들이 만든 기계 사이의 구분이 점차 희미해지는 것도 고려하지 않는다. 인류세의 가속화되는 변화의 속도도 생각하지 않는다. 대신 나는 그저 행복할 뿐이다.

가장 친한 친구 크리스 워터스는 이날을 어른들을 위한 크리스마스라고 부른다. 경주가 열리는 날, 나의 하루는 아침 5시 30분에 시작된다. 나는 커피를 한 잔 뽑아 들고, 날씨를 점검한다. 그리고 백팩에 얼음, 물, 맥주, 그리고 샌드위치를 채운다. 6시에는 자전거를 점검한다. 바퀴는 적절히 바람이 들어가 있는지, 혹시 모를 펑크에 대비해 공구 상자에 빠진 것은 없는지를 점검한다. 그리고 자전거에 올라타 밥스 식료품 가게까지 내려가서 친구들을 만난다. 그리고 인디애나폴리스 중앙 운하를 따라 난 길로 이른 아침의 아름다운 자전거 여행을 시작한다. 어떤 해는 비가 내려 추웠고, 어떤 해는 더위가 압도적일 때도 있다. 그러나 항상 아름답다. 나는 친구들과, 친구의 친구들과 함께 농담을 하며 자전거를 탄다. 그들 중의 대다수는 그저 1년에 단 한 번 볼 뿐이다.

우리는 자전거를 타고 버틀러 대학 운동장으로 내려간다. 그곳에서 매년 우리의 친구 중 둘이 아침 7시에 열리는 1,600미터 도보 경주에 참가한다. 경주용 자동차들은 10년을 단위로 더욱 빨라져 가고 있다. 그러나 도보 경주는 한결같이 느리다. 우리는 내기를 걸고, 그들 중 한 친구 혹은 다른 친구가 경주에서 이긴다. 그런 다음 우리는 자전거를 다시 타고 3킬로미터 남짓 달려 인디애나폴리스 미술관 바깥에 자전거를 멈춰 세운다. 그곳에서 우리는 더 많은 사람들을 만난다. 마침내 백 명 남짓 모이면 다시 달리기 시작한다. 우리는 자전거를 탄 단체 여행객이 된다. 우리가 자전거를 타고 지나가면 모두가 손을 흔들어준다. 우리는 서로에게 "즐거운 레이스가 되기를"이라고 말하거나 "안전한 레이스!"라고 말하기도 한다.

보다시피 우리는 함께한다. 우리는 16번가의 막다른 길에 이르기까지 자전거를 타고 가다 그곳에서 서쪽으로 다시 긴 코스를 달려 이미 차량으로 막혀 있는 교통 체증 대열에 합류한다. 그래도 경기는 아직 5시간도 더 남았다. 우리는 스피드웨이가 있는 동네로 접어들기 전에 10블록 정도를 한 줄로 늘어서서 긴장한 채로 달린다. 동네로 꺾어들면 사람들이 현관에 앉아 있다. 가끔은 환호 소리가 보이지 않는 곳곳에서 들려오는 듯하다. 모두 가격을 외치며 자신의 앞마당을 임시 주차장으로 판다. 이제 소음 지수가 올라간다. 나는 군중들을 좋아하지 않지만 이 군중들은 좋아한다. 왜냐하면 그들이라고 편 가르기를 할 필요도 없이 우리로 존재하기 때문이다.

우리는 스피드웨이에 도착해서 두 번째 곡선도로 근처 울타리에 자전거 체인을 두른다. 그리고 각자 흩어져서 방향을 잡는다. 누구는 두 번째 곡선도로에서 경주를 보고 싶어 하고, 다른 누군가는 출발선 혹은 결승선에서 보기를 좋아한다. 자리를 잡으면 매년 하는 전통적인 것들이 시작된다. 〈인디애나로 다시 돌아왔어Back Home Again in Indiana〉라는 노래가 울려 퍼지고, 이류 정도 되는 유명인이 방송에서 "선수들, 엔진에 시동을 걸어요"라고 말하고, 한 바퀴 퍼레이드, 경주 그 자체가 펼쳐진다. 전통은 사람들과 함께하는 방법 중 하나다. 전통에 참여하는 사람들뿐만 아니라, 전통에 참여하는 사람들을 지켜보는 그대들까지도 함께한다.

* * *

나는 이 모든 것을 현재시제로 쓸 수 있다. 이 전통들은 일종의 연속성으로 작동하기 때문이다. 이미 일어난 일이면서도 여전히 일어나고 있는 일이며, 계속 일어날 일이다. 연속성의 단절은 내가 2020년 5월을 그다지도 힘들게 겪어야 했던 이유 중 하나다. 나는 전염병이 유행하면서 그동안 현실이라고 생각했던 것에서 벗어나 표류하고 있는 것처럼 느꼈다. 근래에는 특별한 일 — 마스크를 쓰고, 손을 대는 모든 표면을 의식하고, 걸으면서 지나치는 모든 사람들을 의식하는 등 — 이 일상이 되어버린 것들이 아주 많다. 일상이었던 일이 아주 특별한 일이 되어버린 것도 마찬가지다.

2020년 현충일 전 일요일, 나는 보통 때처럼 백팩을 챙겼고, 보통 때처럼 사라와 함께 자전거를 탔다. 밥스 식료품 가게 근처에서 친구인 앤 마리Ann-Marie와 스튜어트 하얏트S.Hyatt를 만났다. 우리는 마스크를 쓴 채 스피드웨이까지 자전거를 타고 갔다. 그곳의 문들은 닫혀 있었다. 넓고 텅 빈 주차장에 앉아 있는데 아주 조용했다. 믿을 수 없을 만큼 조용했다. 8월에 마침내 열린 경기였지만 처음으로 관객 없이 치러졌다. 나는 텔레비전으로 그 중계를 보았고, 한없이 지루했을 따름이었다.

그러니 나는 2018년으로 되돌아가 생각할 것이다. 우리 수십 명은 자전거를 쇠사슬 울타리에 걸어 잠그고, 사람들이 운집해 있는 그랜드스탠드 각자의 자리로 뿔뿔이 흩어진다. 네댓 시간이 지난 뒤 우리는 다시 울타리에서 만날 것이며, 자전거의 잠금장치를 풀고 집으로 돌아가는 의식을 반복할 것이다. 우리는 여기에서는 무슨 일이 일어났고, 또 저기에서는 무슨 일이 일어났는지를 이야기할 것이다. 우리는 윌 파워 때문에 얼마나 행복했는지, 그 사람은 정말 괜찮은 사람이고 마침내 인디 500의 승리를 거머쥔 사람이라고 이야기할 것이다. 나는 나의 윌 파워 이야기를 들려줄 것이고, 내 친구 중 많은 이들 역시 자신만의 윌 파워 이야기들이 있음을 알게 될 것이다. 스피드웨이는 지금까지도 어쨌든 작은 동네이고, 우리는 그 속에서 함께 있다.

나는 인디애나폴리스 500에 별점 네 개를 준다.

〈모노폴리〉 게임

　가족들과 함께 〈모노폴리〉 게임 ― 상대편 참가자들을 파산하도록 만드는 것이 목표인 보드게임 ― 을 할 때 간혹 나는 2017년 프랭크 란츠F.Lantz가 개발한 비디오 게임, 〈유니버설 페이퍼클립Universal Paperclips〉에 관해 생각할 때가 있다. 그대는 〈유니버설 페이퍼클립〉에서 가능한 한 가장 많은 종이 클립을 생성하도록 프로그램된 인공지능의 역할을 하게 된다. 시간이 지날수록 그대는 더, 더 많은 종이 클립들을 만들어내고, 이는 지구상에 존재하는 모든 철광석을 탕진하고서야 끝난다. 그런 다음 다른 행성들에서 클립의 원재료를 채굴할 수 있도록 외계에 우주탐사선을 보내고, 결국 다른 태양계에까지 뻗쳐나간다. 여러 시간 게임을 한 뒤 그대는 게임에서 마침내 승리한다. 우주의 모든 가용한 자원을 종이 클립으로 바꾸었어요. 드디어 해냈군요. 축하합니다. 모두를 죽였습니다.
　〈모노폴리〉를 할 때, 그대는 정사각형 보드를 이리저리 이동하면서 여러 재산을 끌어모은다. 원래의 게임에서 재산은 애틀랜틱시티나 뉴저지주 같은 도시의 허구적 버전에서 가져온 것이지만 지역이나 판본에 따라 조금씩 달라진다. 예컨대 포켓몬 보드게임에서 재산은 탄젤라와 라이츄 같은 것이다. 어쨌건 주인 없는 자산에 말을 놓으면 그것을 살 수 있다. 그리고 관련된 물건들을 매입하여 독점적인 권리를 확보한다면 그곳에 집과 호텔을 지을 수 있다. 다른 참가자의 말이 그대가 소유한 곳에 놓이게 되면 임대료를 내야 한다. 충분한 부동산을 확보하면 다른 참가자들이 임대료를 감당할 수 없게 되고, 결국 그들은 파산하게 된다.

〈모노폴리〉에 문제점이 많음에도 이 게임이 아주 오랫동안 지속 — 〈모노폴리〉는 지난 80년 동안 세계에서 가장 많이 팔린 보드게임이다 — 되어 온 까닭은 게임의 문제가 우리의 문제이기 때문이 아닐까. 인생과 마찬가지로 〈모노폴리〉는 처음에는 아주 천천히 전개된다. 그러다 결국에는 괴로울 정도로 빨라진다. 인생과 마찬가지로 사람들은 결과에서 의미를 찾는다. 심지어 그 게임이 부자들과 특권층에게로 기울어져 있든, 기울어져 있지 않든, 랜덤이든. 그리고 인생과 마찬가지로 그대가 친구들의 돈을 가져가면 친구들은 화가 날 것이다. 그리고 그대가 아무리 부자일지라도 그대 안에는 돈으로 채워지지 않는 점점 커져가는 공허함이 있다. 그럼에도 규제되지 않는 기업의 광기에 사로잡혀 호텔을 두어 채 더 가져오고, 친구들의 얼마 남지 않은 돈을 더 빼앗기만 하면 마침내 충만한 느낌이 들 것이라 믿는다.

내가 생각할 때 〈모노폴리〉의 가장 나쁜 점은 자본주의에 관한 복잡하고 자기 모순적인 분석이다. 게임은 본질적으로 토지를 얻는 방법이 말 그대로 주사위 굴리기이며, 어떻게 독점기업들의 착취가 소수를 부유하게 만들고 다수를 빈곤에 빠뜨리게 만드는가에 관한 것이다. 무엇보다 게임의 요점은 최대한 부자가 되는 것이다.

적어도 〈모노폴리〉의 본고장인 미국에서의 삶에 대해 〈모노폴리〉가

함구하고 있는 것은 실제 삶과 마찬가지로 경제적 불평등에 대한 것이다. 미국에서 사는 우리는 내가 중학교 때 인기 있는 아이들을 생각하듯 억만장자를 생각한다. 나는 그들을 경멸하면서도 간절하게 그들처럼 되고 싶었다. 〈모노폴리〉의 경우, 게임의 주제가 일치하지 않는데 이는 대체로 복합적인 유래담의 결과이다. 그리고 그 이야기는 게임 그 자체보다 자본주의에 관해 훨씬 더 많은 것을 말하고 있다.

현재 〈모노폴리〉를 소유하고 있는 하스브로 장난감회사의 소유주에게서 들을 수 있는 〈모노폴리〉 창조 신화는 다음과 같다. 1929년 주식시장 대폭락의 여파로 마흔 살의 찰스 대로우C.Darrow는 필라델피아에서 직장을 잃고, 방문 판매원으로 생계를 꾸려나가야 했다. 그러다 1933년 그는 보드게임 〈모노폴리〉를 개발했고, 결국 이 게임의 특허를 획득하여 특허권을 파커 브라더스 회사에 넘겨주었다. 이로써 대로우는 보드게임으로 백만장자가 된 최초의 사람이 되었다. 독점적 권리를 누리는, 성공한 미국인 발명가가 됨으로써 완전한 누더기 인생에서 부자로 변신했다.

대단한 이야기다. 사실 아주 대단한 나머지 〈모노폴리〉의 수많은 사본에는 게임 규칙과 함께 대로우의 전기가 인쇄되어 있다. 오늘날 애틀랜틱시티에는 대로우를 기념하는 명판도 새겨져 있다. 이 이야기의 유일한 문제는 찰스 대로우가 〈모노폴리〉를 개발하지 않았다는 것뿐이다.

그보다 거의 30년 전 엘리자베스 매기E.Magie라는 이름의 여자가 지주 게임이란 이름의 보드게임을 개발했다. 메리 필런M.Pilon의 훌륭한 책 『모노폴리스트The Monopolists』에서 상세하게 설명되었듯이 책에 등장하는 매기는 자신이 싫어했던 속기사이자 타이피스트로 생계를 유지하며, 예술적인 열정을 추구하는 작가이자 배우였다. 그녀는 "나는 건설적인 사람이 되고 싶다. 그저 남자가 입으로 말한 생각을 편지지에 옮겨 적는 단순한 기계가 되고 싶지 않다"라고 말하기도 했다.

생전에 매기는 신문 광고로 가장 잘 알려져 있었다. 광고에서 그녀는 가장 높은 가격을 제시하는 입찰자에게 자신을 팔겠다고 제안했다. 그녀는 자신을 "아름답지는 않지만 아주 매력적"이며, "강한 보헤미안적 성격"을 가진 여자로 묘사했다. 그 광고는 전국적인 뉴스가 되었고, 미국 생활의 모든 면에서 여성에 대한 차별에 주의를 환기하고자 의도된 것이었다. 즉 여성을 직장에서 내쫓고, 결혼 생활에서 순종적인 역할을 강요하는 것에 대한 반항이었다. 그녀는 기자에게 말했다. "우리는 기계가 아니다. 여자들도 마음, 욕망, 희망, 그리고 야망이 있다."

매기는 또한 경제 체제의 큰 변화 없이는 어떠한 페미니스트 운동도 성공할 수 없다고 생각했다. 그녀는 이렇게 말하기도 했다. "조만간 남녀 할 것 없이 자신들이 가난하다는 것을 깨닫게 될 것이다. 왜냐하면 카네기와 록펠러가 가진 것으로 무엇을 해야 하는지도 모를 정도로 많이 가지고 있기 때문이다." 이 사실을 세상에 입증하기 위해 1906년 매기는 지주 게임을 개발했다. 매기는 경제학자 헨리 조지H.George의 추종자였다. 헨리 조지는 안토니아 누리 파르잔A.N.Farzan이 『워싱턴 포스트』에 기고한 것처럼 "철도, 전신, 그리고 수도 등은 독점기업에 의해 통제되기보다 공공의 자산이 되어야만 한다. 그리고 토지 역시 공동의 소유물로 인식되어야 한다"라고 믿었다.

매기는 조지의 생각을 설명하기 위해 지주 게임을 고안했다. 그리고 아이들이 그 놀이를 하면서 "우리의 오늘날 토지 체계의 엄청난 불의를 명료하게 알게 될" 것으로 생각했다. 지주 게임은 여러 가지 측면에서 〈모노폴리〉와 유사하다. 〈모노폴리〉와 마찬가지로 재산으로 이루어진 사각형 보드가 있다. 그리고 〈모노폴리〉와 마찬가지로 주사위가 잘못 나오면 감옥에 갇히기도 한다. 그러나 매기는 두 가지 세트의 규칙을 만들어 게임을 출시했다. 하나의 목표는 — 오늘날 〈모노폴리〉 게임처럼 — 상대편들을 가난하게 만들어 토지의 독점권을 얻는 것이었다. 나란히 설정된 또 다른 규칙은 필런이 말했듯이 "부가 창출되었을 때 모두가 보상을 얻는다"라는 것이었다. 첫 번째 세트의 규칙은 임대 제도로 말미암아 지주는 부유해지고 세입자는 계속 가난해져서 결국 시간이 흐르면 자본이 점점 더 소수의 손에 집중되는 것을 보여주었다. 그리고 또 다른 세트의 규칙은 더 나은 방식을 제안하려고 했다. 그 규칙 속에서는 다수에 의해 창출된 부는 다수에 의해 공유된다.

지주 게임에서 독점적인 규칙들이 훨씬 인기가 많았음이 입증되었다. 대학생들이 이 게임을 익혀 손으로 만든 보드로 게임을 하기도 했다. 이들은 규칙을 조금씩 바꾸고 확장해서 우리가 지금 알고 있는 〈모노폴리〉와 훨씬 더 유사하게 만들었다. 〈신기한 금융게임Fascinating Game of Finance〉이라 불렸던 인디애나폴리스 버전이 세상에 나온 것은 1932년이었다. 인디애나폴리스에 살던 루스 호스킨스R.Hoskins라는 여성이 이 게임을 배웠다. 그리고 곧 애틀랜틱시티로 이사를 했고, 새롭게 옮긴 동네에 맞게 게임을 적용했다. 호스킨스는 수많은 사람에게 이 게임을 알려주었고, 그 가운데에는 나중에 필라델피아로 이사를 한 부부도 있었다. 그 부부는 필라델피아에서 〈신기한 금융게임〉을 찰스 토드C.Todd에게 알려주었고, 그는 다시 찰스 대로우에게 게임을 알려주었다. 대로우는 게임 규칙을 복사해달라고 요청했고, 디자인 일부를 수정했다. 그리고 게임의 특허를 취득하여 백만장자가 되었다.

찰스 대로우가 〈모노폴리〉 게임을 개발하지 않았다는 증거는 아주 많다. 예컨대 마벤 가든Marven Gardens은 애틀랜틱시티 인근에 있는 마을인데, 찰스 토드가 루스 호스킨스를 통해 배운 게임의 버전에서는 그 마을의 철자가 마빈 가든Marvin Gardens으로 잘못 표기되어 있다. 그 철자 오류는 대로우의 게임 버전에서도 반복된다. 왜냐하면 찰스 대로우는 〈모노폴리〉 게임을 개발하지 않았기 때문이다.

그리하여 자신의 천재성에 대한 정당한 보상을 받았다는 한 사람의 이야기는 사실 게임을 창조한 한 여자와 그 게임을 하면서 계속해서 개선해온 수천 명의 협력자가 등장하는 한층 더 복잡한 이야기였음이 판명된다. 자본주의가 작동하고 있다는 이야기는 자본주의가 몰락하고 있다는 이야기가 된 셈이다. 많은 사람들이 대로우의 독점으로 도둑을 맞았다. 엘리자베스 매기의 손실은 특히나 착잡하다. 〈모노폴리〉에 의해 묻혀버린 것은 그녀의 게임뿐만이 아니었다. 그녀가 그다지도 열심히 공유하고자 했던 이상들 역시 묻혀버렸기 때문이다. 규제받지 않고 마음껏 뽑아내는 자본주의에 대한 매기의 질책은 다른 사람들을 가난하게 만들면서 부자가 되는 것을 축하하는 게임으로 변질되었다.

〈모노폴리〉에서 권력과 자원은 한 사람이 모든 것을 독차지할 때까지 부당하게 분배된다. 그 점에서만 이 게임은 찰스 대로우의 게임이다. 매기가 처음 지주 게임을 선보인 지 100년이 더 지났지만 하스브로는 지금도 〈모노폴리〉 게임의 창시자가 찰스 대로우라 믿으며, 엘리자베스 매기를 그저 "역사상 인기를 끈 수많은 자산 거래 게임들이 있었습니다. 작가이자 발명가, 페미니스트인 엘리자베스 매기는 부동산 획득 게임의 선구자 중 한 사람이었습니다"라고 언급할 뿐이다. 간략히 말해 하스브로는 여전히 자신들이 거머쥔 땅이 자신들의 땅이 아님을 인정하지 않고 있다.

나는 〈모노폴리〉 게임에 별점 한 개 반을 준다.

〈슈퍼 마리오 카트〉

〈슈퍼 마리오 카트〉는 슈퍼 닌텐도가 1992년 처음 출시한 레이싱 게임이다. 게임에서 마리오 세계의 캐릭터들은 마치 내가 딸의 세발자전거를 타보려고 할 때처럼 고카트 위에 쪼그려 앉아 있다. 처음에는 포뮬러 원 스타일의 자동차 게임으로 할 예정이었지만 기술적인 제약으로 인해 디자이너들은 저절로 접히는 꽉 짜인 트랙을 만들 수밖에 없었다. 이런 트랙은 고카트만 운행할 수 있는 종류였다. 게임은 슈퍼 마리오 브라더스의 수석 디자이너와 비디오 게임의 전설인 미야모토 시게루宮本茂가 공동으로 제작하였다. 미야모토 시게루는 나중에 이렇게 말했다. "우리는 두 명의 사용자를 동시에 보여주는 게임을 만들기 시작했다." 이 분할된 화면 모드는 최초의 〈슈퍼 마리오 카트〉 게임을 아주 흥미진진하게 만든 요소였다.

슈퍼 닌텐도 게임에서 사용자들은 마리오 세계의 여덟 명 캐릭터 중 한 명을 선택할 수 있다. 피치 공주, 마리오, 루이지, 동키 콩 주니어, 키노피오, 바우저, 두꺼비, 요시이다. 각각의 캐릭터는 자신만의 강점과 약점을 모두 가지고 있다. 예컨대 바우저는 강력하고 최상의 속도로 주행하지만 가속이 아주 천천히 이루어진다. 반면 키노피오는 재빠르고 쉽게 회전을 하지만 최고속도가 낮다. 일단 캐릭터를 선택하면(나는 루이지를 추천한다) 그대는 점차 초현실적으로 변하는 트랙에서 일곱 명의 다른 선수들과 겨루게 된다. 그대는 일반적인 고카트의 포장도로를 달릴 수도 있고 아니면 유령선들, 아니면 성채, 아니면 화려한 여러 개의 주행 면이 있고 낭떠러지로 추락하는 것을 막아주는 레일이 없는, 그 유명한 레인보우 로드를 달릴 수도 있다.

〈슈퍼 마리오 카트〉가 출시되었을 때 나는 10학년이었다. 친구들과 내가 생각하기에 그것은 지금까지 나온 게임 중 최고의 비디오 게임이었다. 우리는 그 게임을 하면서 수백 시간을 보냈다. 그 게임은 우리의 고등학교 시절의 경험과 뒤섞여 있어 지금도 그 배경음악을 들으면 땀 냄새와 게토레이 냄새가 나는 리놀륨이 깔린 기숙사 방으로 되돌아가게 된다. 나는 온갖 학생들이 앉았다가 물려준 황금색 극세사 소파에 앉아 머쉬룸 컵 마지막 경주에서 내 친구인 칩과 숀을 따돌리려고 애쓰던 나 자신을 느낄 수 있다.

게임을 하는 동안 우리는 거의 게임에 대해 이야기하는 법이 없었다. 우리는 항상 서로의 이야기를 나누었다. 연애를 향한 어설픈 시도들, 이러저러한 선생님이 우리를 억압하는 방식들, 기숙학교와 같은 편협한 공동체 주변을 떠도는 끝도 없는 소문들에 대해. 우리는 〈마리오 카트〉에 대해서는 말할 필요가 없었다. 그러나 함께 — 우리 서너 명은 소파에 엉덩이를 바싹댄 채 비집고 앉았다 — 있을 핑계로 〈마리오 카트〉가 필요했다. 내게 가장 기억에 남는 것은 그 일원이 되었다는 믿을 수 없는 — 그리고 내게는 새롭기도 한 — 기쁨이었다.

우리가 그러하듯이 〈마리오 카트〉도 내 고등학교 시절 이후 많이 달라졌다. 최근 출시된 〈마리오 카트 8〉에서는 날 수도 있고, 물속을 다닐 수도 있고, 뒤집힌 채 달릴 수도 있다. 그대는 이제 수십 종의 캐릭터와 차량 중에서 자신의 것을 선택할 수 있다. 그러나 핵심은 그리 달라지지 않았다. 대체로 그대는 1992년에 우승했던 그 방식내로 해도 지금의 〈마리오 카트〉 게임에서 이길 수 있다. 가능하면 최대한 직선으로 달리고, 코너링을 잘하기만 하면 된다. 그러자면 익혀야 할 몇 가지 기술이 있기는 하다. 예컨대 코너를 속도감 있게 돌기 위해서는 흐름을 탄다거나 내버려두는 것이 한 방법이다. 그리고 추월할 때 쓰는 몇 가지 전략도 있다. 그러나 〈마리오 카트〉는 대부분 우스우리만치 쉽다.

아이템 상자를 제외하면 그렇다는 것이다. 그대가 게임이 어떠해야 한다고 생각하느냐에 따라 아이템 상자는 게임을 멋지게도 혹은 복잡하게도 만들 수 있다. 마리오 카트를 타고 달리면서 아이템 상자들을 통과할 수도 있고 도구 중 하나를 받을 수도 있다. 그대는 버섯을 얻을 수도 있다. 버섯은 속도를 폭발적으로 올리는 데에 사용한다. 아니면 그대는 붉은거북의 등껍질을 얻을 수도 있다. 그 등껍질은 그대 앞에 달리는 카트를 찾아, 뒤에서 명중시켜 카트를 회전하게 만드는 일종의 열 감지 미사일이다. 아니면 그대는 누구나 탐을 내는 번개를 얻을 수도 있다. 번개는 그대의 카트를 여전히 크고 빠른 상태로 유지하면서 모든 상대편의 카트들을 작고 느리게 만든다. 〈마리오 카트〉의 새로운 버전들에서 아이템 상자는 그대의 카트를 몇 초 동안 아주 빠른 탄환인 불렛 빌로 변신할 수 있는 기회를 제공하기도 한다. 불렛 빌은 놀라운 속도로 코너를 돌며 길에 있는 모든 카트를 파괴해버린다.

한번은 아들과 〈마리오 카트 8〉을 하고 있었다. 나는 일반적인 〈마리오 카트〉를 26년간 해왔기에 느긋하게 게임을 이끌었다. 그런데 마지막 단계에서 아들 녀석이 아이템 상자에서 불렛 빌을 획득하더니 나를 번개같이 추월하여 경주에서 이기고, 그 와중에 나의 카트를 부숴버렸다. 나는 네 번째로 결승선에 도착했다.

〈마리오 카트〉에서는 종종 있는 일이다. 왜냐하면 아이템 상자는 누가 선두에 있는지 알고 있기 때문이다. 만약 그대가 선두에 있다면 통상 쓸모가 그리 많지 않은, 바나나 껍질이나 동전을 획득하게 된다. 그러나 만약 그대가 제일 뒤처져 있다면 — 고작 여덟 살밖에 되지 않았는데 머리가 희끗희끗한 〈마리오 카트〉 고수와 게임을 하고 있다면 — 그대는 번개나 불렛 빌, 아니면 급가속 버섯을 무한정 획득할 가능성이 훨씬 더 크다.

〈마리오 카트〉 게임에서는 가장 유능한 선수가 보통은 늘 이긴다. 그러나 행운이 의미 있는 역할을 하기도 한다. 〈마리오 카트〉는 체스보다 포커에 훨씬 가깝다.

그대의 세계관이 어떠한가에 따라 아이템 상자는 게임을 공정하게 만드는 것이기도 하다. 누구라도 이길 수 있기 때문이다. 아니면 아이템 상자가 게임을 불공정하게 만든다고 생각하기도 할 것이다. 왜냐하면 가장 기능이 뛰어난 사람이 항상 이길 수 없기 때문이다.

이런 점에서 적어도 경험에 미루어볼 때 현실의 삶은 〈마리오 카트〉와 정확히 반대편에 놓여 있다. 현실의 삶에서 그대가 앞서 나갈 때 그대에게는 더 빨리 앞으로 달려나갈 수 있는 수많은 동력이 제공된다. 예컨대 나의 책 중 한 권이 상업적으로 성공한 후, 은행은 내게 전화를 걸어 다른 은행의 ATM 기기를 사용하더라도 더 이상 ATM 사용료를 낼 필요가 없다고 알렸다. 왜일까? 은행에 돈을 가지고 있는 사람들은 은행에 돈이 있다는 그 이유만으로 온갖 종류의 혜택을 받는다. 대출금 없이 대학을 졸업하는 동력, 백인이라는 동력, 남자라는 동력 등과 마찬가지로 훨씬 더 큰 동력들이 삶에는 존재한다. 이는 물론 힘 있는 동력을 가진 사람들이 성공한다거나, 그 동력이 없는 사람들은 성공하지 못하리라는 것을 의미하지는 않는다. 그러나 이들 구조적인 동력이 전혀 관계가 없다는 주장을 받아들이고 싶지는 않다. 우리의 정치적, 사회적, 경제적 체계가 이미 부유하고 힘 있는 사람들의 편으로 기울어져 있다는 사실은 미국의 민주주의가 지향하는 이상 가운데 가장 심각하게 실패한 것이다. 이 점에서 나는 삶 전체에 걸쳐 직접적으로 또는 심대하게 혜택을 입은 사람이다. 내가 삶에서 거의 매번 아이템 상자에 부딪힐 때마다 내게는 최소한 붉은거북의 등껍질이 주어졌다. 이런 일들은 늘 있는 일이기에 동력으로부터 이익을 보고 있는 우리 같은 사람들에게는 그 일이 정당하다고 간주하는 것이 어렵지 않다. 그러나 내가 성공의 많은 부분이 불공정에 기인한 것이라는 현실과 맞서지 않는다면 나는 그저 더 많은 부와 기회를 끌어모으게 될 것이다.

누군가는 게임에서라도 재능과 기술, 그리고 노력에 따라 정확하게 보상을 받아야 한다고 주장할지도 모른다. 왜냐하면 현실이 그렇지 못하기 때문이다. 그러나 내게 있어 진정한 공정함은 모두가 이길 기회를 가질 때이다. 설혹 그들의 손이 아주 작고, 1992년 이후로 게임을 하지 않았더라도 말이다.

게임이든 그 어떤 것이든 극단으로 치닫는 시대, 〈마리오 카트〉에는 참신한 미묘함이 담겨 있다. 그래서 나는 〈마리오 카트〉에 별점 네 개를 준다.

보너빌 소금 평원

2018년 겨울, 사라와 나는 유타주와 네바다주 경계에 걸쳐 있는 작은 마을 웬도버로 여행을 갔다. 그곳에 도착한 다음에 생각이 나서 우리는 보너빌 소금 평원을 찾았다. 보너빌 소금 평원은 그레이트 솔트레이크 서쪽 해안가의, 바닥이 소금으로 뒤덮여 있는 아주 비현실적인 계곡이다.

사라는 비교할 대상이 없을 정도로 내가 가장 좋아하는 사람이다. 시인 제인 케니언J.Kenyon이 죽은 다음 남편인 도널드 홀D.Hall은 이렇게 썼다. "우리는 서로의 눈을 바라보며 하루하루를 보내지 않았다. 그런 응시는 사랑을 나눌 때나 둘 중 누군가가 곤경에 처했을 때였지만, 대부분 우리의 시선은 제3의 다른 무언가를 볼 때 마주치고 얽혔다. 제3의 다른 무언가는 결혼 생활에 필수적이다. 물건이나 활동, 습관, 예술, 제도, 놀이, 사람 등으로 기쁨이나 만족감을 불러일으키는 지점을 제공하는 것들이다. 부부 각자는 분리되어 있다. 그러나 둘은 각자의 관심과 공유하는 관심 속에서 하나가 된다." 그리고 홀은 제3의 다른 무언가가 존 키츠가 될 수도 있고, 보스턴 교향악단, 네덜란드의 실내 장식품들 혹은 아이들이 될 수도 있다고 덧붙인다.

우리 아이들은 사라와 내게 기쁨을 불러일으키는 지극히 중요한 지점이다. 그러나 우리는 『뉴욕타임스』의 일요판 십자말풀이, 함께 읽었던 책들, 〈미국인들The Americans〉이란 텔레비전 프로그램 등과 같은 또 다른 제3의 것들 역시 가지고 있다.

그러나 우리에게 가장 중요한 제3의 것은 예술이었다.

사라와 나는 앨라배마에서 같은 고등학교를 다녔다. 그러니 어릴 적부터 서로를 알고 있었던 셈이다. 그러나 실제로 우리 둘은 시카고에서 살았던 2003년까지 대화조차 해본 적 없다. 당시 사라는 미술관에서 근무하고 있었고, 우리는 몇 차례 길에서 마주치다가 이메일을 주고받았다. 그러다 그녀가 나를 루비 치쉬티R.Chishti의 대표 조각 전시회 오프닝에 초대했다.

나는 그때까지 미술관 전시회에 가본 적이 없었고, 그 당시에는 생존하는 예술가의 이름을 한 사람도 알지 못했다. 그러나 치쉬티의 조각은 매혹적이었다. 그날 저녁 사라는 나와 치쉬티의 작품에 관해 이야기하기 위해 잠시 자리를 비웠다. 그때 나는 이 세상에서 내가 가장 좋아하는 감정 중 한 가지를 처음으로 느꼈다. 제3의 무언가를 보는 사라의 시선과 나의 시선이 만나고 얽히는 느낌이었다.

수십 통의 이메일을 주고받은 우리는 몇 달 후 두 사람만의 북클럽을 시작하기로 했다. 사라는 필립 로스P.Roth의 『휴먼 스테인』을 선택했다. 그 책을 토의하기 위해 만났을 때 우리는 둘 다 같은 구절에 밑줄을 그었음을 알게 되었다. "즐거움은 사람을 소유하는 것이 아니다. 즐거움은 이것이다. 같은 공간에 또 다른 경쟁자와 그대가 함께 있는 것."

15년 후, 우리는 PBS 디지털 스튜디오와 사라가 공동 제작한 〈예술의 역할The Art Assignment〉 시리즈 영상°을 찍기 위해 웬도버에 있었다. 우리는 설치 예술가 윌리엄 램슨W.Lamson의 작품과 미국 서부의 기념비적인 대지예술 몇몇을 보았다. 거기에는 낸시 홀트N.Holt의 〈태양의 터널Sun Tunnels〉과 로버트 스미스슨R.Smithson의 〈나선형의 방파제Spiral Jetty〉도 포함되어 있었다. 밤에 우리는 도시의 네바다 쪽에 자리 잡은 카지노 호텔에서 묵었다. 2차 세계대전 당시 히로시마에 원자폭탄을 떨어뜨린 조종사가 웬도버에서 훈련을 받았다. 그러나 공군은 오래전에 이 지역을 떠났고, 최근 사람들은 대부분 카지노를 찾거나 그도 아니라면 인근의 소금 평원을 찾는다.

어떤 연유인지 나는 정말 카지노를 좋아한다. 물론 나는 카지노가 나약한 사람들을 제물로 삼으며, 중독을 야기하고, 시끄럽고 담배 연기가 자욱하고, 역겹고 끔찍하다는 것을 알고 있다. 그러나 좋아하는 나를 어찌할 수가 없다. 나는 테이블에 앉아 낯선 사람과 카드 게임을 즐긴다. 문제의 저녁에도 나는 텍사스 팬핸들에서 온 마조리라는 이름의 여자와 카드를 쳤다. 그녀는 자신이 결혼한 지 61년이 되었다고 했다. 나는 그 비결이 뭐냐고 물었는데, 그녀가 말했다. "통장을 따로따로 관리하는 거죠."

나는 웬도버에는 무슨 일로 왔냐고 물었고, 그녀는 소금 평원을 보고 싶어서라고 했다. 그리고 물론 카지노도. 그녀와 남편은 1년에 한 번은 주말에 도박을 한다고 했다. 나는 잘 되고 있느냐고 물었는데, 돌아온 대답은 "질문이 너무 많네요"였다.

° 〈예술의 역할〉은 나중에 사라의 놀라운 책 『당신은 예술가다You Are an Artist』에 영감을 주었다. 이 책은 현대 화가들의 예술적 영감과 미술사 및 작품 창작에 대한 실질적인 조언을 결합한 것이다.

도박을 할 때는 이런 식이다. 보통 다른 환경에서 낯선 사람과 마주치는 것을 극도로 싫어한다. 비행기 옆자리에 앉은 사람이나 택시 기사와 잡담을 나누지 않는다. 그리고 대부분 상황에서 어색하고 부자연스럽게 대화를 이어가는 편이다. 그러나 마조리와 함께 블랙잭 테이블에 앉으면 갑작스럽게 페리 메이슨(1932년 상영된 같은 이름의 영화에 등장하는 다변의 주인공 변호사 – 옮긴이)이 된다.

테이블에 있는 다른 사람은 오리건주 중부에서 온 여든일곱 살의 앤이며, 역시 말이 많은 사람이 아니다. 그래서 나는 딜러에게로 방향을 돌렸다. 그는 어쩔 수 없이 고객을 상대해야 하니까. 그는 코 밑에 팔자수염을 기르고 있었고, 제임스라고 적힌 이름표를 달고 있었다. 나는 그의 나이가 스물한 살인지 마흔한 살인지 알 수 없었다. 나는 그에게 웬도버 출신인지를 물었다.

"나고 자랐죠." 그가 대답했다.

나는 그에게 이곳에 대해 어떻게 생각하느냐고 물었고, 그는 멋진 곳이라고 말했다. 하이킹할 곳이 아주 많고, 사냥이나 낚시를 좋아한다면 더할 나위 없이 좋은 곳이라고 했다. 차를 빠르게 몰며 속도를 즐긴다면 소금 평원도 아주 멋지다고 했다. 그리고 자신은 그렇게 한다고 했다.

조금 지난 뒤 그가 말했다. "그렇지만 아이들에겐 그다지 좋은 곳이 못 돼요."

"아이들이 있어요?" 내가 물었다.

"아뇨." 그가 말했다. "내가 아이였으니까요."

말하지 않는 것들에 관해 말하게 하는 확실한 방법이 있다. 아마도 우리 모두에게 해당될 것이다. 우리에게는 차마 대답할 수 없는 질문을 받지 않기 위해 대화를 끝내는 방법이 있다. 한때 아이였다는 제임스의 말에 이어진 침묵이 내게 그 방법을 상기시켰고, 그리고 나 역시 아이였던 적이 있었음을 상기시켜주었다. 물론 제임스는 그저 놀이터가 부족하다는 것을 그렇게 말했을 수도 있지만 그럴 가능성은 희박하다. 땀이 나기 시작했다. 카지노의 소음들 — 슬롯머신의 딩동거리는 소리, 주사위 게임판에 모여든 사람들의 고함 등 — 이 갑자기 압도적으로 들렸다. 나는 오래된 포크너의 작품에서 읽은 구절에 대해 생각했다. 과거는 죽지 않는다. 과거는 과거가 아니다. 어른이 된다는 것의 이상한 일 중 하나는 당신이 현재의 당신 자신이지만 마찬가지로 과거의 당신 자신이기도 하다는 것이다. 과거로부터 자라났지만 그 과거의 자신을 완전히 제거할 수 없는 존재이기도 하다는 것이다. 나는 들고 있던 카드를 내려놓고는 딜러에게 팁을 주고, 대화를 함께 나누어주어 고맙다고 인사한 다음, 남은 칩들을 현금으로 바꿨다.

다음 날 아침 나는 사라와 그녀의 몇몇 동료들과 함께 보너빌 소금 평원으로 차를 몰았다. 14,500년 전까지만 해도 지금의 웬도버는 49,000제곱미터에 달하는 광대한 소금 호수인 보너빌 호수의 물속 깊은 곳에 있었다. 거의 지금의 미시간 호수만 한 크기였다. 보너빌 호수는 지난 5억 년 동안 몇십 번이나 사라졌다가 다시 형성되었다. 현재 남아있는 것이 그레이트솔트 호수라고 알려졌지만, 예전 보너빌 호수에 비하면 10분의 1도 미치지 못한다. 가장 최근에 이 호수의 물이 빠진 뒤로 소금 평원이 생겼으며, 3만 에이커에 달하는 넓은 평원은 말 그대로 텅 비어 있고, 팬케이크보다 더 평평하다.

눈처럼 하얀 땅은 마른 입술처럼 갈라졌으며, 발밑에서 버석거리는 소리가 났다. 소금 냄새도 맡을 수 있었다. 도대체 이 땅이 무엇처럼 생겼는지 계속 생각해보았으나 내 머리로는 극히 생생한 직유만을 떠올릴 수 있을 뿐이었다. 이곳은 밤에 혼자 운전하는 것과 같은 느낌이었다. 소리 내어 말하기 두려운 모든 것 같았다. 파도가 밀려오기 전에 해안에서 물이 빠져나가는 순간 같았다.

허먼 멜빌H.Melville은 흰색을 "무색이자 모든 색"이라 불렀다. 그는 흰색을 "우주의 심장 없는 공허함과 광막함을 앞에 둔 그림자"라고 썼다. 그리고 보너빌 소금 평원은 아주 희다.

물론 지구상의 모든 것이 지질학적이지만, 소금 평원에서는 지질학을 느낄 수 있다. 이 땅이 한때는 물속 150미터 아래에 있었다는 사실이 믿기지 않는다. 그대는 강렬한 검푸른 물이 밀려들어와 그대와 그대의 트라우마와 마을과 에놀라 게이Enola Gay(미국 육군항공대가 보유한 B-29 슈퍼포트리스 중 하나로 1945년 8월 6일 히로시마 원자폭탄 투하에 사용된 폭격기 - 옮긴이)가 원자폭탄 투하를 기다리던 격납고를 덮치는 것 같다고 느낀다.

멀리 어렴풋이 보이는 산맥을 올려다보면서 나는 자연이 항상 내게 말해주는 것을 떠올렸다. 인간은 이 행성의 이야기에서 주인공이 아니다. 만약 주인공이 있다면 그것은 생명 그 자체다. 그것은 대지와 별빛을 대지와 별빛 이상의 무엇으로 만드는 것이다. 그러나 인류세 시대에 인간은 모든 명백한 증거에도 불구하고 세상이 자신들의 이익을 위해 존재한다고 믿는 경향이 있다. 이에 따르면 보너빌 소금 평원은 인간적인 쓸모가 있어야만 한다. 그렇지 않다면 그것이 존재하는 이유는 무엇인가. 이 메마른 소금밭에서는 어떤 것도 자랄 수 없다. 그러나 우리는 그것의 쓸모를 찾아낸다. 지난 백 년 동안 평원은 비료에 사용되는 탄산칼륨을 채굴하는 곳이었다. 그리고 길게 뻗은 평원은 가속을 밟으며 하는 자동차 경주용 길로 명성을 얻었다. 1965년 크레이그 브리드러브C.Breedlove가 터보제트 자동차를 운전하여 시속 965킬로미터 이상을 달린 것이 이곳에서의 최고 기록이었다.

레이싱 시즌이 되면 여전히 수천 명이 평원으로 몰려온다. 그러나 나머지 날 대부분에 그곳은 다른 무엇보다도 〈인디펜던스 데이〉에서부터 〈라스트 제다이〉에 이르는 영화, 패션 사진 촬영과 인스타그램 게시물의 배경이 된다. 그 평원에 있는 동안 나는 이 공허함 속에 홀로 존재하는 것처럼 보이는 셀카를 찍으려고 하는 많은 사람 중의 한 사람이었다.

한동안 걸어 평원으로 난 길에서 벗어나 막다른 곳으로 가자 나는 정말 외롭다고 느끼기 시작했다. 어느 순간 멀리서 반짝이는 물웅덩이를 보았다고 생각했지만 다가가서 보자 신기루였을 뿐이었다. 정말 신기루였다. 나는 항상 신기루는 그저 허구적인 장치라고 생각해왔다. 계속 걸으면서 나는 블랙잭 딜러에 관해 생각했다. 그리고 어린아이인 것이, 또 어른이 어린아이인 당신에게 할 일을 결정할 수 없다는 것을 아는 것이 얼마나 뼛속 깊이 두려운 일인지를 생각했다.

사라가 나를 부르는 소리가 들렸다. 나는 돌아섰다. 그녀에게서 멀리 떨어져 있어 처음에는 그녀가 무슨 말을 하는지 들을 수 없었다. 그녀는 나를 향해 자신에게로 오라고 손을 흔들고 있었고, 나는 그녀의 말을 들을 수 있을 때까지 걸어갔다. 드론으로 촬영하고자 하는 장면에 내가 방해가 된다는 것이었다. 그녀가 자신이 있는 곳으로 올 수 있느냐고 했다. 나는 그렇게 했다. 그녀 옆에 서서 소금 평원 위를 나는 드론을 보았다. 우리의 시선이 뒤엉켰다. 나는 차분해지는 것을 느꼈다. 나는 예전에 내가 어떤 사람이었는지에 대해, 그리고 그 사람들이 지금과 같은 이 순간의 내가 되기 위해 어떻게 싸웠고, 무엇을 버렸으며, 또 무엇을 견뎌왔는가에 관해 생각하고 있었다. 사라와 함께 바라보니 소금 평원이 달라진 것 같았다. 그 평원은 더 이상 자신들에 대해 무관심할 것이라는 위협을 느끼고 있지 않았다.

나는 보너빌 소금 평원에 별점 세 개 반을 준다.

도이 히로유키의 원 그림

내가 겪은 한 가지 이상한 일은 내 이름으로 50만 번 이상 사인을 했다는 점이다. 이 수고는 2011년에 본격적으로 시작되었다. 네 번째 소설 『잘못은 우리 별에 있어』의 모든 초판 인쇄본에 서명하기로 결정했을 때였다. 이를 위해 나는 인쇄할 때 책에 끼워 넣을 종이에 사인을 했다. 몇 달 동안 나는 15만 장 남짓 사인을 했다. 때때로 팟캐스트나 오디오 북을 듣기도 했지만 대부분은 혼자 지하실에 꼼짝하지 않고 앉아 사인했다. 나는 결코 그 일이 지루하지 않았다. 왜냐하면 머릿속에 있는 내 사인의 이상적인 형태를 실현하고자 했지만 결코 그것을 성취하지 못했기 때문이다.°

° 만약 2, 3만 번 정도 사인을 한 끝에 한 번 정도 아주 만족스러운 결과가 나오면, 나는 그것을 들고 위층으로 가 사라에게 보여주겠다. 'John'의 약간 고리처럼 구부러진 'o'를 가리키며, 정말 맞춤한 위치에 선이 얼마나 가늘고 자연스럽게 그어졌는지 말할 것이다. 그러면 사라는 가만히 고개를 끄덕이고 한동안 완벽에 가까운 사인을 자세히 들여다보고는 말할 것이다. 통명스럽지 않게. "다른 거랑 완전 똑같아 보이는걸."

나는 반복적인 행동의 아주 미세한 변화들에 주의를 기울이고, 이를 설명하려고 전전긍긍한다. 내 두뇌 속에는 반복적인 행동이 야기하는 아주 특별한 가려움증이 있다. 거기에는 내가 가진 과도한 강박 장애와 어느 정도 연관이 있음을 알고 있지만, 다시 생각해보면 내가 하는 사인과 수많은 사람들이 즐기는 낙서는 다르지 않다. 낙서는 두뇌에 아주 좋은 활동이다. 서성거리거나 안절부절못하는 것과 유사한 방식으로 스트레스를 완화시키며 집중력을 증대시킬 수 있다. 『응용인지심리학연구 Applied Cognitive Psychology』에 발표된 2009년의 한 연구는 사람들에게 마음껏 낙서해도 좋다고 허용했을 때 그들은 낙서하지 않은 사람들에 비해 정보를 더 많이 기억한다고 발표했다. 아마도 낙서는 정신이 방황하지 않도록 충분한 두뇌 활동을 요구하기 때문일 것이다.

정확히 말하면 내가 반복적인 과제를 즐긴다고 말하려는 것이 아니다. 나는 그 일들로부터 이익을 본다. 때때로 지쳐 나가떨어질 때, 스스로 뭘 해야 할지 알 수 없을 때, 내 일이 중요한지 아닌지 모를 때, 내가 다른 사람에게 쓸모 있는 뭔가를 할 수 있거나 한지 모를 때, 나는 출판사에 종이를 만 장이나 2만 장 정도 보내달라고 요청한다. 그러면 나는 일주일 정도 할 수 있는 구체적이고, 산정할 수 있는 일거리로 종이에 사인을 한다. 심지어 나는 그렇게 사인이 된 종이가 책 안에 들어갈지 아닐지도 알지 못한다. 그러기를 바라고, 그 사인이 독자들을 기쁘게 하기를 바랄 뿐이다. 그러나 솔직히 말하면 나는 그 일을 나 자신을 위해 한다. 왜냐하면 그 일이 나를…… 행복까지는 아니지만 정확하게 몰두하게 만들기 때문이다. 나는 몰두야말로 대부분의 시간 동안 내가 정말 느끼고 싶어 하는 것이라 생각한다. 완벽하게 행복한 경험을 가리키는 단어로 '몰두'는 턱없이 부족하지만.

　　　　　　*　　*　　*

　　내가 도이 히로유키土井宏之의 잉크로 그린 그림을 처음 본 것은 2006
년이었다. 강박적인 그림을 주제로 한 미국 민속박물관에서 열린 전시회
에서였다. 도이의 그림은 수천 개— 어쩌면 수만 개 — 의 작은 원들이 서
로 빽빽하게 뭉쳐져 거대하고 아주 미묘한 추상화의 형태로 결합되어 있
는 원들의 서사적 복합체였다. 어떤 사람은 세포의 덩어리들이 바글거리
는 것처럼 보인다고 하고, 어떤 사람은 은하의 성운들 같다고 말한다. 내
게 가장 인상 깊게 다가온 작품은 2003년에 그린 제목이 없는 그림이었
다. 인간의 눈을 옆으로 돌린 것처럼 모호하게 생겼는데 높이는 142센티
미터이고 폭은 69센티미터였다. 어떻게 보면 서로한테서 떨어져 나가는
원들은 혈관과 닮기도 했고, 중력의 중심 주변에서 소용돌이치는 것처럼
보이기도 했다. 그 원들을 한참 보고 있자니 그림이 마치 3차원인 듯이 보
였고, 그 속으로 빨려 들어가는 느낌을 받았다. 마치 원들이 그저 내 앞에
만 있는 것이 아니라 위, 아래, 뒤, 심지어 내 속에 있기라도 한 것 같았다.

　　도이가 처음부터 화가가 되기로 작정한 것은 아니었다. 그는 성공한
요리사였는데 1980년에 남동생이 뇌종양으로 죽고 말았다. 슬픔에 압도
된 나머지 그는 원을 그리기 시작했고, 그리기를 멈출 수 없음을 알게 되
었다. 그 그림들이 그에게 "슬픔과 비탄에서 벗어나게" 도와준다는 것을
알았기 때문이다.

　　도이의 그림이 나를 매료시킨 것은 두드러진 강박증 때문이기도 하다.
그 원들은 빙글빙글 돌면서 반복적인 생각을 가시적으로 만든다. 그대는
도이의 그림 속에서 당신 자신을 잃게 된다. 그것이 아마도 핵심일 것이
다. 그러나 그 원들은 상실감이라는 소비적인 고통으로부터 치유를 발견

하고자 하는 욕망을 전달하기도 한다. 인터뷰에서 도이는 빈번하게 '구원'이라는 말을 쓴다. 그리고 그 말은 내가 슬픔에 지쳐 쓰러질 때마다 절실히 바라는 것이다. 상실감은 너무나 압도적일 수 있다. 상실감은 하나의 직업처럼 매일, 매시간을 일한다. 우리는 몇 단계 — 부정, 거래, 승인 등등 — 로 슬픔을 말한다. 그러나 적어도 내게 슬픔은 빛에 노출된 잉크처럼 여러 해에 걸치는 동안 희미해지는, 일련의 견고하게 엮여 있는 원들이다.

왜 나는 50만 번이나 내 이름으로 사인을 했을까? 왜 도이 히로유키는 작은 원들을 그리며 지난 40년을 보냈을까? "그림을 그릴 때 나는 평온함을 느낀다"라고 도이는 말했다. 비록 나는 화가는 아닐지라도 그의 말이 어떤 의미인지는 안다. 단조로움의 반대편에는 유동적인 상태, 존재가 그저 존재인 방식, 실제로 현재를 느끼는 현재 시제가 놓여 있다.

거기에는 또한 무언가를 만들고, 동굴 벽에 그림을 그리고, 메모지 귀퉁이에 낙서하고자 하는 인간의 충동 역시 존재한다. 도이는 이렇게 말한 적도 있다. "나는 계속 작업을 해야만 한다. 그렇지 않으면 어떤 것도 존재감을 얻지 못할 것이다." 그러나 때때로 나는 종이가 손으로 잡을 수 있는 종이이기 이전, 그것이 여전히 나무일 때가 더 좋은 것 같다고 느낀다. 또 어떤 때에는 우리가 남기는 흔적들을 사랑한다. 그 흔적들은 선물 같고 기호 같다. 마치 황야에 남은 발자국 표시 같기도 하다.

나는 우리가 어디에나 흔적을 남겨둔다는 것을 알고 있다. 그러면서도 무언가를 *만들고make, 가지고have, 하고do, 말하고say, 가고go, 얻고자 get* — 영어에서 가장 흔하게 쓰이는 동사 일곱 가지 중의 여섯 가지인 — 하는 과도한 욕망이 영어에서 가장 흔한 동사인 *존재할be* 수 있는 우리의 능력을 궁극적으로 훔쳐 갈지도 모른다는 것을 알고 있다. 비록 우리의 어떤 흔적조차 진정으로 오래가지 못하리라는 것을 알지만, 그 시간은 우리에게만이 아니라, 우리가 만드는 모든 것에게도 다가올 것을 알지만, 우리는 끄적임을 멈출 수가 없다. 그것을 발견할 수 있는 어디에서나 구원을 추구하기를 멈출 수가 없다. 나는 도이가 계속해서 작업하는 것이, 무언가를 존재하게 만드는 것이 고맙다. 쉼 없는 갈망의 작디작은 원들 속에서 외롭지 않을 수 있어 기쁘다.

나는 도이 히로유키의 원 그림에 별점 네 개를 준다.

속삭임

내게는 알렉스라는 친구가 있다. 이 친구는 상황이 달라지면 그것에 맞게 즉각 다시 교정할 수 있는, 믿기 어려울만큼 소탈하고 차분한 영혼의 소유자다. 그러나 종종 일정이 빠듯할 때 알렉스는 눈에 띄게 초조해하고, "더 빨리 서둘러야 해" 같은 말을 한다. 알렉스의 아내 린다는 이런 알렉스를 "공항 가는 알렉스"라고 부른다.

매우 유감스럽게도 나는 항상 "공항 가는 알렉스"다. 나는 걱정을 멈출수가 없다. 아이들이 학교에 늦겠어. 그 식당에서 예약을 취소하면 어쩌지. 정신과 의사가 지각했다고 진료를 거절한다면 등등. 나는 일반적으로 시간을 엄수하는 것이 미덕이라고 믿는다. 그러나 나의 성마른 시간 엄수에는 돌아오는 이득이 없다. 걱정이 나를 움직이게 만들고, 초조한 고함에 기대 움직이게 만든다.

언젠가 사라가 일 때문에 다른 지방으로 출장을 간 아침이었다. 나는세 살 된 딸아이와 함께 아침을 먹고 있었다. 딸아이는 결코 "공항 가는 알렉스"가 아니다. 어린아이들은 시계에 맞춰 시간을 지키지 않는다. 그래서 내가 항상 일정 관리자가 될 필요를 느끼고는 한다. 내가 이 왕국의 시간 엄수 관리인 것이다.

시간은 8시 37분이었다. 유치원에 지각하지 않으려면 23분 안에 도착해야 한다. 우리는 이미 헨리를 학교에 데려다주고 유치원에 가기 전에 아침을 먹으려고 다시 집으로 돌아온 참이다. 아침 식사가 *영원히* 이어졌다. 딸은 토스트 한쪽을 신중하게 베어 먹더니 이윽고 먹기를 멈추고 아침에 가지고 내려온 그림책에 관해 이야기를 늘어놓고 있었다. 나는 어서 밥을 마저 먹으라고 계속 재촉했다. "8분째 하는 경고다." 나는 아이에게 마치 8분이 어떤 의미를 갖기라도 하는 것인 양 말했다.

나는 출발하기 전에 모든 것 — 신발, 윗도리, 도시락밖에 담겨 있지 않은 아이의 백팩 등 — 을 준비해두려고 애썼다. *자동차 열쇠는?* 챙겼어. *지갑은?* 물론이지. *전화기는?* 그럼. 이제 출발하기까지 6분밖에 남지 않았다. 걱정이 불어나는 강물처럼 둑을 타 넘기 직전이었다. 이 결정적인 순간에 반응하듯 딸은 독이 들었나 살피는 생쥐처럼 토스트 귀퉁이를 조심스럽게 갉아먹고 있었다. 토스트를 조금이나마 더 맛있게 만들기 위해 내가 무엇을 더 할 수 있었을까 하는 생각이 들었다. 나는 귀퉁이를 잘라 버터를 바른 다음 계피 설탕을 뿌렸다. *제발 토스트 좀 드세요.* 이제 4분 남았다. *좋아, 이제 시간이 없어. 신발을 신어야 해.* 그런데 나의 광란이 절정에 도달했을 때, 딸아이 앨리스가 내게 말했다. "아빠, 비밀 하나 말해도 돼?"

나는 몸을 기울였고 집에는 우리밖에 없었는데도 아이는 입에 두 손을 동그랗게 모으고, 내게 속삭였다. 물론 비밀이었기 때문에 나는 아이가 내게 뭐라고 말했는지는 말할 수 없다. 물론 그 비밀은 대단한 것도, 중요한 것도 아니었다. 숨이 넘어갈 듯한 나를 멈추게 만든 것은 아이의 속삭임 그 자체였다. 나는 아이가 속삭일 수 있다는 생각을 하지 못했다. 심지어 아이가 비밀이 무엇인지 알고 있다는 사실조차 몰랐다. 아이가 말한 내용은 사실 중요하지 않았다. 아이의 목소리가 내게 상기시켜준 것은 괜찮다는 것이었다. 내가 공항 가는 알렉스일 필요가 없다는 것이었다. 바쁘다는 것은 목소리를 키우는 방편이다. 그리고 딸아이가 필요로 하는 것은 조용한 공간이었다. 자신의 작은 목소리도 들릴 수 있는.

속삭일 때 성대는 떨리지 않지만 공기는 가까운 거리에서도 들릴 수 있을 만큼의 온기를 동반한 채 후두를 통과한다. 그래서 속삭임은 결정적으로 친밀하다. 모든 말소리는 호흡으로 이루어져 있다. 그러나 누군가가 속삭이면 그대는 숨결을 듣게 될 것이다. 사람들은 가끔 후두염 때문에 혹은 다른 질환 때문에 속삭이기도 하지만 보통의 경우 우리는 모두가 듣게 될 위험을 피하면서 한 사람에게 말하고자 할 때 속삭인다. 그렇다. 우리는 비밀을 속삭인다. 또 소문과 잔혹함과 두려움도 속삭인다.

우리의 종들은 아마도 말을 시작한 이후 속삭였을 것이다. 사실 우리는 속삭일 줄 아는 유일한 동물도 아니다. 땅다람쥐도 속삭이고, 몇몇 원숭이도, 그리고 멸종 위기에 처해 있는 목화머리타마린도 속삭인다.

근래에 나는 귓속말을 들은 적이 없는 것 같다. 2020년 이른 3월 나는 동생과 함께 오하이오주의 콜럼버스에서 팟캐스트 라이브 공연을 했다. 내가 무대에 오르기 직전에 동료인 모니카 가스퍼M.Gaspar가 내게 속삭였다. 어떤 마이크를 써야 하는지 알려주는 말이었던 것 같다. 여하튼 나는 그 순간을 기억한다. 직계가족이 아닌 누군가의 속삭임을 마지막으로 들은 시간이었기 때문이다. 몇 년 만이었을까? 전염병의 시기 동안 영상통화나 전화 통화를 할 때 한두 번 속삭임을 들은 것도 같지만, 많지는 않았다. 나는 속삭임이 그립다. 사실 전염병의 시기 훨씬 이전부터 나는 세균 공포증이 있었다. 그래서 다른 사람이 내 피부에 대고 숨을 쉬는 것이 호흡기 물방울의 전이가 이루어지고 있다는 아주 확실한 신호임을 알고 있다. 그럼에도 여전히 나는 속삭임이 그립다.

요즘 아이들이 내게 속삭일 때는 보통 당황스럽거나 놀란 일에 대한 걱정을 나누고 싶을 때다. 그런 유의 두려움을 속삭이는 것조차 용기가 필요하다. 그리고 나는 어떻게 대답해야 할지 모를 때조차 아이들이 나를 믿어주는 것이 정말 고맙다. 나는 말하고 싶다. "넌 걱정할 이유가 전혀 없어." 그러나 그들은 걱정할 이유가 있을 것이다. 나는 말하고 싶다. "무서워할 게 없어." 그러나 무서워할 일은 차고 넘치도록 많다. 아이였을 때 나는 엄마 아빠가 된다는 것은 무엇을 말해야 하고, 어떻게 말해야 하는지를 아는 것이라 생각했다. 그런데 지금 나는 무엇을 말해야 하고, 어떻게 말해야 할지 모른다. 내가 할 수 있는 최선은 입을 다물고 듣는 것뿐이다. 그렇지 않으면 좋은 것들을 몽땅 놓칠 수도 있을 것이다.

나는 속삭임에 별점 네 개를 준다.

바이러스성 뇌수막염

나는 바이러스의 크기가 얼마나 되는지 알 수가 없다. 낱낱의 바이러스들은 아주 작다. 적혈구 세포는 사스 바이러스보다 수천 배 크다. 그러나 무리를 이룰 경우 바이러스들은 헤아릴 수 없을 만큼 많다. 한 방울의 바닷물 속에는 약 천만 개의 바이러스들이 있다. 지구상의 모든 모래알에는 몇 조인지도 모를 바이러스들이 있다. 책『면역Immune』에서 필립 데트머P.Dettmer는 지구상에 너무 많은 바이러스들이 있어서 "만약 그것들을 끝에서 끝까지 늘어놓으면 1억 광년까지 뻗어나갈 것이다. 약 500개의 은하수를 서로 이어붙인 길이다."° 라고 썼다.

바이러스는 그저 뭉쳐 있는 RNA나 DNA의 가닥들일 따름이다. 바이러스는 기생할 세포를 찾을 때까지 복제할 수가 없다. 그래서 바이러스

° 박테리아를 기생시키는 바이러스인 박테리오파지는 지구상에서 가장 숫자가 많고 성공한 현상들 중 하나다. 니콜라 트윌리N.Twilley는 "바이러스와 박테리아의 싸움은 잔인하다. 과학자들은 박테리오파지는 매 48시간마다 전 세계 박테리아의 절반을 파괴하고, 초당 1조 건 정도의 감염을 야기한다고 추정하고 있다"라고 말했다.

는 살아있지 않지만, 그렇다고 살아있지 않은 것도 아니다. 바이러스는 일단 세포에 침입하면 생명체가 하는 일을 한다. 그 일이란 더 많은 증식을 위해 에너지를 쓰는 것이다. 바이러스는 내게 삶이 이원적이라기보다 연속체에 가까움을 상기시켜준다. 바이러스는 분명 살아있는 것이 아니다. 왜냐하면 그것들은 복제할 숙주 세포를 필요로 하기 때문이다. 다시 말하지만 수많은 박테리아는 숙주 없이 살아남을 수가 없다. 그리고 더욱 이상한 것은 많은 숙주들도 박테리아 없이는 살 수 없다는 사실이다. 예컨대 소는 음식물의 소화를 돕는 내장 미생물이 없다면 죽고 말 것이다. 모든 생명체는 서로 다른 생명들에 의존하고 있다. 삶을 구성하는 것이 무엇인지 더욱 면밀히 따져보면 삶을 정의하기가 더욱 힘들어진다.

* * *

2014년에 엔테로바이러스라고 불리는 RNA 가닥이 뇌와 척수를 덮고 있는 뇌막에 침입했다. 바이러스는 나의 세포 장치들을 사용하여 더 많이 증식했고, 이 새로운 바이러스 입자들은 또 더 많은 세포에 침입했다. 나는 곧 심하게 아팠다. 바이러스성 뇌수막염의 증상은 다양하지만 주된 증상은 종종 뻣뻣해지는 목, 열, 메스꺼움, 그리고 바이러스가 저절로 죽지 않는다는 흔들림 없는 믿음 등이 포함된다.

물론 두통도 있다.

버지니아 울프V.Woolf는 『아픔에 대하여On Being Ⅲ』에서 이렇게 썼다. "사랑, 전쟁, 질투 등 문학의 주요한 주제들 가운데 질병이 빠져 있다는 것은 참으로 이상하다. 어떤 사람은 소설이 인플루엔자에게 바쳐질 수도 있다고 생각했을 것이다. 장티푸스에게 바치는 서사시들, 폐렴에 대한 송가들, 치통에게 보내는 서정시들 등등. 그런데 없다." 그녀는 계속해서 기록해나간다. "문학의 주제가 되기에 질병이 갖는 단점은 질병에는 언어가 빈곤하다는 것이다. 영어로 햄릿의 생각들과 리어왕의 비극을 표현할수는 있지만 오한과 두통을 표현할 언어는 없다."

울프는 편두통을 지니고 살아서, 이런 언어의 빈곤을 직접 알고 있었다. 고통을 겪고 있는 사람이라면 누구나 그 고통이 사람을 얼마나 외롭게 만드는지를 알고 있을 것이다. 부분적으로는 고통을 겪는 유일한 사람이기 때문에, 또 부분적으로는 너무 화가 나고 소름이 끼칠 만큼 두렵지만 이것을 표현하기가 어렵기 때문이다. 일레인 스캐리E.Scarry는 자신의 책『고통받는 몸』에서 육체적 고통은 언어를 회피하는 데 그치지 않는다고 말한다. 그 고통은 언어를 파괴한다는 것이다. 우리가 정말 아플 때우리는 말조차 할 수가 없다. 우리는 그저 신음하고 울기만 할 뿐이다.

스캐리는 "고통이 성취하는 것이 무엇이든, 그것은 부분적으로 그 공유할 수 없음을 통해 성취한다. 그리고 이 나눌 수 없음은 언어에 대한 저항을 통해 담보된다"라고 썼다. 나는 그대에게 뇌수막염을 앓으면 두통이 생긴다고 말할 수 있다. 그러나 의식을 뭉개버리는 만연한 두통에 대해서는 그 무엇도 전달하지 못한다. 말할 수 있는 것이라고는 그때 나는 바이러스성 뇌수막염에 걸렸고, 다른 일은 생각조차 할 수 없게 만드는 두통을 앓고 있었다는 것이다. 머리가 아픈 것보다 머릿속의 통증으로 인해 무력해지는 나 자신이 가장 참담했다.

나는 그와 같은 고통의 본질과 심각성을 전달하는 것은 불가능하다고 생각한다. 스캐리가 말했듯이, "큰 통증을 느끼는 것은 확신을 갖는 것이다. 반면 다른 사람이 아프다는 말을 듣는 것은 의심스럽다." 우리가 느낄수 없는 고통에 대해 듣는 것은 우리를 공감의 한계에 이르게 한다. 그곳은 모든 것이 무너지는 지점이다. 나는 단지 나의 고통만을 알 수 있을 따름이며, 그대는 그대의 고통만을 알 수 있을 따름이다. 우리는 이러한 의식의 원리를 해결하기 위해 온갖 방법을 기울이고는 한다. 환자에게 고통을 1에서 10까지의 척도로 표현해보라고 요구한다. 또는 통증을 가장 잘 드러내는 표정을 지어보라고도 한다. 혹은 그 고통이 날카로운지 둔중한지, 타는 듯한지 찌르는 듯한지 묻는다. 그러나 이 모든 표현은 비유일 따름이지 고통 그 자체는 아니다. 우리는 허약한 직유로 방향을 돌려 고통이 두개골 아래쪽에 망치가 들어 있는 것과 같은지 아니면 눈을 뜨거운 바늘로 찔러대는 것과 같은지를 묻는다. 우리는 고통이 무엇과 같은지 말하고, 또 말하고, 또 말할 수 있지만, 우리는 결코 있는 그대로의 고통을 전달할 수 없다.

박테리아로 인한 뇌수막염과 달리 바이러스성 뇌수막염은 치명적이지는 않으며, 보통은 7일 내지 10일 정도가 지나면 저절로 해결된다. 경험하기 전까지는 10일이 아프기에 적당한 기간인 것처럼 들리기도 한다. 그런데 아픈 날들은 아프지 않은 날처럼 오므린 손 사이로 물이 빠져나가듯 그렇게 지나가지 않는다. 아픈 날들은 지속된다. 두통이 찾아 왔을 때 나는 그것이 영원히 계속될 것처럼 느꼈다. 매 순간의 고통은 끔찍했다. 그러나 나를 낙담케 한 것은 다음 순간, 그리고 그다음 순간 고통이 여전히 거기에 존재할 것을 안다는 사실이었다. 고통이 너무나 전면적이어서 그대는 결코 끝나지 않을 것이라, 결코 끝날 수 없을 것이라 믿기 시작한다. 심리학자들은 이 단계를 '파국화catastrophizing'라고 부른다. 그러나 그 용어는 고통이 대재앙이라는 것을 인정하지 않는다. 정말 대재앙임에도.

나를 포함하여 많은 사람들에게 바이러스성 뇌수막염의 첫 단계는 몇 달간의 간헐적인 두통을 동반한다. 두통은 지진 직후의 충격처럼 도달한다. 1년 정도 지나자 두통은 점점 줄어들었다. 그리고 지금은 두통이 감쪽같이 사라졌다. 나는 두통의 느낌이 어땠는지 거의 기억조차 할 수가 없다. 나는 끔찍했다고, 내 삶을 두통이 포위해버렸다고 기억한다. 그러나 나는 본능적이든 경험적인 방법이든 고통으로 다시 되돌아갈 수가 없다. 내가 고통을 겪었지만 나는 완벽하게 고통을 겪었던 나에게 공감할 수가 없다. 왜냐하면 지금의 나는 다른 고통과 다른 불편함을 가진, 다른 나이기 때문이다. 나는 머리가 더 이상 아프지 않아 감사한 마음이지만 고통의 한 가운데에 있을 때 갑자기 고통이 사라져버렸을 때처럼 감사하지는 않는다. 어쩌면 우리는 잊어버리기에 계속 살아갈 수 있는지도 모른다.

나는 에티오피아와 플로리다 올랜도를 모두 여행하고 인디애나폴리스로 돌아온 직후에 뇌수막염으로 아프기 시작했다. 신경과 의사는 아마도 올랜도에서 바이러스에 감염되었을 것이라고 말했다. 그의 말을 그대로 옮기자면 이렇다. "아시잖아요, 플로리다를."

고통을 완화시키고 수분을 계속 공급하는 것 말고는 다른 방도가 없기는 했지만 나는 병원에서 일주일을 보냈다. 나는 아주 많이 잤다. 깨어 있을 때는 통증 속에 있었다. 내가 '통증 속에'라고 말하는 것은 그 안에 있었다는 뜻이다.

물론 일반적인 경우 그 병으로 죽지 않는다는 사실과 별개로 바이러스성 뇌수막염은 추천할 여지가 전혀 없다. 수전 손택이 "질병에 의미를 부여하는 것보다 더 가혹한 것은 없다"라고 썼듯이 나의 척수액을 통해 퍼진 바이러스는 어떠한 의미도 없다. 바이러스는 내게 교훈을 주려고 증식하지 않았다. 그리고 내가 누구와도 나눌 수 없는 고통에서 얻은 어떤 통찰은 다른 일을 통해 덜 고통스럽게 배웠을 수도 있었을 것이다. 뇌수막염은 그것을 일으킨 바이러스와 마찬가지로 은유나 서사적 장치가 아니었다. 그것은 그저 질병일 따름이었다.

그러나 우리는 별들을 보고 별자리를 만든 것처럼 패턴을 찾아내는 존재다. 서사에는 어떤 논리가, 불행에는 어떤 이유가 있어야만 한다. 내가 아팠을 때 사람들이 말하고는 했다. "적어도 당신은 그 모든 일에서 떠나 휴식을 취해야만 해요"라고. 마치 내가 일에서 휴식을 원했던 것처럼. 아니면 그들은 말한다. "적어도 완전히 회복할 수 있을 거예요"라고. 마치 지금이 내가 고통 속에서 살 수 있는 유일한 순간이 아닌 것처럼. 사람들은 내게 (그리고 스스로에게) 견고하게 잘 짜인, 주제도 일관된 이야기를 들려주고자 한다는 것을 알지만 그 이야기들이 사실이 아님을 잘 알고 있을 때 거기에서 찾을 수 있는 위안은 거의 없다.

만성적인 질환이나 혹은 불치병을 안고 살아가는 사람들에게 이런 이야기들을 말할 때 우리는 종종 아픈 사람들의 경험을 최소화하게 된다. 우리는 그들의 확신을 가진 얼굴을 앞에 두고 우리의 의심을 표현하곤 하는데, 고통은 그것을 겪고 있는 사람들을 더 넓은 사회적 질서와 구별 짓는 정도를 더욱 악화시킬 따름이다. 내게는 어떤 인격의 도전과 책임이란 다른 사람의 인격 — 타자의 고통을 귀 기울여 듣고, 심각하게 받아들이고, 심지어 그대 자신이 그것을 느낄 수 없을 때조차 — 을 인식할 수 있다는 것을 의미한다. 나는 경청하는 능력이야말로 인간의 삶을 엔테로바이러스('장바이러스'라고도 불리는 이 바이러스는 뇌수막염의 가장 흔한 원인으로 알려져 있다 – 옮긴이)와 같은 준准생명을 구별 짓는 것이라 생각한다.

나는 바이러스성 뇌수막염에 별점 하나를 준다.

전염병

얼마 전 세계적인 전염병의 대유행이 한창일 때 나는 미르타자핀 처방전을 다시 받기 위해 약국에 전화를 걸었다. 미르타자핀은 항우울제 약이며, 강박증 치료제로도 쓰인다. 나에겐 생명을 구해준 약이다. 어쨌든 나는 전화를 통해 약국이 문을 닫았다는 사실만 알게 되었을 뿐이다.

그래서 나는 다른 약국에 전화를 걸었고, 아주 동정심 많은 사람이 응답해주었다. 내가 상황을 설명하자 그녀는 다 괜찮을 것이라고 말하면서도, 처방전을 다시 사용하기 전에 내가 다니는 병원에 전화를 해봐야 한다고 말했다. 그리고 그녀는 약이 언제 필요하냐고 물었고, 나는 "완벽한 세상이라면 오늘 오후에 약을 찾으러 가겠지요"라고 대답했다.

전화선의 다른 끝에서 잠시 멈칫하는 듯했다. 마침내 웃음을 참으며 여자가 말했다. "글쎄요. 여긴 완벽한 세상은 아닌 듯해요." 그리고 그녀는 약사와 이야기하는 동안 대기하고 있으라고 했는데, 그 여자는 전화기를 대기 상태로 해놓지 않고, 그냥 내려놓았다. 나는 그녀가 다른 동료와 말하는 소리를 들었다. "내 말 좀 들어봐. 이 사람이 *완벽한 세상이라면* 오늘 가지러 오겠다는데."

결국 다음날 오후에 처방전을 받을 수 있었고, 처방전을 받을 때 계산대 뒤쪽의 여자가 나를 가리키며 말했다. "완벽한 세상에서 오신 분이네요." 네, 맞아요. 내가 바로 그 사람이에요. 완벽한 세상에서 온 사람. 여기 전염병 이야기 — 지금 들려줄 수 있는 유일한 종류의 이야기 — 로 여러분들을 즐겁게 해드릴 사람이죠.

* * *

2020년 나는 감염병에 관한 것 외에는 거의 어떤 것도 읽지 않았다. 우리는 종종 전례 없는 시대를 살고 있다는 말을 듣고는 한다. 그러나 내가 염려하는 것은 이런 시대들이 꽤 여러 전례가 있었다는 사실이다. 인간에게 미지의 영역이 존재한다는 사실은 종종 좋은 소식이다. 왜냐하면 우리에게 알려진 영역은 질병, 불의, 그리고 폭력으로 가득 차 있기 때문이다.

예컨대 19세기 콜레라에 관한 것들을 읽어보면 우리는 수많은 선례를 발견할 수 있다. 질병의 공포 속에서 잘못된 정보는 널리 퍼졌고, 넘쳐나기도 했다. 리버풀에서는 콜레라 폭동이 일어나기도 했다. 병원에 입원하면 해부용 시신을 얻으려는 의사들에 의해 죽임을 당할 것이라는 잘못된 소문 때문이었다.

2020년과 마찬가지로 당시에도 공공 의료 조치에 대한 반대가 만연했다. 19세기에 한 미국인 관찰자는 격리 조치가 "이 나라의 상업과 산업을 불필요하게 제약하는 것이라 당혹스럽다"라고 쓰기도 했다.

2020년과 마찬가지로 부자들은 대거 도시를 버리고 떠났다. 1832년 콜레라가 발생한 가운데 부자들이 뉴욕을 달아났을 때 한 신문은 이렇게 썼다. "길은 사방에서 쏟아져나온 역마차들로 메워졌다.…… 모든 공황 사태는 도시 탈출로 이어졌다."

2020년과 마찬가지로 그때에도 외부인들과 소외된 사람들은 질병을 퍼뜨렸다는 비난을 받았다. 한 영문 보고서는 "선덜랜드 출신의 아일랜드 부랑자들 때문에 콜레라가 두 배나 더 늘었다"라고 기록하고 있다.

2020년과 마찬가지로 그때에도 가난한 사람들이 훨씬 더 많이 죽었다. 19세기 함부르크에서는 가장 가난한 사람들이 가장 부유한 사람들보다 콜레라로 죽게 될 확률이 19배 더 많았다. 그리고 이 통계는 다음과 같이 악화되었다. 21세기에 가난한 사람들은 부유한 사람들보다 콜레라로 죽게 될 확률이 수천 배 더 많다. 적어도 콜레라는 매년 9만 명의 목숨을 앗아간다. 안전하고 효과적인 백신이 있음에도 그렇다. 그리고 질병은 거의 항상 적절한 액체를 보충 받음으로써 살아남는다. 콜레라는 지속해서 퍼져나가고 사람들을 죽인다. 200년 전에 그랬듯이 우리가 질병에 대해 이해하거나 치료할 도구가 부족해서가 아니다. 인류 공동체의 일원인 우리는 가난 속에서 사는 사람들의 건강을 우선시하지 않기로 했기 때문이다. 결핵°, 33종의 말라리아, 그리고 수많은 다른 전염성 질병들과 마찬가지로 콜레라는 21세기에도 승승장구 이어지고 있다. 왜냐하면 부자들의 세계는 질병을 위협으로 여기지 않기 때문이다. 티나 로젠버그

° 결핵은 2020년 코로나19의 뒤를 잇는 두 번째로 치명적인 감염병이었다. 2020년 결핵으로 130만 명 이상이 목숨을 잃었다. 결핵과 코로나19의 차이는 2019년, 2018년, 2017년, 계속해서 수백 년을 거슬러 올라가도 매년 백만 명 이상이 결핵으로 죽는다는 점이다. 콜레라와 마찬가지로 결핵은 강력한 건강 돌봄 체계가 있는 지역사회에서는 언제나 치료가 가능하다.

T.Rosenberg가 썼듯이 "아마도 가난한 나라에서 말라리아에 일어난 가장 최악의 일은 부유한 나라에서 말라리아를 퇴치한 것이다."

우리의 사회적 질서가 인간을 평등하게 대할 때에야만 질병 또한 인간을 평등하게 대할 것이다. 그 또한 선례가 있는 일이다. 14세기 박테리아 *예르시니아 페스티스Yersinia pestis*에 의해 야기된 페스트가 영국을 휩쓸고 간 후 한 연대기 기자는 "사실상 이 역병으로 죽은 영주나 고위층 사람은 없었다"라고 언급했다.

* * *

그 역병으로 유럽에서 살았던 모든 인류의 절반 정도가 1347년과 1351년 사이에 죽었다. 당시 '역병'이나 '죽을병'으로 불렸던 병은 지금은 흑사병으로 지칭되고 있다. 그리고 이 전염병의 광풍은 아시아, 북아프리카, 그리고 중동 역시 황폐화했다. 이집트의 역사가인 알마크리지al-Maqrizi는 전염병이 "한 지역과 다른 지역을 구분하지 않았다"라고 지적했다.

알마크리지의 고향인 카이로는 1340년에 인구가 약 60만으로 중국을 제외하고 세계에서 가장 큰 도시였다. 그러나 1348년 여름부터 시작되어 8개월 만에 적어도 카이로 거주자들의 3분의 1이 죽었다. 유명한 세계 여행자 이븐 바투타I.Battuta는 페스트가 정점일 때 다마스쿠스에서 매일 2,400명이 죽었다고 보고하였다.

많은 이들에게 그것은 인류의 종말이 도래한 것처럼 느껴졌다. 역사학자 이븐 칼둔I.Khaldūn은 "마치 세상에서 존재의 목소리가 망각을 외쳤던 것 같았다"라고 썼다. 기독교 사회에서 그 파괴는 심지어 대홍수보다 더 최종적이고 총체적인 것으로 간주되었다. 파두아Padua(미국 오하이오주 머서 카운티에 있는 자치구 – 옮긴이)의 연대기 작가들은 적어도 "노아의 시대에도 하느님은 모든 살아있는 영혼을 파괴하지는 않으셨다. 그래서 인류는 회복할 수 있었다"라고 썼다.

성실의 범위를 헤아리기조차 어려웠다. 파리에서 린던, 함부르크에 이르는 도시들은 주민 대부분이 페스트와 그로 인한 체제의 붕괴로 죽어가는 것을 목도했다. 두브로브니크에서는 죽음이 너무도 가차 없어 정부는 모든 시민에게 유언장을 작성하라고 명령을 내렸다. 최근 한 추정치에 따르면 10만 명 이상의 사람들이 살던 플로렌스에서는 4개월 동안 인구의 약 80%가 죽어갔다고 한다. 아일랜드에서는 존 클린J.Clyn이라는 프란시스코 수도사가 삶을 "죽음 속에서 죽음이 다가오기를 기다리는 것"으로 묘사했다.

클린은 자신의 페스트 일지에 "글이 작가와 함께 사라지지 않도록, 제작물이 장인과 함께 사라지지 않도록, 나는 미래에 누군가가 여전히 살아남아 이 일을 이어갈 수 있도록 '여분의' 양피지를 남겨둔다"라고 썼다. 그 단락 바로 아래에는 다른 필체로 짧은 종지부를 찍는다. "여기에서 작가가 죽은 것 같다."

플로렌스에서 지오반니 빌라니G.Villani는 페스트에 관해 이렇게 썼다. "많은 땅과 도시가 황폐해졌다. 그리고 역병은 이어지고 있다. 아직도……" 그리고 그는 절대 채워지지 않을 여백을 남겨두었다. 그 역시 역병이 끝나기 전에 역병으로 죽었기 때문이었다.

흑사병에 관한 글들을 읽다 보면 우리 종이 어떻게 끝나게 될지를 엿볼 수 있다. 갈망과 절망, 공포와 꺼지지 않는 희망, 미래의 누군가가 여전히 살아있을 경우를 생각하며 그대의 책에 미완성의 문장과 여분의 양피지를 남겨두는 것과 같은 희망 속에서 사라질 것이다. 윌리엄 포크너가 말했듯이 "단지 인간은 견뎌낼 것이기 때문에 불멸이라고 말하기는 아주 쉽다. 붉게 스러져가는 마지막 저녁에 아무렇게나 매달린 마지막 쓸모없는 바위에서 마지막 파멸의 종소리가 쨍그랑 부딪히고 희미해졌을 때, 그때조차 거기엔 여전히 한 번 더 남은 소리가 존재할 것이다. 보잘것없지만 꺼지지 않는 목소리가, 여전히 말을 하며 남아 있을 것이다." 포크너는 계속해서 인간은 그저 견뎌낼 뿐만 아니라 이겨낼 것이라는 주장을 이어간다. 이는 요즘의 나에겐 다소 야심차게 느껴진다. 나는 그저 그중 하나인 견뎌내는 것만으로도 기쁠 것이다.

*　*　*

역사학자 로즈메리 호록스R.Horrox는 흑사병에 관해 이렇게 썼다. "참사의 극악함은 연대기 작가들로 하여금 진부한 클리셰로 도피하게 만든다.…… 연대기에서 연대기로 이어지며 같은 언급이 나타난다." 그리고 사실상 전염병의 세계 전역에서 이 이야기들은 반복되었다. 예컨대 우리는 플로렌스 거리에는 시체들이 즐비하였고, 프랑스의 묘지는 차고 넘쳤으며, 이집트의 나일강은 질식할 지경이었다는 표현을 읽는다. 연대기 작가들은 또한 이 모든 일의 갑작스러움에 초점을 맞추기도 했다. 어느 날 한 수녀가 아프다. 일주일 만에 그녀가 살았던 마을 전체의 사람들이 죽는다. 그리고 죽음 이후의 의식도 달라져야만 한다. 종소리는 더 이상 죽은 자를 위해 울리지 않는다. 왜냐하면 끝없이 종을 울려야 했기 때문이다. 그리고 어느 작가가 썼듯이 "병자는 그 소리를 증오했으며, 건강한 사람들 또한 마찬가지로 낙담케 했다."

그러나 내게 있어 역병에 관한 설명에서 가장 불편한 반복은 병자를 유기하는 것이었다. 전염의 두려움 때문에 혼자 죽도록 종종 팽개쳐버리고는 했다. 특히 유럽에서. 시인 조이 데이빗먼J.Davidman이 1960년에 죽은 후 그녀의 남편 루이스C.S.Lewis는 "그 누구도 슬픔이 두려움과 아주 비슷한 느낌이라고 내게 말해준 적이 없다"라고 썼다. 하지만 진염병의 시대에 슬퍼하는 것은 슬픔과 두려움이 함께하는 것이다. 한 작가는 "감염의 두려움 때문에 어떤 의사도 환자를 방문하지 않을 것이며, 아버지도 아들을 찾으려 하지 않을 것이며, 어머니도 딸을, 형제가 형제를…… 그래서 헤아릴 수 없이 많은 사람들이 어떠한 애정, 경건, 자비의 표식 없이 죽었다"라고 말했다. 비잔틴 제국의 수도 콘스탄티노플에서 데메트리오스 키도네스D.Kydones는 "아비들은 두려움에 제 자식들을 묻어줄 수가 없었다"라고 썼다.

죽음의 두려움과 생존의 희망 속에서 많은 사람들이 병든 자를 홀로 죽어가도록 내버려두었다. 그렇게 하지 않는 것은 그대 자신과 그대가 남겨둔 사랑하는 사람들의 목숨을 위태롭게 하는 것이었다. 흑사병은 우리가 현재 겪는 전 세계적인 감염병과는 너무나, 상상할 수 없이 달랐을 것이다. 그것은 훨씬 더 치명적이었고, 훨씬 더 이해되지 않는 사태였다. 전염병은 가장 취약한 순간 우리를 지속적으로 갈라놓는다. 너무나 많은 사람들이 아프건 건강하건 고립에 내몰렸다. 너무나 많은 사람들이 화상 통화나 유선으로만 이별을 고하면서 사랑하는 사람들과 떨어진 채 죽어갔다. 『새로운 영국 의학 저널New England Journal of Medicine』에서 한 의사는 페이스타임으로 남편이 죽어가는 것을 지켜보는 아내에 대해 썼다.

나는 그것이 내가 세계적인 감염병에 관해 읽기를 멈출 수 없는 이유라 생각한다. 나는 분리되어야 하는 것에 사로잡혀 있다. 열여섯 살 때 내 친구가 죽었다. 그는 홀로 죽었고, 나는 그가 아주 힘들었을 것임을 알았다. 나는 그의 마지막 몇 분을 생각하지 않을 수 없었다. 그 외롭고 어떤 도움도 받지 못했을 몇 분. 나는 요즘도 종종 여전히 이 악몽을 꾸고는 한다. 나는 이 사람들을 볼 수 있는 곳에 있고, 두려움에 젖은 그들의 눈을 보지만, 그들이 죽기 전에 다가갈 수는 없다.

죽는 순간 누군가와 함께 있다는 것이 고통을 줄여주지 않는다는 사실을 나는 알고 있다. 어떤 경우에는 고통을 더 증폭시킬지도 모른다. 그러나 여전히 내 마음은 독수리처럼 계속해서 빙글빙글 돌고 있다. 그대가 사랑하는 사람의 손을 잡고 작별을 고할 수 없는, 너무도 많은 선례가 있는 비극의 주변을 맴돌고 있다.

*　　*　　*

내가 어린이병원에서 일할 때 나 자신도 아이였다. 아주 야윈 나머지 옅은 청색의 성직자 코트를 입은 내 모습은 아빠의 양복 윗도리를 입고 있는 소년 같아 보였다. 그 몇 개월간의 성직자 생활이 내 인생을 좌우하는 축이 되었다. 나는 그 일이 좋았지만 그 일을 하는 것이 불가능함을 알았다. 내가 고통을 덜어줄 수 있는 일이 아무것도 없다는 사실이 너무 고통스러웠다.

그러나 지금 그때를 돌이켜보면서 고작 스물두 살밖에 되지 않았던 내가 나쁜 목사였다고 함부로 판단하지 않으려고 한다. 그리고 나는 때로 혼자 있을 수밖에 없었던 누군가의 손을 잡아준 것만으로도 내가 도움이 되기도 했음을 깨닫는다. 그 일은 죽어가는 사람들이 우리가 확신하는 마지막 여행에 가능한 한 오래 동행할 수 있도록 자신들이 할 수 있는 일을 하는 모든 사람들에게 영원히 감사한 마음이 들게 했다.

흑사병의 시대에도 그와 같은 사람은 많았을 것이다. 그와 같은 일이 엄청나게 위험한 일임을 알고 있음에도 병든 이를 위해 기도하고 위안을 건네면서 곁을 지켰던 신부와 수녀, 의사들과 간호사들. 19세기 콜레라 대유행의 시대에도 마찬가지였다. 1832년에 나온 찰스 로센버그 C.Rosenberg의 『콜레라 시대The Cholera Years』에 따르면 "뉴욕의 그리니치 병원에서 열여섯 명의 간호사 중 열네 명이 환자를 돌보다 콜레라로 죽었다"라고 했다. 지금과 마찬가지로 당시에도 의료 종사자들은 종종 영웅적인 헌신으로 찬사를 받기도 했지만, 깨끗한 가운과 장갑의 부족을 포함하여 지원이 충분하지 않아도 사람들은 그들이 제대로 일을 수행할 것을 기대했다.

이 동행들의 이름은 대부분 역사에서 망실되었다. 그러나 그들 가운데 역병이 휘몰아쳤을 때 아비뇽에 머물며 계속해서 — 그가 나중에 썼듯이 — "지속적인 두려움 속에서" 환자를 치료했던 기 드 숄리아크 G.D.Chauliac 같은 의사도 있었다. 우리가 겪는 현재의 공포가 선례가 있었다는 것은 사실이다. 그러나 마찬가지로 보살핌의 능력도 선례가 있는 것이다.

*   *   *

18세기 역사가 바르톨트 게오르크 니부어B.G.Niebuhr는 "역병의 시대는 항상 인간 본성의 야만적이고 가장 잔혹한 측면이 우위를 점하는 시대다"라고 썼다. 흑사병이 창궐하는 동안 유럽에서는 유대인들에게 전염병과 관련한 비난이 쏟아졌다. 유대인들이 우물이나 강에 독약을 넣었다는 엉뚱한 음모론이 등장했고, 고문을 통해 받아낸 자백으로 수천 명의 유대인들을 죽였다. 공동체 전체가 불에 타 죽었고, 이 살해에 대해 감정도 없는, 사실적인 설명들은 소름이 끼칠 정도였다. 하인리히 트루흐세스 H.Truchsess는 "처음에는 11월에 솔덴에서 유대인들이 살해되거나 불태워졌고, 그다음에 초핑엔에서는 포박된 채 수레에 실려왔다. 그리고 슈투트가르트에서는 모두가 불에 탔다. 같은 일이 11월에 랜스버그에서도 일어났고……"라고 기록하고 있다.

계속해서 몇 단락 이와 같은 일이 기록되고 있다.

많은 사람들(기 드 숄리아크를 포함하여)은 우물에 독을 푸는 식으로 전염병을 퍼뜨린다는 유대인의 거대한 음모가 완전히 불가능하다는 것을 인식하고 있었다. 그러나 사실조차 여전히 음모론을 멈추게 하지 못했으며, 유럽 내 반유대주의의 오랜 역사는 사람들로 하여금 가장 터무니없는 독살 이야기조차 믿게 했다. 교황 클레멘스 6세가 나서서 지적하기도 했다. "유대인들이…… 전염병의 원인이거나 전염병을 촉발시켰다는 것이 사실일 리가 없다. 왜냐하면 세계 전역에서 같은 역병이…… 유대인 자신들에게는 물론 유대인과 살아본 적도 없는 많은 다른 종족들을 괴롭히고 있기 때문이다." 그럼에도 수많은 공동체에서 고문과 살해는 이어졌고, 비밀스러운 국제적 음모들에 관한 반유대주의적 발상이 확산되었다.

그것이 인간의 이야기다. 소외된 사람들을 비난하는 것에 그치지 않고 심지어 그들을 죽이기까지 하는 것이 위기에 처한 인간이다.

*　*　*

그러나 역병의 시대가 인간 본성의 야만적이고 가장 잔혹한 측면만을 불러낸다고 말하는 것은 지나치게 단순하다. 내가 보기엔 우리는 시간이 흐르면서 '인간의 본성'을 만들어가는 듯하다. "역사에서 불가피한 것은 거의 없다"라고 마거릿 애트우드M.Atwood는 썼다. 소외된 사람들을 악마화하는 것을 불가피하다고 받아들이는 것은 인간의 노력 전부를 포기하는 것이다. 슈투트가르트와 랜스버그, 그리고 많은 다른 장소에서 유대인 거주자들에게 일어난 일은 피할 수 없는 것이 아니었다. 그것은 선택이었다.

*　　*　　*

흑사병의 공포 속에서 이븐 바투타는 우리에게 다마스쿠스에 함께 온 사람들에 대한 이야기를 들려준다. 그는 사람들이 3일 연속 금식을 한 다음 "대모스크에 모여 사람들로 넘쳐날 때까지…… 기도 속에서 밤을 보냈고…… 다음 날 아침 새벽 기도를 마치고, 그들은 저마다 손에 코란을 들고, 맨발로 함께 걸어 나갔다. 그 행렬에는 도시의 남녀노소 할 것 없이 모든 사람들이 함께했다. 유대인들은 그들의 율법서를, 기독교인들은 그들의 복음서를 들었고, 그들 모두는 여자들과 어린이들과 함께 왔다. 저마다의 책과 저마다의 예언자들을 통해 신의 은총을 통곡하며 간구하였고, 사원 전체를 *발자국의 모스크*Mosque of the Footprints로 가는 길로 만들었다. 그리고 그곳에서 그들은 한낮이 될 때까지 탄원하고 기도하며 머물렀다. 그런 다음에 그들은 읍성으로 돌아와 금요 예배를 드렸고, 신이 그들의 고난을 가볍게 덜어주었다"라고 말했다.

이븐 바투타의 이야기에서는 권력자들조차 평등의 의미로 맨발로 걸었고, 모든 사람들은 자신들의 종교적 배경과 무관하게 기도 속에서 함께 모였다. 물론 이 대규모 집회가 실제로 다마스쿠스에서 역병의 확산을 지연시켰는지는 명확하지 않다. 그러나 우리는 이 선례에서 본다. 위기는 항상 우리 안의 잔혹함만을 드러내는 것이 아니라는 것을. 위기는 마찬가지로 우리를, 우리의 고통과 희망 그리고 기도를 나누는 방향으로, 서로를 평등한 인간으로 대하는 방향으로 나아가게 할 수도 있다. 그리고 우리가 이와 같은 식으로 대응할 때 아마도 고통은 가벼워질 것이다. 참담한 시대에 다른 사람들을 악마화하고 비난하는 것이 인간의 본성인 반면 지도자들 또한 추종자들과 다를 바 없이 맨발로 함께 걸어가는 것 역시 인간의 본성이다.

다마스쿠스의 시민들은 우리에게 지금 이러한 선례 속에서 어떻게 살아야 할지에 대한 모범을 남겨주었다. 시인 로버트 프로스트R.Frost의 말처럼 "유일한 탈출구는 통과하는 것이다." 그리고 통과하는 유일한 좋은 방법은 함께하는 것이다. 심지어 상황이 우리를 갈라놓을지라도 — 사실 특히 상황이 그렇게 할 때에야말로 — 통과하는 방법은 함께하는 것이다.

나는 인간이 겪는 고통의 밝은 면을 드러내고자 하는 시도들을 지극히 의심스러워한다. 특히 그 고통을 겪는 것이 — 모든 감염병의 경우에서와 마찬가지로 — 부당하게 분배될 경우. 나는 다른 사람들의 희망을 비난하기 위해 여기에 있는 것이 아니다. 그러나 개인적으로 나는 누군가가 이 먹구름의 은빛 테두리에 관해 시적인 표현으로 윤색하는 것을 들을 때마다 클린트 스미스C.Smith의 멋진 시에 관해 생각한다. 시는 이렇게 시작한다. "'우리는 더 힘든 상황도 이겨냈다네'라고 사람들이 말할 때,/ 내가 듣는 모든 것은 그렇게 이겨내지 못한 사람들의/ 묘석에 부딪히는 바람 소리뿐이라네." 이븐 바투타의 다마스쿠스에서처럼 앞으로 나아가는 유일한 길은 참된 연대뿐이다. 희망뿐만 아니라 탄식 속에서의 연대.

* * *

바로 얼마 전 딸아이가 사람들은 겨울이 되면 다시는 따뜻해지지 않을 것으로 생각하고, 또 여름이 되면 다시는 추워지지 않을 것으로 생각한다고 말한 적이 있다. 그러나 계절은 결국 계속 달라진다. 우리가 아는 어떤 것도 영원하지 않다. 심지어 영원하지 않다는 것조차도.

물론 전염병은 별점 하나를 받아야 할 현상이지만, 그렇다고 우리의 대응이 별점 하나일 필요는 없다.

윈트리 믹스

이렇게 시작하는 카베 아크바르K.Akbar의 시가 있다. "바람이 양쪽에서 불어오는 1월이 몇 달간 이어졌다." 그리고 실제도 그렇다. 티셔츠를 입고 정원에서 풀을 뽑을 때 코 밑 인중으로 땀이 떨어지는 느낌을 추상적이나마 기억할 수 있다. 그러나 지금 입술이 갈라질 듯한 바람을 등지고 시든 후추와 토마토 줄기를 뽑을 때, 살갗에 와 닿는 햇살의 실제적인 느낌을 떠올리기는 어렵다. 기온이 더 온화하고 식물들도 죽어 있었을 몇 달 전에 이 일을 했어야만 했다. 하지만 나는 모든 일을 미뤄두기만 했다. 심지어 놀이라고 해도 무방한 정원 손질조차.

여기 인디애나폴리스에서 꽤 오랫동안 '왜 하늘이 파랗지?'에 대한 유일한 대답은 파랗지 않다는 것이었다. 나는 마운틴 고츠M.Goats 노래의 한 구절에 관해 계속 생각한다. "내 위의 회색 하늘은 광활하고 정말 신비로워."

인간이 아닌 것에 인간의 감정을 불어넣는 것을 문학적으로 분석한 구절이 있다. 감정의 오류. 이 말은 종종 외부 세계를 빌어 인물들의 내면을 투영하는 것으로 쓰인다. 키츠가 「우울에 대한 송가Ode on Melancholy」에서 "흔들리는 구름"이라고 썼다거나 셰익스피어가 『줄리어스 시저』에서 "위협적인 구름"이라고 지칭하는 식이다. 워즈워스는 방황에 대해 "구름처럼 고독한"이라고 썼다. 에밀리 디킨슨의 시에서 구름은 때때로 호기심 덩어리고 때때로 비열하게 묘사된다. 구름은 그늘이 필요할 때 우리에게서 햇살을 막아준다. 우리들과 마찬가지로 구름은 맥락에 따라 아주 달라진다.

* * *

내가 정원을 돌보기 시작한 것은 심리치료사가 추천해주었기 때문이다. 그녀는 내게 도움이 될 것이라고 말했고, 실제로 도움이 되었다. 비록 나는 두드러지게 훌륭한 정원사(내가 성공적으로 수확한 평균 정도의 토마토는 17달러에 팔렸다)는 아니지만 흙 속에 손을 넣는 것을 좋아하고, 씨앗이 싹트는 것을 지켜보길 좋아한다. 그러나 내게 정원 일이 가장 가치 있는 일이 된 것은 채소를 기르기 전이었다. 나는 항상 제대로 된 호적수好敵手가 있었으면 했다. 그런데 지금은 생겼다. 마멋이다. 기분 내킬 때마다 뒤뚱거리며 내 정원으로 와서 콩에서 피망까지 다양한 작물들을 먹어치우는, 놀라울 만큼 통통한 녀석이다. 위키피디아에 따르면 야생의 마멋은 길어야 6년 정도 살 수 있다고 한다. 그런데 나의 적수는 살아있고, 자신을 위해 경작하는 정원을 적어도 8년 동안 먹어치우고 있다.

녀석은 정원의 가장자리에서 8미터 정도 떨어진 곳, 내가 정원용 도구들을 보관하는 작은 나무 헛간 아래에 살고 있다. 때때로 나는 사무실 뒤쪽 갑판에서 마멋이 들락거리지 않도록 아버지와 함께 만든 울타리 아래를 파헤치는 모습을 지켜보기도 한다. 나는 글을 쓰려고 끙끙거리다가 등받이가 있는 연두색 나무 의자에서 마못을 향해 소리를 질러대기도 한다. 내가 의자에서 일어나 녀석을 향해 성큼성큼 걸음을 옮기기라도 하면, 녀석은 울타리 아래에 있는 자신의 집으로 가려고 어슬렁거리며 빠져나가기 전에 완전한 경멸의 표정으로 나를 올려다보기도 한다.

그러고 나서 5분이나 10분이 지나 내다보면 콩 줄기를 맛있게 먹고 있는 녀석이 보인다. 녀석은 내가 자신을 죽이는 것을 내키지 않아 한다는 것을 알고 있다. 그리고 마못을 정원에서 막아내기에 지능이 부족하다는 것도 알고 있다. 그러니 녀석은 신선한 유기농 과일과 야채를 골고루 풍부하게 먹으며 불가능할 정도로 오래 살고 있는 것이다.

인생을 살아가기 위해서는 목적의식이 필요하다. 마못은 내게 그것을 주었다. 그러나 지금은 겨울이다. 2020년의 초입이며, 녀석은 겨울잠을 자고 있다. 바람이 양방향을 향하고 있는 달, 1월이다. 물론 나는 앞으로 무엇이 다가올지 알지 못한다.

뒤늦게 시든 토마토 줄기와 콩 줄기를 정원에서 걷어내 헛간으로 밀어 넣으면서 나는 마못의 수면을 방해하리라는 희망으로 아주 시끄럽게 쿵쾅거려본다. 반쯤 언 손으로 토마토 줄기를 차곡차곡 쌓아 올리려면 영원히 걸릴 듯하다. 나는 왜 이 작업을 11월에 하지 않았는지, 그럼 지금 여기 있지도 않을 텐데 하며 나 자신에게 퍼붓는 비난의 말을 혼자 중얼거린다.

아니면 더 미룰 수도 있지 않냐고 내게 묻는다. 왜 곧장 집으로 가서 커피를 내리고, 아이들이 쿵쾅거리며 집 주변을 뛰어다닐 동안 텔레비전에서 공허하지만 즐거운 무언가를 보지 않느냐고 묻는다. 나는 자신을 위한 시간을 원하기 때문이며, 이 나이에는 이것이야말로 시간을 얻는 방

법이기 때문이라고 답한다.

토마토 줄기를 헛간에 모두 쌓아 올린 다음 나는 정원을 향해 걸어간
다. 얼어붙은 비가 흩뿌리기 시작한다. 정확히 말하면 얼어붙은 비가 아
니다. 여기 인디에너폴리스에서는 '윈트리 믹스wintry mix'로 흔히 알려
진 기후 현상이 있다. 강수는 진눈깨비에서 눈으로, 비로, 그리고 다시 진
눈깨비로 내린다. 때때로 우리는 이 기묘한 작은 눈 덩어리를 *그라우펠*
graupel, 싸락눈이라 부르기도 한다.°
　눈은 아름답다. 거의 터무니없이 그림 같다. 아래로 내려와 대지를 덮
고, 대지에 더없이 행복한 고요를 가져다준다. 윈트리 믹스는 그라우펠이
라는 단어에 잘 나타나 있듯이 근본적으로 낭만적이지 않다. 윈트리 믹
스는 완전히 중서부 지역의 강수 형태이다. 실용적이고, 사랑스럽지 않
고, 그리고 가식적이지 않다.

시든 콩 덤불을 손수레에 쌓아 올리노라니 하늘이 내게 침을 뱉는 것
같은 느낌이다. 나는 윌슨 벤틀리W.Bentley를 생각한다. 윌슨 벤틀리는 버
몬트 출신의 아마추어 사진작가로 1885년 눈송이를 클로즈업해서 사진
을 찍은 최초의 사람이다. 벤틀리는 5천 장 넘는 눈송이 사진을 계속 찍
었고, 그것을 "얼음꽃", "아름다움의 작은 기적들"이라고 불렀다.
　누구도 그라우펠을 아름다움의 작은 기적이라고 부르지 않는다. 그리
고 분명히 나는 작은 공 모양의 얼어붙은 비를 맞는 것을 좋아하지 않는

°　그라우펠이라는 단어는 진눈깨비sleet를 뜻하는 독일어 단어에서 따왔다. 영어를 사용하는 기상학
　자들은 이런 종류의 강수를 '부드러운 우박'이라고 부르기도 했지만 결국 그 용어를 버렸다. 그라우펠
　은 부드럽지도 않고 우박도 아니라는 이유 때문이었다.

다. 인디애나 들판의 드넓고 부서지지 않는 참혹함을 가로질러 날아와 예측할 수 없는 각도로 몰아치는 진눈깨비도 좋아하지 않는다. 그러나 그럼에도…… 나는 윈트리 믹스를 좋아한다. 그것이 내가 내 집에 있다는 것을 알 수 있는 방법 중 하나이기 때문이다.

* * *

나는 분명히 인디애나폴리스를 사랑하기 쉽지 않기 때문에 인디애나폴리스를 사랑한다. 그대는 그 아름다움을 알려면 한동안 이곳에 머물러야만 한다. 그대는 구름을 위협적이거나 음울한 그 이상의 것으로 읽을 수 있어야만 한다. "감정의 오류"라는 말은 경멸적으로 들리며, 이 구절은 원래 비평가 존 러스킨J.Ruskin이 만들어냈을 때 이미 그런 의도였다. 스콧이나 워즈워스 같은 낭만주의 시인들에 관해 러스킨은 "자연을 사랑하는 것은 다소간 자신들의 약점과 결부되어 있다"라고 썼다. 그는 계속해서 자연에 정서를 부여하는 것은 "항상 병적인 정신 상태이거나 비교적 심약한 상태란 표시다"°라고 썼다.

어쩌면 그것은 나의 비교적 심약하고 병적인 정신 상태에 기인할 수도 있지만 그러나 감정의 오류는 종종 내게 도움을 준다. 나는 워즈워스가 구름처럼 고독하게 서성거릴 때, 아니면 스콧이 "온화한 불빛"을 가진 것으로 자연에 관해 쓸 때를 좋아한다. 사실 우리 대부분은 날씨에 따라

° 시의 강점과 약점에 대한 러스킨의 강박관념(그리고 강점은 약점보다 내재적으로 더 낫다는 전제에 대한 강박관념. 그런데 내 의견으로 이는 인간이 처한 상황에 관한 근본적인 오해다)은 영문학에서 모든 곳으로 너무 깊숙이 뻗어나간 식민주의적 사고의 힘을 강력하게 상기시키는 역할을 한다. 그들은 어디서든 이데올로기와 예술을 분리할 수 없다고 생각한다.

영향을 받는다. 특히 겨울의 옅은 빛이 비칠 때 더욱 그렇다. 날씨는 인간적인 감정을 가지고 있지는 않지만 감정을 불러일으킨다. 게다가 우리는 우리 자신의, 특히 우리의 정서적인 자아의 맥락 속에서, 우리 주변의 세계를 볼 수밖에 없다. 그것은 인간 의식의 결함이 아니라 특징이다.

물론 강수는 우리와 완진히 무관하다. 커밍스가 말한 대로다. "눈은 부드럽고 하얀 것을/ 망할 그것이 닿는 누군가에게도 주지 않는다." 그렇다. 우리는 모더니스트들에게 얼마나 고마워해야 하는지 모른다. 구름이 위협하거나 울지 않는다는 것을, 구름에 뒤따를 수 있는 유일한 동사는 존재한다는 동사라는 것을 우리에게 알리기 위해 문을 두드리기 때문이다. 그러나 *우리는* 부드럽고 하얀 것을 망할 눈이 닿는 누군가에게 준다.

* * *

죽은 식물들, 뿌리 뽑힌 식물들을 잔뜩 손수레에 싣고 퇴비 더미로 걸어가면서 나는 앤 카슨A.Carson의 시 일부를 떠올린다. "겨울의 첫눈이/ 떠다니다 그의 속눈썹 위에 내려앉고, 주변 나뭇가지들을 뒤덮고, 잠재웠다./ 세상 모든 흔적을." 그러나 윈트리 믹스의 땅인 이곳은 잠들어 있지 않다. 투둑, 툭, 툭 불협화음으로 땅 위에 쏟아지는 그라우펠의 백색 소음이 있을 뿐이다.

마못은 그 모든 것에도 아랑곳없이 잠을 잔다. 3월에 깨어나 밖으로 나올 때, 녀석은 여느 해와 같은 느낌일 것이다. 그러나 나는 달리 느낄 것이다. 마못이 깨어나는 달에 사라의 책 강연은 취소될 것이다. 아이들의 학교는 문을 닫을 것이다. 우리는 처음으로 친구들, 가족들로부터 격리될 것이다. 처음에는 4주 정도였다가 8주가 될 수도 있을 것이다.

나는 갑작스럽게 예전보다 더 정원 일에 흥미가 생기게 될 것이다. 그리고 봄에 나는 유튜브의 온갖 동영상들을 보면서 마못과의 심각한 전쟁의 해결책을 배우게 될 것이다. 내가 마못과의 갈등 속에 갇혀버린 유일한 사람이 아니라는 것도 밝혀질 것이다. 그리고 또 다른 정원사는 완벽하게 작동하는 근본적인 해결책을 제안할 것이다. 나는 헛간 옆에 밭 한뙈기를 갈고, 나의 정원에 대두 씨앗을 심고 나면, 마못의 텃밭에도 얼마간 심어준다. 고추와 콩도 그렇게 한다.

* * *

3월을 시작으로 나는 항상, 매일 바깥에 있을 것이다. 자연이 빠른 속도로 움직이는 바깥에서만 느낄 수 있는 평범함에 탐닉할 것이다. 나는 인생에서 처음으로 내가 지구를 위해 만들어졌을 뿐만 아니라, 지구로, 지구의 흙으로 만들어졌음을 이해하기 시작할 것이다.

그러나 아직은 거기까지 가지 않았다. 위협적인 봄은 아직 움트지 않았다. 나는 시든 식물들을 퇴비 더미에 쏟아붓고, 손수레를 다신 헛간에 넣는다. 그날 밤 사라와 나는 시인 페이지 루이스P.Lewis가 읽어주는 책을 귀 기울여 들을 것이다. 나는 루이스의 책『파괴된 우주Space Struck』를 여러 가지 이유로 좋아한다. 특히 시들이 내 삶의 대부분을 지배하는 불안에, 위협적인 구름이 불러일으키는 공포에, 그리고 마못의 조롱 등에 목소리와 형태를 부여하기 때문이다. 한 시에서 루이스는 다음과 같이 느끼는 서술자에 관해 쓴다.

마치 달 위에서 공기가 빠져나가는

소리를 들은 것 같다.

우주복을 벗었지만 구멍을 찾을 수 없다.

나는 공황 상태의 부통령, 그리고 대통령은

실종되었고.

* * *

1965년 3월, 우주비행사 알렉세이 레오노프A.Leonov는 미르 우주 정거
장을 빠져나와 우주를 자유롭게° 둥둥 떠 있었던 최초의 인간이 되었다.
이 최초의 우주 유영 마지막에 레오노프는 자신의 우주복이 우주의 진공
속에서 팽창되었음을 발견했고, 우주 정거장 안으로 다시 들어갈 수 없
음을 알았다. 그의 유일한 선택은 우주복의 밸브를 열어, 공기를 우주에
빼내고 산소가 모두 떨어지기 직전에 우주선 안으로 들어갈 수 있도록
우주복을 수축시키는 것이었다. 자연은 인간에게 무심하지만 공기가 새
어나가고 대신 공허가 밀려들어 오는 순간에 알렉세이 레오노프에게는
그렇게 느껴지지 않았을 것이다.

나는 우리가 세상에 의미를 부여할지 말지에 대해 선택의 여지가 있다
고 생각하지 않는다. 우리 모두는 가는 곳마다 의미의 먼지를 뿌리는 작
은 요정들이다. 이 산은 신을 의미하고, 강수는 고난을 의미한다. 우주의
진공은 공허함을 의미하고, 마못은 인간의 불합리에 대한 자연의 조롱을

° 우주복 안에 45분 동안 호흡할 수 있는 공기를 가지고, 우주의 절대적 자유 속을 떠다닐 정도의 자
유를 모든 사람들은 갈망한다.

의미한다. 우리는 가는 곳마다 무엇을 마주치든지 상관없이 그것에 의미를 부여한다. 그러니 내게 의미를 부여하는 것은 선택이 아니다. 그러나 어떤 의미를 부여할 것인가는 내가 선택할 수 있다.

* * *

나는 정원에서 들어왔다. 샤워를 했더니 물이 얼어붙은 피부를 찔렀다. 나는 옷을 입고 가르마를 갈라 머리를 옆으로 빗고, 시 낭송회에 가기 위해 윈트리 믹스가 내리는 위험한 밤길로 사라와 함께 차를 몰았다. 우리는 그녀의 책과 우리 아이들에 관해 이야기를 나누었다. 잠시 후 사라가 라디오를 켰다. 다른 날이었다면 오늘 같은 날씨는 위협적이거나 해롭거나 반갑지 않았을 것이다. 그러나 오늘 밤은 그렇지 않다. 그대가 무엇을 보는가도 중요하지만, 그대가 어떻게 보는가 혹은 누구와 함께 보는가는 그보다 더 중요하다. 그날 밤, 나는 꼭 알맞은 장소에서 꼭 알맞은 사람과 함께 있었으니, 그라우펠이 아름답지 않다고 말한다면 저주를 받게 될 것이다.

나는 윈트리 믹스에 별점 네 개를 준다.

바이야린스 핫도그

2008년 여름 사라와 나는 다른 부부, 로라와 라이언과 함께 유럽 여행을 갔다. 나는 로라와 라이언을 정말 좋아한다. 그러나 그대가 한 가지는 알아야 하는데, 그들은 정말 인생의 골수를 쥐어짜서, 의식이 깜빡이는 가장 짧은 순간까지 그 모든 것을 최대한 활용하는 유형의 사람들이라는 점이다. 이는 내가 여행하는 방식과 달라도 너무 달랐다. 나는 그저 한 가지 일 — 대체로 박물관을 방문하고 — 을 하기 위해 온종일 심혈을 기울이며 보낸다. 그리고 그날의 나머지 시간은 여행 일정표의 유일한 일에서 회복하는 것이다.

여행은 우리를 덴마크에서 스웨덴으로, 그러고 나서 북대서양의 작고 대부분 바위투성이 섬나라인 아이슬란드로 데려갔다. 아이슬란드의 국적기인 아이슬란드항공에서는 자국 내에서 어디서든 내리고 탈 수 있는 무료이용권을 여행객들에게 제공함으로써 관심을 끌었다. 나도 아이슬란드 방문에 관심이 있었다. 왜냐하면 1. 아이슬란드는 인구 40만도 되지 않으며, 나는 오래전부터 작은 나라에 매력을 느꼈고, 어떻게 나라가 돌아가는지 궁금했다. 그리고 2. 오랫동안 나의 편집자인 줄리 스트라우스 가벨J.Strauss-Gabel°은 아이슬란드를 자주 방문했는데 목청을 높여 레이캬비크에 있는 어떤 가판대의 핫도그를 추천했기 때문이다.

스웨덴과 덴마크 여행은 아주 즐거웠다. 스모르가스보드(여러 가지 음식을 한꺼번에 차려놓고 원하는 만큼 덜어 먹는 스웨덴의 전통적인 식사 방법-옮긴이)와 박물관이 있었지만, 그 가운데 압권은 라이언의 스웨덴 친척들과 함께 보낸 저녁이었다. 그들은 광야에 끝없이 이어진 호숫가에서 살고 있었다. 그들은 우리를 자신들의 집으로 초대해주었고, 스웨덴의 국민 술 브렌빈에 전례 없이 격렬하게 취하도록 만들었다. 나는 보통 숙취에 대한 두려움 때문에 과음하지 않는 편인데 그날 저녁은 예외였다. 라이언의 친척들은 우리에게 스웨덴식 음주가와 절인 청어 먹는 법을 가르쳐주었고, 내 잔을 계속 브렌빈으로 채워주었다. 그리고 마침내 80세가 된 그 집안의 가장이 일어서서 그날 저녁 처음으로 영어로 말했다. "지금 울리 사우나로!"

그래서 우리는 사우나실로 들어갔고, 나는 너무 취한 나머지 술을 좀 깨려고 머리 위로 차가운 맥주를 들이부었다. 그리고 한참 뒤 사라와 나는 밖으로 나와 호수 안으로 무릎 깊이까지 들어갔다. 라세라는 이름의 여든 살 가장도 우리와 합류했는데, 옷을 전혀 걸치지 않고 우스꽝스러울 정도로 얌전한 수영복을 입은 미국인들 옆에 섰다. 그러더니 라세는 동료애의 확고한 몸짓을 보이겠다는 의도로 내 등을 툭 쳤다. 그의 손아

° 　줄리는 거의 20년 동안 나의 편집자로 일해왔고, 이 책을 포함해 나의 모든 책을 편집했다. 또 그녀는 나의 가장 가까운 친구이기도 하다. 그녀가 자주 아이슬란드를 찾는 이유는 아이슬란드에서 촬영된 어린이용 텔레비전 프로그램 〈게으른 도시Lazy Town〉 때문인데, 줄리의 남편인 인형조종사 데이비드 펠드먼D.Feldman이 공동주연으로 등장하기 때문이다.

귀 힘 때문에 전혀 준비되지 않은 나는 얼굴부터 호수에 처박혔다. 나는 상처를 입진 않았다. 그런데 안경이 호수 바닥의 돌에 부딪혀 완전히 돌이킬 수 없을 정도로 금이 갔다. 다음 날 아침 숙취에 대한 나의 비참한 두려움은 틀리지 않았다고, 깨어진 안경알 때문에 많은 것을 볼 수 없겠다고 생각하며 깨어났다.

그러고 나서 이틀 후에 우리는 아이슬란드의 레이캬비크에 도착했다. 나는 그때까지 숙취에서 깨어나지 못하고 있었다. 그것은 항상 배 왼쪽의 시큼한 부글거림과 바닥에 토하고 싶다는 일반적인 욕망과 결합되어 있었다. 이것이 내 숙취의 진짜 골칫거리다. 알코올 흡수는 절망에 대한 나의 취약성을 증대시킨다. 그 취약성은 숙취가 목소리를 내는 것이었고, 그것도 아주 큰 소리로 말을 하는 것임을 알게 되었다.

숙취는 또한 나를 빛에 아주 민감하게 만든다. 우리가 레이캬비크에 내렸을 때는 으스스한 회색빛 아침이었으며, 구름이 잔뜩 끼었을 뿐 아니라 안개까지 덩달아 심해 문제가 되지는 않았다. 그날은 '하늘'이 그저 인간의 또 다른 구성물에 불과하다는 것을 깨닫게 하는 날이었다. 하늘은 땅이 끝나는 지점 어디에서나 시작되고 있었다. 하늘은 단지 저 너머에 있는 것만이 아니라, 그대의 머리가 항상 헤엄치고 있는 곳이기도 하다.

우리는 공항에서 아이슬란드의 가장 큰 도시(사실 유일한 도시이기도 한) 레이캬비크 시내로 들어가기 위해 택시를 탔다. 택시 기사는 아이슬란드어로 하는 라디오를 너무 크게 틀어놓고 듣고 있었으며, 나는 사라와 로라 사이에 끼어 뒷좌석에 앉아 있었다. 우리가 도시로 들어서자 나는 그 섬뜩한 침묵에 깜짝 놀랐다. 거리에는 날씨가 그리 나쁘지 않았음에도 사람이 한 사람도 없었다. 여름의 금요일이었다. 나는 사람들이 정육점

주인, 빵집 주인, 양초 만드는 사람, 혹은 그 누구인가를 만나기 위해 온종일 활보하는 작은 도시를 상상했었다.

그러나 도시는 사람들은커녕 말 그대로 고요했다. 호텔에서 네 블록 정도 떨어진 곳에서 택시 기사가 말했다. "여기가 좋겠네요." 그는 택시를 세우고 우리에게 돈을 달라고 요구했다. 우리는 호텔까지 태워달라고 요구했지만 그는 말했다. "안돼요, 너무 심해요. 손님 말씀대로 호텔까지 가는 건 너무 스트레스가 심해요."

나의 관점으로는 이 텅 빈 거리를 운전하는 것에 그다지 스트레스를 받을 것 같지는 않았다. 그래도 여하튼 나는 아이슬란드의 운전 전문가는 아니다. 우리는 택시에서 내려 레이캬비크 중심가의 아무도 다니지 않는 넓은 인도를 따라 가방을 끌기 시작했다. 가장 기억에 남는 것은 여행용 가방의 바퀴가 돌로 된 바닥을 굴러가는 소리였다. 그 소리는 조용한 도시에서 압도적이었다.

그런데 어디선가 그리고 모든 곳에서 갑작스럽게 탄성을 동반하는 외침 소리가 들렸다. 도시 전체가 우리 주변의 건물들 속 어딘가에 숨어 있다가 정확하게 같은 순간에 정확하게 같은 소리를 내는 것 같았다.

"정말 이상한데." 라이언이 말했다. 우리는 왜 도시가 폐쇄되어 있었는지 추측하기 시작했다. 아마도 관광객들에게는 알려지지 않았던 일기예보가 있었는지도 몰랐다. 아마도 실내에서 지내는 국경일일 수도 있었다.

로라가 말했다. "사람들이 모두 텔레비전으로 같은 방송을 보고 있는 것 아닐까?"

그 말이 끝남과 동시에 침묵이 깨졌다. 우리 주위에서 엄청난 함성이 터져 나왔다. 사람들이 모든 거리로 쏟아져나왔다. 집에서, 가게에서, 술집에서 거리로 쏟아져나왔다. 그들은 미친 듯이 고함을 지르고 있었다.

모두가 "이야아아아아아아!" 소리 지르고 있었다. 그들 중 상당수는 얼굴에 아이슬란드 국기를 물감으로 그려놓고 있었다. 어떤 사람들은 드러내놓고 울고 있었다. 내 나이쯤 되었음 직한 키 큰 친구는 마치 내가 〈라이언 킹〉의 심바이기나 한 듯 껴안고 허공으로 들어 올렸다. 그리고 울면서 내게 포옹했다. 누군가는 라이언의 목에 스카프를 둘러주었다.

"도대체 무슨 일이야?" 사라가 자신의 전매특허인 정확성을 들이대며 물었다.

손에 맥주가 건네졌다. 우리는 조금 마셨다. 비명을 지르던 처음의 혼란은 곧 노래로 바뀌었고, 노래는 겉으로 보기에 감동을 불러일으키고 있었다. 우리를 제외한 모두가 길거리에서 노래를 부르며 울고 있었기 때문이었다. 어떤 사람은 제대로 울기 위해 연석에 자리를 잡고 앉아야만 했다. 사람들은 계속 늘어났다. 레이캬비크의 인구는 12만 명이며, 모든 사람들이 거리로, 이 거리로 쏟아져나온 것 같았다. 이제는 호텔까지 간다는 것이 불가능했다. 우리는 인파에 둘러싸여 인간이 경험할 수 있는 어떤 거대한 물결 속에 있었다. 우리가 할 수 있는 모든 것은 가방을 놓치지 않으려고 움켜쥐는 것뿐이었다. 노래가 끝나자 모두가 다시 함성을 질러대기 시작했다. 나도 그렇게 하기로 결심했다. 나는 따지 않은 맥주 캔을 들어 올리며 소리쳤다. "이야아아아아아아!" 나는 우리가 무엇을 축하하고 있는지 알지는 못했지만 몹시 흥분했다. 나는 아이슬란드를 사랑했다. 나는 레이캬비크를 사랑했다. 나는 눈물과 땀으로 빨갛고, 하얗고, 파란 물감이 얼굴에 흘러내리고 있는 이 사람들을 사랑했다.

마침내 우리는 아이슬란드가 이제 막 남자 핸드볼 경기에서 처음으로 올림픽 단체전 메달을 땄다는 것을 알 수 있었다. 나는 미국이라면 어떤 사건이 이토록 사람들을 함께 나누는 기쁨으로 이어줄 수 있을지 궁금했다. 물론 야구의 월드 시리즈나 미식축구의 슈퍼볼에서 자신들의 팀이 우승했을 때 도시 전체가 축하하기는 한다. 그러나 국가적인 경기에서 온 국민이 함께 승리의 기쁨을 만끽하는 것을 본 유일한 경험은 1999년 여자 축구팀이 월드컵에서 우승했을 때뿐이었다. 그해 여름 나는 알래스카 무스 패스라는 작은 마을에서 살고 있었고 카페에서 일하고 있었다. 동료들과 나는 가게 귀퉁이에 놓여 있는 작은 텔레비전으로 그 경기를 보고 있었고 브랜디 채스테인B.Chastain이 승리의 페널티킥을 성공시키자 경적이 울리는 소리를 들었다. 그리고 몇 분 후에 무스 패스의 어디에선가 한 사람의 목소리가 소리치는 것을 들었다. "젠장. 좋았어, 미국!"

나는 남자 핸드볼팀에 관해 잘 알지 못하지만° 스포츠라면 누구에게 뒤지지 않을 만큼 좋아한다. 두어 시간 뒤에 우리가 호텔에 도착했을 때 나는 아이슬란드 남자 핸드볼팀의 광팬이 되어 있었다. 나는 호텔에서 쉬면서 경기의 하이라이트를 보고 싶었다. 내가 좋아하는 팀이 올림픽 메달을 땄다는 흥분감이 나를 지치게 했다. 그러나 동료들은 밖으로 나가서 아이슬란드 문화에 푹 빠져야만 한다고 고집을 부렸다.

군중은 많이 줄어들어 있었다. 그리고 아직 이른 시간이기도 했다. 그래서 우리는 박물관으로 갔다. 그곳에서 아이슬란드어는 수 세기 동안 거의 변하지 않았기에 그들의 고전 서사시는 현대문학처럼 읽힌다는 것을 배웠다. 우리는 보비 피셔B.Fischer가 1972년 보리스 스파스키B.Spassky를 이겼던 체스 테이블을 보기도 했다. 나중에 우리는 아이슬란드 섬의 내륙을 둘러보는 버스 투어를 했는데, 아이슬란드의 내륙은 화산암 평원

° 핸드볼은 미국이 정기적으로 참가하지 않는 유일한 올림픽 스포츠이기 때문에(1996년 이래 출전조차 시키지 않았다) 텔레비전 중계를 볼 기회는 거의 없었다.

이 끝없이 펼쳐져 있어 마치 다른 행성에 온 듯했다. 여행 가이드는 아이슬란드의 수많은 장점을 극찬했다. "그린란드는 항상 얼음에 덮여 있어요." 그녀가 말했다. "그런데 여기 아이슬란드는 기후가 상당히 온화해요. 사람들은 아이슬란드를 그린란드라고, 그린란드를 아이슬란드로 불러야 해요." 그러고 나서 우리는 모두 폭포를 보기 위해 버스에서 내렸다. 8월인데 기온은 섭씨 10도였고, 차가운 비가 수평으로 내리쳐, 들고 있는 우산이 전혀 쓸모없게 되었다.

몰아치는 바람 소리 사이로 들리게 하려고 가이드가 소리치면서 말했다. "아이슬란드는 보다시피 멋진 자연경관을 볼 수 있어요. 이 폭포도 가히 기념비적이에요." 지금까지도 나는 "가히 기념비적"이라 생각하지 않고 폭포를 볼 수가 없다.

우리는 흠뻑 젖어 뼈가 얼어붙은 상태로 6시쯤 호텔로 돌아왔다. 나는 친구들에게 오늘 밤은 나가지 말고 호텔에서 조용히 보내자고 부탁했다. 오늘 너무 많은 경험을 했잖아. 그냥 룸서비스 시키고, 핸드볼 하이라이트 보고, 그러다 자면 안 될까? 돌아온 대답은 "안 돼"였다. 골수까지 뽑힌 나는 마지못해서 아내와 친구들을 따라 저녁이 된 밖으로 나왔다. 그러나 레이캬비크에서는 여름철이면 오후 10시가 될 때까지 해가 지지 않는다.

우리는 줄리가 추천한 핫도그 가게인 바이야린스 베스투 필수르까지 걸어갔다. 가게는 요리사 모자를 쓰고 있는 의인화된 프랑크푸르트 소시지로 장식된 작은 건물에 있었다. 놀랍게도 줄이 짧았다. 나는 "모든 게 다 들어간 것"을 주문하라는 말을 들었기에 그것 ─ 레뮬라드 소스, 머스터드, 튀긴 양파 등이 들어간 핫도그 ─ 을 주문했다. 바이야린스의 핫도

그는 유명하다. 여행안내 책자와 텔레비전 프로그램에도 나온다. 바이야린스는 수천 명의 구글 사용자들에게서 별점 다섯 개를 받았다. 그리고 지나치게 높은 평가를 받았던 다른 것들과 마찬가지로 다양한 반발들도 있었다. 많은 리뷰에는 결국 "그래 봤자 핫도그일 뿐"이라는 평가가 많았다. "특별한 게 없어." 누군가는 썼다. 더그라는 방문객은 "주유소에서 파는 게 다 그렇지 뭐"라고 썼다.

더그처럼 나도 너무 많이 알려진 맛집에 실망한 적이 종종 있다. 아마 지나친 기대감 때문이기도 하고, 어쩌면 내가 그다지 음식을 좋아하지 않기 때문이기도 할 것이다. 그러나 나는 바이야린스의 핫도그가 지나치게 과대 포장된 것이 아니라, 인정을 덜 받고 있음을 알았다. 심지어 나는 핫도그를 특별히 좋아하지도 않는다. 그러나 그 핫도그는 내 인생에서 맛본 가장 맛있는 음식 중 하나였다.

몇 달 후 2008년 가을 경기침체가 전 세계를 휩쓸었고, 아이슬란드는 가장 심각한 타격을 받은 나라 중 하나였다. 불과 몇 달 만에 통화가치가 35% 하락했다. 경기침체가 지속되고 신용평가도 얼어붙었다. 전문가들은 생애에 한 번 겪을까 말까 한 일을 겪고 있다고 말했다. 그런데 알다시피 사실 12년도 채 되지 않아 우리는 생애에 한 번 겪을 경기침체를 또 한 번 겪게 된다. 우리는 생애에 한 번이라고 말하는 습관을 버려야 한다. 우리는 생애가 얼마나 긴지, 그 생애 동안 한 번 일어날지도 모르는 일에 관해 아는 척하지 말아야 한다.

그렇지만 나는 아이슬란드에서의 길고 긴 하루는 정말 일생에 단 한 번 있는 날이 아닐까 생각한다. 추운 여름날 아이슬란드는 여름 올림픽에서 최초로 메달을 땄고, 나는 친구들과 옹기종기 모여 핫도그를 먹었다. 내가 먹어본 핫도그 중에 가장 훌륭했다. 그 핫도그는 며칠째 이어지던 나의 숙취를 치료해주었고, 눈에 걸린 듯한 희뿌연 막을 걷어주었으며, 나를 레이캬비크의 황혼 속으로 보내주었다. 지속될 수 없는, 그럴 필요도 없는, 가슴 속 깊은 곳에서 움트는 기쁨 같은 것을 느꼈다.

바이야린스 힛도그에 나는 별점 다섯 개를 준다.

IOS 노트앱

IOS 노트앱은 2007년 최초의 아이폰과 함께 등장했다. 그 당시 이 앱의 기본 글꼴은 얼핏 보면 손 글씨처럼 보였고, 노란 배경색에 각 텍스트의 행이 가로줄로 쳐 있었다. 옛날의 노란색 리갈패드(줄이 쳐진 황색 용지 묶음 - 옮긴이)를 연상케 하려는 의도였다. 지금의 노트앱은 종이를 본뜬 가벼운 질감을 느끼게 하는 배경색으로 되어 있다. 이른바 장식적 디자인, 스큐어모픽skeuomorphic이다. 이는 원래의 물체가 가진 디자인 요소 가운데 지금은 쓸모없게 된 것인데도 파생된 앱이 여전히 그런 요소를 가지고 있는 것을 일컫는 용어다. 예컨대 카지노의 슬롯머신에는 더 이상 당기는 손잡이가 필요 없지만 대부분은 여전히 손잡이가 달려 있다. 수많은 모바일의 장치 앱도 장식적 디자인을 사용한다. 계산기 앱도 계산기 모양을 본뜨고 있고, 디지털 시계도 손목시계의 분침과 시침이 있다. 아마도 이 모든 것들은 모든 것이 얼마나 빠르게 달라지고 있는지를 알아차리지 못하게 하겠다는 희망이 투영된 결과일 것이다.

나는 인생의 대부분 동안 읽고 있는 책이 무엇이든 그 귀퉁이에 메모하고는 했다. 나는 항상 공책을 들고 다니는 유형의 사람은 아니었다. 공원 벤치에 앉아 있을 때라도 놀라운 생각을 즉시 포착할 수 있도록 메모를 쓰는 사람이 되고 *싶기*는 하다. 그러나 나는 생각이 항상 기다릴 수 있다는 것을 알고 있었고, 어떤 이유로 무언가를 꼭 적어둬야 할 필요가 있는 경우에는 항상 들고 다니던 책에 주머니에 있는 펜으로 끄적거렸다.

『솔로몬의 노래』에는 사야 할 식료품 목록이 적혀 있고, 『카발리에와 클레이의 놀라운 모험The Amazing Adventures of Kavalier and Clay』에는 이모할머니네 가는 길이 적혀 있고, 『왕의 모든 남자들』 241쪽 아래에는 "이틀 내내 비가 내리고 있다"라고 적혀 있다. 그것은 내 첫 번째 소설 『알래스카를 찾아서』의 플롯 구성을 위해 했던 생각이었다. 내가 읽고 있는 책 속에는 수많은 내 이야기들의 메모가 있다. 때로는 몇 마디에 불과하다. '*야생 수퇘지 사냥FERAL HOG HUNT*'과 같은 단어는 『우리의 남쪽 하이랜더Our Southern Highlanders』의 귀퉁이에 메모되어 있는데, 나중에 『열아홉 번째 캐서린에게 또 차이고 말았어』의 결정적인 장면 일부에 끼워 넣었다.

그러나 보통 귀퉁이에 쓰인 메모는 나를 당황하게 한다. 『제인 에어』 84쪽에는 "그대는 이렇게 외로웠던 적이 없었나?"라고 쓰여 있다. 문장의 *그대*는 나인가? 그 메모는 내겐 더 이상 없는 맥락에 의존하고 있다. 대학에서 처음 『제인 에어』를 읽기 시작했을 때로 되돌아가 생각해보면 내가 일상생활에서 외로웠거나 아니면 달리 다른 일이 일어났는지 기억할 수가 없다. 나는 그저 제인을 기억하고, 로체스터가 그녀를 '나의 연민'이라 불렀다는 것을, 제인이 지옥을 피하는 방식으로 말했던 "건강을 유지하면서 죽지 않는 것" 등을 기억할 따름이다.

나는 2008년에 아이폰을 처음 샀지만 책 귀퉁이에 메모하는 습관을 버리는 데 오래 걸렸다. 나는 2010년까지 노트앱을 쓰지 않았다. 그러나 종종 필기구를 주머니에 넣지 않고 집을 나설 때가 적지 않다는 것을 알게 되었고, 결국에는 손에 책도 없이 집을 나서기도 한다는 것을 알았다. 필기구나 종이가 없다는 문제는 아이폰 때문이기도 했지만 아이폰으로 해결되기도 했다.°

주머니 속에 항상 디지털 도서관과 노트 필기를 할 수 있는 장치를 지니고 있다고 해서 내가 쓴 메모를 항상 이해할 수 있게 된 것은 아니다. 예컨대 2011년에 썼던 "그들은 릭스 박물관의 천장을 칠하고 있다"라는 문장 같은 경우다. 그들이 릭스 박물관의 천장을 칠하고 있었던가? 아니면 그 문장이 소설의 멋진 문장이라고 내가 생각했었나? 잘 모르겠다. 그러나 나는 여전히 노트에 쓰인 몇몇 문장들을 분석할 수도 있고, 그것들을 한데 모으면 기묘한 자서전을 이루기도 한다. 그 자서전은 내가 관심을 기울였던 것의 렌즈를 통해 나 자신을 이해하는 경로다. 2020년 초에 나는 애플의 노트앱을 밀쳐두고 다른 노트앱을 쓰기로 했다. IOS 노트앱은 지금 오래된 책 『제인 에어』의 귀퉁이에 쓰인 메모처럼 유물이 되고 말았다. 다음은 노트앱을 사용하여 내 인생의 매해를 기록한 메모다.

° 내게는 기술이 종종 자신이 만든 문제를 자신이 해결했다고 자랑하는 꼴이라는 생각이 든다.

* * *

2019: "망구소S.Manguso의 구절을 사라에게 보낼 것" 내 메모의 많은 부분은 사라에게 무언가를 보내라고 상기시키는 것들이다. 도널드 홀의 에세이, 로스앤젤레스 현대미술관MOCA의 케리 제임스 마셜K.J.Marshall 전시회 도록, 헨리 제임스H.James가 부사에 관해 했던 농담("내가 정말 존경하는 유일한 자격을 갖춘") 등. 사실 이 가운데 어느 정도를 그녀와 공유했는지는 알지 못한다. 왜냐하면 노트앱에 기록한 것과 실행은 별개이기 때문이다. 또한 사라 망구소의 어떤 구절을 인용한 것을 말하는지도 알지 못한다. 아마도 망구소의 책, 『두 종류의 쇠퇴Two Kinds of Decay』에 나오는 정신병동에서의 삶에 관한 인용이었을 것이다. "진정한 의미의 병동은 유일하게 내 삶에서 평등의 공동체였다. 이는 우리가 모두 이미 지옥을 통과하며 살아왔다는 것을, 우리의 삶이 이미 끝났다는 것을, 우리가 최후의 하강 속에 있음을 알고 있다는 것을 의미한다. 밑으로 내려오는 길에서 할 수 있는 유일한 일은 자비를 베푸는 것이었다."

* * *

2018: "그대 시간의 시제와 관점이 불연속적이란 증표." 나는 이 단어들의 의미가 무엇인지 알지 못한다. 그러나 2018년 3월, 내가 직접 타이핑을 했기에 단어들은 거기에 있다. 그러나 맥락에 대한 설명은 없다.

＊　＊　＊

2017: "밤에 혼자 운전하는 것은 고통스럽지는 않지만 가슴 아픈 일이다." 밤에 혼자 운전하는 동안 나는 이런 생각을 했다. 그래서 차를 갓길에 세우고, 적어놓았다. 그러다 보니 가슴 아픈 느낌이 사라졌다.

＊　＊　＊

2016: "상상력과 기억 사이에는 선명한 경계가 없다." 내 구글 달력에 따르면 이 문장을 썼을 때, 나는 가장 친한 친구 크리스와 마리나 워터스 부부의 집에 있었다. 사라가 비슷한 말을 대화 속에서 했고, 아마도 나는 그걸 슬쩍 훔친 것 같다. 하여간 나의 소설 『거북이는 언제나 거기에 있어』에서 써먹었다. 그 작품은 상상했던 것을 항상 기억하고, 기억하는 것을 항상 상상하는 아이에 관한 이야기다.

＊　＊　＊

2015: "이 술집에는 도처에 조명이 있지만 그대는 누구의 얼굴도 볼 수 없다." 간혹 나는 대화에 적절히 참여하지 못하는 것처럼 느끼고는 한다. 내가 말하고 듣는 모든 것은 내 불안의 체를 통해 걸러지기 때문이다. 그래서 나는 누군가가 내게 방금 한 말과 어떻게 반응해야 할지 이해할 때쯤이면 내 웃음이나 반응들은 이상하게 늦어지는 것 같다. 이런 일들이 일어나리라는 것을 알기에 내 불안은 더욱 심해지고, 결국 문제를 더 악화시킨다. 때로는 스스로를 거대한 대화의 일부가 아니라 대화를 기록하

는 연대기 작가로 상상하면서 대처하려고 한다. 그래서 전화기를 열고 메모를 끼적거리고는 한다. "이 술집에는 도처에 조명이 있지만 그대는 누구의 얼굴도 볼 수 없다"라는 말도 오하이오의 클리블랜드 호텔 바에 있을 때 영화배우의 홍보 담당자가 내 동료 엘리제 마셜E.Marshall에게 한 말이다. 나는 이 문장이 정말 마음에 들었고, 언젠가는 소설 속에 사용하려고 한다.

*   *   *

2014: "스트로베리 힐은 내가 기억하는 것처럼 그다지 호사스러운 술은 아니다." 나는 이 메모를 스트로베리 힐을 한 병 마시고 난 다음 썼다. 스트로베리 힐은 분즈팜Boone's Farm에서 만든 4달러짜리, 밝은 분홍색의 와인 같은 음료다. 나는 고등학교 때부터 스트로베리 힐을 종종 마셨고, 당시에는 그걸 아주 좋아했다. 그러나 그 사이에 그 맛이 변했거나 내가 변했다.°

*   *   *

2013: "불은 불과 싸운다." 이 구절은 내게 아주 중요한 것임에 틀림없다. 왜냐하면 나는 이 문장을 2013년 노트앱에 세 번이나 따로 써두었기 때문이다. 그러나 무슨 뜻인지는 전혀 모른다. 그리고 보면 기억은 카메

° 내가 가장 좋아하는 영어 문장 중의 하나는 분즈팜 팬 웹사이트의 스트로베리 힐에 관한 리뷰에 나와 있는 문장이다. "스트로베리 힐은 언덕 중턱에 막 열린 풍부하게 진동하는 딸기의 향을 가지고 있다."

라라기보다 필터라는 것을 조금 상기시켜주는 일이다. 기억이 붙잡고 있는 미립자들은 그것을 통해 새어 나오는 것에 결코 비교할 수 없다.

* * *

2012: "문자 그대로를 의미하는 유일한 문장." 어느 날 교회에서 그날의 말씀으로 「마태복음」 19장 24절을 읽었다. 문장은 이렇다. "다시 내가 말하지만 부자가 하나님의 나라에 들어가는 것보다 낙타가 바늘구멍으로 들어가는 것이 더 쉽다." 목사님은 사람들이 이 문장을 제외한 성경의 모든 문장을 말 그대로 받아들이는데, 정작 이 문장이야말로 문자 그대로를 의미하는 유일한 문장이라고 말했다.

* * *

2011: "그날은 꽤 아름다운 날이었다. ― 유일하게 건질 만한 문장." 이 문장을 나는 아주 생생하게 기억한다. 나는 무인도에 발이 묶인 여섯 명의 고등학생에 관한 소설을 쓰느라고 거의 1년을 보내고 있었다. 이야기의 진행이 막혀 있었기에 몇 주정도 시간을 두고 다시 읽어보자고 마음먹었다. 그러고 나서 한층 명료한 눈으로 다시 읽었을 때 절대적으로 어떤 것 ― 마음을 울리거나 위트나 재미도 없었다 ― 도 찾지 못했다. 그 한 문장을 빼고는 모두 버려야만 했다. "그날은 꽤 아름다운 날이었다." 나는 지금도 그 문장을 좋아한다. 결국 『잘못은 우리 별에 있어』에 넣었다.

*　　*　　*

2010: "그녀의 눈은 그가 보는 것을 주시한다." 내 핸드폰에 따르면 이 문장이 노트앱에 쓴 첫 번째 노트였다. 내가 가장 좋아하는 밴드인 마운틴 고츠의 가사 속에 있는 말장난을 처음 알아차리고는 썼던 것으로 기억한다. 그들의 노래 〈제니Jenny〉는 이제 막 노랑과 검은색으로 된 가와사키 오토바이를 구입한 여자와 그 여자를 사랑하는 내레이터에 대한 것이다. 노래의 한 구절은 다음과 같다. "그대는 헤드램프를 수평선에 맞추는군요./ 우리는 신이 눈길을 주지 않는, 은하계의 유일한 존재라네." 그 가사는 항상 내게 11학년 시절을 떠올리게 한다. 탁 트인 들판 한가운데 누워, 미친 듯이 좋아했던 세 친구와 함께 밤하늘을 올려다보며 뜨거운 몰트 위스키를 마시던 때였다.

신이 눈길을 주지 않는, 은하계의 유일한 존재가 된다는 것은 내겐 별점 다섯 개가 분명하지만 노트앱이라면 나는 별점 세 개 반을 준다.

마운틴 고츠

정말 무조건적이라는 말 말고, 밴드 마운틴 고츠에 대한 나의 사랑을 그대에게 어떻게 말해야 좋을지 모르겠다. 마운틴 고츠의 노래나 앨범 중 가장 좋아하는 곡이 있지는 않다. 왜냐하면 하나 같이 다 좋아하기 때문이다. 내 인생의 절반이 시작되던 즈음 내 친구 린제이 로버트슨L.Robertson이 〈덴턴에서 나온 진짜 죽여주는 메탈 밴드The Best Ever Death Metal Band Out of Denton〉라는 노래를 연주해준 이후로 마운틴 고츠는 나의 주된 음악적 동반자가 되었다. 린제이는 내가 만나본 가장 훌륭한 취향을 가진 사람인데, 그는 내게 그 당시의 새 앨범인 〈탤러해시Tallahassee〉를 들으며 마운틴 고츠를 향한 여행을 시작하라고 추천해주었다. (린제이도 나처럼 플로리다에서 성장했다.)

몇 주 지나자 나는 〈탤러해시〉에 있는 모든 노래를 기억하게 되었다. 밴드의 리드 보컬인 존 다르니엘J.Darnielle은 음악비평가 사샤 프레레존스S.Frere-Jones가 말했듯이 "미국에서 힙합이 아닌 부문에서 가장 뛰어난 작사가"다. 〈탤러해시〉에서 그는 내가 그 당시 경험하고 있었던 사랑을 그대로 표현한다. "우리 사랑은 그리스와 알바니아 사이의 국경선 같아요." 그는 〈국제적인 교통경찰에 대한 블루스International Small Arms Traffic Blues〉에서 노래한다. 또 다른 노래에서 그는 "루이지애나 공동묘지처럼/ 어떤 것도 그대로 묻혀있지 않는 곳"과 같은 연애를 노래한다.

내가 나이 들어가면서 마운틴 고츠도 나와 함께 연륜이 쌓였다. 그들의 노래는 우리 아이들이 태어났을 때 나와 함께 있었고("나는 그의 눈이 빛을 만나 작아질 때 그의 작은 얼굴을 보았다네") 그리고 내가 슬픔으로 주체할 수 없었을 때 그들은 나와 함께 있었다("나는 날개 위로 날개를 회전하는 비행기다./ 내 악기 소리를 들어봐./ 악기들은 어떤 말도 하지 않아"). 때때로 나는 예술이 다독여줘야 하는 사람이다. 마운틴 고츠가 그러하듯이. 널리 알려진 대로 마운틴 고츠의 다르니엘은 〈올해This Year〉의 합창에서 이렇게 외친다. "나는 그럭저럭 올해를 잘 견뎌낼 것이다. 만약 그것이 날 죽인다 해도." 다른 때에 나는 단지 예술이 내 곁에 있기만을 바란다.

마운틴 고츠는 내가 깊이 생각하고 귀 기울여 들을 수 있도록 만들어주었다. 그렇기에 마운틴 고츠가 없으면 내가 어떤 사람이 되었을지 모르겠다. 그저 지금의 나는 아니었으리란 것만 알 수 있을 따름이다. 너무 과장해서 말하고 싶지는 않지만 마운틴 고츠의 노래는 내가 살고 싶은 삶과 내가 자라서 되고 싶은 사람에 대한 안내를 제공해주었다는 의미에서 내게는 거의 경전 같은 존재이기도 하다. 예컨대 다음 두 구절만 보아도 알 수 있다. "그대는 이 땅 위에 빛으로 가득 찬 존재/ 그리고 나는 그대의 삶과 그대의 가치에 대한 증인이라네." 더 많은 빛을 드러내는 것, 다른 사람들의 빛을 더 잘 보려는 것, 그것이 내게는 소명이다.

나는 마운틴 고츠에게 별점 다섯 개를 준다.

쿼티 자판

대부분의 영문 자판에서 세 줄로 된 문자키는 알파벳 순서나 사용 빈도에 따라 배열되어 있지 않다. 실제로 영어에서 가장 흔한 두 글자 —e와 t —는 이른바 타자를 배울 때 손가락을 놓는 글자인 '홈 키'에 속해 있지도 않다. 제일 위의 줄, 왼쪽에서 오른쪽 QWERTY로 시작하는 배열에서 찾아야만 한다. 이렇게 된 이유에는 타자기의 메커니즘, 호전적인 채식주의자, 그리고 8년 동안 세 가지 다른 정치적 정당에 속해 있었던 위스콘신(미국 중북부에 있는 주—옮긴이)의 정치가가 포함되어 있다.

나는 발명가와 발명품에 관한 솔직한 이야기를 좋아한다. 5학년 때 나는 토마스 에디슨에 관한 최초의 논픽션 작품을 썼다. 그 글은 이렇게 시작한다. "토마스 알바 에디슨은 수많은 흥미로운 발명품들, 전구라든가 아주 흥미로운 동영상 카메라 같은 발명품들을 만들어낸 정말 흥미로운 사람이었다." 나는 '흥미로운interesting'이란 단어를 좋아했다. 왜냐하면 에디슨의 전기를 필기체 손 글씨로 써야 했고, 장장 다섯 페이지를 채워야 했는데 나의 불안한 필체로 '흥미로운'은 그 단어만으로 한 줄 전체를 차지했기 때문이었다.

물론 에디슨에 관한 흥미로운 일들 가운데에는 그가 전구나 동영상 카메라를 발명하지 않았다는 사실도 포함되어 있다. 두 가지 사례 모두 에디슨은 이미 존재하는 발명품들을 바탕으로 다른 협력자들과 함께 작업했으며, 그것이야말로 인간의 뛰어난 능력 가운데 하나다. 내가 인간에 대해 가장 흥미롭게 여기는 점은 우리 개개인이 하는 일이 아니라, 우리가 함께 만들고 유지하는 일종의 시스템이다. 전구는 멋지고 다 좋지만, 정말 재미있는 것은 전구에 불이 들어오게 전력을 공급하는 전력망인 것이다.

그러나 누가 수십 년 동안 반복적인 변화를 통해 이루어진 느린 진보에 관한 이야기를 듣고 싶어 하겠는가? 좋아, 그대라고? 바라건대 그대였으면.

가장 초기의 타자기는 18세기에 만들어졌다. 그러나 타자기가 너무 느리기도 했고 대량 생산을 하기에는 너무 비싸기도 했다. 시간이 지나면서 산업혁명의 확장은 더 많은 정밀 금속 부품들을 값싼 비용으로 만들어낼 수 있음을 의미했다. 그리하여 1860년대에 들어 위스콘신주의 신문 발행인이자 정치가인 크리스토퍼 래섬 숄스C.L.Sholes는 책에 페이지 번호를 인쇄할 수 있는 기계를 만들려고 노력하는 와중에 문자도 쳐 넣을 수 있는 비슷한 기계를 생각하기 시작했다.

숄스는 위스콘신의 아주 유능한 정치가였다. 그는 자유토양당에 입당하기 전 위스콘신주 상원에서 민주당원으로 활동했다. 자유토양당은 아프리카계 미국인들에 대한 법적 차별을 종식시키고 미국 내 노예제도의 확대를 막으려고 노력했다. 숄스는 후에 공화당원이 되었고, 오늘날 사형 제도를 강력하게 반대했던 인물로 기억되고 있다. 그는 1853년 위스콘신주를 사형제도의 폐지를 향한 길로 이끌었다.

숄스는 자신의 친구들인 사무엘 술레S.Soule, 카를로스 글리든C.Glidden 과 함께 타자기를 "문학적 피아노"로 묘사한 잡지 『사이언티픽 아메리칸 Scientific American』에서 읽었던 것과 비슷한 타자기를 만들기 시작했다. 그들이 처음으로 만든 타자기는 두 줄로 키가 배열되고 — 피아노와 정 말 똑같이 검은색과 흰색으로 된 — 대부분의 자모음이 알파벳 순서대로 배열되어 있었다.

그 당시에는 수많은 타자기가 서로 다른 키의 배열과 디자인 전략들을 사용하고 있었고, 이는 우리의 폭넓은 협업에 따른 난개발에 가까운 도 전 중 하나가 표준화임을 보여주었다. 새로운 타자기를 구할 때마다 새 로운 키의 배열을 배워야 한다는 것은 엄청나게 비효율적이다.°

숄스의 타자기는 이른바 '눈을 가린 타자기'였다. 이는 문자를 타이핑 할 때 무엇을 타이핑하는지 볼 수 없다는 뜻이다. 언제 종이가 걸렸는지 를 알 수 없다는 것을 의미하기도 한다. 그리고 자판을 알파벳 순서대로 배열한 것은 너무 많은 걸림돌로 이어졌다. 그러나 이러한 종이 걸림이 자판 배열을 변화시킨 추진력이었는지는 명확하지 않다. 코이치安岡孝一 와 야스오카 모토코安岡素子는 그들의 논문 「쿼티의 전사On the Prehistory of QWERTY」에서 설득력 있는 주장을 한다. 자판 배열은 오류로 인해 추 동된 것이 아니라 모스 부호를 번역하고자 하는 전신 교환원들의 필요에

° 표준화의 부족은 종종 생산성을 저해한다. 철도 바퀴의 폭은 이 현상의 가장 유명한 사례다. 그러나 내 삶에 가장 자주 거론되는 사례는 휴대용 전자 장치를 위한 충전 케이블이다. 어떤 장치는 USB-C 충 전 케이블을 사용하며, 어떤 장치는 USB-A, 소형 USB 혹은 초소형 USB를 사용한다. 그리고 현재 애 플이 사용하고 있는 표준적인 충전 장치가 있다. 애플은 지난 10년 동안 표준을 너무 많이 변경해왔는 데 그들이 여전히 쿼티 자판 배열로 컴퓨터를 만들고 있다는 것은 축복할 만한 기적이다.

의해 추동되었다는 것이다.

그럼에도 불구하고 전신 교환원들과 속기사들 모두 궁극적인 자판 배열을 이루어내는 데 도움을 주었고, 타자기에 대해 조언을 제공했던 토마스 에디슨을 포함하여 다른 협력자 집단도 마찬가지였다. 숄스와 술레, 그리고 글리든 역시 외부의 발명가들에게 의존했다. 그 가운데 가장 탁월한 이는 숄스의 오랜 친구인 제임스 덴스모어J.Densmore였다. 덴스모어는 주로 생 사과를 주식으로 먹으며 살아가는 열정적인 채식주의자였고, 식당에서 모르는 사람이 고기 요리를 주문하는 것을 우연히 듣기라도 하면 식당임을 아랑곳하지 않고 논쟁을 벌이는 사람으로 유명했다. 그는 또한 편안함을 위해 발목 위로 바지를 몇 인치 잘라 입었다. 그런데 그에게는 우연히도 영어에서 낱자의 빈도와 조합에 관해 연구하는 아모스Amos라는 동생이 있었다. 일부 보도에 따르면 아모스가 타자기 제작자에게 자판의 배열에 관해 조언을 해주었다고 한다.

신제품 검사에서 속기사와 전신 운영자들은 덴스모어로부터 타자기를 "잘 두들겨 보고, 약점을 찾아라"라는 말을 들었다. 신제품 검사자들이 약점을 찾아낸 후 숄스와 동료들은 기계를 다듬었고, 1868년 11월 맨 윗줄이 A, E, I, ?로 시작하는 네 줄 자판을 도입한 타자기를 선보였다. 1873년 4열 자판이 Q, W, E, ., T, Y로 시작되었다. 그해 총기 제조업체 레밍턴 앤 선즈Remington&Sons는 숄스와 글리든 타자기의 권리를 샀다. 레밍턴은 남북전쟁이 끝난 후 회사를 총기 제작을 넘어서서 확장하고 싶어 했다. 레밍턴의 기술자들이 R을 타자기의 맨 위 열로 옮겼고, 오늘날 우리가 사용하는 것과 다소간 동일한 자판 배열을 완성했다.

쿼티 자판 배열은 한 사람 혹은 몇몇 사람에 의해 발명된 것이 아니었다. 많은 사람이 함께 협력한 결과였다. 우연히도 숄스 자신은 자판 배열이 여전히 불만족스러웠고, 그래서 남은 삶 동안 개선 작업을 계속 이어 갔다. 죽기 몇 달 전 그는 자판의 제일 윗줄이 X, P, M, C, H로 시작되는 새로운 자판에 대한 특허를 신청했다.

그러나 널리 사용된 것은 쿼티 자판이었다. 왜냐하면 레밍턴 2 타자기가 아주 인기를 끌었기 때문이기도 했고, 또 바람직한 자판 배열이었기 때문이기도 했다. 쿼티가 도입된 이후 몇 년 동안 쿼티를 개선하고자 하는 수많은 시도가 있었다. 그러나 어떤 시도도 표준을 바꿀 정도로 획기적인 차이를 만들어내지는 못했다. 소문에 의하면 가장 잘 알려진 손쉬운 자판 배열은 1932년 아우구스트 드보락A.Dvorak이 개발한 드보락 단순 자판이다. 이 자판은 왼쪽 홈 키가 A, O, E, U인 것이 특징이다. 어떤 연구들은 드보락의 자판 배열이 타이핑 속도를 개선했고 오류 비율을 한층 낮추었다고 했지만, 대부분은 드보락의 지원을 받고 이루어진 연구들이었다. 더욱이 최근에는 드보락이 알려진 대로 드보락 단순 자판이 가장 최적화된 키보드 배열임을 입증하거나 드보락에게 이익이 될 만한 연구가 거의 눈에 띄지 않는다.

쿼티 자판은 ─ 부분적으로는 우연의 결과이지만 ─ 단어들 내에서 양손을 번갈아 사용하는 것이 아주 편리하게 되어 있으며, 이는 다른 손이 자판을 치는 동안 다른 손은 키를 향해 뻗을 수 있다는 것을 의미했다. 완벽하게 효율적이지는 않지만 ─ 가장 흔한 글자들은 왼손으로 치게 되어 있다. 반면 대부분의 사람들은 오른손으로 치는 것이 다소 더 빠르고 더 정확하다 ─ 아무튼 대부분의 사람들은 대부분의 경우 쿼티가 제대로 작동한다.

쿼티는 분명 나와 잘 맞았다. 초등학교 때 나는 끔찍한 필체의 소유자였다. (필기체로 '흥미로운'이란 단어를 쓰려면 공책의 한 줄 전부가 필요했지 않왔던가) 연필을 흔들리지 않게 잡고 아무리 애를 써도 글씨를 잘 쓸 수가 없었다. 그러나 어린아이치고 나는 유능한 타이피스트였다. 쿼티 자판을 두들기는 것은 내가 능숙하게 해낸 첫 번째 일 중 하나였다. 그렇게 된 까닭은 1980년대의 텍스트 기반 비디오 게임들을 하고 싶었기 때문이다. 그러나 더 궁극적인 이유는 뛰어나다는 느낌을 좋아했기 때문이었다. 6학년 때 나는 1분에 80자를 칠 수 있었다. 요즘에는 생각의 속도로 빠르게 칠 수 있다. 아니면 어쩌면 내 삶의 대부분을 타자를 통해 생각하면서 보냈기 때문에 나의 두뇌는 타이핑하는 속도에 맞게 생각하기를 배웠을 수도 있다. 알파벳이 Q-W-E-R-T-Y로 시작한다고 학습한 것과 같이.

자판은 생각하는 나의 길이자 나의 길을 사람들과 공유하는 방법이기도 하다. 나는 악기를 연주하지는 못한다. 그러나 나는 이 문학적인 피아노는 두드릴 수 있다. 그리고 그 일이 잘되어 갈 때면 특정한 타악기의 리듬이 형성된다. 때로는 — 분명 매일은 아니고, 어떤 날은 — 낱자가 어디 있는지 안다는 것은 단어가 어디 있는지를 내가 아는 것처럼 느끼게 해 준다. 나는 멋진 키보드에서 키를 누르는 소리를 좋아한다. 기술적인 용어는 '키 액션'이다. 그러나 타이핑에서 내가 가장 좋아하는 점은 화면이나 페이지 위에 있는 내 글이 다른 누군가의 글과 시각적으로 구별되지 않는다는 것이다.

인터넷을 하던 어린아이였을 때 나는 타이핑을 좋아했다. 내 손이 얼마나 작고 가는지, 내가 항상 얼마나 겁에 질려 있는지, 큰 소리로 말하기 위해 얼마나 씨름하고 있는지 누구도 알 수 없을 것이기 때문이었다. 1991년 당시 온라인에서만큼은 나는 걱정이 많은 살과 부서지기 쉬운 뼈로 된 아이가 아니었다. 나는 자판을 두드리며 형성되었다. 더 이상 나 자신을 견딜 수 없을 때 나는 잠시 동안 빠르게 연속적으로 자판을 두드릴 수 있었다. 어떤 면에서는 그것이야말로 몇 년이 지난 후에도 여전히 타이핑을 하는 까닭이다.

그래서 비록 지금이 완벽한 자판 배열은 아니라 해도 나는 여전히 쿼티 자판에 별점 네 개를 준다.

페인트칠을 한, 세상에서 가장 큰 공

나는 미국이 모범적인 나라 혹은 아주 특별한 나라라는 망상
에 사로잡혀 있지 않다. 그러나 우리에겐 세상에서 가장 큰 공들이 아주
많다. 철조망을 두른 세상에서 가장 큰 공이 미국에 있고, 팝콘을 붙인 세
상에서 가장 큰 공도, 스티커를 붙인 세상에서 가장 큰 공도, 고무 밴드를
두른 세상에서 가장 큰 공 등도 있다. 우표를 붙인 세상에서 가장 큰 공은
네브래스카주 오마하에 있다. 이 공의 우표는 보이즈 타운으로 알려진
고아원의 거주자들이 모았다.

나는 20년 전 우표를 붙인 공을 본 적이 있다. 여자 친구와 함께 도로
여행 중이었고, 전국을 누비며 길가에 있는 명소들을 찾아다녔다. 우리의
관계가 위태로워지고 있었기에 우리는 지리적인 치료법을 찾고 있었다.
우리는 네브래스카주의 카헨지를 들렀다. 폐차들로 스톤헨지를 그대로
본떠 만든 구조물이었다. 그리고 사우스다코타에 있는 옥수수 궁전도 갔
었다. 외관을 주로 옥수수 알갱이로 만든 거대한 구조물이었다. 또 우리
는 세계에서 가장 큰 공 몇 개를 찾아갔는데, 그중에는 미네소타주 다윈

에 사는 어떤 사람이 노끈을 감아 만든 세상에서 가장 큰 공이 있었고, 또 캔자스주 코커 시티의 마을 사람들 모두가 노끈으로 감아 만든 세상에서 가장 큰 공도 있었다.° 우리는 그 후 오래지 않아 헤어지고 말았지만 코커 시티의 공만큼은 항상 기억할 것이다.

* * *

이렇게 시작하는 에밀리 디킨슨의 시가 있다. "나는 내 머릿속에서 장 례식을 치르고 있음을 느낀다." 이 시는 내가 가까스로 기억하고 있는 몇 편 안 되는 시들 중 한 편이다. 시는 이렇게 끝난다.

그러고 이성의 널빤지가 부서졌고,
나는 아래로 아래로 떨어졌다네.
그리고 나뒹굴 때마다 세상을 두들겼지.
그리고 앎은 끝을 보았어. - 그런 다음에 -

몇 년 전 이성의 널빤지가 내 안에서 부서졌고, 나는 아래로 떨어져 내 렸으며, 나뒹굴 때마다 세상을 두들겼다. 이런 일이 일어난 것이 처음은 아니었지만, 이 사실은 머릿속에서 장례식을 느낄 때 냉혹한 위안이 될 뿐이었다. 나는 기를 쓰며 회복하려고 노력했다. 아니면 적어도 하강의

° 아마도 이것은 미국에 대해 알아야 할 필요가 있는 모든 것을 압축해서 말해준다. 이들이 노끈으로 감은 세상에서 가장 인상적인 공이란 타이틀을 차지하기 위한 유일한 경쟁자들이 아니라는 사실이다. 지금도 미주리주 브랜슨의 집 안에 나일론 끈으로 감싼 세상에서 가장 큰 공도 있고, 위스콘신에 있는 세상에서 가장 무거운 노끈으로 감싼 공도 있다.

속도나마 늦춰보려고 했다. 그때 나는 언젠가 갔었던 도로 여행을 떠올렸고, 지리적 치료법을 다시 시도해보기로 결심했다. 나는 세상에서 가장 큰, 페인트칠을 한 공을 보러 가려고 운전을 했다. 그것은 당분간만이라도 내 목숨을 구하기 위한, 일종의 시도였다.

*　　*　　*

나는 길가에 있는 명소들에 매력을 느낀다. 왜냐하면 그곳은 작은 개인의 작업과 거대한 시스템의 작업이 교차하는 것을 볼 수 있는 곳이기 때문이다. 우리에게는 수많은 길이 있기 때문에 수많은 길가 명소가 있다. 주를 넘나드는 우리의 고속도로망은 수많은 사람이 이 나라 영토의 광활한 지역을 가로지를 수 있도록 건설되었다.° 일단 고속도로를 타게 되면, 기름이나 음식이 필요할 때까지 계속 도로 위에 머물게 된다. 크루즈 컨트롤이 주는 직진성에서 벗어나려면 무언가 특별한 것이 필요하다. 선례가 없는 어떤 일. 그것이 곧 세상에서 가장 큰 _____이다.

길가의 명소를 필요하게 만드는 것은 시스템이다. 그러나 무엇을 만들지, 왜 만들지를 선택하는 사람은 각각의 개인들이다. 예컨대 세상에서 가장 큰 고무 밴드를 두른 공인 메가톤을 만든 조엘 와울J.Waul을 떠올려보자. 공에 고무 밴드를 처음 두를 때 와울은 자신의 블로그에 이렇게 썼다. "첫째, 명확하고 명료한 실천적인 아이디어, 목표, 목적을 설정하라. 둘째, 목적을 달성하는 데 필요한 수단을 마련하라. 셋째, 모든 수단을 그

° 1950년대 초 고속도로망이 건설되기 전에는 미국에 세상에서 가장 큰 공 같은 것이 실제로 존재하지 않았음을 말해준다.

목표에 맞게 조정하라. — 아리스토텔레스"° 와울이 설정한 명확하고 명료한 실천적인 아이디어는 고무 밴드를 두른, 세상에서 가장 큰 공을 만드는 것이었다. 그 공은 결국 무게가 9천 파운드에 이른다. 나는 중요하지도 않은 무언가를 창조하는 데에 그다지 과도하게 헌신하는 것이 왜 아름다운지 잘 알지는 못한다. 그러나 나는 아름답다고 생각한다.

페인트칠을 한, 세상에서 가장 큰 공은 인디애나주의 알렉산드리아라는 작은 마을에 자리 잡고 있다. 1977년으로 거슬러 가서 마이크 카마이클M.Carmichael은 자신의 세 살배기 아들과 함께 야구공에 페인트를 칠했다. 그러고 나서도 그들은 계속해서 공에 덧칠했다. 카마이클은 잡지『로드사이드 아메리카Roadside America』에서 이렇게 말했다. "제 의도는 야구공을 페인트로 한 천 번쯤 덧칠하고, 그걸 반으로 쪼개면 어떻게 보이는지 알고 싶다는 것이었어요. 그런데 잘라보기에 적합한 크기가 되었을 때 가족들 전부가 계속해서 공에 칠을 하자고 말했어요." 카마이클은 공에 페인트칠을 해보라고 친구들과 다른 가족들을 초대했다. 그리고 나중에는 낯선 사람들까지 방문하기 시작했고, 카마이클은 그들에게도 공을 칠하게 했다.

40년이 지난 지금 야구공은 2만 6천 번 이상 덧칠이 되었다. 무게도 2.5톤이나 나간다. 가장 큰 공은 자신만의 작은 집을 가지게 되었고, 매년 천 명 이상의 관광객들이 찾아와 한 꺼풀을 더하려고 덧칠을 하고 간다. 방문하는 데에는 모든 것이 무료다. 카마이클은 심지어 페인트를 제공하기도 한다. 그와 그의 아들은 지금도 함께 페인트칠을 하지만, 대부분은

° 아리스토텔레스는 사실 이렇게 쓰지 않았다. 그러나 이 아이디어는 『윤리학Ethics』에서 추출한 것이다.

방문객들에 의해 칠해지고 있다.

* * *

어렸을 때 나는 기술의 발전이 주로 고립된 채 일하는 영웅적인 개인들의 눈부신 통찰력에 의해 추동되었다고 상상했다. 그리고 마찬가지로 나는 예술을 천재적인 개인들의 이야기로 간주했다.

셰익스피어나 레오나르도 다빈치 혹은 자신들에게 내재한 탁월함을 인간 지평의 확장을 위해 사용했던 그 누구든, 나는 이 개인들의 삶과 작업을 연구하면 위대한 예술이 어떻게 만들어지는지를 모두 알 수 있으리라 생각했다. 학교에서 나는 역사나 수학, 문학을 공부하면서 항상 위대하고 끔찍한 개인들이 이야기의 중심에 있다고 배웠다. 미켈란젤로와 그의 천장화. 뉴턴과 떨어지는 사과. 루비콘강을 건너는 시저 등.

사실을 말하자면 나는 때때로 상황이 위대함의 출현에 중요한 역할을 한다고 배웠다. 고등학교 때『허클베리 핀의 모험』을 두고 토의할 때, 선생님 중의 한 분이 마크 트웨인이 마크 트웨인이 되기 위해서는 19세기 미국을 갈라놓은 전쟁 동안에 20세기 미국을 갈라놓은 강을 따라 성장해야만 했다고 지적하시기도 했다. 그러나 대부분 나는 중요한 일이 시대나 대규모의 협력을 통해서가 아니라 영웅적인 탁월한 개인들에 의해 이루어진다고 배웠고 또 그렇게 믿었다.

나는 여전히 천재를 믿는다. 존 밀턴에서 제인 오스틴, 토니 모리슨에 이르기까지 어떤 예술가들은 정말…… 더 훌륭하다. 그러나 최근 들어서 나는 천재성을 단순한 특성이라기보다 모종의 연속체로 본다. 더욱 중요한 것은 예술이나 다른 영역에서 천재 개인에 대한 숭배가 궁극적으로 잘못된 것이라 생각한다. 아이작 뉴턴은 중력을 발견하지 않았다. 그는 한층 효율적으로 지식이 수립되고 공유되는 시대와 장소에서, 수많은 다른 사람들과 협력하여, 중력에 대한 우리의 인식을 확장시켰다. 줄리어스 시저는 그의 군대를 이끌고 루비콘강을 건너기로 선택했기 때문에 독재자가 된 것이 아니었다. 수 세기에 걸쳐 로마 공화국이 국가의 재정을 위해 몇몇 장군들의 성공에 지나치게 의존하게 되었고, 시간이 흐르면서 제국의 병사들이 자신들의 시민들보다 자신들의 군사적 지도자들에게 더 충성심을 느꼈기 때문에 독재자가 된 것이다. 미켈란젤로의 작품은 인간 신체의 해부학에 대해 진전된 이해를 갖췄기 때문만이 아니라, 피렌체가 부유했던 시대에 피렌체 사람이었기 때문에, 게다가 시스티나 대성당의 페인트칠을 도와준 수많은 도제들의 작업이 있었기에 가능했다.

마찬가지로 최근 혁명의 중심에서 우리가 환호하는 개인들 역시 마이크로칩의 속도를 빠르게 하고, 더 나은 운용 체계, 더 효율적인 글자판의 배열 등에 기여할 수 있는 시대와 장소 속에 존재하고 있다. 가장 탁월한 천재조차 혼자서는 이룰 수 있는 일이 거의 없다.

* * *

나는 종종 원하기도 했다. 특히 내가 더 젊었던 때에는 내 작품이 더 나아지고, 천재적인 반열에까지 오를 수 있기를, 기억할 만한 가치가 있는 무언가를 충분하리만큼 잘 쓸 수 있기를 원했다. 그러나 나는 예술을 상상하는 방식 자체가 개인을 대단히 중요하게 만든다고 생각한다. 어쩌면 결국 예술과 삶은 페인트를 칠한, 세상에서 가장 큰 공과 비슷하지 않을까 싶다. 그대는 신중하게 자신의 색을 선택한다. 그리고 할 수 있는 한 최선을 다해 공에 덧칠한다. 시간이 지나면 페인트칠은 끝난다. 공은 그대가 칠한 흔적이 남지 않을 때까지 거듭해서 그 위에 다시 칠해진다. 그리고 결국 그대를 제외한 누구도 그대의 페인트칠을 알지 못할 수도 있다.

그러나 그렇다고 그대의 페인트칠이 쓸데없다거나 실패했다는 뜻은 아니다. 아주 근소하게라도 그대는 전보다 더욱 커진 공으로 영원히 변화시켰다. 당신은 그 공을 더욱 아름답게, 더욱 흥미롭게 만들었다. 페인트를 칠한, 세상에서 가장 큰 공은 결코 예전의 야구공처럼 보이지 않는다. 그렇게 된 원인 중에는 그대의 몫도 있다.

결국, 내게는 그것이 예술이다. 그대가 공에 페인트를 칠하게 되면 공에 페인트칠하는 것을 포함하여 이러저러한 것에 대해 다른 누군가의 생각하는 방식을 변화시킨다. 그리하여 마침내 슬픔과 두려움에 짓눌린 어떤 사내가 인디애나의 알렉산드리아로 차를 몰고 와서 수천 명의 사람이 함께 만들어낸 아름다운 어리석음을 보게 된다. 그리고 칠하는 것 말고는 설명할 수도 공유할 수도 없는 희망을 느낀다. 그 사내는 공에 자신만의 층을 덧입힌다. 지속되지 않을, 그러나 여전히 중요한 층 하나를. 예술은 앞으로 나아가는 천재의 몫만은 아니다. 제임스 조이스Joyce가 말했듯이 "내 종족의 아직 창조되지 않은 양심을 내 영혼의 대장간에서 담금질하는 것"이다. 예술은 또한 세상에서 가장 큰 공에 칠해질 그대의 층을 위해 밝은 파란색을 선택하는 것이기도 하다. 그리고 곧 다시 덧씌워지리라는 것을 알면서도, 칠하는 것이다.

나는 페인트칠을 한, 세상에서 가장 큰 공에 별점 네 개를 준다.

시카모어 나무

우리 아이들은 나와 함께, 아주 오래된 "왜?"라는 게임을 하길 좋아한다. 예컨대 아이들에게 내가 "너희는 아침 식사를 다 먹어야 해"라고 말하면, 아이들은 "왜?"라고 묻는다. 그러면 나는 적절한 영양분과 수분을 섭취하기 위해서라고 말할 것이다. 그럼 아이들은 "왜?"라고 다시 묻는다. 그럼 너희의 아빠로서 나는 너희 건강을 책임져야 할 의무가 있다고 느끼기 때문이라고 말한다. 그럼 아이들은 "왜?"라고 다시 묻고, 나는 일부는 너희를 사랑하기 때문이고 일부는 나의 유전자에 내재된 진화적 명령 때문이라고 말한다. 그럼 아이들은 "왜?"라고 말하고 나는 종은 계속 유지되어야 하기 때문이라고 말한다. 그럼 또 아이들은 "왜?"라고 묻는다.

그럼 나는 한참을 머뭇거린 다음 "몰라. 그렇게 믿어. 그 모든 것에도 불구하고 인간의 일은 가치가 있다고 믿어."

그제야 아이들은 침묵할 것이다. 축복이기도 하고 아름답기도 한 침묵이 아침 식탁 위를 뒤덮는다. 운이 좋다면 한 아이가 포크를 집어 드는 것을 볼 수 있을지도 모른다. 그러고 나서 침묵이 코트를 벗고 한동안 머물 것처럼 보이지만, 아이 중 하나가 또 물을 것이다. "왜?"

* * *

내가 10대였을 때 나는 "왜" 게임을 충분히 깊이 파고들어 결국 이유란 것이 없음을 입증하는 방편으로 활용했다. 나는 허무주의에 빠져 있었다. 그보다 나는 어떤 것에 대해 확신하는 것을 좋아했다. 인생에 본질적인 의미가 있다고 믿는 모든 사람은 멍청이들이라고 확신했다. 의미는 우리가 덧없음의 고통에서 살아남기 위해 스스로에게 말하는 거짓일 따름이라고 확신했다.

얼마 전 내 두뇌는 "왜" 게임과 비슷한 게임을 하기 시작했다. 이 게임의 이름은 "도대체 그게 무슨 의미가 있어?"라는 게임이다.

에드나 세인트 빈센트 밀레이의 시가 있다. 내 소설 두 편에서 인용한 적이 있지만 지금 다시 인용하려고 한다. 왜냐하면 나를 눈보라처럼 덮치는 우울함을 이다지도 완벽하게 묘사한 것을 어디에서도 본 적이 없기 때문이다. "차가움이 공기 중에 감돈다." 시는 이렇게 시작한다. "현자들은 잘 알고 있고, 그리고 참는 법도 배웠다./ 이 기쁨, 나는 안다./ 머지않아 눈 속에 묻힐 것임을."

2018년 말 공항에 있던 나는 갑자기 차가움이 공기 중에 감도는 것을 느꼈다. "도대체 그게 무슨 소용이 있어?" 나는 화요일 오후에 밀워키로 날아가서, 적당히 지적인 다른 영장류들과 함께 튜브에서 모일 작정이다. 그 과정에서 우리를 한 개체 서식지의 중심에서 다른 개체 서식지의 중심으로 이동시키기 위해 대기 속에 정말 놀라운 양의 이산화탄소를 내뿜을 것이다. 밀워키에서 누군가가 해야만 하는 일은 사실 중요하지 않다. 왜냐하면 어떤 것도 중요하지 않기 때문이다.

내 마음이 "도대체 그게 무슨 소용이 있어?" 게임을 시작할 때 나는 예술 작품을 만드는 이유를 찾을 수 없다. 그것은 그저 장식을 위해 우리 행성의 유한한 자원을 사용하는 것일 따름이다. 나는 정원에 무언가를 심을 이유를 찾을 수 없다. 그것은 그저 쓸모없는 육신을 잠깐이나마 오래 유지하고자 음식을 비효율적으로 만들어내는 것일 따름이다. 그리고 나는 사랑에 빠질 이유를 찾을 수 없다. 사랑은 그저 그대가 결코 진정으로 해결할 수가 없는 고독함을 피하고자 하는 절망적인 시도일 뿐이다. 왜냐하면 그대는 항상 로버트 펜 워렌이 썼듯이 "그대 자신의 어둠 속에 빠져버린" 혼자이기 때문이다.

어둠이란 점을 제외하면 그보다 훨씬 더 최악이다. 내 두뇌가 "도대체 그게 무슨 소용이 있어?"라는 게임을 할 때, 실제로 나를 덮쳐오는 것은 눈을 감게 만드는, 얼어붙은 흰 빛의 눈보라다. 어둠 속에 있는 것으로 상처를 입지는 않지만 이 눈보라에는 태양을 응시하는 것처럼 상처를 입는다. 밀레이의 시는 "눈의 밝은 고통"을 가리킨다. 내게 밝음의 고통은 태어나서 눈을 처음으로 떴을 때 보게 되는 빛인 듯하다. 그 빛은 그대를 울게 만들고, 처음 눈물을 흘리게 만들고, 처음 두려움을 안겨주는 빛이다.

"도대체 그게 무슨 소용이 있어?" 이 모든 시련과 수고로움은 조만간 아무것도 아니게 될 것이다. 공항에 앉아 나는 이 덧없는 세계의 재료들로부터 어떤 희망이나 의미를 만들고자 하는 나의 과욕, 나의 실패, 나의 한심한 시도에 혐오감을 느낀다. 나는 이 모든 것에는 이유가 있다고 생각하면서, 말썽을 일으키는 의식을 기적이었다고 생각하면서, 공포를 느끼며 살아있음을 경이로웠다고 생각하면서 스스로를 속여왔다. 이 게임을 할 때 두뇌가 내게 말하고 있는 명확한 사실은 우주는 내가 여기 있다는 사실을 괘념치 않는다는 것이다.

"밤이 빨리 내려앉는다. 오늘은 이미 과거 속에 자리 잡는다"라고 밀레이는 썼다.

이 게임의 특징은 일단 나의 두뇌 속에서 게임이 시작되면 멈추는 방법을 찾을 수 없다는 것이다. 내가 막아내고자 하는 어떤 진지한 방어책도 이글거리는 흰 빛에 의해 즉각 파괴되고, 나는 아이러니하게도 그것으로부터 분리되는 것만이 살아남을 수 있는 유일한 길인 것처럼 느낀다. 만약 행복할 수 없다면 적어도 쿨하고는 싶다. 내 두뇌가 "도대체 그게 무슨 소용이 있어?"의 게임에 빠져들어 있다면 희망은 허약하고 순진하게 느껴진다. 특히 인간 삶의 끝없는 분노와 공포에 직면할 때에는. 지능이 모자란 어떤 멍청이가 인간 경험의 상태를 보고서도, 절대적인 절망이 아닌 다른 그 무엇으로 반응할 수 있단 말인가?

나는 미래에 대한 믿음을 중단한다. 재클린 우드슨J.Woodson의 소설 『네가 살며시 다가와 준다면If You Come Softly』에는 미래를 응시하고 단지 "내가 있어야만 하는 이 커다란 텅 빈 여백"만을 보는 인물이 등장한다. 미래를 생각할 때 나는 크고 텅 빈 여백, 이유가 없는 밝은 공포만을 보기 시작한다. 현재로서는 마음이 아프다. 모든 것이 아프다. 뼈에 사무치는 듯한 고통이 피부 아래에 잔물결을 일으킨다. 이 모든 고통과 갈망이 도대체 무슨 소용이 있어? *왜?*

절망은 그다지 생산적이지 않다. 절망의 문제는 바로 그것이다. 복제를 거듭하는 바이러스처럼 모든 절망은 절망을 더 많이 만들어낼 수 있다. "도대체 그게 무슨 소용이 있어?" 게임이 나를 정의나 환경 보호에 대해 한층 헌신적인 옹호자로 만든다면 나는 전적으로 찬성할 것이다. 그러나 절망의 흰 빛은 오히려 나를 무력하고 무감각하게 만든다. 나는 무엇이든 하려고 발버둥을 친다. 잠들기도 힘들지만 잠들지 않기도 힘들다.

나는 절망에 굴복하고 싶지 않다. 나는 감정의 초연한 비웃음 속에 도피처를 만들고 싶지 않다. 쿨하다는 것이 경험의 현실에서 냉정해지거나 거리를 두는 것을 의미한다면 나는 쿨해지고 싶지가 않다.

우울증은 지치게 만든다. 너무 빨리 늙게 만들어 머릿속 정교한 산문에 귀 기울이는 시도조차 바보 같은 짓이라고 알려줄 뿐이다. 게임이 진행되고 있을 때 나는 결코 게임은 끝나지 않을 것이라 확신한다. 그러나 그것은 대부분의 확신과 마찬가지로 거짓말이다. 지금은 항상 무한할 것이라 느끼지만 결코 그렇지 않다. 내가 10대였을 때 나는 삶의 덧없음에 관해 잘못 알고 있었다. 지금도 잘못 알고 있다. 진실은 단순한 절망보다 훨씬 더 복잡하다.

* * *

믿다. 내 친구 에이미 크라우즈 로젠탈은 내게 그 단어를 보면 경외감을 가지라고 말한 적이 있었다. 그 속에 *존재*와 *삶* 모두가 어떻게 담겨 있는지를 보라고 했다. 우리는 함께 점심을 먹는 중이었는데, 그녀는 자신이 믿는다는 단어를 얼마나 좋아하는지 내게 말한 다음, 대화는 가족이나 직장 쪽으로 흘렀다. 그러다 어느 대목에선가 그녀가 말했다. "믿다Believe! 살아가다Be live! 정말 대단한 말이야!"

어원사전은 믿다가 원시 게르만 어원에서 나온 '소중히 여기다' 혹은 '돌보다'라는 의미에 뿌리를 두고 있다고 알려준다. 나는 에이미의 설명만큼이나 그 어원을 좋아한다. 믿고, 보살피고, 소중히 여기는 것을 선택해야만 한다. 나는 계속 나아갈 것이다. 나는 심리치료사를 찾는다. 다른 처방을 시도해본다. 명상을 경멸하지만 명상을 한다. 나는 운동을 한다. 나는 기다린다. 나는 믿고, 소중히 여기고, 계속 나아간다.

*　*　*

어느 날 공기가 조금 따뜻해지고, 하늘이 그다지 눈부시게 밝지 않을 때다. 나는 아이들과 함께 숲이 우거진 공원을 걷고 있다. 아들이 거대한 미국 시카모어 나무 위를 내달리는 다람쥐 두 마리를 가리킨다. 하얀 껍질은 군데군데 벗겨져 있고, 잎은 저녁 만찬의 접시보다 더 크다. *세상에, 나는 정말 아름다운 나무라고 생각한다.* 백 년도 더 되었음 직한 나무다. 어쩌면 그보다도 더.

나중에 나는 집으로 가서 시카모어에 관해 찾아 읽는다. 그리고 오늘날 살아있는 시카모어가 300년도 더 된 나무들임을 알게 된다. 나무는 이 나라보다 더 오래된 나무다. 나는 조지 워싱턴이 한때 둘레가 12미터 가까운 시카모어의 둥치를 재어보았음을 알게 되었다. 18세기 영국 군대를 탈영한 존과 사무엘 프링글J.&S.Pringle 형제는 지금의 웨스트버지니아에 있는, 시카모어의 움푹 파인 둥치에서 2년 넘게 살기도 했다.

2400년 전 헤로도투스Herodotus는 페르시아 왕 크세르크세스Xerxes가 시카모어 숲을 가로질러 군대를 이끌고 오다가 한 그루 나무를 우연히 맞닥뜨리고는 "도저한 아름다움에 감동한 나머지 황금 장식으로 나무를 두르고, 자신의 병사 중 한 사람을 남겨두고 그 나무를 지키게 하였다"라고 썼다.

그러나 지금 나는 그 나무를 그저 올려다보기만 한다. 그리고 생각한다. 어떻게 공기와 물과 햇빛을 나무와 둥치와 잎들로 바꾸어냈는지를 생각한다. 그리고 나는 이 거대한 나무의 광대하고 어두운 그늘 속에 내가 있음을 깨닫는다. 나는 그 그늘이 주는 위안을 느끼고, 그 그늘이 주는 안도감을 느낀다. 그것이 바로 핵심이다.

아들이 내 손목을 잡고 나의 시선을 거대한 나무에서 자신의 가는 손가락으로 끌어당긴다. "사랑해." 나는 아들에게 말한다. 나는 그 말을 밖으로 꺼내기가 너무 힘들다.

나는 시카모어 나무에 별점 다섯 개를 준다.

〈새로운 파트너〉

실연은 사실상 사랑에 빠지는 것과 그리 다르지 않다. 두 감정은 모두 나를 두렵게 만드는 압도적인 경험이다. 두 감정은 모두 갈망으로 터져 나온다. 두 감정은 모두 자아를 소비한다. 나는 팰리스 뮤직Palace Music이 부르는 〈새로운 파트너New Partner〉가 그런 노래라고 *생각*한다. 그러나 확실하지는 않다.

〈새로운 파트너〉는 마운틴 고츠의 노래는 아니지만 이제 20년 넘게 내가 좋아하는 노래가 되었다. 그러나 가사를 명료하게 파악할 수는 없었다. 한 구절은 이렇다. "그리고 황무지의 새들, 흐르는 물속의 물고기./ 그리고 내 친구들, 내 친구들은 여전히 안녕이라 속삭이리." 나는 무언가 의미가 있다는 것은 알겠으나 무슨 뜻인지는 알지 못한다. 이는 곧 똑같이 아름답고 당혹스러운 행으로 이어진다. "그대가 은둔자처럼 생각할 때, 알고 있는 것을 그대는 잊어버리리."

팰리스 뮤직은 윌 올드햄W.Oldham의 수많은 모습 중의 하나다. 그는 때로는 자신의 본명으로, 때로는 멋쟁이 보니 프린스 빌리란 이름으로 녹음한다. 나는 그의 노래를 많이 좋아한다. 그는 종교와 갈망과 희망에 관해 내게 울림을 안겨주며 노래한다. 그리고 나는 그의 목소리가 종종 갈라지기 직전처럼 들려 좋아한다.

그러나 〈새로운 파트너〉는 내게 단지 그런 노래가 아니다. 그 노래는 일종의 마법이다. 이전에 그 노래를 들었던 모든 순간으로 나를 데리고 가는 능력이 있기 때문이다. 3분 45초 동안 노래는 나를 예전의 나로 바꾸어버린다. 노래를 통해 나는 실연과 사랑에 빠지는 것, 그 두 가지 감정 모두를 경험한다. 그 감정들을 대립적인 것 이상의 무엇으로 볼 수 있을 정도의 거리감을 둔 채. 카베 아크바르는 「궁전The Palace」에서 "예술은 우리가 살아남은 것을 살아남게 하는 지점"이라고 썼다. 그리고 나는 그 말이 우리가 만드는 예술뿐만 아니라, 우리가 사랑하는 예술에도 해당되는 말이라고 생각한다.

다른 마법과 마찬가지로 그대는 마법의 노래를 주의해서 들어야 한다. 너무 자주 들으면 뻔한 노래가 되고 말 것이다. 그대는 코드가 바뀌기 전에 벌써 코드의 변화를 듣게 될 것이고, 노래는 그대를 놀라게 하고 먼 곳으로 데려가는 능력을 상실하게 될 것이다. 그러나 만약 내가 마법의 노래에 신중하다면 그 노래는 기억의 그 어떤 다른 형식보다 더 생생하게 그 장소로 그대를 데려다줄 것이다.

* * *

스물한 살 때였다. 나는 사랑에 빠졌고, 할머니가 자란 작은 마을에, 혹은 그 인근에 사는 먼 친척을 방문하기 위해 길 위에 있다. 여자 친구와 나는 테네시주 밀란에 있는 맥도날드 주차장에 차를 세운다. 그리고 우리는 〈새로운 파트너〉를 끝까지 들으면서 몇 분을 차 안에 머무른다.

　봄이고, 우리는 남쪽으로 차를 몰고 가는 중이다. 노래가 끝난 다음 차 밖으로 나오자 우리는 더 이상 긴팔 티셔츠가 필요하지 않다는 사실을 깨닫는다. 나는 소매를 접어 올려, 몇 달 만에 처음으로 팔뚝에 닿는 햇볕을 느낀다. 맥도날드 가게에 있는 공중전화에서 엄미가 알려준 번호로 전화를 건다. 그러자 떨리는 목소리가 응답한다. "여보세요?"

　나는 그녀의 사촌 빌리 그레이스가 나의 할머니라고 설명한다. 여자는 말한다. "로이의 딸?" 나는 그렇다고 말한다. 그리고 그녀가 말한다. "그러니까 당신이 빌리 그레이스 워커의 손자란 말이죠?" 내가 그렇다고 말하자 그녀는 말한다. "그럼 당신은 내게도 친척이 되는 셈이네요." 내가 그렇다고 하자 먼 친척인 버니스가 말한다. "그럼 어서 여기로 와요!"

*　*　*

　나는 스물두 살이다. 어린이병원에서 견습 목사로 일하고 있다. 최근 아주 비참하게도 혼자가 되었다. 나는 막 48시간 이어진 당직을 마쳤다. 아주 힘겨운 이틀이었다. 병원을 떠나면서 나는 바깥 날씨가 얼마나 밝은지, 느껴지는 공기가 얼마나 생동하는지 믿을 수가 없다. 나는 차 안에 들어가 한동안 병원 현관을 오가는 아이들과 부모들을 바라본다. 나는 차의 카세트테이프로 〈새로운 파트너〉를 재생한다.

　전날 밤 아무 이유도 없이 한 아이가 죽었다. 영아돌연사증후군이었다. 병명만으로도 우리가 그 병에 관해 얼마나 무지한지, 그 병 앞에 얼마나 무력한지가 드러난다. 아이는 아름다운 아기였고, 죽고 말았다. 아이의 엄마는 내게 세례를 해달라고 요청했다. 내 신앙의 전통에 따르면 죽은 이에게 세례를 할 수는 없다. 그러나 다시 말하지만 아이들은 죽어서는 안 된다. 그 아이는 내가 세례를 준 첫 번째 사람이었다. 그의 이름은 '신이 기억한다'라는 의미의 히브리어에서 따온 재커리Zachary였다.

* * *

스물여덟 살이다. 나는 갓 결혼해서 가구라고는 거의 없는 시카고의 지하실에서 살고 있다. 오토바이 사고 이후 입을 치료하기 위해 구강 수술을 지속해서 받고 있다. 나는 항상 고통에 시달린다. 고통은 미칠 지경이 된다. 나는 새로운 소설을 쓰기 시작하려고 노력하지만 내가 쓸 수 있는 것이라고는 젊은 남자가 이를 몽땅 뽑기 위해 점점 더 터무니없는 전략들을 시도하는 이야기들뿐이다.

나는 그 아파트의 빌린 침대에 누워 마음을 안정시키기 위해 〈새로운 파트너〉를 들었던 것을 기억한다. 찻잎 색깔로 얼룩져 있는 오래된 천장의 타일들이 다른 세계 지도에 있는 대륙처럼 보인다고 생각하며 응시한다. 때때로 노래는 나를 그곳으로 본능적으로 데려간다. 너무 강력한 느낌이라 상처가 여전히 벌어진 입안을 헹구어냈던 구강세척제의 항생제 냄새를 맡을 수 있다. 턱까지 통증을 느낄 수 있지만 한번 살아남은 통증이라 견딜 만하다.

* * *

나는 서른두 살이다. 이제 내게는 아기가 있다. 물론 나는 아빠가 된다고 해서 갑자기 자격이 생기는 것이 아님을 알고 있다. 그러나 여전히 이 아기가 내 책임이라는 것을 믿을 수가 없다. 헨리는 단지 생후 두 달밖에 되지 않았고, 나는 여전히 누군가의 아빠라는 것이, 그리고 아기가 전적으로 내게 의존하고 있다는 사실이 두렵다. 내가 얼마나 참으로 믿을 수 없는 존재인지를 알기에.

나는 항상 머릿속으로 *아빠*라는 단어를 빙글빙글 돌려본다. 아빠. 장전된 권총 같은 말이다. 나는 친절해지고 싶고, 인내심을 갖고 싶고, 서두르지 않고, 염려하지 않고 싶다. 나는 아기가 내 팔 안에서 안정감을 느꼈으면 싶다. 그러나 무엇을 어떻게 해야 할지 나는 모른다. 나는 말 그대로 양육에 관한 책보다 *햄릿*에 관한 책을 더 많이 읽었다. 내가 기저귀를 갈아주고, 우유병을 건네도 아기는 울음을 멈추지 않는다. 나는 아기를 감싸고, 달래고, 흔들고, 노래를 불러주지만 그 어떤 것도 먹혀들지 않는다.

왜 울까? 어쩌면 왜는 없는지도 모른다. 그러나 내 머릿속은 왜를 요구한다. 나는 아주 무능하고, 아주 빨리 좌절한다. 나는 이 모든 것들에 전혀 준비되어 있지 않다. 아기의 울음이 날카롭다. 마치 그대의 몸을 가르는 것 같다. 끝내 울음을 멈추게 할 수 없어 나는 아기를 카시트에 앉히고 천천히 흔들며, 귀에는 이어폰을 꽂는다. 그리고 〈새로운 파트너〉를 가능한 한 크게 틀고 아기의 울음소리 대신 윌 올드햄의 애처로운 울부짖음을 듣는다.

*　*　*

나는 마흔한 살이다. 사라와 내게 이 노래는 아주 오래전 우리가 사랑에 빠져 서로의 새로운 파트너가 되었던 그때처럼 들리고, 또한 지금 우리의 사랑처럼 들린다. 노래는 그때의 삶과 지금의 삶 사이에 놓인 다리다. 우리는 처음으로 이제 아홉 살이 된 아들을 위해 〈새로운 파트너〉를 재생해 들려준다. 사라와 나는 서로를 보며 조금 흥분한 나머지 웃지 않을 수가 없다. 우리는 아들의 웩, 웩하는 소리에도 불구하고 부엌에서 천천히 함께 춤을 추기 시작한다. 그리고 우리는 함께 노래를 따라 부른다. 사라는 높은 음역으로, 나는 아주 낮은 음역으로. 노래가 끝나고 난 뒤 아들에게 노래가 좋으냐고 묻는다. 아들이 말한다. "조금."

괜찮다. 그럼 또 어떤가. 아이는 다른 노래를 갖게 될 것이다. 그대 역시 아마도 다른 노래를 가지고 있을 것이다. 나는 그 노래가 그대를 그 장소에 머무를 필요 없이 찾고 싶은 장소로 데려다주었으면 싶다.

나는 〈새로운 파트너〉에게 별점 다섯 개를 준다.

아우구스트 잔더, 〈젊은 농부들, 1914년 Young Farmers, 1914〉
사진 왼쪽에서 오른쪽으로: 오토 크리거, 아우구스트 클라인, 에발드 클라인

〈댄스파티 가는 길의 세 농부〉

나는 대체로 사라와 함께 찍은 세로로 붙여둔 넉 장의 사진을 그저 지나친다. 이 사진들은 약혼한 지 딱 2주가 지난 2005년 시카고의 사진관에서 찍은 것이다. 특별하달 것도 없는 그저 평범한 사진이다. 우스꽝스러운 표정에 미소를 짓고 있는 평범한. 하지만 조명은 더할 나위 없이 좋았고, 우리는 젊었다.

나이가 들면서 사진의 의미는 계속 달라진다. 2005년에는 *이게 우리*라고 생각했다. 지금은 *그냥 어린애였다고* 생각한다. 이제 15년이 지나 2020년의 이 사진들을 보면서 나는 생각할 것이다. *이때는 우리가 이렇게 살게 될 줄 몰랐지.*

내겐 거의 매일 펼쳐보는 또 다른 사진이 하나 있다. 사진작가 아우구스트 잔더A.Sander가 찍은 사진을 출력한 것으로 처음 제목은 〈젊은 농부들, 1914년Young Farmers, 1914〉이었고, 나중에는 〈댄스파티 가는 길의 세 농부Three Farmers on Their Way to a Dance〉로 알려진 작품이다.

잔더는 귀족에서 서커스 단원, 군인 할 것 없이 독일에 사는 온갖 유형의 사람들을 사진 속에 담고자 한, 거대하고 완성될 수도 없는 프로젝트인 〈20세기의 사람들People of the 20th Century〉의 일환으로 '젊은 농부들'이란 이름의 수많은 사진을 찍었다. 그러나 이 사진이 아마도 그 프로젝트 가운데 가장 잘 알려진 작품일 것이다. 나는 이 사진을 대학 시절에 읽었던 리처드 파워스R.Powers의 소설 『댄스파티 가는 길의 세 농부』에서 처음으로 알게 되었다. 파워스는 나중에 자전적인 소설을 쓰기도 했는데, 이 소설은 젊은 컴퓨터 프로그래머인 주인공이 이 사진에 집착하게 되고 이에 관한 글을 쓰기 위해 직업조차 포기한다는 내용이었다. 나 역시 이 사진에 집착하게 되었다. 나는 사진에 등장하는 청년들의 전기와 다른 현존하는 초상화들을 추적하느라 몇 년을 보냈다.°

이 사진에는 사랑할 만한 지점들이 너무도 많다. 나는 사진 속 젊은이들이 댄스파티와 자신들 앞에 펼쳐진 삶을 향해 가느라 카메라 앞에 잠시 멈출 시간조차 없다는 듯이 어깨너머로 카메라를 보고 있는 그 모습을 사랑한다. 발은 진흙 속에 있지만 그들의 머리는 하늘에 놓여 있다. 20대를 담기에 그만한 은유도 없을 것이다. 그리고 그들의 표정에는 가장 좋아하는 친구들과 함께, 가장 멋진 옷을 차려입고 있을 때 느낄 법한 감정이 고스란히 담겨 있다.

옷차림 그 자체도 아주 매력적이다. 미술평론가인 존 버거J.Burger가 썼듯이 "이 세 사람의 젊은이들은 아마도 유럽의 시골구석에서 그런 양복을 입을 수 있었던 두 번째 세대에 속했을 것이다. 20년, 30년 전만 해도

° 결국 세상의 수많은 노력이 그러하듯 나는 혼자서 이 일을 할 수 없었고, 다른 사람들과 협력함으로써만 성공할 수 있었다. 투아타리아Tuataria라는 이름의 친절하고 활달한 재능을 갖춘 인터넷 탐정들이 라인하르트 파브스트R.Pabst를 추적하기 위해 함께 일했다. 파브스트는 독일의 저널리스트이자 학자이며, 소년들의 정체와 배경을 확정한 사람이다.

그런 옷은 농민들이 감당할 만한 가격이 아니었다." 영화와 잡지 등과 같은 대중 매체들과 결합된 산업화는 도시의 패션을 유럽 시골의 젊은이들도 입을 수 있게 만들었고, 매력적으로 다가오게 했다.

그러나 사진 속에는 긴장감 또한 흐르고 있다. 담배를 입에 물고 날렵한 지팡이를 들고 있는 농부들의 멋들어진 포즈는 배경을 이루는 목가적인 풍경과 기묘하게도 어울리지 않는다. 마찬가지로 그들의 목 부분이 지평선에 잘린 듯 걸려 있는 것도 비극적인 반향을 불러일으킨다. 왜냐하면 사진을 찍을 당시 농부 셋은 자신들이 1차 세계대전으로 가는 길목에 있다는 것을 알지 못했기 때문이었다. 사진은 프란츠 페르디난트F.Ferdinand 대공이 암살되기 직전에 찍은 것이었다. 머지않아 독일은 전쟁에 돌입할 것이고, 그들이 입은 옷을 만들어낸 바로 그 산업화는 전례 없이 치명적인 대량 살상 무기를 생산하기에 이른다.

그런 만큼 내게 이 사진은 알고 있는 것과 그렇지 못한 것에 관한 사진이다. 그들은 자신들이 댄스파티를 하기 위해 가는 길이라는 것은 알지만 전쟁터로 가는 길이라는 것은 알지 못한다. 사진은 그대에게, 그대의 벗들에게, 그대의 나라에 일어나게 될 일이 무엇인지를 결코 알 수 없다는 것을 상기시켜주는 것이다. 필립 로스는 역사를 "가혹할 정도로 예측할 수 없는 것"이라고 규정했다. 그는 역사를 "그 시대에는 예측하지 못했던 모든 것이 불가피한 것으로 연대기에 기록되는 것"이라고 말했다. 이 젊은 농부들의 목전에 다가오는 공포가 얼마나 지독하게도 뜻밖인지를 우리는 엿보게 된다. 그리고 그것은 우리에게 과거를 볼 수 없는 지평선 역시 존재한다는 것을 상기시킨다.

* * *

내게는 2020년 1월에 집 안에서 찍은 사진이 있다. 나는 네 명의 친구들과 함께 팔짱을 끼고 서 있다. 그 앞에는 사진을 찍기 직전 서로 팔을 겯고 있던 스크럼이 무너져버려 여덟 명이나 되는 아이들이 즐겁게 한데 엉켜 무더기를 이루고 있다. 누구도 마스크는 쓰고 있지 않다. 2020년 1월에 찍은 그 사진은 나를 미소 짓게 했다. 그런데 7월에는 그 사진을 보고 웃을 수가 없었다. "역사는 놀라움의 목록일 따름이다"라고 커트 보니것은 쓰고 있다. "역사는 우리로 하여금 다시 놀랄 준비를 시킬 수 있을 뿐이다."

그것이 그 사진을 내가 항상 읽어내는 방식이다. 이 농부들은 위태로운 역사의 한순간을 상징한다. 그들은 나 역시 역사로 말미암아 때가 되면 놀랄 것이며, 비록 정적이기는 하지만 사진은 보는 사람이 달라짐에 따라 계속해서 변화한다는 것을 상기시키는 사람들이다. 아나이스 닌A.Nin이 말했듯이 "우리는 사물을 있는 그대로 보지 못하며, 우리가 존재하는 대로 볼 수 있을 따름이다."

* * *

〈젊은 농부들〉은 그저 예술 작품이기만 한 것이 아니다. 그것은 실제 사람들을 묘사하고 있는 역사적인 기록물이기도 하다. 왼쪽에 있는 소년은 1894년에 태어난 오토 크리거O.Krieger다. 그는 아우구스트 잔더를 알고 있었다. 3년 전 오토와 그의 가족들 사진을 잔더가 찍은 적이 있었기 때문이다. 가운데 있는 소년은 아우구스트 클라인A.Klein이며, 역시 이전

에 잔더가 사진을 찍었다. 그 사진들의 필름은 3만 점에 달하는 잔더의 다른 필름과 함께 제2차 세계대전 당시 망실되었다.

그러나 〈젊은 농부들〉 이전 오토 크리거와 아우구스트 클라인을 찍은 한 장의 사진이 존재한다.

1913년에 찍은 사진으로 오토 크리거(아랫줄 왼쪽에서 세 번째)는 드럼 스틱을 교차시켜 들고 있고, 아우쿠스트 클라인(아랫줄 맨 왼쪽)은 〈젊은 농부들〉 사진에 있는 것과 같은 지팡이인 듯 보이는 것을 들고 있다. 〈젊은 농부들〉에 비상한 관심을 가졌으며, 이 사진을 찾아내고 보존해왔던, 기자 라인하르트 파브스트에 따르면 사진은 잔더가 유명한 사진을 찍기 약 1년 전 1913년 봄 '꽃의 날' 기념식에서 찍은 것으로 추정된다고 했다.

잔더도 알고 있었겠지만 오토와 아우구스트는 농부가 아니었다. 그들은 둘 다 철광석 광산에서 일했다. 〈젊은 농부들〉의 오른쪽에 있는 소년, 아우구스트의 사촌 에발드 클라인E.Klein은 광산의 사무소에서 일했다. 훗날 그의 대자代子는 에발드가 손을 더럽히는 것을 좋아하지 않았기에 사무직을 선호했다고 말했다.

그러니 사실 젊은 농부들은 두 명의 철광석 광부와 한 명의 사무실 식원이었으며, 이는 곧 그들이 산업 경제의 일원이었음을 말해주고 있다. 그들이 일했던 철광석 탄광에서 캐낸 철은 다가오는 전쟁에서 무기를 만드는 데 쓰일 것이다.

잔더 자신이 열세 살 때부터 철광석 광산에서 일했기에 이 소년들에 대해 친근감을 느꼈을지도 모른다. 사진작가 매기 스테버M.Steber는 이렇게 썼다. "존중은 당신이 카메라에 담아내야 할 가장 중요한 것이다." 그리고 이 세 인물에 대한 잔더의 존중은 확연히 드러난다. 후에 에발드는 "우리는 모두 그 당시 그를 알고 있었습니다. 왜냐하면 지역 곳곳에서 사진을 찍었기 때문이었고, 항상 술집에 들렀기 때문입니다."

실제로 결국 그가 나치 정권의 분노를 사게 되었던 것도 그의 피사체에 대한 존중 때문이었다. 잔더는 유대인과 로마인을 사진으로 찍었고 (〈20세기의 사람들〉에서 한 챕터가 "박해받는 사람들"에게 헌정되었다), 1934년 나치 정권은 잔더의 사진집을 위한 판형을 파괴했고, 남아있는 책을 모두 불태워버렸다. 그 이듬해 잔더의 아들 에리히가 공산주의자란 이유로 투옥되었다. 그는 10년 뒤 2차 세계대전이 끝나기 몇 달 전에 감옥에서 죽고 만다.

하지만 우리는 아직 1차 세계대전에도 다가가지 못했다. 지금은 1914년 여름이다. 에리히 잔더는 열다섯 살이다.

농부가 아니었던 세 명의 농부는 서독의 베스터발트 산맥에 있는 인구

150명 남짓 되는 마을인 뒤네부쉬Dünebusch에 살았다. 그 당시 마을은 차로 접근할 수가 없었다. 이곳을 찾기 위해 잔더는 막다른 길에서 차에 내린 다음 산길 몇 마일을 카메라 장비들을 든 채 걸었다.

오토, 아우구스트, 에발드는 마을에서 걸어서 45분 남짓 떨어진 소읍에서 열리는 댄스파티를 가는 도중이었다. 잔더는 그들이 가는 길을 아마 알고 있었을 테고, 그들이 도착할 즈음에는 이미 장비를 설치해두었을 것이다. 그들은 카메라 앞에서 잠시 멈추고는 어깨 너머로 고개를 돌린 채 멈춰 있었다.

오토는 당신이 무엇을 하든 해볼 테면 해보라는 식으로 모자를 삐딱하게 올려 쓰고 담배를 물고 있다. 아우구스트는 잘생긴 데다 자신감이 넘치며, 조금은 졸린 듯한 눈을 하고 있다. 그다음 에발드는 입술을 굳게 다물고 지팡이를 곧게 세우고 있으며, 내가 보기에는 조금 긴장한 듯했다.

인간에 대해 사진 한 장으로 이렇게 저렇게 규정하는 것은 어리석은 노릇이다. 잔더 자신은 자신의 피사체에 대해 다음과 같이 언급하였다. "나는 한 사람의 움직임에서 한순간만을, 그의 생애에서 고작 1초의 500분의 1만을 고정시킬 수 있을 뿐이다. 그것은 삶에서 추출한 아주 미미하거나 짧은 순간이다."

그래도 앞뒤 순간들을 상상하지 않을 수가 없다. 나는 그들이 걸어가면서 어떤 대화를 나누었을지 궁금하다. 나는 그들이 즐거운 시간을 보냈을지 궁금하다. 그들이 얼마나 늦게까지 그곳에서 머물렀을지, 누구와 춤을 추었을지 궁금하다. 우리는 그날이 토요일이었고, 여름날이었음을 알고 있다. 우리는 그들이 광산에서 벗어나 빛 속에 있음을 알고 있다. 그리고 우리는 그 댄스파티가 그들이 함께 참석한 마지막 파티였음이 분명하다는 것을 알고 있다. 왜냐하면 전쟁은 고작 몇 주 뒤에 일어나기 때문

이다.

곧 이 세 소년은 모두 독일군에 입대하라고 소집될 것이다. 오토와 아우구스트는 같은 연대에 배치되어 벨기에 전선으로 보내졌다. 1915년 1월, 〈젊은 농부들〉 사진을 찍은 고작 몇 달 뒤 아우구스트 클라인은 눈 내리는 벨기에에서 찍은 이 사진을 집으로 보냈다. 아우구스트는 오른쪽 다섯 번째에 서 있고, 오토는 그 앞줄에 무릎을 꿇고 있다.

소년들은 이제 달라 보인다. 지평선 바로 너머에 있었던 미래가 시야 안으로 들어왔다. 그러나 이때조차 아우구스트와 오토는 알 수 없었다. 아우구스트 클라인이 스물두 살의 나이로 3월에 전쟁터에서 죽게 될 것이라는 사실을. 오토는 세 차례나 부상 — 1918년 5월의 심각한 부상을 포함하여 — 을 입기는 했지만 전쟁터에서 살아남았다. 에발드 역시 부상을 당했지만, 그는 예전에 자신이 살았던 뒤네부쉬로 결국 돌아왔고 그곳에서 늙어갔다.

앨리스 워커A.Walker는 "모든 역사는 현재적이다"라고 썼으며, 나는 여러 면에서 그 말이 진실이라 생각한다. 역사는 우리를 압박하고 동시대의 경험을 빚어낸다. 역사는 현재의 어떤 관점으로 과거를 되돌아보는가에 따라 달라진다. 그리고 역사는 전기의 흐름이기도 하다. 충전되기도 하고 소진되기도 하는. 역사는 사악한 원천에서부터 힘을 받아 그것을 다른 이에게 전달한다. 잔더는 사진이 "세계의 역사를 꽉 붙잡을 수 있도록 해준다"라는 것을 믿는다고 말했다. 그러나 역사를 꽉 붙잡아둘 수는 없는 법이다. 역사는 항상 알 수 없는 과거 속에서뿐만 아니라 고정할 수 없는 미래 속에서 항상 흐릿해지고 해체된다.

* * *

나는 기묘하리만큼 돌발적으로 일어난 전 세계적인 전염병 이전에 한데 뒤엉켜 있는 아이들 사진을 어떻게 느꼈는지를 정확히 기억할 수가 없다. 그리고 미래의 많은 나 자신들에게 그 사진이 또 어떻게 보일지도 상상할 수 없다. 그저 내게는 시간이 흐르면서 달라지고 있는 사진만이 볼 수 있는 모든 것일 따름이다.

전사했을 때 아우구스트 클라인은 스물두 살이었다. 그는 그토록 유명한 사진을 찍기 위해 포즈를 취하고 1년 남짓 더 살았다. 무슨 일이든 일어날 수 있기야 하지만 한 가지 일이 일어나고 말았다.

나는 〈댄스파티 가는 길의 세 농부〉에 별점 네 개 반을 준다.

후 기

이 책의 독일어판 제목은 『Wie hat Ihnen das Anthropozän bis jetzt gefallen?』이다. 나는 독일어를 읽을 수는 없지만 그저 보기만 해도 제목이 탁월하다는 것을 알겠다. 번역하면 『그대는 지금껏 인류세를 얼마나 누렸는가How Have You Enjoyed the Anthropocene So Far?』라고 한다.

어떤가, 정말.

* * *

우리가 어린아이였을 때 나는 동생 행크에게 삶의 의미에 관해 말해달라고 요구한 적이 있었다. 그것은 우리가 늘 해왔던 농담이었다. 우리는 삶에 관해 말하기도 하고, 어떻게 살아야 할 것인지, 아니면 우리 가족에 대해, 아니면 장래의 직업에 관해, 그러다 대화가 잠시 중단되기라도 하면 재우쳐 묻고는 했다. "어쨌든 삶의 의미가 뭐야?"

행크는 항상 우리가 함께 나누었던 대화에 맞추거나 자신이 생각하기에 내게 필요하다 싶은 답을 들려주고는 했다. 가끔은 다른 삶을 돌보는 것이 삶의 의미라고 말했다. 그리고 어떨 때는 우리가 목격하고 증언하기 위해 여기에 있는 것이라고 말하기도 했다. 몇 해 전 그가 만든 노래 〈우주는 경이롭다〉를 빌려 행크는 가장 이상한 것은 우리 안에 "우주가 자신을 알 수 있게 하는 도구를 창조했다"라고 노래했다.

그는 내가 우주를 만든 물질로 만들어졌으며, 내게는 그 물질들 말고는 어떤 것도 아님을 상기시키길 좋아한다. "사실 형은 그저 화학적 균형에서 벗어나려고 힘을 지속시키는 지구의 흙덩어리일 뿐이야"라고 말한 적도 있었다.

* * *

존 애쉬베리J.Ashbery는 『볼록 거울 속의 자화상Self-Portrait in a Convex Mirror』에서 이렇게 쓰고 있다.

비밀은 너무 평범해. 그것을 안타까워하기가 고통스럽고
뜨거운 눈물을 솟구치게 해; 영혼은 영혼이 아니야.
비밀이 없는 영혼은 보잘것없고, 그것은
그 방은, 우리가 관심을 기울이는 순간
그것의 구멍과 완벽하게 맞아.

그것의 구멍과 완벽하게 맞아. 그 방은, 우리가 관심을 기울이는 순간. 나는 이 말들을 혼잣말로 가끔 속삭인다. 스스로 관심을 요청하기 위해, 도처에 완벽하게 들어맞는 구멍들을 알아차리기 위해. 이 책은 인용구들로 가득 차 있다는 생각이 든다. 어쩌면 너무 넘치는지도 모른다.

나 역시 인용들로 넘쳐나는 존재다. 내게 읽기와 다시 읽기는 지속적인 수련의 과정이다. 나는 애쉬베리가 알고 있는 듯한 것을 알고 싶다. 영혼이 담긴, 관심을 기울이는 방을 어떻게 여는지. 나는 동생이 알고 있는 것을 배우고 싶다. 어떻게 의미를 만들어갈지, 어떤 의미를 만들어갈지를. 나는 페인트칠을 한, 세상에서 가장 큰 공에 더한 나의 작은 덧칠로 무엇을 할 수 있는지를 알고 싶다.

* * *

이윽고 봄이다. 나는 길게 줄을 맞춰서 당근 씨앗을 심는다. 당근 씨앗은 너무나 작아 너무 많이 심게 된다. 2.5센티미터의 흙마다 열 개 혹은 열두 개의 씨앗들을 심는다. 나는 내가 땅에 당근 씨앗을 심는 인간인 것처럼 느낀다. 그러나 사실상 동생의 말에 따르면 나는 땅에 땅을 심는 땅일 따름이다.

"대지를 채우고 정복하라."「창세기」의 첫 장에서 신이 우리에게 말한다. 그러나 우리 역시 채우고 정복되는 땅이기도 하다.

* * *

나는 인류세를 지금까지 어떻게 누렸을까? 정말 놀랍다! 고등학교 때 가장 친한 친구인 토드와 나는 매주 수요일이면 달러영화관에 갔다. 우리는 차가운 극장의 하나뿐인 스크린에서 상영되는 영화를 무엇이건 보았다. 한번은 잭 니콜슨과 미셸 파이퍼가 출연한 영화 〈울프〉가 8주 연속 수요일마다 상영되었다. 그래서 우리는 그 영화를 여덟 번이나 봤다. 영화는 끔찍했지만 보면 볼수록 더 좋아졌다. 여덟 번째 볼 때는 극장에 우리만 있었고, 우리는 위스키를 섞은 마운틴듀를 마시면서 잭 니콜슨과 함께 울부짖었다.

나는 지금껏 인류세를 어떻게 누렸을까? 정말 끔찍하다. 나는 이것을

위해 진화되지는 않았을 것이라 느낀다. 나는 잠시 동안 여기에 있을 뿐
이다. 그러나 이미 나는 수많은 다른 종들 가운데 마지막으로 남은 종들
이 멸종해가는 것을 지켜보았다. 내가 열 살 때 마지막으로 본 카우아이
오오Kaua'i'ō'ō 같은 새들에서부터 내가 스물여섯 살 때 마지막 한 그루가
죽은 세인트헬레나 올리브 같은 나무들까지.

테리 템페스트 윌리엄스는 『침식Erosion』에서 "나는 상처의 냄새를 맡
는다. 그 냄새는 나와 같다"라고 썼다. 나는 상처 입은 세상에서 살고 있
고, 나는 내가 상처 입었다는 것을 알고 있다. 지구는 지구로 지구를 파괴
하고 있다.

그대가 수천 종의 생명체를 끝장낼 힘을 가지고 있는 세상에서 산다는
것은 무엇을 의미하는 것일까? 그리고 그대 역시 단 한 타래의 RNA 줄
기로 말미암아 무릎을 꿇거나 끝날 수밖에 없다는 것은 어떤 의미일까?
나는 이 책에서 나의 작은 삶이 현대적인 인간 경험을 형성하는 큰 힘에
맞서 변화를 가져올 수 있는 지점들을 그려보고자 했다. 그러나 내가 그
려낼 수 있는 유일한 결론은 단순한 것이다. 우리는 아주 작고, 아주 부서
지기 쉬우며, 그래서 영광스럽고, 무서울 만큼 일시적이다.

지금까지 인류세를 어떻게 즐겼는가를 생각할 때 나는 로버트 프로스
트를 떠올린다. "뜨거운 난로 위에 한 덩이 얼음 조각처럼, 시는 스스로
녹는 곳에 올라타야 한다"라고 그는 썼다. 그래서 시는 인류세와 함께 존
재한다. 우리가 함께 존재한다. 뜨거운 난로 위의 얼음처럼 우리는 녹아
가는 지구에 올라타야만 한다. 누가 지구를 녹이고 있는가를 인식하면서,
더 많은 것으로 가는 길을 찾아다니기만 했던 종들은 이제 더 적은 곳으
로 가는 길을 찾아야만 한다.

때때로 나는 이 세상에서 어떻게 내가 살아남을 수 있는지 염려한다.

메리 올리버M.Oliver가 "모든 것은/ 조만간/ 다른 모든 것의 일부가 되리니"라고 말했듯이. 다른 한편 나는 내가 살아남지 못할 것을 기억한다. 나는 조만간 다른 모든 것의 일부인 모든 것이 될 것이다. 그러나 그때까지, 이 숨 쉬는 행성 위에서 숨 쉬는 경이를, 지구가 사랑하는 지구(Earth)가 되는 축복을 누릴 것이다.

주 석

이 에세이 중 많은 글은 WNYC 스튜디오와 콤플렉스리Complexly가 공동 제작하는 팟캐스트 〈인류세 리뷰Anthropocene Reviewed〉에서 형식을 달리하여 처음 발표되었다. 그리고 일부 에세이는 사라 유리스트 그린S.U.Green이 설립하고 제작한 PBS 디지털 시리즈인 〈예술의 역할〉이나 유튜브 채널 〈브이로그 형제Vlogbrothers〉에서 처음 선보였다. 다음의 '주석'은 완벽히 하기 위해서(혹은 질리게 하려고)가 아니라, 에세이와는 다른, 더 진전된 독서나 경험에 흥미가 있는 사람들에게 소개하기 위한 것이다.

이 에세이는 일종의 논픽션이지만 분명 기억이 잘못된 부분도 적지 않을 것이다. 또 사람들의 익명성을 지켜내기 위해 그때그때 세부적인 사항이나 특징들을 수정하기도 했다.

각주와 자료의 출처들은 니키 후아N.Hua와 로시아나 할스 로하스R.H.Rojas의 도움으로 정리할 수 있었다. 두 사람의 도움이 없었더라면 이 책의 출판은 불가능했을 것이다. 그럼에도 책에 오류가 있다면 전적으로 필자의 몫임을 밝혀둔다.

〈넌 결코 혼자가 아니야〉

리버풀 축구 클럽을 좋아하게 됨으로써 얻는 이점 중 하나는 시간이 지남에 따라 〈넌 결코 혼자가 아니야〉라는 노래에 관한 지식이 조금씩 삼투압을 통과하듯 그대에게 스며든다는 것이다. 〈릴리옴〉이 자코모 푸치니의 오페라가 되는 것을 페렌츠 몰나르가 원치 않았다는 언급은 프레더릭 놀런F.Nolan의 『그들의 음악 소리The Sound of Their Music』에서 따온 것이며, 뮤지컬과 몰나르의 관계에 관한 다른 정보 대부분도 이 책에서 가져왔다. 나는 게리 앤 더 페이스메이커스가 그 노래에 음악적 변화를 주었다는 것에 대해서도 니키 후아를 통해 알게 되었다. 2021년 초에 작고한 게리 마스텐은 2013년 사이먼 하트S.Hart와 가진 〈인디펜던트Independent〉 인터뷰를 비롯하여 샹클리를 만난 이야기를 자주 했다. 6만 명의 사람들이 한데 어울려 〈넌 결코 혼자가 아니야〉를 불러본 적이 없다면 어떤 인간의 삶도 완벽하지 않다. 그리고 그것이 어느 순간 그대에게도 가능한 경험이기를 바라며, 또 내게도 곧 다시 가능해졌으면 좋겠다.

인류의 시간 범위

이 에세이의 아이디어는 오랜 친구이자 동료인 스탠 뮬러와의 대화 중에 나왔다. 1년으로 지구 역사를 유추하는 버전은 아주 많지만 나는 대부분 켄터키 지질학 연구소가 개발한 연대표에 기대었다. 종말에 얼마나 근접해 있는가에 대해 나라별 사람들의 여론조사는 입소스 글로벌 어페어스Ipsos Global Affairs가 실시하였다. 페름기 멸종에 대한 정보 대부분은 2012년 『내셔널 지오그래픽』에 크리스틴 델라모어C.Dell'Amore가 쓴 이야기, 「치명적으로 뜨거운 땅에는 생명이 살지 못한다—다시 그런 일이 일어날 가능성이 있는가Lethally Hot' Earth Was Devoid of Life—Could It Happen Again?」(스포일러 주의: 스포일러가 있을 수 있음. 사실 있을 것임)에서 나온 것이다. 옥타비아 버틀러의 인용들은 『재능 있는 사람들의 우화Parable of the Talents』에서 가져왔다. 그대가 결코 보지 못하게 될 사물들을 본다는 아이디어는 사라 그린의 책 『당신은 예술가다』에서 인쇄된 것으로 자신의 예술적 도전 과제를 통해 제출된 화가 데이비드 브룩스 D.Brooks의 작품을 통해 내게 떠올랐다. 산업혁명 이후 지구의 평균 온도 상승에 관한 정보는 국립해양대기국NOAA의 국립 기후 데이터 센터에서 가져왔다.

핼리 혜성

에세이 각주에서 언급했듯이 에드먼드 핼리와 혜성의 주기 계산을 이해하기 위한 배경 지식 대부분은 아주 재미있는 두 권의 책에서 가져왔다. 핼리가 배의 선장이자 탐험가였던 시기에 관해 쓴 줄리 웨이크필드의『핼리의 모험Halley's Quest』과 존과 메리 그리빈의『거인의 그림자를 벗어나: 후크, 핼리, 그리고 과학의 탄생』두 책이다. 나는 프레드 휘플이 말한, 혜성이 '더러운 눈 뭉치'라는 이론은 스미소니언의 천체물리 관측소에서 보내주어 알게 되었다. 1910년 혜성의 출현에 대한 반응을 더욱 자세히 알려면 크리스 리델C.Riddell의 2012년『가디언』지의 기사「종말론이 연기되었는가Apocalypse Postponed?」(종말론은 늘 연기되었을 뿐이다)를 찾아보면 된다.

경이를 수용하는 우리의 능력

피츠제럴드에 관한 매튜 브루콜리M.J.Bruccoli의 책『일종의 서사적 위엄Some Sort of Epic Grandeur』과 낸시 밋포드N.Mitford의 젤다 피츠제럴드 Z.Fitzgerald에 관한 책『젤다』에 기댄 바가 크다. 나는『멘탈 플로스Mental Floss』지에 실린 2015년 논문「어떻게 2차대전이『위대한 개츠비』를 무명에서 구해냈는가How WWII Saved The Great Gatsby from Obscurity」에서 군인용 문고판 책에 관한 많은 정보를 얻었다. 내가 플라자 호텔에 머물 수 있었던 것은 이제는 존재하지 않는 영화사 폭스 2000의 후원 덕분이었다. 「추락」은 1936년 『에스콰이어』지에 처음 발표되었으며, 지금은 온라인으로 이용할 수 있다. 『위대한 개츠비』에 관한 다양한 원고들은 프린스턴 대학 도서관에서 온라인으로 이용할 수 있으며, 여러 수정본 가운데 달라진 것(그리고 달라지지 않은 것)을 살펴보는 것은 매력적이다. 네이비드 덴비의 인용문은 2013년 5월 13일 자 『뉴요커』지에 발표된 서평에서 따왔다.

라스코 동굴 벽화

이 벽화들에 관해, 그리고 이 벽화들을 더 이상 직접 볼 수 없다는 사실을 베르너 헤어조크의 다큐멘터리 〈잊혀진 꿈의 동굴〉을 통해 처음으로 알게 되었다. 그리고 『뉴요커』지 2008년 6월 16일 자에 게재된 주디스 서먼J.Thurman의 에세이 「첫인상들First Impressions」에서 조금 더 많은 것을 알았다. 시몬 코엥카는 미국 홀로코스트 기념박물관에 구술사를 녹음했고, 지금은 그 웹사이트에서 온라인으로 이용할 수 있다. '꼬마 패거리'에 관한 코엥카의 인용문은 2016년 AFP와 했던 인터뷰에서 옮겨왔다. 바바라 에렌라이흐의 에세이 「원시인의 흔적」은 2019년 11월 『배플러The Baffler』지에 처음 게재되었다. 라스코 동굴의 웹사이트 archeologie.culture.fr가 특히 도움이 많이 되었고, 여기에 라스코의 손 스텐실에 관한 자료들이 있었다. 나는 『뉴 사이언티스트』지에 2016년 게재된 앨리슨 조지A.George의 논문 「석기시대 그림에 감추어진 코드는 인간 글쓰기의 기원일 수도 있다Code Hidden in Stone Age Art May Be the Root of Human Writing」에서 제네비브 폰 펫징어의 작품에 관해 알게 되었다. 끝으로 동굴과 그것을 발견한 사람들에 관한 이야기를 간직해온 티에리 펠릭스

T.Félix의 작업이 없었더라면 이 에세이를 쓸 수 없었을 것이라는 점도 밝혀둔다.

읽으면 향기 나는 스티커

후각에 관한 헬렌 켈러의 인용문은 그녀의 멋진 책 『내가 사는 세상The World I Live In』에서 따온 것이다. 볼티모어 가스 전기회사의 대실패는 1987년 9월 4일 자 AP뉴스에 보도되었다.

내가 중학교에 다닐 때 선생님 중 한 분이 어느 날 수업이 끝난 후 나를 한쪽 구석으로 데려갔다. 선생님은 내가 공부뿐만 아니라 친구들과의 관계에서도 몹시 어려움을 겪고 있다는 것을 알고 계셨다. 선생님은 말씀 도중에 내가 쓴 글을 좋아한다고도 하셨다. 또 이런 말씀도 해주셨다. "너도 알지? 괜찮아질 거야. 당장 나아지지는 않을지라도……." 그러고 나서 선생님은 잠시 멈추었다가 "결국엔 괜찮아질 거야. 조금만 지나면"이라고 말씀해주셨다. 이 다정한 순간은 줄곧 내게 남아, 힘겨운 시간을 견뎌낼 수 있게 도와주었다. 그리고 그 다정함이 없었더라면 이 책이 존재할 수나 있었을지 모르겠다. 나는 거의 모든 것을 기억하지 못하듯, 선생님의 이름도 잊었지만 늘 감사한 마음을 지니고 있다.

다이어트 닥터페퍼

닥터페퍼의 역사는 텍사스 와코에 있는 닥터페퍼 박물관과 자유기업 연구소에(다소 자기 자랑 일색이지만) 간결하게 전해지고 있다. (확고한 반공산주의자 풋스 클레먼츠는 박물관이 닥터페퍼뿐만 아니라 자유 시장을 기념할 것이라 주장했다.) 찰스 앨더튼은 메이슨Masons의 일원이었고, 내가 알고 있는 한 그에 관한 완전한 전기는 메이슨의 와코 지부에서 썼으며, 웹사이트에서도 이용할 수 있다. 그리고 나는 닥터페퍼에 관한 두 권의 책, 제프리 로덴겐J.L.Rodengen의 『닥터페퍼: 닥터페퍼/세븐업의 전설Dr Pepper: The Legend of Dr Pepper/7-Up』과 카렌 라이트K.Wright의 『닥터페퍼, 텍사스Dr Pepper, Texas』에 빚진 바가 크다. 이 책들은 2012년 특별한 무설탕 닥터페퍼 음료를 생산한 더블린 닥터페퍼 공장에 관한 놀라운 이야기를 탐사하고 있다.

벨로시랩터

『쥐라기 공원』을 쓸 때 마이클 크라이튼은 고생물학자 존 오스트롬 J.Ostrom과 상의했다. 그의 연구는 공룡에 대한 우리의 이해를 혁명적으로 진전시켰다. 프레드 무상테F.Musante와 가진 1997년 6월 29일 『뉴욕타임스』 인터뷰에서 오스트롬은 자신과 크라이튼의 관계에 대해 말하면서 "더 드라마틱하다"라는 이유로 크라이튼이 벨로시랩터란 이름을 선택했다고 주장했다. 2015년 『예일 뉴스Yale News』의 기사에서 설명했듯이 〈쥐라기 공원〉 영화 제작팀에게는 영화의 벨로시랩터를 어떻게 묘사할지를 결정할 때 모두 데이노니쿠스에 관한 오스트롬의 연구를 빠짐없이 숙지할 것이 요구되었다. 나는 아들 헨리를 통해, 그리고 미국 자연사박물관을 통해 벨로시랩터에 관한 많은 진실을 알게 되었고, 그곳에서 프로토케라톱스와 싸우는 도중에 죽은 벨로시랩터를 읽기도 했다. 내가 가장 좋아하는 브론토사우루스의 부활을 다룬 책은 2015년 4월 7일 『사이언티픽 아메리칸』에서 발행한 찰스 최C.Choi의 『브론토사우루스가 돌아온다Brontosaurus Is Back』이다.

캐나다기러기

내가 아주 싫어하는 새이기는 하지만 캐나다기러기에 관해 읽는 일은 아주 즐거운 일이다. 이 에세이에서 제시한 정보 대부분은 코넬 조류학 연구소allaboutbirds.org에서 얻은 것이다. 이 연구소의 정보는 놀라우리만큼 포괄적이고 유용해서 다른 인터넷 사이트도 여기에서 더 배워야 할 정도다. 해럴드 핸슨의 책『거대 캐나다기러기The Giant Canada Goose』는 아주 전문적인 책임에도 처음부터 끝까지 재미있게 읽을 수 있다. 조 반 워머J.V.Wormer의 1968년 출간된 책『캐나다기러기의 세계The World of the Canada Goose』역시 멋진 책이다. 필립 하버만의 인용문은 로버트 윌징R.C.Willging의『잔디밭의 역사History Afield』에서 따왔다. 만약 잔디밭 역사에 관해 더 많은 것을 알고자 한다면 나는『사이언티픽 아메리칸』에 실린 크리스탈 드코스타K.D'Costa의 글「잔디밭에 대한 미국인의 집착The American Obsession with Lawns」을 추천한다.

테디 베어

나는 죽어가는 곰을 살려준 테디 루스벨트가 어쨌든 곰을 죽인 셈이라는 이야기를 존 무알렘J.Mooallem의 테드TED강연에서 처음으로 들었다. 그의 책『야생: 미국에서 동물을 바라보는 사람을 바라볼 때 가끔은 당황스럽고 기묘하게 안심이 되는 이야기Wild Ones: A Sometimes Dismaying, Weirdly Reassuring Story About Looking at People Looking at Animals』는 부제를 보고 기대하게 되는 것만큼이나 유쾌한 책이다. 곰이라는 단어의 금기 회피 어원은 놀랄 만큼 도움이 많이 되는 온라인 어원학 사전 etymonline.com에 설명되어 있다. 테디 베어에 관한 스미스소니언의 이야기도 내게 아주 큰 도움이 되었다. 여기에서 나는 루스벨트가 곰을 살려준(일종의?), 1902년『워싱턴 포스트』의 기사를 알게 되었다. 이는 2018년 5월 21일『미합중국 국립과학학회 발표문Proceedings of the National Academy of Sciences of the United States of America』에서 이논 바론Y.M.Bar-On이 대표 저자로 발표한「지구의 총중량 분포에 관한 설명The Biomass Distribution on Earth」에서 가져왔다. 나는 유발 하라리Y.N.Harari의 책『사피엔스』에서 생명 총량이란 개념을 알게 되었다. 사라 데센의 인용문은 그녀의 놀라운 소설『안녕 다음에 일어난 일What Happened to Goodbye』에서 따왔다.

대통령의 전당

이 에세이를 위해 대통령 전당을 방문할 수 있도록 디즈니 방학에서 30분 남짓 시간을 할애해준 내 아이들, 헨리와 앨리스에게 특별한 고마움을 전한다. 다녀온 후 아들에게 설명이 재미있었느냐고 묻자, 아들은 잠시 머뭇거리더니 "그렇다고 말했으면 좋겠지만 그렇진 않았어요"라고 대답했다.

에어컨

이 에세이의 아이디어는 윌리스 캐리어의 이야기를 들려준 친구 라이언 샌달에게서 나왔다. 또한 마거릿 잉겔스M.Ingels의 책『윌리스 하빌랜드 캐리어: 에어컨의 아버지Willis Haviland Carrier: Father of Air Conditioning』에 기댄 바가 크다. 기후 변화에 에어컨과 냉방 팬의 역할에 관한 정보는 국제에너지기구의 2018년 보고서『냉방의 미래The Future of Cooling』에서 가져왔다. 2003년의 폭염 참사에 관한 자료는 2008년 프랑스에서 처음 발간된『생물학 개요Comptes Rendus Biologies』라는 보고서를 활용하였다. 1757년 유럽 폭염에 관한 존 헉스햄의 설명은『왕립학회의 철학적 거래Philosophical Transactions of the Royal Society』에서 처음 발표되었고 나는 그 사실을 위키피디아를 통해 알았다. 에어컨이 건축을 변화시킨 방식을 이해하기 위해 나는 〈보이지 않는 99%99% Invisible〉라는 팟캐스트의 에피소드를 참고했다.

황색포도상구균

내 몸이 아주 공격적인 포도상구균의 서식지라는 의사의 말을 들은 다음부터 포도상구균에 대해 쓰고 싶었다. 나는 감염을 통제하기 위해 여러 종류의 항생제를 복용하고 있었는데, 어느 순간 의사가 내게 처방해주려는 약을 이전에 복용한 적이 있는지 확인하려고 들었다. "이 알약은 노란색이에요. 전에 노란 알약을 복용한 적이 있나요?" 의사가 물었고, 나는 "그랬을걸요"라고 대답했다. "이 알약은 동그랗죠. 전에 이 둥근 알약을 복용한 적은 있나요?" 의사가 다시 물었고, 나는 "아마도 그랬겠죠"라고 대답했다. 그러자 그가 말했다. "이 약은 한 알당 700달러짜리랍니다. 이 약을 복용……"

"아뇨." 나는 말했다. 의료 보험에 가입하고 있기는 했지만 2,000달러짜리 약은 내게도 너무나 비싼 것이었다. 그러나 여기에서 별점 한 개 반을 받아 마땅한 미국의 의료 보험 체계에 대해 리뷰하지는 않을 것이다. 이 에세이에서 알렉산더 오그스턴에 관한 인용문은 오그스턴의 아들 월터가 편찬한 책『알렉산더 오그스턴, K.C.V.O.: 자전적 글쓰기에 미친 친지, 동료, 학생들의 기억과 헌사Alexander Ogston, K.C.V.O.: Memories and Tributes of Relatives, Collegues and Students, with Some Autobiographical Writings』에서 가져왔다. 내게 가장 흥미로웠던 것은 오그스턴의 딸들, 헬렌과 콘스탄스가 쓴 회상록과 그의 동료들이 쓴 글들이었다. 1941년 보스턴 시립병원에 관한 통계는 2010년의 『기초의학회저널Journal of the Association of Basic Medical Sciences』에 실린 마이다 시시랙M.Šiširak, 아므라 즈비즈디치A.Zvizdić, 미르사다 허킥M.Hukić이 함께 쓴 논문 「병원 내 상처 감염의 원인으로서 메티실린 내성 포도상구균 아우레우스(MRSA) Methicillin-Resistant Staphylococcus Aureus (MRSA) as a Cause of Nosocomial Wound Infections」에서 가져왔다. 나는 앨버트 알렉산더와 그의 딸 쉴라(지금은 쉴라 르블랑S.LeBlanc)에 관해서는 2012년 페니 슈워츠P.Schwartz가 쓴 『프레스 엔터프라이즈Press-Enterprise』 신문 기사 「어린 시절의 유대감을 공유하는 지역 예술가들Local Artists Share Childhood Bond」에서 알게 되었으며, 그 기사에서 르블랑의 그림 몇 점을 보았다. 페니실린의 합성에 관한 대부분의 정보는 『최근의 감염병Emerging Infectious Diseases』에 실린 로버트 게인스R.Gaynes의 2012년 논문 「페니실린의 발견 — 75년간의 임상 사용 이후에 얻게 된 새로운 통찰The Discovery of Penicillin-New Insights After More Than 75 Years of Clinical Use」에서 가져왔다. 또한 포도상구균과 그것을 발견한 오그스턴의 역할에 관해서는 뉴섬S.W.B.Newsom의 논문 「오그스턴의 구균Ogston's Coccus」에서 많은 것을 배웠다.

인터넷

컴퓨서브와 보낸 여름은 함께 있었던 친구들 — 특히 딘, 마리, 케빈 — 로 말미암아 마법 같은 날들이었다.

10종 학력경시대회

테리 템페스트 윌리엄스의 인용문은 그녀의 책 『빨강: 사막에서의 열정과 인내Red: Passion and Patience in the Desert』에서 따왔다. 강에 관한 마야 자사노프의 인용문은 조지프 콘래드J.Conrad 자서전『여명의 시간The Dawn Watch』에서 따왔다. 10종 학력경시대회는 지금도 존재한다. 그대는 usad.org에서 그것에 관한 더 많은 정보를 얻을 수 있다. 토드, 사랑한다. 고맙고.

석양

클로드 안경에 관해서는 사라로부터 들었고, 그녀는 1769년 호수 지역을 여행한 일기에서 나온 토머스 그레이의 인용문도 내게 소개해주었다. 볼라뇨의 인용문은 나타샤 위머N.Wimmer가 번역한『2666』에서 가져왔다. 안나 아흐마토바의 인용문은 제인 케니언J.Kenyon이 번역한「여전히 내 것이 아닌 땅A land not mine, still」에서 따왔다. 보이지 않는 빛에 관한 엘리엇의 행은「바위The Rock」의 합창 부분이다. 터시타 딘의 인용문은「마법의 시간The Magic Hour」에서 가져왔다.

나는 로얄 로더스 교수가 내게 처음으로 소개한 이래 아들/해에 관해 아주 오랫동안 생각해왔다. 내가 스물세 살에 완성했던 견습 목사 시절에 대한 유일한 단편소설은 48시간 동안 근무를 마치고 집으로 운전을 하며 돌아오는 견습 목사의 지극히 생생한 장면을 표현하는데, "떠오르는 태양이 침침해져 가는 그의 눈에는 너무나 밝았다"로 끝을 맺었다. 나는 말하고자 하는 비유적인 지점을 완벽하게 마무리하려는 충동을 거부하는 것이 더 나은 방식임을 알고 있다고 말하고 싶다. 그래서『잘못은 우리 별에 있어』는 결혼식 장면으로 마무리했다.

다시 에세이로 돌아가 보자. 내게 커밍스의 시를 소개해준 이는 WNYC에서 인류세 팟캐스트 버전을 검토한 탁월한 제작자 제니 로튼

J.Lawton이었다. 세상의 아름다움에 관한 토니 모리슨의 인용문은 그의 1981년 소설『타르 베이비Tar Baby』에서 따왔다. 나는 그 작품을 케니언 칼리지 문학 수업의 강좌를 소개한 엘렌 맨코프 교수 덕분에 처음으로 읽었다. 알렉 소스의 인용문은『텔레그래프Telegraph』지에 실린 마이클 브라운M.Brown의 2015년 그에 관한 근황 글에서 따왔다.

2005년 5월 25일, 예지 두덱의 활약

이 에세이에 담긴 대부분의 정보 — 두덱과 미라벨라가 했던 말, 두덱의 경력에 대한 개요, 교황 요한 바오로 2세의 죽음에 관한 설명 등 — 는 예지 두덱의 책『우리 골대를 지키는 아주 큰 장대』에서 가져왔다. 리버풀 축구팀의 팬으로서 나는 편견에 가득 차 있음을 인정할 수밖에 없다. 그러나 이 책은 아주 특별한 경력을 볼 수 있는 매혹적인 책이다. (두덱은 지금 두 번째의 아주 특별한 경력을 쌓고 있다. 그는 경주용 자동차 선수로 활동하고 있다.) 먼지가 되어버리는 자신의 꿈에 관한 제이미 캐러거의 인용문과 두덱에게 휘청거리는 다리춤을 추라고 압력을 행사했던 내용은 역시나 읽어볼 만한 책『카라: 나의 자서전Carra: My Autobiography』에서 가져왔다. 두덱의 어머니가 탄광을 방문한 이야기는 닉 무어N.Moore가 2009년 7월 28일 자『442 FourFourTwo』에 게재한「예지 두덱: 나의 비밀스러운 악덕Jerzy Dudek: My Secret Vice」이라는 기사에서 읽었다. 그리고 교황 요한 바오로 2세가 "중요하지 않은 일들 가운데 가장 중요한 것이 축구다"라는 말을 실제로 했는지에는 의문의 여지가 있다. 요한 바오로 2세는 축구를 *사랑*했지만(10대 때 골키퍼로 활동했다) 이 인용문의 확실한 자료를 찾을 수는 없었다.

〈마다가스카의 펭귄〉

나는 〈마다가스카의 펭귄〉을 우리 아이들에게 보여주면서 처음으로 봤다. 그때 이후로 아이들은 그 영화를 나의 배려에 힘입어 몇 번이고 보았다. 나는 베르너 헤어조크의 영화 제작에 대한 흔들림 없는 진실성과 〈마다가스카의 펭귄〉에서 재미있는 카메오로 등장할 정도로 자기를 인식하는 능력 때문에 그의 팬이기도 하다. 본문에서 언급한 대로 나는 〈하얀 황야〉에 관해서는 아버지에게서 처음 들었고, 영화를 직접 보면서 많은 것을 알게 되었다. 레밍들이 하늘에서 비처럼 떨어진다는 것을 포함하여 레밍에 대한 더 많은 사실은 브리태니커 백과사전 온라인판 「레밍들은 정말 집단자살을 할까Do Lemmings Really Commit Mass Suicide?」를 통해 배웠다. (이 질문에 대한 답을 다시 한 번 해야만 하겠다. 아니다. 그들은 결코 그렇게 하지 않는다.)

피글리 위글리

클래런스 손더스와 피글리 위글리의 놀라운 이야기를 처음 들려준 이는 사라다. 사라는 윌리엄 시트웰W.Sitwell의 『역사를 만든 백가지 레시피』란 책에서 식료품점에 관한 인용문을 내게 보여주었다. 이 에세이의 손더스 인용문과 어니 파일 인용문은 대부분 마이크 프리먼 출판사에서 2011년에 나온 책, 어니 파일의 『클래런스 손더스와 피글리 위글리의 설립: 멤피스 매버릭의 흥망성쇠Clarence Saunders and the Founding of Piggly Wiggly: The Rise & Fall of a Memphis Maverick』에서 가져왔다. 나의 증조부에 관한 사실을 알려준 어머니 시드니 그린에 감사드린다. 그리고 이제는 돌아가신 할머니 빌리 그레이스 굿리치는 우연이기야 하겠지만 피글리 위글리의 충성스러운 고객이었다.

네이선스 페이머스의 핫도그 먹기 대회

여기에 인용된 조지 시아의 인용문은 모두 매년 방송되는 네이선스 페이머스의 핫도그 먹기 대회의 영상 소개 자료에서 가져왔다. 모티머 마츠의 인용문은 샘 로버츠S.Roberts의 2010년『뉴욕타임스』인터뷰 기사에서 따왔다. 언급된 다큐멘터리는 니콜 루카스 헤임스N.L.Haimes가 감독한 〈더 굿, 더 배드, 더 헝그리The Good, The Bad, The Hungry〉이다. 네이선스 페이머스의 두 가지 버전의 역사, 로이드 핸드워커L.Handwerker와 길 리빌G.Reavill의『네이선스 페이머스』와 윌리엄 핸드워커W.Handwerker와 제인 펄J.Pearl의『네이선스 페이머스: 초기 100년Nathan's Famous: The First 100 Years』역시 이 에세이를 쓰는 데에 도움이 되었다. 내 인생에서 핫도그 판매장에 관한 책을 두 권이나 독파하리라고는 생각지도 못했는데, 2020년은 놀라운 일이 너무 많은 한 해였지 않은가. 그리고 두 권의 책은 모두 정말 재미있었다.

CNN

CNN의 첫 방송은 CNN.com에서가 아닌 유튜브에서 볼 수 있다. 아동 사망률에 대해 더 많이 알고자 한다면『데이터로 보는 우리의 세계Our World in Data』(ourworldindata.org)를 강력히 추천한다. 여기에서는 아주 다양한 주제 ― 코로나에서부터 빈곤, 탄소 배출 등 ― 에 대한 데이터를 맥락화해서 보여준다. 명료하고 사려 깊은 분석은 모든 것에 출발선이 있음을 기억하도록 도와준다. 미국인의 74%가 아동 사망률이 악화되고 있다고 생각한다는 통계는 2017년「지각의 위기Perils of Perception」라는 이름의 입소스 보고서에서 가져왔다. 나는 그것을『데이터로 보는 우리의 세계』에서 알게 되었다. 섀넌, 케이티, 하산. 난 너희를 모두 사랑해. 고마워. 클레어몬트Claremont의 신도들이여, 영원하라.

〈하비〉

우울증에 관한 손택의 인용문은 『은유로서의 질병』에서 따왔다. 윌리엄 스타이런의 인용문은 『보이는 어둠』에서 가져왔다. 이 두 책은 정신질환을 안고 사는 내게 너무나 중요한 책들이다. 「시 314Poem 314」로 잘 알려진 에밀리 디킨슨의 시 전문은 대부분의 디킨슨 작품집에서 찾아볼 수 있다. 지난 20년 동안 빌 오트와 이렌느 쿠퍼I.Cooper, 또 많은 사람들이 나를 〈하비〉로 이끌어주었다. 이 에세이는 빌에게 고마움을 전하고자 하는 나의 시도다.

입스

릭 앤키엘이 야구하던 시절의 회고담은 팀 브라운T.Brown의 『현상들: 내 인생을 뒤바꾼 압력, 입스, 그리고 투구The Phenomenon: Pressure, the Yips, and the Pitch that Changed My Life』에 나와 있다. 아나 이바노비치의 입스에 관해 처음으로 알게 된 것은 2011년의 『그랜트랜드Grantland』지 루이자 토마스L.Thomas의 기사, 「사랑스러운 머리장식들Lovable Headcases」에서 처음 알게 되었다. 여기에는 과도하게 분석하려고 든다는 이바노비치의 인용문이 담겨 있다. 케이티 베이커K.Baker의 『그랜트랜드』지 기사 「입스 역병과 이를 이겨내려는 정신의 전투The Yips Plague and the Battle of Mind Over Matter」 역시 많은 도움이 되었다. 『애틀랜틱Atlantic』지 2010년 9월의 특집판에 실린 톰 퍼로타T.Perrotta의 기사 「최악의 신경: 테니스 천재의 설명할 수 없는 좌절High Strung: The Inexplicable Collapse of a Tennis Phenom」도 도움이 되었다. 입스에 관해서는 수많은 학문적 연구들이 있다. 그 가운데 내가 주로 인용한 연구는 애인슬리 스미스A.M.Smith가 대표 저자인「골프의 입스: 초점화된 이상 긴장과 질식의 연속체The 'Yips' in Golf: A Continuum Between a Focal Dystonia and Choking」라는 논문(모든 징후는 이분법을 넘어서는 연속체다)이었다. 언급된 골프 코치는 행크 헤이니H.Haney이며, 그의 이야기는 데이비드 오웬D.Owen의 2014년『뉴요커』기사「입스」에 실려 있다.

〈올드 랭 사인〉

로버트 번즈의 온라인 백과사전robertburns.org은 번즈나 〈올드 랭 사인〉, 또는 번즈와 프랜시스 던롭과의 매혹적인 우정에 관해 더 많은 것을 알고자 하는 사람들을 위한 놀라운 자료실이다. 번즈의 편지에서 따온 대부분의 인용문은 이 백과사전에서 가져온 것이다. 모건 도서관과 박물관Themorgan.org도 조지 톰슨에게 보낸 번즈의 편지를 포함하여 "그저 그렇다"라는 원곡의 멜로디 평가와 함께 이 노래에 관해 포괄적인 자료를 소장하고 있다. 1914년의 크리스마스 휴전에 대해 헨리 윌리엄슨이 어머니에게 보낸 편지의 복사본은 헨리 윌리엄슨 아카이브에서 온라인으로 이용할 수 있다. 크리스마스 휴전과 이 에세이의 몇몇 다른 세부적인 사항들에 관한 인용들은 스티븐 브로클허스트S.Brocklehurst의 2013년 BBC 기사「올드 랭 사인은 어떻게 세계를 압도했는가How Auld Lang Syne Took Over the World」에서 가져왔다. 로버트 휴스의 인용문은 그의 책『새로움의 충격The Shock of the New』에서 따왔다. 에이미가 죽은 다음『마이트』지에 게재되었던 그녀의 칼럼들은 맥스위니McSweeney가 복사해두었기에 지금은 온라인으로 이용할 수 있게 되었다. 여기에서 인용된 에이미의 책들은『일상적 삶의 백과사전』,『에이미 크라우스 로젠탈의 교재』

다. 에이미 크라우스 로젠탈 기념 재단은 후두암과 아동의 초기 문해력 연구를 지원한다. 그대는 더 많은 정보를 에이미 크라우스 로젠탈 재단 amykrouserosenthalfoundation.org에서 찾을 수 있다.

낯선 사람 검색하기

이 에세이를 쓰고 나서 몇 년 후 문제의 아이와 대화를 나눌 기회가 있었다. 지금은 청년이고 사실 아이라기엔 내가 견습 목사였을 때보다 훨씬 더 나이가 들었다. 이 아이와의 대화 — 내게 말로 형용할 수 없는 희망과 위안을 건네주었다 — 는 팟캐스트 〈헤비웨이트Heavyweight〉 덕분에 가능해졌다. 이런 일이 일어날 수 있게 해준 〈헤비웨이트〉의 모든 분들께 감사드린다. 특히 조나단 골드스타인J.Goldstein, 칼리라 홀트K.Holt, 모나 매드가브카르M.Madgavkar와 스티비 레인S.Lane에게 감사드린다. 그리고 누구보다 길을 밝히는 사랑과 진심 어린 친절을 베풀어주는 닉Nick에게 고마움을 전한다.

인디애나폴리스

인디애나폴리스의 크기와 인구는 모두 2017년 미국 인구 동향 보고서에서 가져왔다. 2019년 『인디애나폴리스 스타The Indianapolis Star』지의 연속기획이 화이트강과 그 수질에 관해 많은 것을 알게 해주었다. (이 기획은 인디애나폴리스 같은 도시에는 반드시 필요한 언론 매체의 역할이기도 하다.) 내가 기대고 있는 연속기획의 일부는 사라 보먼S.Bowman과 에밀리 홉킨스E.Hopkins가 기사를 쓰고 보도한 내용이었다. 2016년 월렛허브 WalletHub는 인디애나폴리스를 미국 내 작은 도시 1위로 선정했다. 유지에 관한 보니것의 인용문은 그의 책 『호커스 포커스Hocus Pocus』에서 가져왔다. 보니것이 다시 고향으로 돌아올 수 없었다는 인용문은 『글로브 앤 메일Globe and Mail』지에 시몬 휴S.Hough가 쓴 기사 「커트에 따르면 세계는The World According to Kurt」의 약력 소개 글에서 따왔다. 고독이라는 끔찍한 질병에 관한 구절의 인용문은 보니것의 회고록, 에세이, 그리고 연설문 등을 모은 놀라운 책 『팜 신데이Palm Sunday』를 복사해서 본 것이었다.

켄터키 블루그래스

잔디밭에 얽힌 미국의 문제를 처음 알게 된 것은 다이애나 발모리 D.Balmori와 프리츠 헤그F.Haeg의 책 『식용 가능한 토지: 앞마당을 공격하라Edible Estates: Attack on the Front Lawn』를 보고 난 다음이다. 이 책은 앞마당 잔디밭을 채소를 심는 텃밭으로 바꾸고자 하는 헤그의 지속적인 작업 프로젝트의 일환인데, 내 삶과 잔디밭을 바꾸어놓기도 했다. 나는 버지니아 스콧 젠킨스V.S.Jenkins의 『잔디밭: 미국, 집착의 역사The Lawn: A History of an American Obsession』, 테드 스테인버그T.Steinberg의 『미국의 초록: 완벽한 잔디밭을 위한 지나친 탐색American Green: The Obsessive Quest for the Perfect Lawn』도 추천한다. 오리건 주립대학의 웹 포털 '비버터프 BeaverTurf'는 잔디가 바로 켄터키 블루그래스이며, 얼마나 널리 분포되어 있는지를 알 수 있게 해주었다. 미국 땅덩어리 가운데 잔디밭의 생육에 할애된 곳에 대한 통계는 크리스티나 밀레시C.Milesi가 저널 『환경 경영학Environmental Management』에 대표 저자로 발표한 「미국 내 잔디의 생물 지구 화학적 순환의 지형과 모형Mapping and Modeling the Biogeochemical Cycling of Turf Grasses in the United States」에서 따왔다. 잔디에 쏟아붓는 물이 미국 식수의 3분의 1이라는 통계는 『EPA』의 「미국에서의 실외 물 사용Outdoor Water Use in the United States」에서 가져왔다.

인디애나폴리스 500

인디 500의 형성과 스피드웨이에서 처음 열린 경주에 관해 내가 가장 좋아하는 책은 찰스 리어센C.Leerhsen의 『피와 연기: 인디500의 탄생, 아수라장, 미스터리를 둘러싼 진짜 이야기Blood and Smoke: A True Tale of Mystery, Mayhem, and the Birth of the Indy 500』이다. 인디카에 관한 나의 흥미 대부분은 가장 멋진 친구 크리스 워터스와 팀의 다른 구성원들, 특히 마리나 워터스, 숀 사우어스, 케빈 쇼빌, 네이트 밀러, 톰 에드워즈에게 빚진 바가 크다. 매년 자전거를 타고 경기장으로 가는 우리 팀은 케빈 데일리가 발족시켰다. 또 인디카 선수인 제임스 힌치클리프와 알렉산더 로시A.Rossi가 내게 경기가 선수들에게 불러일으키는 생각이나 경기에 내재된 위험을 감수하면서 어떻게 살아가는지에 대해 알려준 것에 감사드린다.

〈모노폴리〉 게임

메리 필런의 책 『모노폴리스트』는 초창기 〈모노폴리〉의 포괄적인 역사를 담고 있으며, 특히 엘리자베스 매기의 묘사에서 빛을 발한다. 나는 비디오 게임 〈유니버설 페이퍼클립〉을 엘리제 마셜과 그녀의 남편 조셉 파이퍼J.Pfeiffer로부터 소개받았다. 나는 엘리자베스 매기에 대한 하스브로 회사의 반응을 안토니아 누리 파르잔의 2019년 『워싱턴 포스트』 단신 「새로운 〈모노폴리〉 게임이 '여성 개척자들을 기념하다.' 그러나 게임의 여성 개척자들은 여전히 대가를 받지는 못하고 있다The New Monopoly 'Celebrates Women Trailblazers.' But the Game's Female Inventor Still Isn't Getting

Credit」에서 알게 되었다. 또 그 기사는 내가 접한 조지아주의 가장 간결하고 포괄적인 역사 역시 포함하고 있다.

〈슈퍼 마리오 카트〉

슈퍼 마리오 위키mariowiki.com는 내가 읽어본 위키백과 가운데 놀라울 만큼 철저하고 주의 깊게 자료를 모아둔, 최고의 위키 항목일 것이다. 〈슈퍼 마리오 카트〉에 관한 기사들은 이 에세이를 쓰기 위해 필요로 하는 아주 소상한 배경 지식을 건네주었다. 내가 인용한 미야모토 시게루의 인터뷰는 닌텐도 원탁회의Nintendo roundtable에서 가져왔다. 이 기사는 "모든 것이 멜빵바지를 입은 한 남자로부터 시작되었다"라는 표제어가 달려 있고 온라인에서 찾을 수 있다.

보너빌 소금 평원

도널드 홀의 에세이 「세 번째 일The Third Thing」은 2005년 잡지 『포에트리Poetry』에서 처음 발표되었다. 나는 그 글을 카베 아크바르와 엘렌 그래프턴에게서 소개받았다. 보너빌 소금 평원에 관한 대부분의 정보는 『유타의 지질학 탐사Utah Geological Survey』에서 가져왔다. 특히 크리스틴 윌커슨C.Wilkerson의 논문 「지오사이트: 유타주 보너빌 소금 평원GeoSights: Bonnevile Salt Flats, Utah」에 기댄 바가 크다. 나는 에놀라 게이와 웬도버의 역사에 관해서는 아티스트 윌리엄 램슨과 웬도버 토지이용 해석센터The Center for Land Use Interpretation로부터 얻었다. 멜빌의 『모비 딕』에서의 인용문은 나로 하여금 작품을 읽을 수 있게 해준 페리 렌츠 교수의 끈질긴 노력 덕분이다. 그리고 웬도버 여행에 동참했던 마크 올슨M.Olsen과 스튜어트 하얏트는 소금 평원에 관한 나의 이해를 풍부하게 해주었다.

도이 히로유키의 원 그림

나는 도이 히로유키의 작품을 2006년 미국 민속예술박물관의 전시 〈강박적인 그리기Obsessive Drawing〉에서 처음 보았다. 내가 언급한 무제 드로잉은 박물관 홈페이지인 folkartmuseum.org의 디지털화된 소장품에서 볼 수 있다. 도이의 인용과 그의 자전적인 배경은 2013년 『저팬 타임스 The Japan Times』에 게재된 에드워드 고메즈E.Gómez의 기사 「원으로 그려 낸 아웃사이더 인생Outsider Drawn to the Circle of Life」, 2017년 『월 스트리트 국제판Wall Street International』에 게재된 리코/마레스카 갤러리Ricco/Maresca Gallery에서 열린 도이 전시회의 리뷰, 『브룻 포스Brut Force』에 실린 캐리 맥가스C.McGath의 「탈출 경로의 내면: 히로유키 도이의 다섯 작품들The Inscape in Escape Routes: Five Works by Hiroyuki Doi」이라는 리뷰에서 가져왔다. 「낙서는 무엇을 해내는가What Does Doodling Do?」라는 연구는 재키 안드레이드J.Andrade가 2009년 『응용인지심리학연구』에 발표한 것이다.

속삭임

이 에세이의 아이디어는 친구들인 엔리코 로개토, 크레이그 리, 알렉스 히메네스와 나눈 대화에서 촉발되었다. 나는 목화머리타마린이 속삭이는지를 어찌 알았는지 기억나지 않지만 레이첼 모리슨R.Morrison과 다이애나 라이스D.Reiss는 『동물 생물학Zoo Biology』에 수록된 2013년 논문에서 "비인간 영장류에서의 속삭임 같은 행동"을 자세히 말하고 있다. 저자들은 한 무리의 목화머리타마린이 자신들이 좋아하지 않는 인간이 나타났을 때 속삭였고(혹은 기술적으로 속삭임 같은 발성을 냈고), 그것은 인간 역시 아주 기묘한 상황을 최대한 활용하고자 하는 영장류일 뿐임을 내게 상기시키는 듯한 설명이었다.

바이러스성 뇌수막염

마이크 루그네타M.Rugnetta가 추천해준 일레인 스캐리의 책『고통받는 몸』만큼 나 자신의 고통을 이해하는 데 도움을 주었던 책이 없었다. 질병에 의미를 부여하는 것에 관한 수전 손택의 문장은 『은유로서의 질병』에서 가져왔다. 나는 회복되고 난 다음 뇌수막염에 대해 알게 되었고, 신경과 의사인 제이 바트 박사의 훌륭한 치료에 감사드린다. 나는 평생 해왔던 일 덕분에 대재앙에 대해 알고 있다. 나는 필립 데트머의 탁월한 책 『면역』에서 바이러스의 범위에 관해 배웠다. 만약 그대가 미생물과 미생물 숙주(특히 인간 숙주)에 관해 관심이 있다면 『면역』과 함께 에드 용 E.Yong의 책『내 속엔 미생물이 너무도 많아』를 추천한다. 니콜라 트윌리의 인용은 2020년 그녀가 쓴『뉴요커』의 기사「바이러스가 치료제일 때 When a Virus Is the Cure」에서 따왔다.

전염병

이 에세이에서 흑사병에 관한 목격자의 진술 대부분은 로즈메리 호록스의 책『흑사병The Black Death』에서 가져온 것이다. 이 책은 친구이자 동료인 스탠 뮬러가 내게 추천해주었는데 지난 수년간 몇 번이나 다시 읽었는지 모른다. 지금껏 읽었던 어떤 책과 달랐으며, 정말 감동적이었다. 나는 또 바바라 터크먼B.Tuchman의『먼 거울: 재앙으로 뒤덮인 14세기A Distant Mirror: The Calamitous 14th Century』에도 도움받은 바가 크

다. 나는 알마크리지와 이븐 칼둔의 흑사병에 관한 설명을 조셉 번J.Byrne
의 『흑사병 백과사전Encyclopedia of the Black Death』에서 처음 읽었다. 콜
레라의 역사에 관한 정보는 찰스 로젠버그의 『콜레라 시대』, 아만다 토
마스A.Thomas의 『콜레라: 빅토리아 시대의 전염병Cholera: The Victorian
Plague』, 스티븐 존슨S.Johnson의 『감염도시』, 크리스토퍼 햄린C.Hamlin의
『콜레라: 전기Cholera: The Biography』에서 알게 되었다. 연간 사망자 수를
포함하여 콜레라와 결핵에 관한 최신 정보는 세계보건기구WHO에서 가
져왔다. 오늘날 콜레라 발병의 원인이 무엇인지에 대한 이해를 얻기 위
해 건강한 시에라리온의 친구들Partners in Health Sierra Leone에서 일하는
존 래셔와 베일러 배리 박사Dr.B.Barrie의 도움을 받았다. 조이아 무케르
지 박사 책 『전 세계적 건강 보급 입문』은 빈곤이 인류가 직면한 가장 심
각한 건강 문제를 야기한다는 점을 상세하게 파헤치고 있다. 말라리아
에 관한 티나 로젠버그의 인용문은 『뉴욕타임스』에 처음 발표된 그녀의
2004년 에세이 「세상이 지금 필요로 하는 것은 DDT What the World Needs
Now Is DDT」에서 따왔다. 나는 이 에세이를 율라 비스E.Biss의 책 『면역
에 관하여』를 통해 알게 되었다. 마거릿 애트우드의 인용문은 『증언들』
에서 가져왔다. 이븐 바투타의 다마스쿠스 이야기는 해밀턴 알렉산더 깁
H.A.R.Gibb이 번역한 『이븐 바투타 여행기』에 있다.

윈트리 믹스

카베 아크바르의 시 「야생 배나무Wild Pear Tree」는 그의 책 『늑대를 늑
대라고 부르다Calling a Wolf a Wolf』에서 처음 읽었다. 마운틴 고츠의 노래
는 그들의 앨범 〈올 하일 웨스트 텍사스All Hail West Texas〉에 수록된 〈더
메스 인사이드The Mess Inside〉이다. 나는 '윈트리 믹스'라는 말을 친구 섀

년 제임스에게서 처음으로 들었다. 윌슨 벤틀리의 눈송이 사진 중 몇몇은 스미스소니언 연구소에 자료로 보관되어 있다. 나는 2017년 『워싱턴 포스트』지에 실린 사라 카플란S.Kaplan의 기사 「눈송이의 비밀스러운 삶을 밝혀낸 남자The Man Who Uncovered the Secret Lives of Snowflakes」 덕분에 이 사진 자료에 관해 알게 되었다. 러스킨의 인용문은 『현대의 화가들: 제3권Modern Painters, Volume 3』에서 따왔다. 월터 스콧W.Scott의 인용문은 『섬의 제왕Lord of the Isles』에서 가져왔다. 하얗고 부드러운 망할 것에 관한 커밍스의 인용문은 "그 속에 나는 경작할 것이다"로 시작하는 시에서 가져왔다. 사실상 이 작품 역시 내가 가장 좋아하는 시들 가운데 한 편이지만 이 에세이에서는 시에 관해 다소 엄격하게 활용했다. 아주 좋아하는 시들을 말하자면, 페이지 루이스의 인용문은 『파괴된 우주』에서 가져왔다. 앤 카슨의 인용문은 운문소설 『빨강의 자서전』에 있다.

알렉세이 레오노프는 우주에서 유영한 최초의 사람이기도 하지만 아마도 우주에서 예술 활동을 한 최초의 사람이기도 하다. 그는 우주 궤도에 색연필과 종이를 가져갔다. 그는 『에어 앤 스페이스Air and Space』가 2005년에 출간한 에세이 「보스호드의 악몽 2The Nightmare of Voskhod 2」에서 궤도에서 수백 미터 벗어나 착륙한 우주선으로 말미암아 겪어야 했던 비참한 이야기를 자신의 첫 번째 우주 유영을 회상하면서 들려주고 있다. 나는 사라가 만든 "우리가 우주에 쏘아 올린 예술"이란 영상 덕분에 레오노프의 이야기를 알 수 있었다.

바이야린스 핫도그

이 에세이에서 내가 묘사한 일들에 관해 로라, 라이언, 사라 등은 한결같이 올림픽 메달을 딴 날이 아닌, 다른 날에 일어난 일이라 주장한다. 그럼에도 나는 계속해서 그들이 모두 잘못 알고 있으며, 내 기억이 틀림없다고 믿고 있다. 그렇지만 핫도그가 정말 그럴싸했다는 점에 대해서 우리는 모두 이견이 없다.

IOS 노트앱

나는 스큐어모픽 디자인을 앤 마리와 스튜어트 하얏트와 나눈 대화를 통해 알게 되었다. 2012년 『와이어드Wired』에 수록된 에세이 「디지털 시대 아날로그 디자인에 관한 클라이브 톰슨Clive Thompson on Analog Designs in the Digital Age」은 이 현상에 관한 더 많은 사례를 접하게 해주었다. 마운틴 고츠의 노래 〈제니〉는 그들의 앨범 〈올 하일 웨스트 텍사스〉에 수록된 곡이다. 사라 망구소의 놀랍고도 가슴 아픈 책 『두 종류의 쇠퇴』는 2008년에 처음 출간되었다. (나는 또 망구소의 책 『진행중Ongoingness』을 정말, 정말, 정말 사랑한다. 사실 사라에게 그 구절을 읽어보라고 하기 위해 메모를 했을 것이다.)

마운틴 고츠

존 다르니엘, 피터 휴스P.Hughes, 존 우스터J.Wurster, 매트 더글러스M.Douglas, 그리고 수년을 이어온 마운틴 고츠의 모든 다른 멤버들에게 감사드린다. 그리고 발표되는 노래에 모든 종류의 열렬함으로 반응 ─ 팬 아트에서 순위 끌어올리기에 이르기까지 ─ 하는 마운틴 고츠의 팬들에게도 감사드린다. 발레리 바와 아르카 페인은 이 밴드에 대한 나의 사랑을 깊게 만들어 준 사람 중 한 명이다. 그리고 또 〈제니〉의 의미를 바로 잡아준 케이티 오코너KT O'Conor에게도 감사드리고 싶다.

쿼티 자판

나는 이 에세이를 『스미스소니언』 잡지에 실린 지미 스탬프J.Stamp의 기사 「사실인가 허구인가: 쿼티 자판의 전설Fact or Fiction? The Legend of the QWERTY Keyboard」을 읽고 난 다음 쓰기 시작했다. 스탠 리보위츠 S.J.Liebowitz와 스티븐 마골리스S.E.Margolis의 논문 「키보드 이야기The Fable of the Keys」는 『법과 경제학 저널The Journal of Law and Economics』 1990년 봄호에 처음으로 발표되었다. 이 논문은 쿼티 자판이 사실 아주 괜찮은 키보드 설계임을 확신하게 만들어주었으며, 드보락 자판의 우수성을 드러내고자 하는 연구들에 심대한 타격을 입혔다. 2013년 『라이프해커Lifehacker』에 실린 토린 클로소브스키T.Klosowski의 기사 「드보락 같은 대안적인 키보드를 사용해야 하는가Should I Use an Alternative Keyboard Layout Like Dvorak?」는 그러한 의문을 던지는 (제한적인) 연구의 집대성이다. 그에 따르면 쿼티 자판은 최적화된 키보드 배열보다 덜 적합하다고 주장한다. 사형제를 반대하는 숄스의 투쟁에 대해서는 위스콘신 역사학회Wisconsin Historical Society를 통해 알게 되었다. 또 1954년에 출간된 브루스 블리븐B.Bliven의 책 『놀라운 쓰기 장치The Wonderful Writing Machine』와 그레이엄 로턴G.Lawton의 『거의 모든 것의 기원』에서 많은 것을 배웠다.

페인트칠을 한, 세상에서 가장 큰 공

마이크 카마이클은 인디애나주의 알렉산드리아에서 지금도 페인트칠을 한, 세상에서 가장 큰 공을 운영하고(칠하는 것을 돕고) 있다. 그를 만나는 기쁨과 함께 공에 한 겹의 칠을 더할 수 있기에 여행이 한층 즐겁다. 그대는 마이크에게 이메일worldslargestbop@yahoo.com을 보낼 수 있다. 길가의 명소를 방문하려고 여러 번 나와 함께 여행을 떠나 준 에밀리에게 고마움을 전한다. 그리고 미국의 길가에서 아주 많은 것을 발견할 수 있었던 횡단 여행을 함께 가준 랜섬 릭스R.Riggs와 캐시 히크너C.Hickner에게도 감사한 마음이다. 길가 여행에 대해 더 말하자면 로드사이드 아메리카roadsideamerica.com는 수십 년 동안 세상에 널린 가장 크고 또 가장 작은 것들에 대해 훌륭하게 안내해주었다. 우리는 대학 시절에도, 지금도 여전히 그 사이트를 이용하는데, 한번은 소풍 바구니처럼 생긴 사무실 건물로 데리고 간 것을 두고 우리 아이들은 내내 불평을 늘어놓곤 했다. 아주 최근에는 아틀라스 옵스큐라(atlasobscura.com과 책으로 된 『아틀라스 옵스큐라』)가 나의 필수적인 자료가 되었다. 페인트칠을 한 공에 대한 에릭 그룬드하우저E.Grundhauser의 아틀라스 옵스큐라 기사는 내게 많은 도움이 되었다. 끝으로 『아크 지아이에스 스토리 맵ArcGIS StoryMaps』에 실린 엘라 악셀로드E.Axelrod의 기사 「큰 공들Big Balls」에 고마움을 전한다. 이 기사에는 수많은 멋진 사진과 "큰 공들: 개관", "다양한 구성의 공들" 등 아주 멋진 소제목이 있기도 하다.

시카모어 나무

이 에세이의 참고문헌은 내가 늘 가장 좋아하는 두 권의 책이다. 재클린 우드슨의 굉장한, 그리고 완벽하게 짜여진 작품 『네가 살며시 다가와준다면』과 애니 딜라드의 『팅커 계곡의 순례자』가 그것이다. 내게 수많은 선물을 안겨준 『팅커 계곡의 순례자』는 헤로도투스의 크세르크세스와 시카모어 나무의 이야기를 소개해주었다. 나는 웨스트버지니아주 버캐넌에 있는 프링글 나무공원을 방문했을 때 프링글 나무에 대해 알게 되었다. 에드나 세인트 빈센트 밀레이의 시는 1939년에 나온 그의 책 『사냥꾼 아저씨, 사냥감이 뭐죠Huntsman, What Quarry?』에 수록된 「숲에서 그리 멀리 떨어지지 않은Not So Far as the Forest」이란 작품이다.

〈새로운 파트너〉

〈새로운 파트너〉는 팰리스의 음악 앨범 〈비바 라스트 블루스Viva Last Blues〉에 수록된 곡이다. 나는 이 노래를 랜섬 릭스와 캐시 히크너 덕분에 처음 듣게 되었고, 이들은 이 노래를 야곱과 나다니엘 오팅에 의해 들었다. 카베 아크바르의 「궁전」은 2019년 4월 『뉴요커』에 처음 발표되었다.

〈댄스파티 가는 길의 세 농부〉

이 리뷰는 말 그대로 온라인 커뮤니티 투아타리아의 도움이 없었더라면 쓸 수 없었을 것이다. 특히 케티 사너K.Saner는 나를 위해 수많은 독일어를 번역해주었으며 모든 종류의 기사들을 살펴주었다. 그리고 나는 『프랑크푸르터 알게마이네Frankfurter Allgemeine』에 실린 라인하르트 파브스트의 끈질긴 보도가 없었더라면 젊은 농부들의 이야기를 알 수조차 없었을 것이다. 2014년의 기사에서 파브스트는 살아남은 후손에게서 들은 이야기와 젊은 농부들에 관한 여러 자료를 수집했다. 그리고 나는 리처드 파워스의 소설 『댄스파티 가는 길의 세 농부』에도 정말 감사를 전한다. 파워스의 작품들을 나는 20년 남짓 읽어왔다. 그의 작품들은 언제 어느 때고 내가 필요로 할 때마다 나를 찾아오고는 했다. 크리스타 미란다C.Miranda와 잔더의 대담(sfr.ch에 온라인으로 자료가 있다)을 연구한 가브리엘 콘라스숄G.Conrath-Scholl 역시 그 사진에 관해 알 수 있게 해주었다. 존 버거의 인용문은 그의 책 『본다는 것의 의미』에서 가져왔다. 또 연작 사진집 속 수잔네 랭S.Lange의 책 『아우구스트 잔더August Sander』, 잔더의 사진집 『아우구스트 잔더: 우리 시대의 얼굴August Sander: Face of Our Time』, 그리고 수잔네 랭과 가브리엘 콘라스숄이 공동으로 편집한 2013 년의 사진집 『아우구스트 잔더: 20세기의 사람들August Sander: People of the 20th Century』 등에서 도움을 많이 받았다.

후기

나는 첫 책을 2005년에 출간한 이래 계속해서 같은 독일 편집자(칼 한 저 출판사의 사스키아 하인츠S.Heintz)와 번역자(소피 자이츠S.Zeitz)와 함께했 다. 번역된 책이 주는 즐거움 중의 하나는 달라진 제목을 보는 것이다. 독 일에서 『잘못은 우리 별에 있어The Fault in Our Stars』는 『Das Schicksal ist ein mieser Verräter』로 달라졌고, 번역해보면 『운명은 형편없는 배신자』와 비슷하다. 운명은 정말 형편없는 배신자이기에 나는 그 제목을 이 책의 제목과 마찬가지로 정말 좋아한다. 그러나 다른 언어로 번역된 내 책 가 운데 가장 멋진 제목은 노르웨이어로 번역된 『잘못은 우리 별에도 있어』 다. 그 제목은 『Faen ta skjebnen』, 그러니까 『엿 같은 운명Fuck Fate』이라는 의미다.

질문하는 인류세, 우리는 어떤 삶을 살아야 하는가?

1.

인류세Anthropocene는 아주 생소한 단어다. 현재의 지질시대를 지칭하는 용어라고는 하지만 이미 우리는 인간이 지구상에 출현한 이후부터 지금까지 현재의 지질시대를 홀로세Holocene로 규정하고 있다. 그럼에도 인간이 지구의 운명을 쥐락펴락하고 있다는 위기의식에 바탕을 두고, 새롭게 제기된 용어가 인류세다. 홀로세가 지닌 분류의 개념을 넘어, 지구를 훼손하는 인간과 지구를 되살리는 인간이란 대립축으로 이 엄혹한 지질시대를 재개념화하자는 취지다.

사실 지질시대를 규정하는 과학적인 논의는 논의대로 진척되어야 할 것이다. 그럼에도 이 용어가 갖는 현재적 의미는 깊은 울림을 준다. 이 책의 본문에서 당신이 "21세기를 살고 있는 강이나 사막 혹은 북극곰이라고 상상해봐. 그래도 형에게 가장 큰 문제는 *여전히 사람*이야. 강이나 사막 혹은 북극곰인 형은 사람들에게 민감하게 영향을 받으며 의지하고 있겠지"(본문 16쪽)라고 설명하듯 사람이 이 지구의 모든 살아있는 생명체에 가장 큰 영향력을 행사하고 있는 시대라는 것이다. 그러니 인류세는 인간이 그동안 지구의 생명에 행사해온 인간 중심주의에 대한 경고이자 더불어 살아갈 방도를 새롭게 모색하고자 하는 희망의 등불이기도 하다. 따라서 인류세는 시대의 패러다임을 전환해낼 개념으로 회자되어야 할 것이다.

2.

이 책의 필자는 존 그린J.Green이다. 〈안녕, 헤이즐〉이란 영화의 원작인 『잘못은 우리 별에 있어』를 쓴 소설가다. 그의 작품은 『알래스카를 찾아서』, 『종이 도시』에서 보듯 정교한 서술적 장치, 삶에 아로새겨진 운명의 씨줄과 개개인의 선택이란 날줄이 아름답게 직조된 것으로 잘 알려져 있다. 아마존과 『뉴욕타임스』의 베스트셀러 작가이기도 하다. 이 책은 그가 쓴 첫 번째 에세이다. 물론 에세이의 형태로 출간되기 전 팟캐스트를 통해 이미 많은 독자의 관심을 받은 바 있으며, 출간 직후 '인류세에 대한 문학적 보고'란 찬사와 함께 6,000명에게서 아마존 리뷰 평점 4.8을 받았고, 2021년 굿리즈Goodreads가 선정한 논픽션 분야 최우수도서로 선정되었다.

책을 번역하면서 필자는 이 책이 이처럼 열렬한 호응을 받고 있는 것이 당연하다는 생각이 자연스레 떠올랐다. 무엇보다 이 책은 인류세를 과학적으로 접근하고 있지 않다. 그는 인간적인, 너무나 인간적인 일들을 소재로 삼아 자신이 보는 관점을 피력하고 끝으로 별점을 주는 리뷰의 형식을 따르고 있다. 그가 이 책에서 선정한 소재는 모두 44개다. 여기에는 전 세계가 직면한 코로나19가 초래한 팬데믹이란 '전염병'을 포함하여, 〈넌 결코 혼자가 아니야〉, 〈새로운 파트너〉 같은 노래, 〈슈퍼 마리오 카트〉 같은 게임, '벨로시랩터', '시카모어 나무'와 '캐나다기러기' 같은 자연, '인디애나폴리스 500', '핫도그 먹기'와 같은 대회, '라스코 동굴 벽화'와 '쿼티 자판' 같은 문화적 업적들이 포함되어 있다. 이들 소재는 한결같이 인간의 존재론적 특성을 여실히 보여주는 것들이다.

존 그린은 이 소재들을 가져와 꼼꼼한 고증을 거쳐 실체를 분석한다. 그리고 그 누구도 인류세에 걸맞은 이 인간적인 소재에 대해 객관적인 관찰자가 될 수 없으며, 오직 적극적인 당사자가 있을 뿐이라는 시각으로 평가한다. 다행스럽게도 그의 평가에는 부정적인 양상에 대한 비판보다 그 도저한 흐름 속에도 면면히 인간적이기를 끝까지 포기하지 않은 희망이 훨씬 더 많다. 예컨대 인류가 겪은 참혹한 재난이었던 흑사병을 다루는 글에서 그는 다음과 같이 끝을 맺고 있다.

이븐 바투타의 이야기에서는 권력자들조차 평등의 의미로 맨발로 걸었고, 모든 사람들은 자신들의 종교적 배경과 무관하게 기도 속에서 함께 모였다. 물론 이 대규모 집회가 실제로 다마스쿠스에서 역병의 확산을 지연시켰는지는 명확하지 않다. 그러나 우리는 이 선례에서 본다. 위기는 항상 우리 안의 잔혹함만을 드러내는 것이 아니라는 것을. 위기는 마찬가지로 우리를, 우리의 고통과 희망 그리고 기도를 나누는 방향으로, 서로를 평등한 인간으로 대하는 방향으로 나아가게 할 수도 있다. 그리고 우리가 이와 같은 식으로 대응할 때 아마도 고통은 가벼워질 것이다. 참담한 시대에 다른 사람들을 악마화하고 비난하는 것이 인간의 본성인 반면 지도자들 또한 추종자들과 다를 바 없이 맨발로 함께 걸어가는 것 역시 인간의 본성이다.

다마스쿠스의 시민들은 우리에게 지금 이러한 선례 속에서 어떻게 살아야 할지에 대한 모범을 남겨주었다. 시인 로버트 프로스트R.Frost 의 말처럼 "유일한 탈출구는 통과하는 것이다." 그리고 통과하는 유일한 좋은 방법은 함께하는 것이다. 심지어 상황이 우리를 갈라놓을지라도 — 사실 특히 상황이 그렇게 할 때에야말로 — 통과하는 방법은 함께하는 것이다. (본문 258-259쪽)

이 감염병의 시대, 소박하나 단순한 '함께'라는 것만이 답임을 준 그림은 생생한 예시들을 통해 전하고 있다. 그리고 별점 평가 역시 빠뜨리지 않는다.

바로 얼마 전 딸아이가 사람들은 겨울이 되면 다시는 따뜻해지지 않을 것이라 생각하고, 또 여름이 되면 다시는 추워지지 않을 것이라 생각한다고 말한 적이 있다. 그러나 계절은 결국 계속 달라진다. 우리가 아는 어떤 것도 영원하지 않다. 심지어 영원하지 않다는 것조차도. 물론 전염병은 별점 하나를 받아야 할 현상이지만, 그렇다고 우리의 대응이 별점 하나일 필요는 없다. (본문 260쪽)

이 책의 한 꼭지, 한 꼭지의 글이 모두 이러한 구성을 선보이고 있다. 때로 가수 '마운틴 고츠'는 별점 다섯 개를, '전염병'은 별점 한 개를, 'CNN'은 별점 두 개를, 아이의 '속삭임'은 별점 네 개를 준다. 한 가지 아쉬운 점이 있다면 선정된 대상이 대체로 미국적이거나 서구 편향적이란 점이다. 문화적인 아이콘들이기에 배경을 뛰어넘을 수 없었을 것이다. 우리 주변의 많은 것들 역시 이처럼 유려한 문체, 해박한 분석, 올곧은 관점으로 평가되었으면 하는 바람이다. 물론 이는 한국의 독자들을 위해 남겨진 몫이기도 하다.

우리는 리뷰의 시대를 살고 있다고 해도 과언이 아니다. 모처럼 외식을 하기 위해 맛집을 찾거나 필요한 물품을 구매하려고 할 때에도 우리는 어김없이 리뷰를 확인한다. 도처에 일상의 평론가들이 넘쳐나는 시대를 살아가고 있으며, 이들의 도움 속에서 실질적인 선택을 하기도 한다. 그 선택이 언제나 만족스러운 것은 아닐지라도. 그러니 맛집이나 옷가게뿐만 아니라 지극히 인간적인 그 무엇을 리뷰함으로써 인류세에 부응하는 삶의 방식들을 개선해갈 여지를 찾을 수도 있지 않을까 싶다.

3.

주로 영어권의 그림책과 소설을 번역하는 일을 틈틈이 하는 필자로서 에세이의 번역은 여간만 시간이 많이 걸리는 일이 아닐 수 없다. 더욱이 이 책처럼 커다란 하나의 주제를 바탕으로 매 꼭지마다 변주되는 작품은 거듭 새로운 배경을 마련하고 또 새롭게 몰입하는 일이 쉽지만은 않았다. 그럼에도 이 작품은 문학적인 아취를 견지하면서도 많은 생각거리를 안겨준다는 점에서 독자로서도 뜻깊은 경험이었다. 가장 먼저 책을 깊이 읽을 수 있게 해준 것만으로도 출판사에 감사드리고 싶은 마음이다.

그리고 작가인 존 그린이 그러했듯, 우리 주변에 널려 있는 수많은 아름다움에 공명하는 것 역시 지극히 인간적인 일이란 생각이 들었다. 무엇이 나로 하여금 발걸음을 멈추게 했으며, 어떤 일이 깊이 숙고하게 만들었는지, 어떤 사안이 어떤 방향으로 진행되어야 할 것인지를 거듭 되짚어보게 만드는 힘을 이 책은 지니고 있다. 그가 탄식하듯 우리는 목표를 알 만큼의 지혜로움을 갖추고는 있으나 당장 무엇을 변화시킬 힘은 없다. 그럼에도 길이 있다면 기꺼이 '함께' 가야만 하는 것 역시 우리의 몫일 것이다.

그리고 이 모든 생각을 불러일으키고, 또 마음을 움직이게 만든 이 책, 『인간 중심의 행성에서 살기 위하여 ― 인류세 리뷰』에 흔쾌히 별점 다섯 개를 주는 데 인색하지 않을 것이다.

2022년 8월

이 진 경

지은이 ◆ 존 그린 John Green

존 그린은 『알래스카를 찾아서』, 『잘못은 우리 별에 있어』, 『거북이는 언제나 거기에 있어』를 포함한 작품들을 쓴 베스트셀러 작가다. 그의 작품들은 프린츠상, 프린츠상 아너상, 에드거상 등 여러 많은 상을 받았다. 존은 〈로스앤젤레스 타임스〉 도서상 최종 후보였으며, 〈타임지〉가 선정한 '세계에서 가장 영향력 있는 100인' 중 한 사람으로 선정되기도 했다. 그는 또한 날카로운 비평으로 호평을 받은 팟캐스트 〈인류세 리뷰〉의 작가이자 진행자로 활동하고 있다. 존은 그의 동생 행크와 함께 〈브이로그 형제Vlogbrothers〉와 교육 채널 〈크래시 코스Crash Course〉를 포함한 많은 온라인 비디오 프로젝트를 공동 제작하고 있으며, 현재 인디애나주 인디애나폴리스에서 가족과 함께 살고 있다. 그에 대한 정보는 홈페이지 johngreenbooks.com에서 온라인으로 찾아볼 수 있다.

옮긴이 ◆ 이진경

대구가톨릭대학교 영어교육과 교수. 서울대학교 영어교육과를 졸업했다. 그동안 『소년과 두더지와 여우와 말』, 『아주 특별하게 평범한 가족에 대하여』, 『레인 레인』 등 많은 영미권 소설과 그림책을 우리말로 옮겼다.

뒤란에서 에세이 읽기 04
인간 중심의 행성에서
살기 위하여
인류세 리뷰 ————

초판 1쇄 인쇄 2022년 8월 25일
초판 1쇄 발행 2022년 9월 1일
지은이 존 그린 **옮긴이** 이진경 **책임편집** 박은혜 오은조
디자인 Studio Marzan 김성미 **인쇄** 아트인
펴낸이 김두엄 **펴낸곳** 뒤란 **등록** 2019-000092호 (2019년 7월 19일)
주소 07208 서울시 영등포구 선유로49길 23 IS비즈타워2차 1503호 **전화** 070-4129-4505
전자우편 ssh_publ@naver.com **블로그** sangsanghim.tistory.com **인스타그램** @duiran_book
한국어판 ⓒ 뒤란 2022
ISBN 979-11-978957-2-2 03840